DER MEISTER UND DER MÖRDER

Margarete von Schwarzkopf, geboren in Wertheim am Main, studierte in Bonn und Freiburg Anglistik und Geschichte. Sie arbeitete zunächst für die Katholische Nachrichtenagentur, dann als Feuilletonredakteurin bei der »Welt« und viele Jahre beim NDR als Redakteurin für Literatur und Film. Heute ist sie als freie Journalistin, Autorin, Literaturkritikerin und Moderatorin tätig.

MARGARETE VON SCHWARZKOPF

DER MEISTER UND DER MÖRDER

Kriminalroman

emons:

 Lust auf mehr? Laden Sie sich die »LChoice«-App
runter, scannen Sie den QR-Code und bestellen Sie
weitere Bücher direkt in Ihrer Buchhandlung.

Bibliografische Information der Deutschen Nationalbibliothek
Die Deutsche Nationalbibliothek verzeichnet diese Publikation
in der Deutschen Nationalbibliografie; detaillierte bibliografische
Daten sind im Internet über http://dnb.d-nb.de abrufbar.

© Emons Verlag GmbH
Alle Rechte vorbehalten
Umschlagmotiv: Ildiko Neer/Arcangel.com
Umschlaggestaltung: Nina Schäfer, nach einem Konzept
von Leonardo Magrelli und Nina Schäfer
Umsetzung: Tobias Doetsch
Gestaltung Innenteil: César Satz & Grafik GmbH, Köln
Druck und Bindung: CPI – Clausen & Bosse, Leck
Printed in Germany 2020
ISBN 978-3-7408-0958-4
Originalausgabe

Unser Newsletter informiert Sie
regelmäßig über Neues von emons:
Kostenlos bestellen unter
www.emons-verlag.de

Wie immer für meine wunderbare Familie,
genannt Tutta la Famiglia (TLF),
insbesondere für meinen Mann,
und im Andenken an meine Schwester Elisabeth

Lang strecket sich der Hals hervor,
Und gräßlich wie ein Höllentor,
Als schnappt' es gierig nach der Beute,
Eröffnet sich des Rachens Weite,
Und aus dem schwarzen Schlunde dräun
Der Zähne stacheligte Reihn,
Die Zunge gleicht des Schwertes Spitze,
Die kleinen Augen sprühen Blitze,
In einer Schlange endigt sich
Des Rückens ungeheure Länge,
Rollt um sich selber fürchterlich,
Daß es um Mann und Roß sich schlänge.

Aus: Friedrich von Schiller,
»Der Kampf mit dem Drachen«

Prolog

Florenz, Mai 1455

Das Bild hing im Dämmerlicht des Saales. Der rote Mantel des Ritters auf dem mächtigen Schimmel leuchtete im Schein der Fackel, die Umberto Gallicio in der Faust hielt. Ein Geheimnis schien diese Darstellung des heiligen Georg zu umgeben. Obgleich Umberto nur der Sohn eines Bauern aus der Gegend von Florenz und seit einigen Jahren Aufseher im Stadtpalais der Medici war, ein einfacher Mann, eher grobschlächtig und ungehobelt in seinen Umgangsformen, machte dieses Bild etwas mit ihm. Es setzte Emotionen in ihm frei, die ihm fremd waren. Keines der anderen Gemälde in diesem reich ausgestatteten Saal erfüllte ihn so sehr mit Freude, aber auch mit einem vagen Gefühl der Furcht, wie dieses Werk eines Malers, dessen Namen er zwar kannte, der aber ein Leben im Verborgenen zu führen schien. Es gab so viele Maler in Florenz, deren Werke die Säle der Medici schmückten oder die Kirchen und Klöster der Stadt zierten. Wie sollte man sie sich alle merken können? Zumal ein einfacher Bauernsohn wie Umberto, der nicht lesen konnte und die Signaturen auf den Bildern nicht zu unterscheiden vermochte. Doch den Namen dieses Künstlers hatte er behalten: Paolo di Dono.

Vor zwei Wochen war das Bild geliefert und sofort im Prunksaal aufgehängt worden. Seitdem stand Umberto bei seinen nächtlichen Rundgängen durch die Gemächer des Palazzo Medici Riccardi jedes Mal davor und verlor sich in der Szene mit dem Drachenbezwinger Georg. Es hingen viele wunderbare Bilder in diesem Saal, vor allem viele Werke von wesentlich größeren Ausmaßen. Aber Umberto hatte sich bald sattgesehen an all den Szenen mit der Kreuzesanbetung, der Geburt Christi im Stall von Bethlehem, den Schlachten, den antiken Göttern und lieblichen Landschaften.

Nicht jedoch an diesem kleinen Bild. Davon bekam er nicht genug. Ihn faszinierte die klare Struktur des Gemäldes. Der Ritter Georg auf hohem Ross stürmt mit gezückter Lanze auf den ein wenig erschrocken dreinblickenden dunkelgrünen Drachen zu. An dessen Seite steht mit scheuem Lächeln die Prinzessin, die der Drache verschlingen wollte. Sie hält das Monster an einem dünnen Band, während der edle Ritter ihm den Stoß versetzt, der das Tier zwar verletzt, aber laut Legende nicht tötet. Eine ganze Geschichte mit einem einzigen Bild erzählt – wie wagemutig und faszinierend.

Umberto seufzte. Wenn er doch sein bescheidenes Heim, in dem er mit seiner Frau Maria und ihren vier Kindern lebte, mit einem solchen Bild schmücken könnte! Stattdessen war er nur der Hüter der Schätze anderer Menschen. Doch Umberto unterdrückte seinen aufwallenden Neid. Neid zählte zu den sieben Todsünden, und er war ein gottesfürchtiger Mann. Vor wenigen Tagen hatte er das Angebot eines Unbekannten abgelehnt, der ihn auf der Piazza angesprochen hatte, er möge ihn nachts heimlich in den Saal führen, damit er sich die berühmten Bilder der Medici-Sammlung und insbesondere den neu erworbenen Drachentöter anschauen könne. Der Fremde, offenbar wohlhabend, gut gekleidet und mit höflicher Sprache, hatte einen prall gefüllten Geldbeutel gezückt und ihn Umberto hingehalten. »Für dich, wenn du mich nur einen Blick auf die Bilder, vor allem auf das mit dem Drachen, werfen lässt«, hatte er mit freundlichem Lächeln gesagt. Woher dieser Unbekannte von der Neuerwerbung seines Herrn wusste, war Umberto rätselhaft. Doch in Florenz blieb wohl nichts geheim. Da wurde viel getuschelt und getratscht. Umberto mochte den verschlagenen Blick in den schmalen Augen des Mannes nicht. Er lehnte das Angebot ab und ging seiner Wege.

Umberto hatte diesen Bestechungsversuch nicht gemeldet, weil er ihn nicht ernst nahm. Er wusste um die Neugierde vieler Florentiner auf die Meisterwerke, die in diesem Palazzo hingen. Aber dies war kein öffentlich zugängliches Gebäude, und er sorgte dafür, dass niemand unbefugt in die Säle eindrang. Fast hatte er den Vorfall vergessen. Doch am vergangenen Sonntag hatte er den Fremden wieder gesehen, der langsam am Palazzo entlanggeschlendert war. Diesmal würdigte er Umberto nicht einmal eines Blickes. Der Mann war ihm nicht geheuer. Umberto rang mit sich, ob er dem Hausmeister des Palazzo doch noch von seiner Begegnung berichten sollte. Dann schob er den Gedanken erst einmal beiseite. Morgen war auch noch ein Tag. Morgen würde er Maestro Angelico davon erzählen. Der würde wissen, was zu tun war.

Langsam ging er weiter durch den dämmrigen Saal. Noch ein letzter Blick auf den Heiligen, dann würde er sich in seine kleine Schlafkammer am Ende des langen Saales hinter einer versteckten Tür zurückziehen. Am Morgen würde ihn dann Stefano Malfalcone ablösen, ein junger Mann, der sich erst seit wenigen Wochen die Aufsicht des Palazzo mit ihm teilte. Ein freundlicher Bauernjunge aus Fiesole, wortkarg, aber mit flinken Augen und schnellen Bewegungen.

Umberto seufzte wieder. Er spürte, dass er nicht mehr der Jüngste war und seine Gelenke bei manchen Bewegungen bedenklich knackten. Im kommenden August würde er vierundvierzig Jahre alt werden und zum ersten Mal Großvater. Seine älteste Tochter Malvina erwartete ihr erstes Kind. Er lächelte. Das Leben war schön!

Als er sinnend vor dem Drachentöter stand und sich einmal mehr in dem Bild verlor, hörte er ein Geräusch hinter sich. Ein leises Knacken, ein fast unhörbares Schlurfen. Umberto drehte sich um. Durch die hohen Fenster des Saales tasteten sich die ersten Vorboten des nahenden Sonnenaufgangs. Seine Fackel malte Schatten auf den Boden, hinter ihm versank das Bild im Dunkel. Jäh tauchte eine Gestalt vor ihm auf, gehüllt in eine Mönchskluft.

»Madre di Dio«, entfuhr es Umberto, dem ein Schauer über den Rücken lief. In diesem Moment verrutschte die Kapuze des Mönchsgewandes. Darunter kam ein Gesicht zum Vorschein, das Umberto erkannte. Fassungslos starrte er den Mann an.

»Du? Was willst du denn hier …?«, vermochte er noch zu fragen, ehe die lange, schmale Klinge in seine Brust glitt.

Langsam sackte Umberto Gallicio zusammen. In seinen Augen lag ein Ausdruck der Ungläubigkeit und Bestürzung. Seine letzte Wahrnehmung waren zwei Hände, die den Drachentöter von der Wand nahmen. Dann schlug die ewige Dunkelheit wie eine große Woge über ihm zusammen. Stefano Malfalcone würdigte den Toten keines Blickes und verschwand mit seiner Beute im Dunkel der Nacht.

Der Brief

Hannover, den 22. April 2022

Liebe Anna!
Gerne erinnere ich mich an Sie als meine Studentin, auch wenn das nun schon viele Jahre zurückliegt. Ihr Interesse an den italienischen Malern des 15., 16. und 17. Jahrhunderts war damals erstaunlich, wobei ich weiß, dass Sie sich auch für die Niederländer begeistert haben, über die mein Kollege Frederick Hogstraat berichtete, und für die englische Malerei im 18. Jahrhundert. Vor allem Gainsborough hatte es Ihnen angetan. Mit Spannung habe ich Ihren Werdegang verfolgt, vor allem natürlich Ihre Abenteuer vor einigen Jahren im Brester Moor, im Ith und im Kloster Warnstedt, dem ich übrigens vor zwei Jahren einen Teil meiner Sammlung spätmittelalterlicher illuminierter Bücher vermacht habe. Die neue Bibliothek dort am Steinhuder Meer ist großartig. Der neue Bibliothekar Hanno Lübbertz, der Alfons Gremitzer nachgefolgt ist, ist sehr dankbar gewesen, ist dies doch eine späte Entschädigung für jene Bücher, die vor einigen Jahren gestohlen und zerstört wurden. Sie kennen ja den Fall aus eigener Anschauung.

Aber nun zur Sache: Sie haben mich um weitere Details zu den vier Bildern gebeten, die ich als Leihgabe für die im kommenden Jahr geplante Ausstellung »Schätze aus privater Hand – Meisterwerke in neuem Licht« im Braunschweiger Museum Herzog Anton Ulrich zur Verfügung stellen werde.

Soviel ich weiß, sollen insgesamt einhundertzweiundzwanzig Bilder und einige kleinere Bildhauerarbeiten aus dem Besitz privater Sammler in dieser Ausstellung gezeigt werden. Ein großes und wichtiges Unterfangen, das ein Spiegelbild der vielen prächtigen Sammlungen im Land sein wird. Vor Kurzem war ein Versicherungsagent im Auftrag des Museums bei mir, und wir haben auch diese Dinge geregelt. Meine Bilder, von denen sich viele seit fast hundert Jahren im Besitz der Familie Strate befinden, sind nicht alle erste Kategorie, aber doch recht schöne Beispiele für flämische und italienische Malerei um 1600, darunter das Blumenstillleben von Nicolaes van Verendael aus dem Jahr 1681, das ich dem Museum gerne als Leihgabe überlasse. Einzelheiten zu diesen Bildern für den Katalog, an dem Sie derzeit arbeiten, schicke ich Ihnen bald zu. Bitte gedulden Sie sich noch ein Weilchen.

In diesem Brief nun geht es mir um ein Gemälde mit einer italienischen Landschaft, das nach meinem bisherigen Wissen von einem weitgehend unbekannten toskanischen Maler aus dem späten 15. Jahrhundert namens Giovanni dell'Ombra, genannt Gianni Il Biondo, stammt. Nicht einmal bei Giorgio Vasari wird er erwähnt; er war wohl auch schon zu seiner Zeit ein Außenseiter und Einzelgänger, der im Auftrag der Medici malte und dessen Bilder nur in deren Palästen hingen. Er lebte zur selben Zeit wie Paolo Uccello und der Bildhauer Lorenzo Ghiberti, über den Sie ja damals eine Seminararbeit verfasst haben. Die meisten von Gianni Il Biondos Werken wurden leider bei einem Brand zerstört. Einige überlebten diese Katastrophe, drei von ihnen gelangten nachweislich im 16. und frühen 17. Jahrhundert nach England. Spezialisiert war Il Biondo auf toskanische Landschaften und die Darstellung von Heiligen, vor allem Märtyrern. Seine Werke galten schon damals eher als zweite Wahl im Vergleich mit Perugino oder Raffael. Aber da es nur noch sehr wenige von Biondos Bildern gibt, werden sie durchaus recht teuer gehandelt. Auffallend ist immer die Signatur auf seinen Bildern, die zwei sehr eng verschlungenen Buchstaben G und B.

Da es weltweit nur noch zehn Bilder des wohl um 1499 verstorbenen Künstlers geben soll, scheint dieses Bild aus meinem Besitz dann doch recht wertvoll zu sein. Das Gemälde hängt schon lange in unserem Haus in Hannover. Ich habe es nie wirklich wahrgenommen und weiß auch nicht, wann genau es in unseren Besitz gekommen ist. Mein Großvater und auch mein Vater haben, wie Sie wissen, insbesondere zwischen 1910 und 1930 Kunst gesammelt. In einem dicken Band mit Dokumenten

*in unserer Bibliothek haben diese beiden begeisterten Sammler
die Provenienz ihrer Errungenschaften genau vermerkt. Laut
diesen Dokumenten hat mein Vater 1930 als Letztes einen Antonio Maestroso erworben, einen Künstler aus dem Umfeld von
Perugino. Ein kleines Bild einer mir unbekannten Heiligen.
Wahrscheinlich wurde der Il Biondo um dieselbe Zeit erstanden.
Nach 1930 hat mein Vater, der häufig bei der Berliner Galerie Rieper Bilder erwarb, wohl keine Werke mehr gekauft. Ich
selbst habe in den vergangenen Jahrzehnten unsere Sammlung
nur noch durch einige kleine holländische Stillleben und Land-
schaftsbilder erweitern können. Keine weiteren Italiener mehr,
leider.*

    *Langsam werden Sie sich fragen, warum ich all das erwähne,
liebe Anna. Ich komme zum Punkt. Als ich den Biondo von der
Wand nahm und abstaubte – meine treue Haushilfe Ernestine
wagt sich nicht an die alten Meister –, fiel mir auf, dass die Farbe
an den Ecken irgendwie verschwommen beziehungsweise wie
abgeschabt aussah. Das machte mich zunächst nicht stutzig.
Als ich dann aber entdeckte, dass am Rahmen, der übrigens
sehr alt ist, kleinere Risse zu sehen sind, die auf eine manuelle
Manipulation hindeuten, wurde ich aufmerksam. Gerne würde
ich Ihre Meinung dazu erfahren und mit Ihnen zusammen das
Bild näher studieren. Es steht zwar schon für den Transport
nach Braunschweig bereit, aber wenn Sie meine Unsicherheit
in Bezug auf das Gemälde teilen, müsste es noch einmal gründlicher betrachtet werden. Bitte melden Sie sich möglichst bald.*

    *Alle vier ausgewählten Gemälde stehen inzwischen bei mir
im Flur. Sie sollen demnächst abgeholt werden. Den Biondo
werde ich aber heute im Laufe des Tages noch einmal zurück-
stellen. Bei unserem Treffen möchte ich Ihnen einige Dokumente
übergeben, die viele Jahre unbeachtet in unserem Safe lagen. Ich
habe nie sonderlich darauf geachtet, aber vor einigen Wochen
habe ich sie hervorgeholt und zum ersten Mal genauer angesehen. Diese Dokumente sind eine Art Chronik der wechselvollen
Geschichte des Bildes und könnten helfen, ein Licht auf meine
Entdeckung zu werfen. Mein Vater hatte sie wohl beim Kauf*

des Biondo als Beigabe erhalten, aber sicherlich nie wirklich studiert. Die meisten Texte sind auf Englisch, einer Sprache, die mein Vater nicht beherrschte. Ich selbst habe bisher nur einige Ausschnitte gelesen, bräuchte aber Ihre Hilfe für ein besseres Verständnis. Denn auch mein Englisch ist nicht mehr das beste. Ich erhoffe Ihren baldigen Anruf und freue mich auf unser Wiedersehen.

In alter Verbundenheit
Klas Strate

Der alte Mann las den mit der Hand geschriebenen Text an Anna Bentorp noch einmal durch, nickte zufrieden, steckte den Brief in einen Umschlag, den er frankierte und auf seinem Schreibtisch unter ein altmodisches dekoratives Tintenfass schob. Aber dann beschloss er, den Brief doch lieber gleich selbst zum Briefkasten an der nächsten Straßenkreuzung zu bringen. Jeden Morgen unternahm er einen kleinen Spaziergang, der immer im Bistro in der Nachbarstraße mit einem Cappuccino endete. Der Gang zum Briefkasten musste heute als Spaziergang genügen. Auf den Cappuccino würde er ausnahmsweise verzichten.

Nur zehn Minuten später saß er wieder an seinem Schreibtisch. Er war unruhig. Die Dokumente, die er Anna schicken wollte, musste er suchen. Er wusste nicht mehr genau, wo er sie hingelegt hatte. Im Safe waren sie nicht. Da hatte er sie herausgenommen. Doch seine Augen ermüdeten rasch, und obgleich er ein Jahr in Cambridge studiert hatte, war sein Englisch inzwischen völlig eingerostet. Anna würde damit keine Probleme haben.

Er öffnete die Schubladen seines Schreibtischs. Mein Gott, was für ein Durcheinander! Ernestine musste ihm beim Aufräumen und Sortieren helfen. Wo blieb sie eigentlich, seine immer überpünktliche Haushilfe?

Er hatte doch die Mappe in eine dieser Schubladen gelegt. In welche? Ungeduldig kramte er weiter. »Ich werde alt«, schimpfte er vor sich hin. Doch gerade als er frustriert aufstehen und nachschauen wollte, ob Ernestine nicht inzwischen das Haus betreten hatte, ohne dass er es gemerkt hatte, fiel ihm ein, wo er die Mappe mit den Unterlagen hingelegt hatte. Er atmete erleichtert auf.

In diesem Moment hörte er, wie die Haustür geöffnet wurde. Das musste Ernestine sein, die seit fast drei Jahrzehnten für ihn arbeitete. Allerdings antwortete sie nicht wie gewohnt auf sein: »Guten Morgen, Ernestine!«

Wahrscheinlich wird sie allmählich taub, dachte er und wandte sich wieder seinem Schreibtisch zu. Als er ein leises Geräusch vor seiner Tür vernahm, drehte er sich leicht enerviert um und sah, wie die Tür seines Arbeitszimmers aufging. Er runzelte die Stirn. Ernestine hätte es nie gewagt, unangemeldet einzutreten. Sie klopfte immer erst an, ehe sie in sein Heiligtum kam. Schon wollte er mit einer unwilligen Bemerkung auf diese Störung reagieren, doch dazu kam er nicht mehr.

Als Ernestine Wiegand das Haus im hannoverschen Vorort Kirchrode betrat, wunderte sie sich über die absolute Stille. Sie hatte sich heute ausnahmsweise verspätet, da ein Bus ausgefallen war. Hoffentlich würde ihr strenger Arbeitgeber nicht allzu pikiert sein. Ernestine hatte sich ihre Entschuldigung zurechtgelegt, als ihr auffiel, dass nicht wie üblich gedämpfte klassische Musik aus dem alten Radio im Arbeitszimmer erklang. Vielleicht war Professor Strate ja zu seinem Morgenspaziergang aufgebrochen und hatte ihre Verspätung deshalb gar nicht bemerkt. Doch in der Garderobe hing noch sein heller Regenmantel, den er stets um diese Jahreszeit trug, wenn er das Haus verließ. In der Küche entdeckte sie eine benutzte Kaffeetasse und in der Spüle einen Teller. Ernestine beschloss, erst einmal im oberen Stock Ordnung zu machen.

In seinem Schlafzimmer, das sie jeden Tag aufräumte, herrschte das übliche Chaos. Sein hellblauer Schlafanzug in der einen Ecke, sein karierter Morgenmantel in der anderen, auf dem Nachttisch mehrere Bücher über Kunstepochen und

Künstlerbiografien, Magazine und Zeitungen, dazwischen Schachteln mit seinen Pillen gegen Bluthochdruck und Erkältung.

Strate war offenbar schon längst aufgestanden. Das Handtuch in seinem Badezimmer, das er achtlos auf die schwarz-weißen Kacheln geworfen hatte, war schon fast trocken. Seufzend ging Ernestine die breite Holztreppe wieder hinunter. Im Treppenhaus hingen Stiche und Lithografien diverser Künstler, die ihr aber alle nichts sagten. Und sie auch nicht interessierten. Und erst einmal all diese Ölschinken im unteren Stock. Zum Teil düster und erschreckend – mit wenigen Ausnahmen. Sie mochte diesen Italiener mit dem seltsamen Namen, der so hübsche Bäume gemalt hatte und der demnächst in einem Museum in Braunschweig ausgestellt werden sollte. Wahrscheinlich saß der Professor schon an seinem Schreibtisch. Jeden Tag verbrachte er dort mindestens sechs Stunden. In seinem Heiligtum, wie er es zwar ironisch nannte, aber letztlich ernst meinte.

Zögernd klopfte sie an die Tür des Arbeitszimmers. Als keine Antwort kam, öffnete sie die Tür einen Spalt und spähte hindurch. Zuerst traute sie ihren Augen nicht. Deshalb schob sie sich vorsichtig ins Zimmer und erstarrte. Klas Strate lag neben seinem Schreibtisch reglos auf dem Boden. Seine Augen blickten ins Leere. Um ihn herum lagen zahlreiche lose Blätter. Ernestines entsetzter Schrei zerriss die unnatürliche Stille des Hauses.

Ein unverhofftes Wiedersehen

Ein kühler Wind strich über die Grabsteine. Ich stand im Schatten eines der alten Bäume auf dem Engesohder Friedhof in Hannover und fror. Nicht nur wegen des für Anfang Mai eher unfreundlichen Wetters, sondern weil ich um den Mann trauerte, der in diesen Minuten auf dem ehrwürdigen Friedhof beigesetzt wurde. Die Trauerfeier in der Kapelle hatte ich versäumt, da sich mein Zug von Köln nach Hannover aufgrund von »Personen im Gleis« um eine Stunde verspätet hatte.

Ich betrachtete die vielen Menschen, die sich zum letzten Geleit für Professor Klas Strate versammelt hatten. Als ich die Nachricht vom Tod meines einstigen Lehrers an der Kölner Universität erhielt, saß ich mit meiner Mutter in ihrer kleinen Küche mit Blick auf ihren winzigen Garten, in dem schüchtern die ersten Krokusse ihre Köpfe durch die Erde schoben, und trank mit ihr einen Kaffee. Immer um elf Uhr vormittags. Eine alte Tradition. Meine Mutter, trotz ihres fortgeschrittenen Alters noch immer recht munter und vor allem redefreudig, wollte mir gerade eine Anekdote aus der Nachbarschaft erzählen, als mein Handy klingelte. Obwohl meine Mutter die Stirn runzelte, nahm ich das Gespräch an. Eine sich überschlagende Stimme rief: »Anna? Bist du es?« Dann, ohne meine Antwort abzuwarten: »Klas Strate ist tot!«

Mit ein wenig Mühe erkannte ich die verzerrt klingende Stimme. Es war meine alte Freundin und frühere Kommilitonin Christine Windstetten, die mit mir bei Professor Strate in Köln studiert hatte. Ihren Magister machte sie dann später in Berlin, während ich in München mein Examen ablegte. Aber wir waren beide vier Semester bei dem charismatischen Strate gewesen, dessen tiefe, warme Stimme die Biografien und Besonderheiten der alten Meister so lebendig beschwor und der zudem ein fairer Prüfer und stets gesprächsbereiter Dozent gewesen war. Alle seine Studenten verehrten ihn, vor allem die weiblichen, die für seine tiefbraunen Augen und seine grauen Haare schwärmten, die ihm ein wenig das Aussehen von Richard Gere verliehen. Nach seiner Emeritierung war Strate in seine Geburtsstadt Hannover zurückgezogen.

Ich hatte den Kontakt zu ihm lange Zeit weitgehend verloren, obwohl auch ich in Hannover lebte und von dort aus umherfuhr, um Bilder zu begutachten oder Ausstellungskataloge zu planen, und dabei immer wieder Abenteuer erlebte. Strate war vor gut zwanzig Jahren emeritiert worden, hatte seitdem vor allem als Experte für verschiedene Museen zum Thema »Original und Fälschung« gearbeitet und seine Sammlung erweitert, die er von seinem Vater geerbt hatte, der sie wiederum von seinem Vater übernommen hatte. Der alte Heinrich Strate galt als einer der größten Privatsammler im Land, der dafür berüchtigt war, bereits mehreren namhaften Museen seine Sammlung versprochen zu haben. Aber er löste diese Versprechen nie ein, und sowohl das Landesmuseum in Hannover als auch das Braunschweiger Herzog Anton Ulrich-Museum oder die Berliner Nationalgalerie hatten das Nachsehen.

Als der alte Strate 1999 mit fast neunzig Jahren starb, hofften einige der Museen, sie seien in seinem Nachlass bedacht worden. Aber er verfügte in seinem Testament, dass sein einziger Sohn Klas, damals auch schon sechzig Jahre alt, die Bilder hüten und im eigenen Haus bewahren sollte. Man munkelte, dass die Sammlung einen Wert von vielen Millionen besaß, selbst wenn nicht alle Werke von bester Qualität waren, sondern teils von weniger namhaften Künstlern oder aus den Werkstätten berühmter Meister stammten. Klas Strate ließ wie sein Vater niemanden an seine Sammlung heran. Die meisten Bilder, hatte ich gehört, hingen in für Besucher nicht zugänglichen Räumen seines großen alten Hauses oder lagerten im Keller.

Ich hatte ihm Anfang des Jahres geschrieben und ihn gebeten, für die Ausstellung in Braunschweig, für die ich den Katalog erarbeiten sollte, doch einige seiner Bilder als Leihgaben zur Verfügung zu stellen. Seine Antwort war kurz und eher unpersönlich gewesen. Er sei bereit, vier Werke auszuleihen. »Falls dazu detailliertere Angaben benötigt werden, so bitte ich um Anruf auf meinem Festnetz.«

Ohne weiteren Kommentar sandte er mir die Titel der Bilder und die Namen der Künstler. Ich durfte ihn immerhin kurz besuchen, aber auch da blieb er zurückhaltend, was mich erstaunte, da ich eine seiner besseren Studentinnen gewesen war. Wir sahen uns die Bilder an, die für die Ausstellung in Frage kamen, suchten vier aus, die mir gut gefielen, und danach hörte ich nichts mehr von ihm. Alle formalen Fragen erledigte der Kurator der geplanten Ausstellung, und ich widmete mich anderen Dingen.

Im März starb meine Patentante Amelie in Köln, eine wundervolle Frau, die trotz der vielen Jahre, die sie an ihren Rollstuhl gefesselt war, nichts von ihrer Lebensfreude eingebüßt hatte. Ich erbte ihr Haus mit allen Beständen, darunter zahlreiche Bilder und eine Bibliothek mit zum Teil recht alten Büchern. Noch immer arbeitete ich an einer Bestandsaufnahme, fuhr jeden Monat für einige Tage nach Köln, quartierte mich bei meiner Mutter ein und schritt durch das Haus meiner Patentante im Kölner Vorort Marienburg wie durch ein Museum. Ihre wertvollsten Bilder hatte Amelie noch vor ihrem Tod mehreren Museen geschenkt, aber immerhin hingen noch recht ansehnliche Werke aus dem 17. Jahrhundert in ihrem Wohnzimmer. Das Haus würde ich irgendwann verkaufen.

Ich wollte von all den Bildern nur ein Madonnenbild aus dem späten 16. Jahrhundert behalten. Dieses Werk eines anonymen Malers hing jetzt in meiner Wohnung in Hannover. Ein paar Bilder hatte ich Richard Bernhard zum Verkauf überlassen – als wir noch in unserer seltsamen On-Off-Beziehung miteinander verbunden gewesen waren. Die aber brach endgültig im vergangenen September auseinander, als ich entdeckte, dass er während der gesamten Zeit unserer Liaison mit einer alten Freundin in Berlin engen Kontakt gehabt hatte. Alle seine Beteuerungen, das sei längst keine Affäre mehr gewesen, sondern nur noch eine Art Freundschaft, zündeten bei mir nicht. Tief enttäuscht zog ich mich zurück und löschte sogar in einem Anfall von Wut seine Handynummer und seine Mailadresse. Das half nicht viel, da ich beide längst auswendig kannte.

Richard Bernhard, Antiquitätenhändler aus Hannover und gelegentlicher Mitarbeiter der Fernsehsendung »Gutes für Geld«, bei der er als Experte für die Einschätzung von Bildern, Fotografien und alten Kunstobjekten mitwirkte, kannte ich, seit wir gemeinsam ein Abenteuer im Brester Moor in der Nähe von Stade überstanden und in den Jahren darauf im Ith und am Steinhuder Meer weitere Herausforderungen gemeistert hatten. Danach hatte sich zwischen Richard und mir eine Art von Liebesbeziehung entwickelt, die aber immer auf Messers Schneide stand. Ich war mir seiner nie sicher gewesen – wohl mit Recht, wie ich allzu spät entdeckte. Mein Kummer wurde nur noch von meinem Zorn übertroffen.

Mein Gemütszustand seit dem vergangenen Herbst war deshalb eher lau. Weihnachten verbrachte ich mit meiner Mutter in Köln, den Januar auf Mallorca bei meinem Vater, der sich inzwischen von seiner sehr viel jüngeren Frau getrennt hatte und nun alleine in seinem hübschen Haus bei Alcúdia wohnte. Und ich stürzte mich in die Arbeit. Der Katalog für die Ausstellung in Braunschweig im kommenden Jahr sollte bis September fertig sein. Und es gab noch viel zu tun. Zwischendurch überlegte ich, ob ich meine Zelte in Hannover ganz abbrechen und in das Haus meiner Tante ziehen sollte. Aber ich gab diesen Gedanken rasch wieder auf. Das Haus war für mich allein viel zu groß. Insgesamt sieben Zimmer und drei Bäder, die alle renoviert werden mussten, und dazu ein Garten von fast eintausend Quadratmetern.

Die etwas monotone Stimme des Pfarrers riss mich aus meinen Gedanken. Er stimmte das Vaterunser an, und mehrere hundert Trauergäste fielen ein. Sehr bewegend. Mir schossen die Tränen in die Augen. Die letzte Beerdigung, an der ich teilgenommen hatte, war die meiner geliebten Patentante gewesen. Ein wunderschönes katholisches Requiem in ihrer Kölner Pfarrkirche und eine sehr stimmungsvolle Beerdigung auf dem Melaten-Friedhof.

Auch Strates Begräbnis war durchaus würdevoll. Soviel ich wusste, hatte er nur sehr entfernte Verwandte gehabt. Seine Frau war nach kurzer Ehe gestorben, Kinder hatten sie nicht, und das gab ihm wohl den nötigen Freiraum, sein Geld und seine Anstrengungen weiterhin der Kunst zu widmen. Von Christine Windstetten, die ich seltsamerweise nicht unter den Gästen erblicken konnte, hatte ich erfahren, dass hinterher in einem Restaurant am Maschsee ein Empfang stattfinden sollte. Ich fühlte mich eingeladen und war mir sicher, dass zu Hause die Todesanzeige auf mich wartete. Ich war seit einer Woche nicht mehr in meiner Wohnung gewesen und nun direkt vom Bahnhof hierhergeeilt.

Die Gäste schoben sich auf das Grab zu, um Blumen oder Erde auf den Sarg zu werfen. Professor Klas Strate war ein prominenter Bürger dieser Stadt gewesen, ich sah unter anderem den Oberbürgermeister und einige Museumsleiter. Und dann entdeckte ich ihn: Richard Bernhard, der sich aus der Menge löste und eine Schaufel Erde auf den Sarg warf. Direkt hinter ihm stand Kommissar Hans Schumann, den ich seit fast zwei Jahren nicht mehr gesehen hatte. Auch ihm war ich erstmals vor fünf Jahren im Brester Moor begegnet, ein liebenswerter, höflicher Polizist, der so gar nicht den Klischees aus Fernsehfilmen oder Kriminalromanen entsprach. Solide, vielleicht manchmal ein wenig zu bedächtig, aber durchaus kompetent. Er rauchte nicht, trank aber recht gerne in geselliger Runde und liebte Jazz und Blues.

Ich freute mich, ihn zu sehen. Sein Haar war inzwischen vollends ergraut, was ihm ein würdiges Aussehen verlieh. Er ging ein wenig gebeugt und trat hinter Richard, der sich überhaupt nicht verändert hatte, an die Grabstätte. Schumanns Gesicht wirkte sehr blass und ernst. Zuletzt hatte ich ihn bei einem hastigen Mittagessen gesehen, das wir lange geplant hatten. Kaum waren wir beim Nachtisch angekommen, klingelte sein Handy. Er verabschiedete sich für seine Verhältnisse fast schon unhöflich kurz und eilte davon. Danach nur gelegentliche SMS, Absichtserklärungen, gescheiterte Verabredungen, abgebrochene Telefonate, bis ich ihm erklärte, dies habe alles keinen Sinn. Er solle sich erst dann wieder bei mir melden, wenn er wirklich Zeit hätte. Nun, das letzte Telefonat lag ein Jahr zurück. Meinen fünfzigsten Geburtstag feierte ich im vergangenen Jahr ohne meine alten Kampfgefährten Hans Schumann und Richard Bernhard im Kreis meiner Familie und einiger alter Freundinnen samt deren Ehemännern in meinem frisch geerbten Haus in Köln. Schumann hatte mir immerhin per SMS gratuliert.

Schumann und Richard hatten mich beide gesichtet. Wenn ich mich nicht irrte, trieb es beiden Männern, die sich früher nie besonders grün gewesen waren, aber nun wie gute Bekannte wirkten, die Röte ins Gesicht. Schumann hob grüßend die rechte Hand und lächelte mich an, Richard dagegen warf mir einen eher finsteren Blick zu. Als ich wenig später ans Grab trat, war er bereits gegangen. Nachdem ich eine Rose auf den von Erde und Blumen schon fast gänzlich bedeckten Sarg geworfen hatte, strebte ich dem Ausgang des Friedhofs zu. Schumann wartete zwischen zwei marmornen Grabsteinen auf mich.

»Wie schön, dich endlich wiederzusehen, Anna«, rief er und küsste mich flüchtig auf beide Wangen. »Wie ist es dir ergangen? Ich habe oft an dich gedacht, aber irgendwie hat sich meine Arbeit in Hannover als zeitraubender und mühevoller erwiesen, als ich je geahnt hätte.«

Kürzlich war ein Porträt von ihm in der Zeitung veröffentlicht worden, in dem vor allem auf seine Erfolge bei der Aushebung eines Kinderpornorings und der Zerschlagung des norddeutschen Ablegers eines Drogenkartells hingewiesen wurde. Der gute Hans Schumann, der auf den ersten Blick etwas schüchtern und fast unbeholfen wirkte, hatte offenbar brillante Arbeit geleistet. Ich freute mich für ihn, war aber ein wenig melancholisch, da ich keinen Platz mehr in seinem Leben zu haben schien. Auch wenn ich meinen Abenteuern im Brester Moor, im Ith und im Kloster Warnstedt am Steinhuder Meer und in Dublin nicht wirklich hinterhertrauerte, so vermisste ich doch hie und da die damit verbundene Aufregung.

Und meine Treffen mit Schumann, tja, und auch mit Richard. Derzeit verlief bei mir alles in recht durchschnittlichen Bahnen.

»Was treibst du denn bei dieser Beerdigung?«, sagte ich, ohne auf seine Frage nach meinem Wohlbefinden einzugehen.

Schumann hüstelte, bei ihm immer ein Zeichen von Verlegenheit. Wenigstens das hatte sich nicht verändert. Er blickte sich vorsichtig um. Da war er wieder, der alte Schumann, immer auf der Hut, ein wenig nervös und diskret bis zum Abwinken.

»Du kanntest ja Strate«, setzte er dann an. »Vor langer Zeit hast du mir erzählt, dass du bei ihm Kunstgeschichte studiert hast.«

Ich hatte längst vergessen, dass ich ihm davon berichtet hatte. Aber Schumann besaß ein ausgezeichnetes Gedächtnis.

»Nun, und ich habe zwei- oder dreimal Vorträge von ihm über unbekannte Künstler der Renaissance gehört«, fuhr er fort. »Die waren hervorragend. Obwohl ich von Kunst keine Ahnung habe. Dafür war meine Ex-Frau Dagmar zuständig. Aber er konnte toll und spannend erzählen. Ich erinnere mich an eine Geschichte von der Ermordung eines Palastwärters der Medici in Florenz. Er war vor einem kostbaren Bild niedergestochen worden, das dann gestohlen wurde, irgendwann um 1450 herum. Der oder die Täter wurden nie gefasst, und das Bild ist wohl auch nie wiederaufgetaucht. Es war irgendetwas mit einem Drachen.« Er lachte. »Ein klassischer Altfall. Die Menschen ändern sich wohl nie. Als ich von Strates Tod in der Zeitung las, habe ich spontan beschlossen, zur Beerdigung zu kommen und ihm meine Reverenz zu erweisen.«

Schumann mochte vieles sein, aber eines ganz gewiss nicht: ein guter Lügner. Deshalb schüttelte ich den Kopf und sagte: »Lass uns zusammen zum Empfang gehen. Dann kannst du mir die wahren Gründe für dein Kommen erzählen.«

Verwirrt sah er mich an. Dann lächelte er. »Meine liebe Miss Marple! Wie habe ich dich vermisst. Ja, ich komme gerne mit.«

Mir wurde warm ums Herz. Schumanns liebevolles Lächeln heiterte mich auf.

»Was ist eigentlich mit unserem Freund Richard?«, wagte ich zu fragen, als wir auf den Ausgang des Friedhofs zusteuerten.

Schumann stockte einen Moment, dann räusperte er sich. »Ich weiß, dass ihr euch nicht mehr seht. Das hat Richard mir vor einigen Monaten erzählt, als ich in seinem Geschäft nach einem Geschenk für meine Ex gesucht habe. Aber dass du gar nicht mehr weißt, was er macht und wie es ihm geht, überrascht mich doch. Er hat vor einem halben Jahr überlegt, ob er seinen Laden aufgeben soll. Aber jetzt will er ihn zumindest noch bis zur nächsten Mieterhöhung in drei Jahren behalten. Er arbeitet noch immer als Gutachter für diese Fernsehsendung, reist aber wohl ziemlich viel umher, um interessante Objekte für potenzielle Käufer zu finden, die ihm Sonderaufträge erteilen. Seine Kunstsprechstunde, die er vor einigen Jahren eingeführt hat, ist recht erfolgreich. Er berät, wie er mir sagte, an die zwanzig Leute pro Woche, die ihm ihre Dachboden- und Kellerfunde oder Erbstücke präsentieren. Also, Richard scheint gut aufgestellt zu sein. Aber vielleicht erzählt er dir das alles beim Empfang ja selbst.«

Als wir in dem Restaurant ankamen, wimmelte es von Menschen, darunter auch Fotografen und Presseleute. Am Eingang drückte mir eine adrett gekleidete Kellnerin ein Glas Sekt in die Hand, das ich aber gleich wieder abstellte. Alkohol war nicht so mein Ding, vor allem nicht am helllichten Tag. Suchend blickte ich mich um. Von Richard keine Spur. Stattdessen sah ich viele andere bekannte Gesichter. Als Erstes stieß ich auf zwei ehemalige Kommilitonen, die auch bei Strate studiert hatten. Markus Liebherr war inzwischen Kurator an einem Münchner Museum, Christian Bredehoff arbeitete für eine Kunstgalerie in Wien. Während des Studiums hatten wir manchmal zusammengesessen und uns über Strates Vorlesungen ausgetauscht, aber später nur noch von ferne unseren jeweiligen Werdegang verfolgt. Deshalb überraschte mich ihre herzliche Begrüßung. Liebherr, während seiner Studienzeit klapperdürr, hatte seitdem stark zugelegt. Ich erkannte ihn vor allem an seinen immer noch etwas ungelenken Bewegungen und seinen Augen wieder, von denen das eine braun, das andere grün war. Bredehoff, der Mädchenschwarm unseres Studienganges, sah dagegen blendend aus. Mit seinen grau melierten Haaren und seiner schlanken Figur erinnerte er an einen Filmschauspieler. Man merkte ihm seine dreiundfünfzig Jahre nicht an. Auch jetzt versprühte er den Charme, der ihn vor dreißig Jahren zum begehrtesten Date unseres Studiengangs gemacht hatte.

»Mein Gott, Anna, du bist ja eine Medienberühmtheit geworden!«, tönte Liebherr.

Bredehoff grinste und fügte hinzu: »Und beruflich bist du ja auch nicht schlecht unterwegs. Wer hätte das damals gedacht! Die immer etwas verträumte Anna, die für längst verblichene Künstler schwärmte.«

Beide Männer lachten laut, und ich errötete. Das alles lag mehr als dreißig Jahre zurück, aber auf einmal fühlte ich mich wieder wie die etwas linkische Studentin, die vor Stolz glühte, als Strate ihre Seminararbeit über Giorgio Vasari in höchsten Tönen pries.

Bei unserem Small Talk kamen wir von Hölzchen auf Stöckchen. Vor allem Christian Bredehoff, schon immer ein charmanter Unterhalter, erzählte mit großer Begeisterung von seinem Leben in Wien. Allerdings ließ er sein Privatleben dabei außen vor. Ich fragte mich insgeheim, wie oft er inzwischen geschieden und neu verheiratet war, zügelte aber meine Neugierde und erkundigte mich stattdessen nach den kommenden Ausstellungen und Neuerwerbungen für sein Haus. Liebherr hielt sich ein wenig zurück, hatte aber auch ein paar Anekdoten auf Lager, die sich vor allem um schwierige zeitgenössische Künstler und ihre oft noch anstrengenderen Agenten drehten.

»Eine gute Ausstellung auf die Beine zu stellen ähnelt den Arbeiten des Herakles«, seufzte er. Er schloss seine Ausführungen mit einer Bemerkung, die einige meiner eigenen Überlegungen widerspiegelte: »Schön wäre es, wenn der gute alte Strate ein paar seiner Bilder unserem Museum vermacht hätte. Denn wer soll jetzt seine Sammlung übernehmen?«

Als ich mich endlich von den beiden redseligen Herren gelöst hatte, stieß ich im Gedränge ausgerechnet auf den Mann, den ich in meinem Privatleben meist mied: Harald Frostauer, seines Zeichens Historiker mit Spezialkenntnissen zur Landesgeschichte Niedersachsens und Besserwisser. Auch ihn hatte ich länger nicht mehr gesehen. Er hatte eine gewisse Rolle in meinen früheren Abenteuern gespielt, aber meistens war ich auf der Flucht vor ihm gewesen. Ich wusste, dass er wieder einmal an einem Buch schrieb und wahrscheinlich schon das nächste und übernächste Werk plante. Da war er schier unermüdlich. Und er verfasste Artikel für alle möglichen historischen und kunsthistorischen Magazine. Viel beschäftigt, immer unterwegs und, wie ich sofort zu spüren bekam, immer noch eine Nervensäge.

»Anna!«, flötete er und verströmte einen Duft von starkem Aftershave gemischt mit Sekt. »Wie wunderbar, dich zu treffen, selbst wenn der Anlass traurig ist. Ich wollte dich so oft anrufen oder dir schreiben, vor allem letztes Jahr zu deinem Geburtstag!«

Ich nickte nur. Schon fuhr er fort: »Ich habe gehört, du hast ein Haus in Köln geerbt und bist gar nicht mehr so oft in Hannover. Und jetzt auch noch dieses Engagement für Braunschweig! Und keine neuen Mordfälle?« Er kicherte.

Ehe ich antworten konnte, spürte ich eine Hand auf meinem Rücken. Ich drehte mich um. Richard stand vor mir. Mich überflutete ein Gefühl von Freude gepaart mit Ablehnung, sehr seltsam. Er sah mich eher kühl an und sagte: »Ich habe dich schon auf dem Friedhof entdeckt. Ich muss mit dir reden. Entschuldigung, Harald, aber ich entführe Anna für einige Minuten.«

Energisch steuerte er mit mir eine Ecke des Restaurants an, in der einige Tische aufgebaut waren. »So«, sagte er, als wir uns setzten, »jetzt erzähl mir bitte, was Schumann dir vorhin verraten hat.«

Ich starrte Richard an. Was für ein sonderbares Wiedersehen. Mein Magen zog sich krampfhaft zusammen. Das Blut dröhnte in meinen Ohren, und mir wurde schwindelig vor Enttäuschung und Wut. »Was soll das?«, fauchte ich. »Du meldest dich nie bei mir, und dann diese blöde Frage?«

Richard lächelte plötzlich. Für einen Augenblick sah ich wieder den charmanten Taugenichts vor mir, den ich vor fünf Jahren in dem kleinen Ort Bresterholz erstmals getroffen hatte. Dann aber wurde er wieder ernst und sagte: »Es geht um eine wichtige Sache. Um Klas Strate und seine Kunstsammlung. Und falls Schumann es dir noch nicht gesagt hat, dann erzähl ich es dir. Es scheint, dass der alte Herr ermordet wurde. Warum, glaubst du, war dein Kommissar heute auf der Beerdigung?« Er blickte mich mit einem leicht spöttischen Blick an.

Meine erste Reaktion war: »Das darf doch nicht wahr sein. Nicht schon wieder ein Mord in meinem Umfeld!«

Als ich in diesem Moment Schumann auf uns zukommen sah, ahnte ich, dass meine Zeit der Ruhe vorbei war.

Letzte Worte

Meine Wohnung wirkte unwirtlich. Aufgeräumt hatte ich sie zwar, ehe ich nach Köln gefahren war. Doch die wenigen Topfpflanzen ließen ihre Köpfe hängen, mein letzter Weihnachtsstern hatte den Geist aufgegeben. Kein Wunder, ich war deutlich länger weggeblieben als geplant. Zweimal im Monat kam eine Haushaltshilfe, die meine Wohnung putzte, aber selbst diese Perle hatte den Untergang meiner Pflanzen nicht verhindern können. Seufzend goss ich Wasser in die Töpfe, bis sich die rissige Erde vollgesogen hatte. Den Weihnachtsstern entsorgte ich. Ob die heutige reichliche Wassergabe die armen anderen Pflanzen retten würde, blieb abzuwarten.

Die Beerdigung saß mir in den Knochen. Müde betrachtete ich den Haufen aus Briefen, Zeitungen und Werbeprospekten, den ich aus meinem Briefkasten gefischt hatte. Erst einmal machte ich mir einen Tee und setzte mich in meinen Lieblingssessel. Die Ereignisse der letzten Stunden kreisten durch meine Gedanken.

Schumann hatte Richard zornig angeschaut, als er zu uns gestoßen war. »Was redest du da? Es ist noch nicht geklärt, ob Strates Tod nicht doch eine natürliche Ursache hatte«, fauchte er. Für seine Verhältnisse wirkte er sehr ungnädig.

Richard zuckte mit den Achseln. »Wenn du auf einer Beerdigung auftauchst, dann steckt mehr dahinter. Es hieß ja in einer ersten Meldung, Strate sei einem Herzinfarkt erlegen. Aber in der Zeitung stand gestern doch schon eine kurze Nachricht, dass der Tod des bekannten Kunstsammlers Professor Klas S., dreiundachtzig Jahre, die Polizei vor ein Rätsel stelle.«

Ich sah Schumann an. »Wolltest du mir das erzählen?«

Er nickte. »Wir haben in der Tat erst vermutet, er sei einem Infarkt erlegen, obwohl er ein für sein Alter kerngesunder Mann war. Er hat offenbar sehr auf seine Gesundheit geachtet. Keine Zigaretten, selten mal ein Glas Wein, gesunde Ernährung, hat uns seine Haushälterin Ernestine Wiegand berichtet.« Er leerte sein Glas Sekt mit einem großen Schluck. Im Gegensatz zu Strate trank er recht gerne mehr als ein oder zwei Gläser, aber nie im Dienst. Deshalb erschien es mir etwas befremdlich, dass er sich gleich ein nächstes Glas Sekt organisierte.

Als hätte er meine Gedanken erraten, stellte er das Glas, ohne daraus getrunken zu haben, auf einen kleinen Beistelltisch. »Also gut. Aber bitte posaune das nicht in der Welt herum wie Richard. Unser Gerichtsmediziner Emil Sauerwein hat festgestellt, dass Strate erwürgt worden ist. Wir vermuten einen Raubüberfall, der Strate das Leben gekostet hat. Wahrscheinlich ist er dem Täter in die Quere gekommen. Was diese These bestätigt, ist, dass offenbar ein Bild gestohlen wurde. Ursprünglich standen vier in Packpapier gewickelte Bilder im Flur, wie Ernestine Wiegand zu Protokoll gegeben hat. Diese vier Bilder sollten am nächsten Tag abgeholt und nach Braunschweig gebracht werden. Bis zu der Ausstellung sind es zwar noch etliche Monate, aber Strate wollte die Bilder offenbar schon mal aus dem Haus haben. Wie ich weiß, Anna, erstellst du ja den Katalog.«

Ich war überrascht, dass er von meinem Auftrag für die Braunschweiger Ausstellung wusste.

Schumann angelte sich sein Sektglas und trank einen gierigen Schluck. Dann stellte er es energisch auf den Tisch und fuhr fort: »Professor Strate hatte wohl nur ungern Besucher. Ernestine Wiegand erinnert sich, dass zuletzt vor etwa vier Wochen jemand ins Haus kam. Sie weiß aber nicht, wer es war, und der Besucher ging wohl auch nach knapp einer halben Stunde wieder.«

»Na ja, sie wird sicher nicht jeden Besucher mitbekommen haben«, warf Richard ein. »Sie ist ja nicht Tag und Nacht im Haus.«

Schumann nickte. »Da hast du recht. Aber er galt als Einsiedler und hat meistens nur schriftlich mit seinen früheren Kollegen und Studenten verkehrt. Wir überprüfen seine Mails, ob uns da irgendetwas auffällt.«

Nun hatte Schumann doch mehr verraten, als er eigentlich

wollte, denn er brach abrupt ab, fügte dann aber mit leiser Stimme hinzu: »Ich bitte euch, nicht darüber zu sprechen.« Er wandte sich an mich. »Wann hast du Strate zuletzt gesehen, Anna?«

»Das ist etwa vier Monate her. Ich habe ihn wegen der Auswahl der Bilder besucht, die er dem Museum leihen wollte«, überlegte ich. »Er wollte uns drei Flamen und einen italienischen Renaissancekünstler zur Verfügung stellen und mir dazu noch Unterlagen geben, weil ich diesen italienischen Künstler ehrlich gesagt nicht kenne.«

Richard grinste. »Und das will was heißen!«

Dieses breite Lächeln gab den Anstoß, dass für einen Augenblick die Zeit für mich rückwärtszulaufen schien. Plötzlich sah ich uns beide zusammen, wenige Wochen nachdem das Geheimnis der keltischen Masken gelüftet und die Morde im Umfeld dieser Objekte aufgeklärt waren. Richard hatte mich zu seinem Lieblingsitaliener eingeladen, es war ein heller Spätfrühlingsabend, und die Welt drehte sich für mich endlich wieder in ruhigen Bahnen. Wir standen damals am Anfang unserer nach allem Hin und Her intensiveren Beziehung. Wie lange schien das her zu sein.

Ich schluckte. Mir wurde auf einmal sehr wehmütig ums Herz. Doch ehe mich meine Sentimentalität übermannte, sagte ich zu Schumann: »Ich kann mir beim besten Willen nicht vorstellen, dass Strate ernsthafte Feinde gehabt haben könnte. Warum sollte ihn jemand ermorden?«

Es fiel mir sehr schwer, diese Nachricht zu verdauen. Mord? Wo lag das Motiv? Ich kannte Strate ja nicht wirklich und wusste nichts über sein Privatleben außer den Fakten, die man auf offiziellen Seiten finden konnte. Vielleicht hütete er seine Geheimnisse, und wir alle hatten nur die eine Seite von ihm erlebt, die des klugen Professors und vielseitigen Kunstkenners.

»Brauchst du mich in diesem Fall?«, fragte ich Schumann etwas zögerlich.

Er schüttelte den Kopf. Dann lächelte er. »Außer es treten wieder einmal besondere Umstände ein. Oder es tauchen mysteriöse Bücher in Englisch auf wie bei unseren letzten Fällen. Dann rufe ich dich natürlich um Hilfe. Falls dir Strate aber irgendwelche geheimnisvollen alten Schriften zugeschickt hat, in denen es um die Herkunft von Bildern geht oder die ein Licht auf mögliche dunkle Ereignisse werfen, dann erwarte ich, dass du mich informierst und nicht die Miss-Marple-Rolle zum vierten Mal spielst.« Sein Ton klang scherzend, aber in seinen Augen lag durchaus ein gewisser Ernst. Er hob die Hand zum Abschied und blickte beim Gehen noch mal über seine Schulter. »Ich melde mich in nächster Zeit bei dir. Fest versprochen, und diesmal halte ich mein Versprechen.«

Richard blickte ihm nach. »Der gibt auch nie auf«, brummte er.

Ärgerlich sah ich ihn an. »Was soll diese dumme Bemerkung?«

Er schmunzelte. »Ach Anna, Schumann ist schon so lange in dich verknallt. Und jetzt könnte er ja zum Ziel kommen, wo ich nicht mehr im Rennen bin.« Er sah mich nicht direkt an, sondern fixierte einen Punkt irgendwo im Saal.

Seine Worte verletzten mich seltsamerweise. Ich spürte, wie eine Welle des Schmerzes über mich hinwegrauschte. Das war alles plötzlich zu viel für mich, Strates Tod, der vielleicht ein Mordfall war, Schumanns überraschend große Freude, mich wiederzusehen, Richards ironische Bemerkungen, das fast schon unpassend laute Gelächter im Saal, die muntere Unterhaltung – ich hatte das Gefühl, nicht dazuzugehören, als Betrachterin außen vor zu stehen, das Treiben um mich herum wie auf einer Bühne wahrzunehmen. Ich konnte kaum mehr atmen. Kurz nickte ich Richard zu, der mich verwundert ansah, und drängte mich durch die Gesellschaft der Trauergäste, die sich bei Sekt, Kaffee und Kuchen recht gut zu amüsieren schienen.

Ich fragte mich, wie diese bunte Schar reagieren würde, wenn publik würde, dass Strate nicht an einem Herzinfarkt gestorben, sondern ermordet worden war.

Sollte er tatsächlich sozusagen der Kollateralschaden eines Einbruchs gewesen sein? Immerhin war eines der Bilder spurlos verschwunden. Welches der vier fehlte, würde ich rasch herausfinden müssen. Ich besaß von allen vier Fotos. Diesmal aber würde ich mich aus dem Fall heraushalten und Schumann nur eventuell Informationen zu dem gestohlenen Bild geben. Und damit basta!

Ich steuerte auf den Ausgang des Restaurants zu. Bredehoff und Liebherr sah ich nur noch aus der Ferne, meine Freundin Christine Windstetten war allerdings immer noch nicht erschienen. Ich zog mein Handy aus der Jackentasche. Keine Nachricht. Ich schrieb rasch eine SMS: »Wo bist Du abgeblieben? Ich habe auf Dich gewartet. Und Strate hat Dich sicher vermisst.«

Ein blöder Versuch, witzig zu sein. Doch ich schickte die Nachricht in der Hoffnung auf eine Reaktion ab. Keine Antwort. Das erfüllte mich zwar mit einer vagen Unruhe, aber mehr mit Ärger. Warum tauchte sie nicht auf? Na ja, sie würde sicher ihre Gründe haben. Und sich dann später mit einem Wortschwall für ihr Fehlen entschuldigen. Sehr zuverlässig war sie leider noch nie gewesen. Warten hatte keinen Sinn, und ich wollte nur noch weg. Ich verspürte keine Lust auf hohle Abschiedsworte. Und so überhörte ich geflissentlich, dass Bredehoff meinen Namen rief. Selten hatte ich mich so sehr auf meine Wohnung gefreut, meinen sicheren Hafen in all diesem emotionalen Chaos.

Als ich zu Hause angekommen war, meine Blumen gewässert und Wasser für einen Tee aufgestellt hatte, machte ich mich an das Sortieren der Post.

Aus dem Packen mit Reklameprospekten, Rechnungen und anderen Schreiben auf dem Esstisch sah ein Brief hervor. Mein Herz setzte für einen Moment aus: Die elegante Handschrift kannte ich doch! Und dann sah ich den Absender. Klas Strate. Es schien mir wie ein Gruß aus dem Jenseits. Und als ich mit zitternden Händen den Umschlag geöffnet und den Brief gelesen hatte, war ich, freundlich ausgedrückt, etwas verwirrt. Was meinte Strate damit, dass ihm etwas Merkwürdiges an dem Bild aufgefallen sei? Als ich bei ihm gewesen war, hatte ich nur einen flüchtigen Blick auf den Biondo geworfen und ihn als durchaus attraktiv, aber nicht als sehr aufregend empfunden. Eine Flusslandschaft im Morgenlicht, ein recht gelungenes Beispiel für Renaissancemalerei. Doch offenbar trog der Schein. Aber wo waren die von Strate angekündigten Dokumente, die eventuell Licht in dieses Rätsel bringen könnten?

Sein Brief, der nun sein Abschiedsbrief war, erfüllte mich mit einer Mischung aus Trauer und Anspannung. Steuerte ich wieder auf einen Fall zu, der mich gegen meinen Willen involvierte? Aber was war an den verblassten Farbrändern und dem leicht beschädigten Rahmen so merkwürdig, dass er darüber mit mir sprechen wollte? Diese eher kleinen Auffälligkeiten konnte doch ein Restaurator beseitigen. Oder verbarg sich dahinter mehr, als Strate mir in seinem Brief mitteilen wollte? Wie dumm, dass ich diese Dokumente nicht bekommen hatte. Sicherlich lagen sie noch bei ihm zu Hause, und er war nicht mehr dazu gekommen, sie abzusenden.

Wahrscheinlich hatte seine Haushilfe ihn gefunden. Arme Ernestine! Sie hatte den Strates viele Jahre treu gedient, und nun das! Ich kannte sie von meinen seltenen Besuchen beim Professor; bei meinem letzten Treffen mit ihm hatte sie Tee und ziemlich trockene Kekse serviert.

Trotz aller Empathie für Ernestine grübelte ich darüber nach, wie ich in Strates Haus gelangen und selbst nachsehen konnte, ob die von ihm erwähnten Dokumente noch dort lagen. Und einmal mehr siegte meine Neugierde über meine Vernunft. Fast hätte ich Richard angerufen, aus alter Gewohnheit und getrieben von dem Wunsch, ihn wiederzusehen. Ich unterließ es aus Stolz und Angst, von ihm abgewiesen zu werden.

Am nächsten Morgen trat ich ausgeschlafen vor die Tür und musste für den Bruchteil einer Sekunde die Augen wegen des plötzlichen Sonnenscheins zukneifen. Als ich sie wieder öffnete, glaubte ich in einem sehr schnell vorüberfahrenden Auto Christine zu sehen. Doch ehe ich diese Wahrnehmung richtig speichern konnte, war der Wagen schon um die Ecke gebogen, und ich stand verunsichert auf dem Bürgersteig. Sicherlich hatte ich mich geirrt. Warum hätte sie ausgerechnet durch meine Straße fahren sollen? Wollte sie zu mir? Aber die Frau, die eine auffallend große Sonnenbrille trug, machte nicht den Versuch, den Wagen anzuhalten. Ich schien unter Halluzinationen zu leiden. Dennoch merkte ich, wie mich die Frage zunehmend beunruhigte, wo meine Freundin abgeblieben war.

Cromwells Schatten

Warchester Castle, im August des Jahres des Herrn 1648

Die Wolken über dem See haben die Sonne verschluckt. Ein Gewitter braut sich zusammen. Der Wind reißt die ersten Blätter von den Bäumen und wirbelt sie durch den Park. Die Schwäne sind ans Ufer geflüchtet. Die Zeichen stehen auf Sturm. Doch nicht nur in der Natur, sondern vor allem in der Politik. Die dunkle Front rückt täglich näher. Zwei große Schlachten haben die Royalisten schon gegen Oliver Cromwells gut gerüstete Armeen verloren, bei Marston Moor 1644 und bei Naseby im Jahr darauf. Eine dritte große Auseinandersetzung droht. Die Angst reitet ihr voran. In Warchester Castle versucht man, dieses Gefühl von Ungewissheit zu verdrängen. Doch das gelingt immer schlechter. Bisher sind wir hier noch glimpflich davongekommen, aber ich fürchte, dass alles bald in Scherben fällt.

Wie so oft habe ich mich in den vergangenen Tagen in den dämmrigen Saal zurückgezogen und stehe auch jetzt wieder vor dem Gemälde, das mein Herr, Henry, der fünfte Earl of Warchester, erst vor wenigen Wochen hat auffrischen lassen, da es allzu lange in einer dunklen Ecke der mächtigen Eingangshalle gehangen hatte und seine kraftvollen Farben zu verblassen drohten.

Was für ein Bild! Ein riesiger Drache steht vor dem in eine funkelnde Rüstung gehüllten Ritter Georg. Neben dem grünen Ungeheuer eine zarte Frauengestalt, die in ihren Händen ein Band hält, das um den schuppigen Hals des Ungeheuers geschlungen ist. Der Drache blutet aus einer tiefen Wunde. Aber noch ist er nicht besiegt. Der heilige Georg, Schutzpatron Englands, scheint in diesem auf Ewigkeit festgefrorenen Augenblick erneut auf das Tier loszustürmen, bereit zum letzten Gefecht. Töten wird er, wie die Legende erzählt, das Untier nicht, nur schwer verwunden, um es dann in die Stadt zu bringen, deren

Bevölkerung sich angesichts des ruhmreichen Sieges des tapferen römischen Offiziers zu der neuen Religion, dem Christentum, bekennen wird.

Grübelnd sehe ich das Bild an, dessen Bedeutung mir in diesen Tagen so nahegeht wie nie zuvor. Können wir, die Anhänger des Königs, den Drachen bezwingen, die Armee von Oliver Cromwell, die unser Land Stück für Stück erobert und die Royalisten zurückdrängt? Der Drache – das sind seine gut ausgerüsteten Männer, die »Roundheads« mit ihren kurz geschorenen Haaren und fast runden Helmen. Was vermögen die Truppen des Königs gegen sie noch auszurichten? Die Zeichen stehen in der Tat auf Sturm. Seltsamerweise tröstet mich heute der Anblick des Heiligen nicht. Neben ihm hängt eine hübsche toskanische Landschaft, die von einem wenig bekannten Maler namens Giovanni dell'Ombra stammt, genannt Il Biondo. Dem Florentiner Paolo Uccello kann Il Biondo nicht das Wasser reichen, doch beruhigt der liebliche Anblick von Pinien und Zypressen heute eher mein Gemüt als Sankt Georgs zum Stoß erhobene Lanze.

Mein Herr ist gestern ins Schloss zurückgekehrt, das Gesicht von Sorgen gezeichnet. Seine Gattin, Lady Annabell, und seine drei Söhne James, Charles und Robert begrüßten ihn liebevoll, was aber kein Lächeln auf sein Gesicht zu zaubern vermochte. Die beiden Töchter Elizabeth und Margret bekamen die Rückkehr ihres Vaters nicht mit. Sie waren schon zu Bett gegangen. Sie sind ja erst sieben und drei Jahre alt.

Der Earl rief mich eine Stunde nach seiner Heimkehr zu sich in die Bibliothek. Er legte mir die Hand auf die Schulter und sagte: »Stuart, ich glaube nicht mehr, dass wir Cromwell bezwingen werden. Es steht schlecht um unsere Sache, aber wir werden bis zum letzten Blutstropfen kämpfen und unseren König nicht verraten. General George Hitchins, einer der Offiziere Cromwells, hat mir ein Angebot zukommen lassen. Falls wir uns ergeben und dem Commonwealth die Treue schwören, werden er und seine Armee uns verschonen. Im Falle eines Sieges seiner Truppen jedoch sieht er keine Chance auf Gnade. Dann sind die Tage von Warchester Castle gezählt. Doch ich bin kein Verräter.

Falls Ihr aber zurück nach Irland wollt, Stuart, dann wäre jetzt noch Zeit zu gehen.« Er nahm den Arm von meiner Schulter und verließ den Raum, ohne auf meine Antwort zu warten.

Ich starrte ihm nach, mein Kopf und mein Herz schwer vor Kummer. Seit acht Jahren lebe ich nun schon in diesem Schloss auf dem Gut der Warchesters. Mein Heimatland ist Irland, geboren wurde ich in Cork. Aber schon als Kind verschlug es mich nach Dublin, wo ich bei einer Tante aufwuchs, da meine Eltern beide der Malaria erlagen, als ich erst fünf Jahre alt war. Tante Theodora kümmerte sich recht liebevoll um mich, sorgte dafür, dass ich eine gute Ausbildung bekam und im erst wenige Jahrzehnte zuvor von Königin Elizabeth gegründeten Trinity College studieren durfte. Ich war katholisch getauft, aber Tante Theodora riet mir, der englischen Kirche beizutreten, um meine Zukunft zu sichern, wie sie sagte. Ich sollte eigentlich Geistlicher werden, doch ich verließ Irland, ehe mein Studium beendet war, und ging nach London. Dort verdingte ich mich im Jahre 1630 – ich war damals Mitte zwanzig – bei einem Advokaten als Schreiber. Zehn Jahre lebte ich in London, heiratete die Tochter eines Medicus, der aber seine eigene Tochter nicht retten konnte. Meine geliebte Rose starb nach nur zwei Jahren Ehe bei der Geburt unseres Sohnes Liam. Ich war außer mir vor Gram, kehrte mit dem Kind heim nach Irland und übergab den Kleinen meiner Cousine Jane zur Pflege, die ihn wie ihr eigenes Kind aufnahm und aufzog.

In jenen dunklen Tagen erhielt ich dank der Fürsprache des Advokaten, dem ich zehn Jahre treu gedient hatte, das Angebot, als Chronist in die Dienste des Earl of Warchester zu treten. Sein Anwesen liegt in der Nähe des Lake District in einer wunderschönen Landschaft mit Hügeln und weiten Wäldern. Das Schloss wurde zu Zeiten Heinrichs VIII. erbaut, eine Mischung aus Burganlage und Schloss.

Der Earl besitzt eine wunderbare Sammlung von Gemälden aus Italien, vor allem aus Florenz, und aus Flandern. Oft stehe ich staunend vor diesen Meisterwerken, die zumeist zwischen 1460 und 1620 entstanden sind. Aus jüngster Zeit stammen drei

Bilder des großen Flamen Anthonis van Dyck, der in seinen letzten Lebensjahren als Hofmaler unseres Königs Charles in London gelebt hat. Ein Madonnenbild, ein Porträt einer vornehmen Dame mit Kind und vor allem ein Bildnis des Königs schmücken den großen Saal im Schloss. Daneben der Il Biondo mit seiner sonnenbestrahlten Landschaft. Und dann der Uccello. Immer wenn ich davorstehe, fühle ich ein merkwürdiges Kribbeln, als ob das Bild mir etwas sagen möchte. Ich vertraue diese Empfindung nur meinem privaten Tagebuch an, denn der Earl würde mich für verrückt erklären, wenn ich ihm dieses Gefühl schilderte. Aber ich bin Ire, und uns sagt man den sechsten Sinn nach und ein starkes Gespür für gewisse Schwingungen, die sich nicht rational erklären lassen.

Das Bild hing in der Halle, als ich in den Dienst des Earls trat. Er führte mich damals durch sein Schloss und stand mit mir eine Weile vor dem Gemälde, das neben dem harmlos schönen Il Biondo die Wand schmückte. Langsam wandte er sich zu mir um. »Mein guter O'Sullivan«, sagte er mit seiner etwas schnarrenden Stimme, »es ist schon erstaunlich, dass auch Kunstwerke oft eine merkwürdige Geschichte haben. Man sieht ihnen nicht an, dass sich allerlei dunkle Geschicke mit ihnen verbinden können. Sie sind nicht so unschuldig, wie sie wirken.« Er wies auf die sonnige Landschaft des Biondo. »Selbst dieses so freundlich aussehende Gemälde könnte wohl einige Moritaten erzählen. Und das Bild mit dem heiligen Georg umgeben gewiss noch mehr Rätsel.«

Ich sah ihn erstaunt und ein wenig verwirrt an.

»Nun, mein Guter«, fuhr der Earl fort und deutete auf den Drachen. »Dieses Bild hat mein Urgroßvater, der zweite Earl of Warchester, vor gut einhundert Jahren als junger Mann in Florenz bekommen.« Er zeigte auf den Biondo. »Und dieses Landschaftsporträt brachte seine italienische Frau mit in die Ehe. Mein Urgroßvater Clarence befand sich damals auf einer Reise nach Rom. Obgleich König Heinrich sich von Rom getrennt und eine Kirche ohne Papst als Oberhaupt begründet hatte, war mein Vorfahre seinem Glauben treu geblieben. Dadurch verlor er seine Ämter bei Hof und zog sich auf seinen Landbe-

sitz zurück. *Jedes Jahr aber begab er sich auf eine Pilgerreise. Canterbury, Köln, Rom – das waren seine Ziele. Auf dieser Reise nach Rom im Jahre 1546 war er bei einem Florentiner Adligen zu Gast, einem Kaufmann namens Arcangelo Buarotti, den mein Ururgroßvater Thomas im Jahre 1530, noch zu der Zeit von Heinrich VIII., bei dessen London-Besuch bewirtet hatte. Mein Urgroßvater erkrankte übrigens 1551 am Englischen Schweiß, dieser entsetzlichen Krankheit, die unser Land immer wieder befiel. Er überlebte und erbaute zum Dank jene Kapelle unweit von Warchester Castle, die aber allmählich verfällt.«*

Der Earl schwieg einen Augenblick. »Mein Urgroßvater brach, wie gesagt, 1546 nach Italien auf«, sagte er dann. »Begleitet von einem Diener namens Archibald, einem schottischen Hochländer, war er im Juni dieses Jahres auf dem Weg in die Ewige Stadt. Damals bekleidete Papst Paul III. das Amt Petri. Es war im letzten Jahr der Regierung Heinrichs VIII., der schon seit fast zehn Jahren an den Folgen eines Reitunfalls litt und dessen Kräfte stetig schwanden. Mein Urgroßvater, damals ein Mann von dreißig Jahren und noch unverheiratet, traf im Haus von Arcangelo Buarotti dessen schöne Tochter Bianca. Sie sollte meine Urgroßmutter werden. Als mein Urgroßvater zur Weiterreise nach Rom aufbrach, versprach er Bianca, zu ihr zurückzukommen und um ihre Hand anzuhalten. Was er vier Monate später auch tat. Doch ehe er das Haus verließ, überreichte ihm sein späterer Schwiegervater ein sorgsam eingehülltes Bild als Geste der Freundschaft. Es war der Drachenritter.«

Der Earl sah mich mit einem seltsamen Blick an. »Ihr seid Ire, O'Sullivan«, sagte er dann. »Und so nehme ich an, dass Ihr nicht an dem zweifeln werdet, was ich Euch nun anvertraue.« Er lächelte.

Henry Warchester war ein großer, gut aussehender Mann von Anfang vierzig, der, nach dem Vorbild seines Königs, das lange Haar offen und einen gepflegten Bart trug. Er strich sich mit der Hand über den Schnurrbart und sprach mit gedämpfter Stimme weiter: »Als mein Urgroßvater aufbrechen wollte, trat eine uralte Frau auf ihn zu. Mein Urgroßvater zügelte höflich sein Pferd. Die Alte, die mein Urgroßvater seinem Enkel als winzig kleine Frau mit eindrucksvollen grünen Augen schilderte, hob gebieterisch ihre Hand. Sie wies auf das Bild, das er auf seinem Packpferd befestigt hatte. ›Hütet Euch vor dem Fluch, der auf diesem Bild liegt!‹, sagte sie mit einer überraschend starken Stimme. ›Es ist mit Blut besudelt!‹

Ehe mein Urgroßvater antworten konnte, zogen zwei Diener des Hausherrn die alte Frau beiseite. Sein Diener Archibald, ein wahrer Kelte, sah beunruhigt drein, und auch mein Urgroßvater war, wie er meinem Vater, seinem Enkel, viele Jahre später erzählte, betroffen. Er wollte Arcangelo zu der Bedeutung dieser mysteriösen Worte befragen, schob das aber auf bis zu seiner Rückkehr. Doch als er seinen Schwiegervater schließlich auf den angeblichen Fluch und das Gerücht, das Bild sei mit Blut besudelt, ansprach, winkte Buarotti ab. ›Es heißt, dass dieses Bild einst den Medici gehört haben soll, dann aber durch Gewalt in den Besitz einer anderen Familie gelangte. Mein Vater Donato hat es vor zwanzig Jahren erworben, als es uns aus dem Nachlass jener Familie angeboten wurde. Als er es den ursprünglichen, eigentlichen Besitzern, den Medici, zurückgeben wollte, lehnten diese ab. Es klebe Blut daran, war ihre Begründung. Da sie inzwischen Hunderte anderer Werke ihr Eigen nannten, konnten sie wohl leichten Herzens darauf verzichten. Vielleicht glaubten auch sie an diesen Fluch. Näheres weiß ich nicht. Aber die alte Guiseppa redet oft wirr. Sie zählt schon fast einhundert Jahre. Bei ihr vermischen sich Märchen und Wirklichkeit.‹

Als mein Urgroßvater dann Bianca heiratete, schenkte ihm Arcangelo Buarotti noch den Biondo als Morgengabe. Auch dieses Bild stammte aus dem Nachlass, aus dem der Uccello kam. Dieser Teil der Aussteuer meiner Urgroßmutter wurde ergänzt durch zwei Madonnenbilder eines gewissen Raffael, die aber meine Mutter leider einer Freundin überließ, als diese nach Frankreich in ein Kloster übersiedelte.«

Der Earl warf noch einen Blick auf die beiden Bilder, dann verließ er mit schweren Schritten die Halle. Vor einigen Wochen zog der Biondo in den wesentlich helleren Saal des Schlosses um, bald gefolgt von dem Drachenritter, der zuvor einige Zeit in einem Atelier in London verbracht hatte, um gereinigt zu werden. Seitdem leuchtet der grüne Drache selbst bei dämmrigem Licht, und der rote Mantel Sankt Georgs gleicht einem lodernden Feuer.

Die Warchesters sind Royalisten, ihrem König Charles treu ergeben, immer bereit, für ihn in die Schlacht zu ziehen. Noch ist der älteste Sohn Charles mit seinen zwölf Jahren zu jung für den Kampf, und die jüngeren Brüder James und Robert sind mit ihren zehn und acht Jahren viel zu klein. Doch sie lernen schon eifrig Fechten und üben sich an den Radschlosspistolen ihres Vaters. Ich selbst bin ein leidlicher Fechter, aber ein miserabler Schütze. Eher treffe ich meinen eigenen Fuß als einen Gegner. Mich erschreckt es, dass bereits Kinder mit Schusswaffen hantieren. Auch Lady Annabell ist wenig begeistert von dieser militanten Erziehung. Aber der Earl lässt nicht mit sich reden. »Ich habe auch schon als Kind jede Waffe beherrscht«, riegelt er die Proteste seiner Frau ab.

Wie ich durch Bridget, der mir sehr zugeneigten irischen Kammerzofe von Lady Annabell, erfahren habe, plant der Earl, seine Familie schon bald nach Schottland auf ihren dortigen Landsitz in der Nähe des Loch Leven zu schicken. Lady Annabell sträubt sich zwar, aber dem Befehl des Earls vermag sich niemand zu widersetzen. Bridget gab mir zu verstehen, dass man bereits begonnen habe, die ersten Gepäckstücke zu verladen. Drei Diener, zwei Kammerzofen – Bridget und Mary – und die ehemalige Hebamme der Kinder, selbst Schottin, sollen wohl in den nächsten Tagen aufbrechen. Ich werde hierbleiben und ausharren und einiges für den Earl erledigen, darunter ein Versteck für jene Kunstobjekte einrichten, die hier verbleiben. Das dortige Anwesen Ivory Hall ist sehr viel kleiner als Warchester Castle. Der Earl wird sich in Bälde den Truppen seines Königs anschließen. Mir ist bange zumute.

Wieder stand ich vor dem Uccello und betrachtete das Bild versonnen. Da fiel mir ein Diener auf, der den Saal mit leisen Schritten betrat. Es war ein vierschrötiger Bursche mit einem

Gesicht voller Narben. Entweder hat er die Pocken überlebt oder in seiner Jugend an furchtbaren Pusteln gelitten. Ich habe ihn erst einmal gesehen, als er vor wenigen Tagen mit einem Maulesel voller Lebensmittel auf den Innenhof des Schlosses ritt. Offenbar war er neu, denn er schien sich nicht auszukennen. Das erkannte ich an seinen suchenden Blicken, die hin und her huschten.

Etwas störte mich an diesem Neuen, der Steven hieß. Aber ich hatte weder Zeit noch Lust, mich mit einem Diener zu befassen, dessen Aufgabe vor allem darin bestand, sich um die Maulesel und um die Küchenvorräte zu kümmern. Nun aber tauchte er plötzlich im Saal auf, unverhofft und überraschend für mich. Denn eigentlich hatte er hier nichts verloren.

Vorsichtig blickte er sich um. Ich zog mich zurück in den Schatten zwischen zwei klobigen Schränken mit Tischwäsche. Noch hatte er mich nicht gesehen. Er trat auf das Gemälde von Uccello zu, verharrte davor, verzog sein Gesicht zu einer Grimasse und zischte: »Deine Tage sind gezählt, du heidnisches Götzenbild.« Dann zog er lautstark Speichel durch die Zähne und spuckte im hohen Bogen auf das Bild, traf aber nur den Rahmen. Er blickte sich noch einmal um, während ich mich tiefer in den Schatten drückte, und verließ den Saal so lautlos, wie er ihn betreten hatte.

Mich überkam eine böse Ahnung. Der Feind hatte sich ins Schloss eingeschlichen. Cromwells eigener Drache war gelandet.

Miss Marples Rückkehr

Nein, ich wollte wirklich nicht in diesen Fall verwickelt werden. Und schon gar nicht Schumann in die Quere kommen. Aber ich ahnte, dass es bereits zu spät war. Schließlich, redete ich mir ein, betraf mich das gestohlene Bild direkt, da ich ja die Texte für den Katalog verfassen und gemeinsam mit Ferdinand Wedel, dem Kurator des Braunschweiger Museums, die Gemälde sichten sollte. Bisher lagerten die schon etwa dreißig Gemälde im Museumsmagazin. Strates vier Bilder galten als besondere Schätze.

Strates Beerdigung lag erst einen Tag zurück, aber ich fühlte mich an diesem sonnigen Maitag ausgelaugt und wenig aktiv. Nachdem ich mich von dem Gedanken gelöst hatte, womöglich tatsächlich meine alte Freundin an mir vorüberfahren gesehen zu haben, ging ich zu meiner Lieblingsbäckerei an der Ecke, deckte mich mit Brötchen und zwei Stück Apfelkuchen ein und verbrachte den restlichen Tag eher lustlos an meinem Computer. Die Arbeit am Katalog dehnte sich wie Kaugummi. Seltsamerweise versuchte niemand, mich anzurufen, und nur der nervige Frostauer schickte mir eine SMS, in der er seiner »großen Freude« Ausdruck verlieh, mich wiedergesehen zu haben.

Das einzige Telefonat, das ich führte, war mit Ferdinand Wedel. Wir waren für den nächsten Tag verabredet, aber ich wollte ihn um eine Verlegung bitten. Ich mochte Wedel, den ich noch aus seiner Studentenzeit in Köln kannte, aber das Treffen mit ihm in Braunschweig lag wie ein Berg vor mir. Wir wollten gemeinsam die Bilder begutachten und die »Spreu vom Weizen trennen«, wie Ferdinand meinte. Auch überlegte er, »ob wir ein paar Fälschungen oder Kopien entdecken«.

Der Junge meinte das wohl nicht ganz ernst. Das ließ sich nicht mal eben en passant feststellen. Aber man konnte nie wissen. Ich war mir fast sicher, dass sich unter den mehr als einhundert für diese Ausstellung gemeldeten Werken aus Privatbesitz auch eine Fälschung und einige als Original angemeldete Kopien befanden. Wie dem auch sei, diese Schau würde einen interessanten Einblick in die Höhepunkte einiger Privatsammlungen geben. Ich hoffte sogar auf einige Überraschungen, wie ich sie vor einigen Jahren in einem Schloss im Ith erlebt hatte und im Haus meiner Patentante, wo viele Jahre unerkannt ein Ruisdael hing. Jetzt zierte er einen der Säle des Kölner Wallraf-Richartz-Museums.

Wedel war ein Idealist. Gerade dreißig Jahre alt, sein erster großer Auftrag versetzte ihn in Euphorie, und nun war eines der Bilder für die Ausstellung gestohlen, der Besitzer tot, wahrscheinlich ermordet. Ich war mir unsicher, ob Wedel schon Wind vom Verschwinden des Biondo bekommen hatte, und malte mir seine Reaktion aus, wenn er die grausame Wahrheit erfuhr. In einem »Tatort« oder im Kino mit Pierce Brosnan als Kunstdieb waren solche Geschichten über raffinierte Kunstdiebe vielleicht noch recht unterhaltsam, und die Täter waren nach neunzig Minuten gefasst. Doch in der Realität bedeutete dies einen Alptraum.

Aber Wedel wusste schon Bescheid, als ich ihn gegen Mittag anrief und ihn bat, unseren Termin auf den übernächsten Tag zu schieben. Er wirkte sehr gedämpft.

»Die Polizei war auch schon bei mir, Anna. Aber ich konnte ihr nichts zu dem Biondo sagen. Ist nicht meine Kunstrichtung. Ich bin ja eher für die Neuzeit zuständig. Okay, lass uns den Termin auf übermorgen legen. Ich werde dann auch noch die beiden Ausstellungsmacher dazuholen, Frau Rietmüller und Herrn Wegener.«

Na toll. Die beiden mochten mich nicht besonders. Ihre Ideen für die Hängung der Leihgaben hatte ich eher grässlich gefunden und ihnen meine Ansicht leider auch unverhohlen mitgeteilt. Rüdiger Wegener ging auf die sechzig zu. Es sollte sein letztes großes Projekt sein. Er war auch für die Werbung für die Ausstellung zuständig. Frieda Rietmüller war eine auf »forever young« getrimmte Mittfünfzigerin mit engen Röcken, High Heels, grellblond gefärbtem Haar und einem stets rosa geschminkten Mund. Wegener sah noch recht gut aus mit seiner weißen Mähne und seinen stahlblauen Augen. Doch er liebte zynische Kommentare und lachte am liebsten über seine eigenen, meist misslungenen Witze. Auf diese Begegnung freute ich mich wenig. Aber wie sagt Scarlett O'Hara immer so treffend? »Morgen ist ein anderer Tag.«

Ich schlief schlecht in dieser Nacht. Mein Gewissen ließ mich nicht zur Ruhe kommen. Sollte ich Strates Brief Kommissar Schumann zeigen? Zu früh, entschied ich. Irgendwie musste ich selbst herausfinden, wo die von Strate avisierten Dokumente abgeblieben waren. Zu ärgerlich, dass ich das Bild nicht überprüfen konnte. Verblasste Farben, rissiger Rahmen. Was sollte mir das sagen? Und warum war bloß dieses eine Bild gestohlen worden? Hatte der Eindringling nur Zeit gehabt, den Biondo mitzunehmen? Die Flamen waren wertvoller.

Hinter dieser Tat, so vermutete ich, könnte ein Auftrag stecken. Warum aber Strate töten? Hatte er den Dieb überrascht? Der Täter hatte offenbar gewusst, dass Strate morgens oft einen Spaziergang unternahm und danach allein im Haus war. Wahrscheinlich hatte jemand die Gepflogenheiten des Professors genau ausgekundschaftet. Wie gut, dass Ernestine Wiegand an jenem Morgen offensichtlich später als üblich ins Haus gekommen war. Sonst wäre sie vielleicht auch ein Opfer des Räubers geworden.

Mit meiner Entscheidung, erst einmal mein eigenes Ding zu machen, folgte ich wieder genau meinem alten Prozedere: Schumann nicht sofort involvieren, sondern erst selbst handeln. Ich redete mir allerdings ein, dass es ja diesmal wirklich ganz harmlos sei – mal eben schauen, ob diese Dokumente irgendwo im Haus lagen. Und selbst wenn das Bild verschwunden war, hätte ich Material für einen kleinen Text. Immerhin besaß ich ein Foto des Biondo. Auch wenn das Bild selbst nicht wiederauftauchte, wäre es verewigt. Wie die Reporterin eines Sensationsblattes sah ich vor meinem inneren Auge schon eine aufregende Story im Katalog.

Ich hatte nicht vor, Schumann ins Handwerk zu pfuschen. Aber ich konnte ihn auch nicht nach weiteren Informationen fragen. Ob Richard besser über die Ergebnisse des Gerichtsmediziners Bescheid wusste? Er hatte gewisse Quellen. Seit dem Fall mit den keltischen Masken ging er regelmäßig mit Schumanns rechter Hand, dem liebenswürdigen Hartmut Brink, ein Bier trinken. Und wer weiß? Bei einem oder zwei Bier lässt sich gut plaudern ... Brink interessierte sich für Kultur und hatte Richard vor einem Jahr sogar zwei sehr schöne Stiche der Residenzstadt Hannover abgekauft. Das hatte mir Richards neue Assistentin Beate Krause kürzlich berichtet, die ich beim Einkaufen getroffen hatte.

Wahrscheinlich wusste Schumann nicht, dass sein getreuer Hartmut Brink sich mit Richard angefreundet hatte. Schumann lebte in seiner sehr begrenzten Welt zwischen dem Polizeipräsidium und seiner kleinen Wohnung, die er sich vor zwei Jahren gekauft hatte. Er besaß seitdem einen kleinen Hund, einen Mischling aus Mallorca, den ihm seine Ex-Frau Dagmar geschenkt hatte. Gringo, so hieß der kleine Kerl, durfte gelegentlich sogar mit in Schumanns Büro. Er war der Liebling aller Mitarbeiter. Das hatte ich am Rande gehört. Ich selbst hatte Gringo noch nie gesehen. Das könnte sich ja demnächst ändern, falls Schumann sein Versprechen für ein Treffen halten würde.

Auch am nächsten Morgen grübelte ich während meines eher kargen Frühstücks, bestehend aus einem Kaffee und einem Toast mit Honig, über meine nächsten Schritte nach. Dann löste ich mich aus meinen Gedanken und stand vom Küchentisch auf. Als Erstes musste ich diese Dokumente finden, möglichst vor meinem Treffen mit Wedel. Heute fühlte ich mich sehr viel energischer trotz der wenigen Stunden Schlaf.

Ehe ich mich recht besann, saß ich in meinem Auto und fuhr in Richtung Kirchrode zu Strates Haus. Es war sicherlich viel wert, dachte ich unwillkürlich. Wer würde es erben? Ein ziemlich großes Haus für den alten Einsiedler, und sicher quollen fast alle Zimmer über von Büchern und Bildern. Keine leichte

Aufgabe, diesen Haushalt aufzulösen. Ich sprach aus Erfahrung. Noch immer kämpfte ich mit dem Nachlass meiner Patentante.

Der weiße Bau mit dunkelrotem Ziegeldach und zwei hohen Schornsteinen lag in einer Seitenstraße der Tiergartenstraße. Im kleinen Vorgarten blühten Stiefmütterchen und die letzten Osterglocken. Vor der Tür wehte ein zerfetztes Polizeiband in der morgendlichen Brise. Keine Neugierigen standen auf der Straße, nur eine Katze strich an mir vorbei, in einem der Häuser schrie ein Kind, ein Hund kläffte. Ein paar Autos parkten am Straßenrand, Menschen sah ich keine.

Langsam ging ich auf das Haus zu. Ich kam mir wie ein Eindringling vor, was ich streng genommen ja auch war. Vorsichtig schaute ich mich um. Kein Polizist weit und breit. Ich holte tief Luft und klingelte. Nur wenige Sekunden später hörte ich ein Schlurfen und Räuspern. Dann öffnete sich die schwere rostrot gestrichene Haustür, und Ernestine Wiegand spähte durch den Spalt. Sie erkannte mich sofort.

»Ach, das Fräulein Anna!«, rief sie, als sei ich immer noch Strates Studentin. Damals war ich ihr, seinerzeit eine Frau von knapp vierzig, mehrmals begegnet. Sie hatte schon Heinrich Strate umsorgt und sich danach um seinen Sohn gekümmert.

»Guten Tag, Ernestine. Es tut mir leid, dass ich Sie störe.«

»Oh herrje, das tun Sie doch gar nicht! Kommen Sie rein. Die Polizei hat das Haus freigegeben, und ich putze und sortiere ein wenig. Ende der nächsten Woche kommt ein Umzugsunternehmen, das alles ausräumt.«

»Und dann? Was wird aus Ihnen und aus dem Haus?«

Ernestine lächelte. Ihr kleines Gesicht mit den vielen Runzeln und den schmalen braungrünen Augen erinnerte an einen Kobold. »Das Haus soll verkauft werden. Das Geld daraus, das weiß ich von dem Herrn Professor selbst noch, geht in eine Stiftung für die Erforschung seltener Erbkrankheiten. Dafür hat er sich in den letzten Jahren interessiert, warum, weiß ich auch nicht.« Sie zupfte an ihrem Schürzenband. »Ja, und ich ziehe Anfang Juni zu meinem Neffen nach Würzburg und werde mich um seinen Haushalt und seine beiden Kinder kümmern. Er ist Arzt und sehr beschäftigt, und seine Frau arbeitet in einem Immobilienbüro. Aber bitte kommen Sie doch ins Wohnzimmer!«

Die kleine Frau schubste mich fast in den Raum. Alles aufgeräumt, die Teppiche aufgerollt, auf den kleinen Beistelltischen nur noch wenige Silberrahmen mit leicht vergilbten Fotos. Eines zeigte Strate im Kreis von sechs Studenten, darunter war ich. Daneben Bredehoff, Liebherr und Christine Windstetten. Der eine der beiden anderen auf dem Foto musste Konstantin Severin sein, der heute als Gutachter arbeitete und in Berlin lebte. Ich hatte ihn seit fast dreißig Jahren nicht mehr gesehen und legte keinen Wert darauf, ihn je wiederzutreffen. Er war als Student schon ein arroganter Wichtigtuer gewesen. Den anderen konnte ich nicht mehr einordnen.

Ernestine plumpste mit einem abgrundtiefen Seufzer auf das dunkelblau bezogene Sofa. »Das ist alles so schrecklich!« Sie zog ein Taschentuch aus ihrer Schürzentasche und schnäuzte sich dramatisch. Und ehe ich mich versah, erzählte sie mir noch einmal die Ereignisse von jenem Morgen vor fast zwei Wochen. Ihre Stimme zitterte, als sie vom Eintreffen des Krankenwagens und vom Auftauchen der Polizei berichtete. Ihr Redestrom hörte gar nicht mehr auf. Zwischendurch servierte sie mir einen ziemlich lauwarmen Kaffee mit sehr viel Zucker und leicht säuerlicher Milch und dazu die mir schon bekannten trockenen Kekse.

»… und dann haben sie mich immerzu gefragt, was denn gestohlen worden sei. Das eine Bild war weg, dieser Italiener. Und noch zwei silberne Kerzenleuchter. Aber mehr nicht.« Ernestine atmete tief ein. »Wegen so was bringt man doch keinen um!«, empörte sie sich.

»Vielleicht haben Sie den Einbrecher gestört?«, fragte ich. »Er hat Sie kommen gehört und ist abgehauen.«

»Aber warum hat er Professor Strate umgebracht?« Ernestines Augen füllten sich mit Tränen. »Er hätte doch einfach die Sachen nehmen und verschwinden können!« Sie sah mich an. »Nein, da muss etwas anderes dahinterstecken. Ich sehe ja nicht umsonst Krimis im Fernsehen. Da kommen solche Fälle immer wieder vor. Der Raub ist nur vorgetäuscht, und dieses Bild hat er mitgenommen, um es als Gemäldediebstahl darzustellen. Der Professor hat mir einmal gesagt, dass der Biondo nicht das wertvollste der vier Bilder für die Ausstellung war.« Ihre Augen blitzten, nicht nur wegen der Tränen.

Aber es war wohl wertvoller, als Strate immer geglaubt hatte, dachte ich unwillkürlich, vor allem, weil es angeblich nur wenige erhaltene Bilder dieses Malers aus dem 15. Jahrhundert gab.

»Ich kannte den Professor nicht gut genug, um beurteilen zu können, ob jemand ein persönliches Motiv hatte, ihn umzubringen«, sagte ich. »Aber darüber sollten Sie mit Kommissar Schumann reden. Die Polizei hat bisher keinerlei Details verraten.«

»Es kann nicht ums Erbe gehen«, murmelte Ernestine vor sich hin. »Das ist alles lange geklärt. Die Bilder gehen an diverse Museen, seine alten Bücher an die Leibniz-Bibliothek in Hannover, das Haus samt Mobiliar wird verkauft und der Erlös an diese Stiftung gehen. Ein entfernter Neffe, der in New York lebt, erhält einen Teil.«

»Und Sie? Bekommen Sie auch etwas?«, wagte ich zu fragen.

Ernestine errötete. »Ja, aber nicht so viel, als dass ich dafür morden würde!« Sie lachte. »Ich darf mir zwei Stiche im Treppenhaus aussuchen. Und bekomme wohl auch ein bisschen Geld. Strate hat mir vertraut und mit mir über sein Testament gesprochen.«

»War der Neffe denn bei der Beerdigung?«, fragte ich neugierig.

Ernestine schüttelte den Kopf. »Nicht dass ich wüsste. Er ist wohl viel unterwegs. Der Professor sagte mir mal, sein Neffe sei Autor. Was er allerdings schreibt, kann ich Ihnen nicht sagen. Sachbücher, glaube ich.«

Sie sah mich an. »Der Professor hat Sie immer sehr geschätzt. Schade, dass Sie ihn so selten besucht haben. Er war schon ein wenig einsam. Dabei hat er eigentlich ganz gerne Menschen um sich gehabt. Allerdings nicht täglich und nicht zu viele auf einmal. Gelegentlich sind ehemalige Studenten von ihm vorbeigekommen. Sie waren ja auch vor ein paar Monaten hier. Und vor einigen Wochen ist wohl mal ein Kollege vom Professor hier gewesen. Allerdings weiß ich nicht, wer das war. Ich hatte frei an dem Tag und habe am nächsten Tag dann das benutzte Teegeschirr in die Spülmaschine gestellt. Der Herr Professor hat nie auch nur einen Finger im Haushalt gerührt.« Ernestine sah einen Moment verbittert aus, lächelte aber dann wieder und fügte hinzu: »Nur Frau Windstetten kam regelmäßig vorbei, etwa alle drei Wochen. Sie hat ja auch bei ihm studiert. Erstaunlich, dass sie nicht bei dem Begräbnis war. Sie hat sich gut mit dem Professor verstanden.«

Christine? Sie hatte mir nie erzählt, dass sie so eng mit Strate in Verbindung stand. Als ich sie einmal nach ihrer Beziehung zu ihm befragt hatte, ehe ich ihn das erste Mal wegen möglicher Leihgaben kontaktierte, hatte sie nur den Kopf geschüttelt: »Ich sehe ihn nur hin und wieder bei seinen gelegentlichen Vorträgen.« Also hatte sie mich glatt belogen. Warum wollte sie mir nicht ehrlich sagen, dass sie noch Kontakt zu ihm hatte? Aber sie war es immerhin gewesen, die mich über Strates Tod informiert hatte. Das hätte mich stutzig machen sollen. Woher hatte sie es so früh gewusst?

»Haben Sie Frau Windstetten über den Tod des Professors informiert?«, fragte ich.

Ernestine überlegte. »Das weiß ich nicht mehr. Dieser Tag war so schrecklich. Vielleicht. Ich erinnere mich nicht mehr so gut.«

Mich bewegte die Frage, warum Christine nicht zur Beerdigung gekommen war, wenn sie so oft bei Strate gewesen war. Ich wollte sie danach fragen, sobald sie sich bei mir melden würde. Zu Ernestine sagte ich: »Ja, ein furchtbares Ereignis. Ich hätte meinen alten Professor auch gerne öfter gesehen. Aber ich war leider ziemlich viel unterwegs, was jetzt nachträglich natürlich keine gute Entschuldigung ist.« Eine Weile saßen wir schweigend zusammen. Dann kam ich endlich zum wahren Grund für meine Stippvisite in Strates Haus.

»Ernestine, wäre es möglich, einen Blick in das Arbeitszimmer des Professors zu werfen? Vielleicht finde ich dort etwas, was mir bei der Einordnung der drei verbliebenen Leihgaben hilft. Ich sitze ja am Katalog zur Ausstellung, und wir möchten seine Bilder auf jeden Fall zeigen.«

Ernestine sah mich etwas skeptisch an. »Die Polizei hat sich sehr gründlich dort umgesehen. Auf dem Schreibtisch liegen nur noch ein paar Kugelschreiber und sein altes Tintenfass. Was auf den Blättern stand, die um seinen … Leichnam auf dem Boden lagen, weiß ich nicht. Die Polizei hat sie mitgenommen.« Sie schluckte. »Der Safe im Arbeitszimmer war nicht angerührt, aber als der Polizeiexperte ihn geöffnet hat, wurden darin ein paar Wertpapiere, etwas Bargeld und ein Notizbuch gefunden, das offenbar dem Vater des Professors gehört hat.« Ernestine war wirklich erstaunlich gut unterrichtet. Sie schüttelte den Kopf. »Also, ich weiß wirklich nicht, woran der Professor zuletzt gearbeitet hat. Er hatte ja immer noch viele Anfragen für Artikel und Vorträge.«

Ich spürte, dass Ernestine mich nicht in Strates Arbeitszimmer lassen wollte. Zwingen konnte ich sie nicht. Etwas enttäuscht stand ich auf. Aber Ernestine schien sich plötzlich anders besonnen zu haben, sprang auf, nickte mir zu und eilte mir voraus.

Sie öffnete die Tür zum einstigen Heiligtum ihres Arbeitgebers und flüsterte: »Ich geh da nicht rein! Ich sehe ihn immer noch dort liegen. Aber machen Sie mal.« Sie putzte sich die Nase. »Die gestohlenen Kerzenleuchter standen übrigens auf dem Tisch im Eingang, altes schweres Silber, Barock, wie der Professor immer sagte. Aus England. Ich sag ja, das war ein Raub. Die Leuchter sind ziemlich viel wert.« Eine einzelne Träne kullerte an ihrer Nase entlang. Sie wischte sie hastig weg und verließ mich.

Ich betrat den Raum, der trotz seiner Holztäfelung, der dicht gefüllten Bücherregale und des großen Armsessels kalt und leblos wirkte. In den Regalen Fachliteratur, dicke Bände, Kataloge von diversen Ausstellungen aus allen großen Museen der Welt, sorgfältig geordnet nach Künstlern und Epochen. Eigentlich hätte ich jetzt, wie man das in Filmen sieht, jedes Buch schütteln müssen, um einen eventuell darin verborgenen Zettel zu entdecken. Doch weder hatte ich die Zeit noch glaubte ich, dass Klas Strate die Dokumente in einem der Werke über die Antike und Ägypten, über Renaissancemaler und barocke Bauwerke abgelegt hatte. Sicherlich waren es nicht nur einige wenige lose Blätter, die er mir hatte schicken wollen. Ehrlich gesagt hätte mich das Notizbuch von Heinrich Strate interessiert. Der Mann galt als einer der renommiertesten Kunstsammler seiner Zeit und als Entdecker angeblich verschollener Meisterwerke. Vor etlichen Jahrzehnten hatte er ein völlig verschmutztes Gemälde in einer Hamburger Galerie erstanden, es restaurieren lassen – und siehe da, es entpuppte sich als ein früher Paulus Potter, der um 1900 aus einem Privathaushalt in Utrecht gestohlen worden war. Der Handel mit gestohlener Kunst war keine Erfindung der Neuzeit. Sein Vater hatte das Bild zurückgegeben, wie mir Strate damals erzählte.

Ich setzte mich an den Schreibtisch. Auf der blank polierten Tischplatte lagen in der Tat nur noch einige Kugelschreiber. Das kleine Tintenfass stand neben einem Bilderrahmen, in dem nicht etwa ein privates Foto steckte, sondern eine Postkarte mit der Abbildung von Paolo Uccellos »Jagd bei Nacht« aus dem Oxforder Ashmolean Museum. Sonderbar, aber ich erinnerte mich, dass Strate immer eine Vorliebe für die Künstler des 15. und frühen 16. Jahrhunderts gehabt hatte. Und dieses Bild war wirklich sehr beeindruckend.

Das Gemälde aus dem Jahr 1470 zeigte eine stattliche Ansammlung von Menschen, Pferden, Hunden und Rehwild im nächtlichen Wald. Man hatte den Eindruck, dass diese ganze Gruppe von Tieren und Menschen gleich vom Wald verschluckt würde. In einer Episode der Fernsehserie »Lewis«, die in Oxford spielte, trug dieses Gemälde, wenn ich mich recht erinnerte, zur Lösung eines Mordfalles bei. Das hatte mich damals fasziniert. Und offensichtlich hatte Strate meinen Geschmack geteilt. Ich liebte dieses Bild, das ich vor wenigen Jahren, als der Brexit noch bloß eine Drohgebärde gewesen war, in Oxford gesehen hatte.

Aber das half mir nicht weiter, auch wenn ich mich ein wenig wunderte, dass der alte Herr lieber ein Kunstwerk als eine menschliche Person im Silberrahmen haben wollte.

Der Schreibtisch war alt, seine Beine standen ein wenig schief, die Seiten wiesen Kratzer und Rillen auf. Nachdenklich betrachtete ich dieses Relikt aus dem 19. Jahrhundert. Fünf Schubladen, zwei an jeder Seite, eine in der Mitte. Vorsichtig versuchte ich die mittlere Schublade zu öffnen. Sie klemmte, war aber nicht abgeschlossen. Ich ruckelte an ihr, bis sie sich allmählich öffnete. Dabei fiel der Silberrahmen mit der nächtlichen Jagdszene um.

In der Schublade lagen nur ein paar alte Rezepte und einige Visitenkarten. Nichts, was die Polizei interessiert hatte. Die Rezepte für ein Schmerzmittel und Magenpillen waren längst abgelaufen. Auch die fünf Visitenkarten wirkten vergilbt und verkrumpelt. Drei der Namen kannte ich: Cornelius Meyer-Herrmann, ein Kunsthistoriker und Berater einiger Berliner Museen, Otto Rieper, Besitzer der Berliner Galerie, in der Strates Vater Heinrich vor mehr als neunzig Jahren Bilder erworben hatte, und Alexander Freeling, ein renommierter englischer Kunstexperte, den ich persönlich kannte. Die beiden anderen Namen, Manfred Eggert und Friedl Neurath, sagten mir erst einmal nichts. Vielleicht aber würden mir diese Visitenkarten nützen. Aus einem Instinkt heraus steckte ich sie ein.

Gerade wollte ich die Schublade wieder schließen, als mir in der hintersten Ecke des Faches ein braunes Kuvert auffiel, das aussah wie ein Teil des Schubladenbodens. Ich fischte es heraus. Darin lagen vier kleine Schlüssel. Sie gehörten eindeutig zu den anderen Schubladen. Ich wunderte mich, dass Schumanns Leute den Umschlag übersehen hatten. Mir konnte diese Oberflächlichkeit nur recht sein.

Ich probierte die Schlüssel aus. Drei Schubladen ließen sich öffnen. Darin befanden sich ein paar Bleistifte mit abgebrochenen Spitzen, einige leere Plastikhüllen und ein paar Briefbögen samt Umschlägen. Bei der vierten Schublade allerdings stieß ich auf Schwierigkeiten. Der Schlüssel ließ sich nicht drehen. Ich zog und zerrte, wackelte an der Schublade, versuchte sie mit einem der Kugelschreiber aufzustemmen.

Draußen vor der Tür meldete sich Ernestine: »Sie müssen jetzt langsam mal in die Pötte kommen, Anna. Ich möchte das Haus abschließen. Morgen kommt die Polizei noch mal. Bitte beeilen Sie sich!«

»Ja, gleich!« Ich wollte schon aufgeben. Eigentlich konnte ich mir nicht vorstellen, dass Strate die Dokumente in einer dermaßen klemmenden Schublade aufbewahrt haben sollte. Noch ein letztes Mal stocherte ich mit dem Kugelschreiber in der oberen Ritze herum, um die Schublade damit zu lockern.

Auf einmal gab es einen lauten Knacks, und der Kugelschreiber brach in zwei Stücke. Aber er hatte einen winzigen Spalt geschaffen. Schnell nahm ich den nächsten Stift und bohrte ihn in die Spalte. Ganz behutsam wackelte ich an dem Holz. Und siehe da – die Schublade glitt ein Stückchen nach vorne, weit genug, um meine Hand hineinzuschieben und sie zu öffnen. Und da lag sie, eine Mappe aus rotem Plastik, auf der ein Etikett klebte. Mühsam entzifferte ich es. »Stuart O'Sullivan 1648 ff«, stand darauf, mit Tinte in einer mir unbekannten Schrift geschrieben. Ich zog die Mappe heraus. Strate hatte in dieser verklemmten Schublade ein gutes Versteck für die Dokumente gehabt. Er war ermordet worden, ehe er dazu gekommen war, sie mir zu schicken. Wie ich Strate kannte, hatte er vielleicht vergessen, dass er sie dort abgelegt hatte.

In diesem Moment betrat Ernestine das Arbeitszimmer, obwohl sie mir gesagt hatte, sie würde nicht mehr hineingehen. »Alles in Ordnung bei Ihnen?«, fragte sie.

Ich verdeckte die Schublade mit meinem Oberkörper und schob sie möglichst unauffällig zu, was nicht einfach war. Das verzogene Holz machte es mir schwer, sie leise zuzudrücken. »Alles in Ordnung«, antwortete ich. Mein Herz klopfte mir bis zum Hals. Ich kam mir wie eine Diebin vor. Doch Strate, so redete ich mir zu, hatte mir diese Dokumente ja sozusagen vermacht. Zu spät hatte er erkannt, dass sie wichtig waren und vielleicht den Schlüssel zu einem Geheimnis bargen.

Ernestine ging wieder hinaus, und ich versteckte die Mappe unter meinem Pullover. »Haben Sie Erfolg gehabt?«, fragte sie. »Nein«, log ich. »In den Bücherschränken war nichts zu dem Thema. Ich habe mal in der mittleren Schublade nachgeschaut, aber da liegen nur uralte, längst verfallene Rezepte.« Die Visitenkarten erwähnte ich nicht.

»Typisch Professor Strate«, entgegnete Ernestine lächelnd. »Immer neue Rezepte, die er dann doch fast nie eingelöst hat. Er war auch noch gut beieinander. Eine Hüftoperation stand demnächst an. Die muss ich nun absagen.« Sie sah mich einen Augenblick traurig an. »Vielleicht hat er Ihnen ja auch ein Bild vererbt. Der Notar wird nächsten Montag das Testament offiziell eröffnen.«

Gerne hätte ich sie noch gefragt, welche zwei Stiche sie sich denn ausgesucht hatte. Aber ich ließ es bleiben.

Als ich das Haus verließ, hatte sich die milde Morgensonne hinter einer dicken Wolke versteckt. Bisher war das Wetter in diesem Mai recht launisch, aber alles blühte prächtig. Ich ging zu meinem Auto, und jäh überkam mich der Zweifel, ob die rote Mappe wirklich die von Strate avisierten Dokumente enthielt. Gerade hatte ich die Autotür aufgeschlossen, als mein Handy klingelte. Bis vor einem Jahr erklang die Fanfare aus »Star Wars« als Klingelton, jetzt waren es eher zarte Celloklänge, die ich manchmal überhörte.

»Anna?«, tönte es mir entgegen. Kaum verständlich, aber dann erkannte ich die Stimme.

»Christine? Bist du es? Wo steckst du denn?«, rief ich.

»Anna, ich brauche dich!« Christines Stimme überschlug sich. »Komm bitte schnell! Ich bin im Hotel Mercedes an der Messe. Ich habe Mist gebaut und jetzt furchtbare Angst! Bitte beeil dich.«

Damit endete das Gespräch. Im ersten Moment wollte ich den Anruf nicht wirklich ernst nehmen. Christine hatte schon oft Mist gebaut, vor allem in ihrem Privatleben. Aber ihre

Stimme hatte so panisch geklungen, dass ich doch zweifelte. Also fuhr ich in Richtung Hannover Messe. Die rote Mappe hatte ich achtlos auf den Beifahrersitz geworfen. Den Wagen, den ich im Rückspiegel hinter mir sah, ignorierte ich. Wer sollte mir schon folgen? Kurz vor der Abfahrt zum Hotel überholte er mich mit hoher Geschwindigkeit. Ich erhaschte einen Blick auf den Fahrer, dessen Gesicht von einer Tweedkappe überschattet war.

Der Kampf mit dem Drachen

Edinburgh, im Mai 1649

Am liebsten würde ich die Ereignisse jenes Jahres 1648 aus meiner Erinnerung streichen. Denn alles, was wir befürchtet haben, ist eingetroffen. Aber ich habe es mir zur Aufgabe gemacht, eine wahrheitsgetreue Chronik zu verfassen, und dazu zählen vor allem auch jene schicksalhaften Begebenheiten, die die Geschichte dieses Königreichs und der Familie Warchester betreffen.

Steven Clarkes verächtliche Worte vor dem Bildnis des heiligen Georg verfolgten mich in jenen Tagen Anfang August 1648. Mein Misstrauen war erwacht. Ich machte mir Sorgen um die Bilder der Warchester-Sammlung. Falls Cromwells Truppen siegen und Warchester Castle einnehmen würden, dann würden sie die vielen Gemälde mit Heiligen und anderen frommen Szenen wie die Geburt Jesu oder die Anbetung durch die Könige entweder zerstören oder irgendwo hinbringen, wo sie kein wahres Puritanerherz erzürnen könnten. Ich sah vor meinem geistigen Auge schon Uccellos Werk zerschnitten oder in irgendeine dunkle Kammer verbannt. Den Biondo würden sie wahrscheinlich als harmlos und trivial erachten. Heitere Landschaften interessierten sie nicht, und sie würden ihn wahrscheinlich in irgendeinem düsteren Raum lagern, wo seine hellen Farben keinerlei irdische Emotionen wie Freude und Genuss weckten.

Ich erinnere mich noch an jenen 8. August, den Tag, an dem ich Steven Clarke im Saal vor dem Bildnis des heiligen Georg belauscht hatte. Am Abend äußerte ich dem Earl gegenüber meinen Verdacht, dass dieser Mann ein Spion sein könnte. Der Earl, der viele gute Eigenschaften besaß, aber keine Menschenkenntnis, winkte ab. »Ihr seht Gespenster, Stuart!« Doch sein Gesicht drückte tiefe Sorge aus.

»Der letzte Kampf steht uns bevor«, sagte er und nahm mich beiseite. »Achtet darauf, dass meine Familie unbeschadet

nach Schottland gelangt. Und nehmt so viele Bilder aus unserer Sammlung mit wie nur möglich. Die anderen versucht zu verbergen. Ich möchte nicht, dass diese Schätze Menschen in die Hände fallen, die in der Kunst eine Todsünde sehen und in den Heiligen Abbilder des Teufels. Euch aber, guter Freund, möchte ich zum Abschied ein Bild schenken, das ich immer sehr geliebt habe.«

Damit überreichte er mir ein kleines Bildnis mit dem Porträt eines hübschen Jungen. »Es stammt von einem Künstler namens Caravaggio, der einen recht wilden Lebenswandel hatte, aber ein begnadeter Maler war. Dieses Bild hat mir meine Mutter vermacht, als ich selbst noch ein Junge war. Ich möchte es Euch als Dank für Eure Dienste und Eure Loyalität übergeben. Hütet es wohl!«

Tränen schossen mir in die Augen, und mich überfiel die düstere Gewissheit, dass dies in der Tat das Abschiedsgeschenk des Earls sei, der vielleicht selbst nicht mehr glaubte, dem Tod noch einmal zu entkommen wie bei Marston Moor und Naseby. Als ich das kleine Bild in meine Kammer trug, erhaschte ich einen Blick auf Steven Clarke, der sich in der Eingangshalle herumdrückte. Dort hatte er nichts zu suchen. Er bemerkte mich und verschwand mit katzengleichen Schritten. Dieser Mensch führte gewiss nichts Gutes im Schilde.

Ich kam nicht mehr dazu, dem Earl noch einmal von meinem Eindruck zu berichten. Er verließ das Schloss am späten Abend mit Jack und seinem alten Vertrauten Conrad, einem Deutschen, der den Warchesters schon viele Jahre gedient und den Söhnen des Earls Unterricht im Fechten gegeben hatte. Auch ihn sollten wir nicht wiedersehen. Der Pfeil aus einer Armbrust traf ihn nur wenige Stunden nach dem Tod seines Herrn.

Lady Annabell hatte sich nach dem Aufbruch ihres Mannes standhaft geweigert, Warchester Castle zu verlassen. Sie wollte auf die Rückkehr ihres Gatten warten, denn sie glaubte fest daran, dass er auch diese Schlacht überleben werde. Ein Tross mit allerlei Gegenständen, darunter auch Bildern, brach wenige Tage nach dem Abschied des Earls nach Schottland auf, sie aber blieb mit ihren Kindern im Schloss und wartete auf Nachricht von ihrem Mann. Die Tage zogen ins Land, schwere Gewitter entluden sich fast täglich, kühle Winde kamen vom Meer. Über uns schien eine schwarze Wolke zu lasten. Keine Nachrichten drangen zu uns, nur Gerüchte, die nichts Gutes besagten. Lady Annabell saß fast den ganzen Tag in der großen Halle, wo trotz der Jahreszeit ein Feuer im Kamin loderte. Mit jedem Tag wurde sie blasser und wirkte zerbrechlicher. Und dann erschien kurz vor Mitternacht jenes schrecklichen 18. August, einem Dienstag, ein Reiter vor dem Schloss, der mit heiserer Stimme Einlass begehrte. Er war über und über mit Schlamm bedeckt, sein Pferd zitterte vor Anstrengung, ihm selbst versagte die Stimme. Er fiel fast von seinem Pferd, das ein Stallbursche ihm abnahm und fortführte. Der junge Mann hieß Gregory McClough und diente einem Vetter unseres Earls, Sir Robert de Mauxvais, der Alberton Castle besaß, nur wenige Meilen von Warchester entfernt.

Ich war durch die Schreie der Diener aus meinem unruhigen Schlaf gerissen worden. Sie führten den jungen Mann in die Halle. Dort brannte wie seit Tagen ein mächtiges Feuer im Kamin. Mit hastigen Schlucken leerte McClough einen Krug mit Wasser. Lady Annabell trat ihm entgegen. Was er ihr sagte, hörte ich nicht, da er nur heiser flüsterte. Aber an ihrem Gesichtsausdruck erkannte ich seine Botschaft. Mit großer Würde stand sie vor dem Feuer, drückte die Hand des jungen Mannes und nickte nur. Dann sank sie zu Boden.

Mein Herr fiel an diesem 18. August 1648, am zweiten Tag der blutigen Scharmützel, durch eine Gewehrkugel, die seinen Brustpanzer durchdrang. Er stürzte vom Pferd und war, wie mir sein Diener Jack später mitteilte, sofort tot. Jack hatte im Zeltlager auf die Rückkehr des Earls gewartet. Als er vom Tod seines Herrn erfuhr, begab er sich in der Abenddämmerung auf das Schlachtfeld und fand dessen Leiche. Ganz in seiner Nähe lag Conrad. Jack barg die beiden Toten.

Nach der Schlacht von Preston brach das Chaos aus. Der König geriet in Gefangenschaft, seine Anhänger flohen zum Teil in die amerikanischen Kolonien, nach Frankreich oder auch in die Niederlande. Am 23. August traf Jack mit dem Leichnam seines Herrn und dem toten Conrad in Warchester Castle ein. Man hatte ihn ziehen lassen. Nach der eher schmucklosen Beerdigung des Earls am 26. August, einem regnerischen Mittwoch, ließ Lady Annabell sich endlich überreden, mit ihren Kindern nach Schottland aufzubrechen. Am Morgen des 30. August verließ der Tross Warchester Castle, begleitet von der kleinen Schar treuer Diener, die sie noch bezahlen konnte. Dazu zählten ihre beiden Kammerzofen Bridget und Mary, außerdem Jack, Michael und Alistair, die schon lange in den Diensten des Earls stehen, der Leibkoch Clarence und zwei weitere Haushilfen. Michael kümmert sich um den Garten von Ivory Hall, und Jack betreut vor allem die Pferde.

Ich blieb zurück, um letzte Angelegenheiten zu regeln. Die andere Hälfte der Dienerschaft war von Lady Annabell mit einer erklecklichen Summe Geldes entlassen worden. Kein böses Wort war zu hören, alle trauerten um den Earl und um seine Frau, die mit versteinerter Miene in ihre Kutsche stieg und ihre Heimat hinter sich ließ. Bridget, ihre irische Kammerzofe, mit der mich inzwischen mehr als nur unsere gemeinsame Herkunft von der Grünen Insel verband, berichtete mir später, dass Lady Annabell sich so lange beherrschte, wie ihre Kinder um sie waren. Als sie abends in einem Gasthof einkehrten und die Kinder schliefen, »da brach unsere gute Lady in Tränen aus«, erzählte mir Bridget, deren runde Wangen dabei vor Mitgefühl bebten.

Lady Annabell erreichte Schottland unbeschadet und lebt nun auf dem kleinen Familiensitz Ivory Hall in der Nähe von Kinross. Da der Krieg vorüber ist, lässt man sie und ihre Kinder in Frieden.

Nachdem Lady Annabell und die Diener das Schloss verlassen hatten, wirkte es öd und dunkel. Keine Gemälde mehr an den Wänden. Den Uccello hatte ich eigenhändig abgehängt und zusammen mit dem Biondo in meine Kammer gestellt. Ich *sollte diese beiden Bilder selbst nach Ivory Hall bringen. Lady Annabell vertraute mir.*

In der Nacht nach der Abreise der Lady saß ich in meiner Kammer, schrieb an meiner Chronik, vermerkte einzelne Gemälde der Sammlung und die Titel einiger kostbarer Bände aus dem Spätmittelalter, deren sicheres Geleit ich wenige Tage später gewährleisten sollte. Neben meinem Bett standen nebeneinander, sorgsam eingehüllt in Decken, der Uccello und der Biondo, die seltsamerweise wie in einer Art Symbiose miteinander verflochten zu sein schienen. Dabei unterschieden sie sich in jeglicher Hinsicht, angefangen beim Thema bis hin zu ihrer künstlerischen Gestaltung. Dennoch waren sie irgendwie miteinander verbunden. Wahrscheinlich, weil sie einst gemeinsam in den Besitz der Familie gekommen waren.

Ich wollte Warchester Castle in drei Tagen verlassen. Noch wusste ich nicht, was mit den Bildern geschehen sollte, die zurückbleiben würden. Einige der Bilder lagen im alten Eishaus, eine knappe halbe Meile vom Schloss entfernt. Wir hegten die vage Hoffnung, dass dieses mit wildem Wein überwucherte kleine Gebäude bei einer Plünderung des Schlosses nicht die Neugierde der Soldaten wecken würde. Mir behagte dieser Gedanke nicht, doch es erschien unmöglich, die gesamte Sammlung von Warchester Castle nach Schottland mitzunehmen. Vielleicht aber würden einst wieder Zeiten anbrechen, die es mir ermöglichten, die Schätze aus dem Eishaus zu bergen. Eine ferne Zukunftsvision, wie mir durchaus bewusst war.

Als ich im flackernden Kerzenlicht an meinem Schreibtisch saß und versuchte, die letzten Listen der im Eishaus verborgenen Kunstwerke und Bücher niederzuschreiben, glaubte ich ein Knacken zu hören. Es kam nicht aus dem Kamin in meiner Kammer, in dem ein kleines Feuer brannte, um die abendliche Kühle dieses Spätsommers zu vertreiben. Ich lauschte. Der Wind strich um die mächtigen Mauern von Warchester Castle, am Himmel tauchte der Mond immer wieder hinter dicken Wolken hervor und warf einen matten Schein ins Dunkel. Es blieb bei dem einen Geräusch. Doch sobald ich mich wieder auf das

Schreiben konzentrierte, knackte es erneut. Es kam aus dem Gang vor meiner Kammer. Sollten das Mäuse sein? In den vergangenen Tagen hatte ich etliche von ihnen durch die Gänge huschen sehen. Sie schienen zu spüren, dass die Menschen das Gebäude verließen. Und die drei Katzen der Köchin begleiteten ihre Herrin nach Schottland.

Aber das Knacken klang zu gleichmäßig für die kleinen Nager und verstärkte sich zu einem Schlurfen und Rascheln. Leise erhob ich mich von meinem Stuhl. Da stand jemand vor meiner Kammertür. Ich glaubte ein flaches Atmen zu vernehmen. Auf Zehenspitzen schlich ich mich zur Tür, in meiner rechten Hand einen Dolch, die einzige Waffe, die ich besaß. Als Kind hatte ich in Irland leidlich das Bogenschießen und Fechten erlernt, mit Schusswaffen jedoch fühlte ich mich unsicher. Und meine wenigen Schießübungen unter Anleitung von Conrad hatten mir den Spott des übrigen Gesindes eingebracht. Den Dolch aber, dessen Scheide aus Silber getrieben war, besaß ich seit meinen ersten Monaten in London und führte ihn stets bei mir. Benutzt hatte ich ihn noch nie. Ich schob ihn in meinen Ärmel.

Der kupferne Knauf an meiner Tür drehte sich langsam. Mir trat der Schweiß auf die Stirn. Ich bin kein Held, eher ein Stubenhocker, der von Abenteuern lieber in Büchern liest und deshalb auch den Earl bewunderte, der furchtlos in den Kampf für seinen König gezogen war. Ich liebte Ritterromane wie die Abenteuer des Don Quijote de la Mancha, ein Werk, das Thomas Shelton noch zu Lebzeiten des Dichters Cervantes ins Englische zu übersetzen begonnen hatte. Allerdings ein wenig rudimentär, doch immerhin las ich es schon als Jugendlicher mit brennenden Wangen. Mein größtes Vorbild war Ritter Lancelot, Gefolgsmann von König Artus, dessen Geschichte ich in vielfältigen Versionen kannte. Aber Theorie und Praxis klafften bei mir weit auseinander.

Ich nahm meinen ganzen Mut zusammen und dachte an das Vorbild meiner fiktiven Helden, die der Wirklichkeit fern-, aber meinen Emotionen nahestanden, umfasste mit größter Überwindung den Türknauf und riss die Tür auf. Zuerst konnte *ich nichts erkennen, da sich vor mir der dunkle Gang, der in früheren Zeiten stets von Fackeln erhellt worden war, wie ein gähnender Schlund auftat. Als meine Augen sich an das Dunkel gewöhnt hatten, sah ich, wer dort stand. Es war Steven Clarke. Sein dummdreistes Gesicht wirkte im flackernden Kerzenlicht fratzenhaft verzerrt. Er grinste und zeigte dabei sein lückenhaftes Gebiss. Fast die ganze untere Zahnreihe fehlte, dabei konnte er nicht älter als Mitte zwanzig sein.*

Ehe ich etwas zu sagen vermochte, drängte er mich zurück und sagte mit seiner näselnden Stimme: »Na, Ire, bist du der letzte Gralsritter und Hüter der Schätze deines toten Herrn?«

Woher wusste dieser Klotz überhaupt, was Gralsritter sind? Dieser lächerliche Gedanke schoss mir trotz meines Schreckens durch den Kopf. Ich versuchte, mich Clarke entgegenzustemmen, aber er war stärker als ich. Er stieß mich in meine Kammer und sah sich um.

»Wo ist denn dieser Heilige, den ihr Papisten anbetet?« Sein breiter Londoner Akzent verriet seine Herkunft. »Den du immer mit so gierigem Blick angeglotzt hast?« Er lachte. Es klang wie das Meckern einer Ziege. »Ich selbst mag zwar diese Götzen nicht und hätte das Bild gerne in Stücke gehackt, aber ich weiß, dass es meinem Herrn gefallen würde. Der ist zwar kein Papist, doch er mag bunte Bilder. Ist ja auch eigentlich Schotte. Da kann man nie so genau wissen, was die so fühlen.«

Ich erstarrte. Hatte ich doch recht gehabt. Steven war ein Spion, der sich in Warchester Castle eingeschleust hatte. Er grinste selbstgefällig.

»Wenn ich meinem Herrn das Bild mit dem Drachen bringe, wird er mich sicher reich entlohnen. Von seinem Kammerdiener habe ich erfahren, dass er diese Heiligendarstellungen schätzt. Dabei ist Thomas Fairfax ein guter Christ und kein Papist. Also, O'Sullivan, rück es raus. Ich werde dich in Ruhe lassen, und du kannst die anderen Bilder mitnehmen. Aber den Georg will ich.«

Steven drängte mich bei diesen Worten immer tiefer in meine Kammer. Es würde nicht lange dauern, bis wir in die Ecke gelangten, wo der Uccello und der Biondo an meinem Bett lehn-

ten. Wie hatte dieser Kerl nur in den Dienst des Earls gelangen können?

Als ob er meine Gedanken erraten hätte, verzog Steven das Gesicht wieder zu einem hässlichen Grinsen. »Der gute alte Conrad, Gott sei seiner Seele gnädig, hat mich ohne viele Fragen aufgenommen. So ein Narr! Was ich hier alles erfahren habe beim gemütlichen Plausch in der Küche, das war recht nützlich.« Er zwinkerte. »Und dann diese kleine irische Kammerzofe! Die konnte ja reden wie ein Wasserfall, und bei einem Becher Ale hat sie so einiges verraten.«

Mich durchzuckten Gefühle, die ich lange nicht mehr gespürt hatte – Eifersucht und Zorn. Ich mochte Bridget, die mich mit ihrer offenen, herzlichen Ausstrahlung an meine lange verstorbene Frau erinnerte. Wütend starrte ich Clarke an. Der lachte laut. »Ist ja nicht verborgen geblieben, dass du das Mädchen magst. Aber jetzt zur Sache. Ich weiß, dass du dieses Drachenbild hier aufbewahrst. Gib es mir, und ich verschwinde. Ich will dir nichts antun.«

Er sah sich in meiner Kammer um. Ich traute ihm nicht, hatte ich doch unter seinem Wams den Umriss einer Pistole entdeckt. Natürlich würde er mich töten, sobald ich ihm den Uccello übergeben hätte. Auf meinem Schreibtisch lag, ebenfalls sorgfältig verpackt, das Bildnis des Jungen von Caravaggio, das ich vor wenigen Stunden als das letzte Geschenk des Earls noch mit Rührung betrachtet hatte. Die beiden anderen Bilder gehörten nicht mir. Für sie fühlte ich mich seltsamerweise stärker verantwortlich als für alle anderen. Vorsichtig zog ich den Dolch aus meinem Ärmel. Mich graute davor, ihn benutzen zu müssen. Doch ein Mann wie Steven Clarke verstand nur die Sprache der Gewalt.

Er bemerkte meinen Blick auf das auf dem Schreibtisch liegende Bild. Sein Grinsen wurde breiter. »Braver Ire«, sagte er und trat an den Tisch. Er ergriff das Gemälde, das durch die Verpackung größer wirkte, als es wirklich war. »Da haben wir ja wohl unseren Drachenbesieger.« Er nahm es an sich und zog mit einem Ruck seine Pistole unter dem Wams hervor. Ich erhob den

Dolch, aber Clarke war schneller. Instinktiv sprang ich zur Seite, ein Knall ertönte, ich spürte einen scharfen Schmerz, als hätte mich eine Fackel angesengt, und sank neben meinem Schreibstuhl zu Boden. Ich nahm Clarke wie durch einen schwarzen Schleier wahr. Doch er lud nicht nach, sondern packte das Bild und rannte aus meiner Kammer. Wenig später hörte ich draußen eilige Schritte, und der alte Diener Duncan tauchte aus dem Nebel meiner Wahrnehmung auf. Er stieß bei meinem Anblick einen Schrei aus. Danach versank alles um mich herum.

Als ich wieder zu mir kam, lag ich in meinem Bett, meine Schulter schmerzte, aber ich spürte sie kaum vor Freude darüber, dass ich lebte. An meinem Bett standen Duncan und seine Frau Lisbeth, die ebenfalls viele Jahre im Schloss gedient hatte. Sie konnte wegen ihres fortschreitenden körperlichen Verfalls, der ihr beim Gehen Qualen bereitete, nur noch kleinere Arbeiten verrichten. Lisbeth galt als kräuterkundige Frau, die zu Geburten gerufen wurde und zu Kranken, vor allem zu Kindern.

Sie fuhr mir mit einem feuchten Tuch über die Stirn und lächelte sanft. »Du musst dich ausruhen, Stuart«, sagte sie leise. »Die Kugel hat deine Schulter nur gestreift und zum Glück nicht durchschlagen. Ich habe die Wunde verbunden. Jetzt trink diesen Kräutertee. Dann wirst du schlafen, und morgen wird es dir besser gehen.« Damit schob sie mir einen Becher an die Lippen. Ich trank in langen Zügen. Ehe ich den beiden weitere Fragen stellen konnte, fielen mir die Augen zu. In meinen wirren Träumen erschien mir Sankt Georg auf einem Pferd, das Feuer spuckte, und der Drache verwandelte sich in eine Fledermaus, die durch die leeren Säle von Warchester Castle huschte.

Am nächsten Morgen brannte die Schulterwunde kaum mehr, ich fühlte mich fast wieder genesen. Doch Lisbeth schüttelte den Kopf, als ich ihr sagte, dass ich bereit sei, schon am nächsten Tag den Wagen mit den restlichen Gemälden nach Ivory Hall zu begleiten. Wir einigten uns, dass ich noch weitere zwei Tage ruhen und dann aufbrechen würde. Ihr Mann trat an mein Bett und sagte: »Dieser treulose Verräter Clarke ist uns entkommen. In der Kammer, die er mit John und Peter teilte, fanden wir eine Bibel. Mehr nicht.«

»Er dient in Wahrheit Sir Thomas Fairfax«, sagte ich.

»Das ist unter unseren Gegnern nicht der schlimmste«, antwortete Duncan. »Er hat unseren König mit Respekt behandelt und zeigt sich von Cromwells Machtplänen nicht völlig überzeugt. Doch ich fürchte, dass er deshalb noch lange nicht zum Royalisten wird.« Der alte Mann seufzte. Mich beschlich eine leise Wehmut, als ich an den Caravaggio dachte, den Clarke an sich genommen hatte. Gleichzeitig erfreute es mich, dass der Drachenritter nicht in die Hände des Schurken gefallen war. Er stand noch immer neben dem Biondo, eingepackt in leinene Tücher.

Zwei Tage später konnte ich Warchester Castle verlassen und erreichte drei Tage darauf Ivory Hall, übergab meiner Herrin die geretteten Bücher und Bilder und erzählte ihr von meinem Abenteuer. Sie lächelte ein wenig und sagte dann: »Es ist traurig, dass Ihr den Caravaggio verloren habt. Nehmt dafür den Biondo als Dank für Eure Mühen und Euren Mut.« Ihre Kammerzofe Bridget umarmte mich stürmisch und weinte an meiner Schulter. »Du hättest sterben können, Stuart«, schluchzte sie. In diesem Augenblick überkam mich die Gewissheit, dass Bridget bald meine Frau sein würde. Niemals würde ich meine erste Frau vergessen. Doch in diesen unruhigen Zeiten, da ich wegen der Kämpfe in Irland nicht einmal mehr wusste, wie es meinem Sohn Liam erging, sollte man nicht zu viele Gelegenheiten verstreichen lassen. So kommt es, dass ich nicht nur alle zwei Wochen nach Ivory Hall reite, um dort weiterhin meiner Chronistenpflicht nachzukommen, sondern auch, um Bridget den Hof zu machen. Ein bisher sehr erfolgreiches Unterfangen.

Das ist ein Trost in diesen trüben Zeiten, denn die Würfel sind gefallen. Die dunkelsten Ahnungen haben sich erfüllt. Die Roundheads setzten ihren Siegeszug fort. König Charles wurde Ende Januar geköpft, Cromwell und seine Anhänger haben triumphiert. Wenige Wochen nachdem ich selbst Warchester

Castle verlassen hatte, stürmten mehrere hundert Roundheads das Schloss und setzten es in Brand. Die dicken Mauern verhinderten die völlige Zerstörung. Das Eishaus entdeckten sie nicht, wie Duncan uns mitteilte. Dort liegen also die Bilder in Sicherheit.

Ich bin gestern wieder einmal aus Ivory Hall zurückgekehrt. Vom Herrenhaus, das die schottische Frau des ersten Earl von Warchester, Maria, mit in die Ehe brachte, ist es nicht weit zu den langsam verfallenden Mauern von Loch Leven Castle, das auf einer kleinen Insel in Ufernähe liegt. In dieser Burg lebte einst Maria Stuart als Gefangene. Von dort gelang ihr am 2. Mai 1568 die Flucht. Doch das Glück blieb ihr nicht hold. Kurz darauf verlor sie ihren letzten Kampf um Schottlands Thron, flüchtete nach England und endete schließlich in englischer Gefangenschaft. Am 8. Februar 1587 starb sie in Fotheringhay Castle durch Enthauptung wie ihr Enkel Charles etwa sechzig Jahre später.

Lady Annabell, die noch immer sehr um ihren Gatten trauert, vermeidet es, ans Ufer zu gehen und die Burg zu sehen.

»Ich fühle mich hier auch wie eine Gefangene«, sagte sie mir bei meinem ersten Besuch im September des vergangenen Jahres. Sie hat die Hoffnung aufgegeben, je wieder nach England zurückzukehren. Glücklicherweise kommen ihre Kinder mit dieser Situation besser zurecht. Doch über Lady Annabell liegt ein dunkler Schatten.

In Edinburgh, das zu Pferd gute fünf Stunden, einschließlich der Überfahrt über den Firth of Forth, von Ivory Hall entfernt liegt, bewohne ich ein Zimmer in einem Gasthaus und habe eine Anstellung in der Bibliothek der University of Edinburgh gefunden. Dort arbeite ich als Schreiber und Bibliothekar. Eine bescheidene Arbeit mit bescheidenem Lohn. Ein Trost für mich ist, dass in meiner Kammer im »Rose and Sword« ein Bild hängt, das mich an die guten Tage in Warchester Castle erinnert. Es ist der Biondo, den ich vor der Zerstörung gerettet habe.

Selbst die traurige und erschreckende Nachricht von der Enthauptung unseres Königs konnte mich jedoch nicht in die

Tiefe reißen. Denn Bridget hatte mir genau an jenem 30. Januar mitgeteilt, dass sie unser Kind erwartet. Im August soll es geboren werden. Und schon eine Woche später, an dem Tag, da Charles Stuart, der mit großer Würde das Schafott bestiegen hatte, um seinem himmlischen Richter entgegenzutreten, in der St.-Georgs-Kapelle in Windsor beerdigt wurde, wurden wir in aller Stille getraut. Lady Annabell schenkte Bridget, die ihr fast fünfzehn Jahre lang als Kammerzofe treusorgend gedient hatte, eine beachtliche Aussteuer. In wenigen Wochen, wenn ich eine größere Wohnung gefunden habe, wird Bridget zu mir nach Edinburgh ziehen. Welche Insel der Glückseligkeit inmitten des tosenden Meeres an Kummer und Verlust.

Jedes Mal wenn ich nach Ivory Hall komme, stehe ich, wie schon in alten Zeiten, vor dem Bild des Drachenritters. Und gelegentlich schmerzt dann meine längst verheilte Schulterwunde, und ein leichter Schauder überkommt mich. Weshalb werde ich die dunkle Ahnung nicht los, dass irgendwo da draußen Steven Clarke noch immer auf dieses Gemälde lauert? Dass er bei seinem Überfall auf mich das falsche Bild gestohlen hat, wird er längst erkannt haben. Und seine Wut, gepaart mit Gier und der Schmach des Versagens, wird ihn nicht ruhen lassen. Irgendwann, so fürchte ich, wird es ihn nach Ivory Hall treiben, um sich des »richtigen« Bildes zu bemächtigen. Das werde ich auf jeden Fall verhindern. Und so reift in mir ein Plan, den ich umzusetzen gedenke, ehe Cromwells Schatten auch auf Ivory Hall fällt.

Am Abgrund

Hans Schumann blickte mich mit finsterer Miene an. In der Lobby des schicken Hotels Mercedes, unweit des hannoverschen Messegeländes, wimmelte es von Menschen. Ich hatte Mühe zu fokussieren, erkannte aber den Gerichtsmediziner Emil Sauerwein und Schumanns Assistenten Hartmut Brink, der nun schon seit fast acht Jahren mit ihm zusammenarbeitete. Wie durch einen Wattebausch drangen ihre Stimmen an mein Ohr. Ich saß zusammengekauert in einem der gemütlichen Loungesessel in der lichtdurchfluteten Eingangshalle des Hotels, das für die Außenwelt mit gelben Bändern abgesperrt war. Der Manager des Hotels, ein kleiner Mann mit einer großen Brille, der sich als Fritjof Menge vorgestellt hatte, huschte emsig durch den Raum und rief einigen verschüchtert dreinblickenden Angestellten irgendwelche Befehle zu. Einer davon lautete, mir einen starken Tee zu bringen, eine sehr gute Entscheidung.

Mein Kopf dröhnte, auch wegen des Schlags, der mich vor etwa einer halben Stunde an der Schulter getroffen und gegen einen Türpfosten geschleudert hatte. Dabei hatte ich mir heftig den Kopf gestoßen. Aber das zählte alles nichts im Vergleich zu dem furchtbaren Ereignis, das der Grund für Schumanns strengen Blick war.

»Und nun bitte von vorne, Anna«, vernahm ich seine Stimme wie aus weiter Ferne. »Sie sind vor ungefähr vierzig Minuten hier angekommen, und dann?«

Schumann siezte mich wieder, kein gutes Zeichen. Und seine Stimme erinnerte mich an die meines Mathematiklehrers Hebermann, der mir immer wieder ins Gedächtnis gerufen hatte, dass ich in Mathe eine Versagerin sei. »Eine Sieben wäre noch zu gut für Sie!«, hatte er mich kurz vor dem Abitur angeschnauzt. Er hatte ja recht gehabt, doch in der Abi-Arbeit gelang es mir, eine Vier zu schreiben, und Hebermanns Fassungslosigkeit äußerte sich in der laut vorgetragenen Vermutung, ich hätte diese Note nur durch Pfusch erreicht.

Äußerlich ähnelte Schumann meinem verblichenen Mathelehrer allerdings nicht. Der war schmächtig und glatzköpfig gewesen, mit schiefen Zähnen und einem dünnen Schnurrbart über dem schmallippigen Mund. Schumann dagegen neigte eher zu einer kräftigen Statur, besaß volle graue Haare und gepflegte Zähne, die er oft und gerne bei einem breiten Lächeln zeigte. Nicht jetzt jedoch. Seine Stimme klang ungewöhnlich hart, und ich zuckte zusammen, als er fortfuhr.

»Weshalb sind Sie überhaupt hierhergekommen? Wie gut kannten Sie die Tote?«

In diesem Moment begann ich am ganzen Körper zu zittern. Auf einmal brachen die Ereignisse der letzten Stunde über mich herein wie eine Springflut, und es fiel mir schwer, meine Gedanken zu ordnen. Mir wurde schlagartig bewusst, warum ich in der Lobby des Hotels Mercedes saß, umgeben von Schumanns Mitarbeitern. Gierig griff ich nach der dampfenden Tasse Tee, die eine junge Hotelangestellte auf den Tisch gestellt hatte.

Ich trank einen Schluck. Das Zittern flaute ab, und ich hatte die Kraft, Schumann zu antworten. »Ich habe einen Anruf von meiner Freundin Christine Windstetten bekommen. Sie schien gehetzt und ängstlich und bat mich, möglichst schnell hierherzukommen. Sie müsse dringend mit mir sprechen.« Ich hielt inne, trank einen weiteren Schluck Tee und überlegte, was danach eigentlich genau geschehen war.

»Und dann?« Schumann klang ungeduldig, für mich eine neue Eigenschaft an ihm. Er wirkte normalerweise immer eher ruhig und gelassen.

»Ja, dann bin ich, so schnell ich konnte, hierhergefahren. Ich habe etwa zwanzig Minuten gebraucht. Es war nicht so viel Verkehr wie sonst auf dieser Strecke.« Wieder stockte ich, holte tief Luft und sah Schumann an. »Ich habe mein Auto geparkt, bin ins Foyer gegangen und habe mich nach Christine umgeschaut. Aber ich habe sie nirgendwo gesehen. Da habe ich an der Rezeption nach ihr gefragt. Die junge Frau am Desk hat sich nach meinem Namen erkundigt und mir dann einen Umschlag gegeben, in dem ein Zettel war. ›Bin in Zimmer 210‹, stand darauf.« Ich erinnerte mich noch, wie absurd mir das vorkam. Weshalb sollte sich Christine, die in Hildesheim eine Wohnung besaß, in einem Hotel in Hannover ein Zimmer mieten? Früher hatte sie gelegentlich bei mir übernachtet. Aber nur, wenn sie getrunken hatte.

Ich hatte den Lift in den zweiten Stock genommen. Dort herrschte Stille. Von draußen hörte ich gedämpft Autos auf den Parkplatz oder vom Parkplatz fahren. Ich ging den Gang hinunter bis zum Zimmer mit den goldenen Ziffern 210 an der Tür. Als ich klopfen wollte, wurde die Tür aufgerissen, ich spürte einen heftigen Stoß, der mich gegen den Türpfosten schleuderte, und irgendjemand rannte an mir vorbei. Ich konnte nichts erkennen, weil ich vor Schmerz die Augen zukniff und in die Knie gesunken war. Die Zimmertür stand halb offen. Mit brummendem Schädel tastete ich mich darauf zu. Meine Stimme drohte zu versagen, als ich Christines Namen rief. Keine Antwort.

Ich bin von Haus aus nie besonders mutig gewesen. Beim Klettern auf Bäume kannte ich keine Furcht und auch nicht beim Durchqueren von Bächen mit glitschigen Felsbrocken im Wasser. Da sprang ich waghalsig von Stein zu Stein. Aber ansonsten war ich eine Theoretikerin, die gerne Filme mit aufregenden Szenen sah und Bücher mit tapferen Protagonisten las. Und in dieses Zimmer zu treten, und das auch noch mit meinem angeschlagenen Kopf und der geprellten Schulter, erforderte meine ganze Kraft.

Durch das Panoramafenster auf der gegenüberliegenden Seite fiel Tageslicht. Ich blinzelte eine Sekunde, weil es im Flur vor dem Zimmer dämmrig gewesen war. Als ich die Augen wieder öffnete, sah ich sie. Christine lag bäuchlings auf dem breiten Bett, die Arme ausgestreckt, den Kopf in der Tagesdecke vergraben.

Was ich dann tat, versank in einer Flut von widersprüchlichen Erinnerungen. Rannte ich gleich aus dem Zimmer, oder trat ich ans Bett, um mich zu vergewissern, ob Christine nur bewusstlos war oder tot? Dass sie schlief, erschien mir angesichts des Mannes, der aus dem Zimmer gestürmt und in mich hineingerannt war, unwahrscheinlich. Zudem glaubte ich mich vage daran zu erinnern, dass Christine niemals in Bauchlage schlief. Nur am Strand hatte sie sich zum Bräunen auf den Bauch gelegt. All das musste mir wohl trotz meines Brummschädels durch den Kopf geschossen sein.

Schrie ich dann laut auf, oder erstarrte ich vor Schreck? Ich wusste es nicht mehr. Das Nächste, an das ich mich deutlich erinnern konnte, war, dass ich den Lift nach unten nahm, an der Rezeption um Hilfe rief und dem herbeieilenden Personal stammelnd berichtete, dass der Gast in Zimmer 210 bewegungslos auf dem Bett liege.

Jemand drückte mir ein Glas Wasser in die Hand und führte mich zu dem Loungesessel, ein anderer rief die Notrufnummer, und wie ich später erfuhr, wurde der Manager alarmiert, der mit zwei Gefolgsleuten zu Zimmer 210 eilte und wenige Minuten später mit bleichem Gesicht in der Lobby auftauchte. Und es dauerte nicht lange, da fuhren mehrere Polizeiwagen vor, Sauerwein betrat zielstrebig die Hotelhalle, gefolgt von seiner Assistentin, dann standen Schumann und Brink plötzlich vor mir, und was mir wie ein böser Traum erschienen war, wurde Wirklichkeit. Ich vergaß die Schmerzen in meiner Schulter und versuchte das Dröhnen in meinem Kopf zu verdrängen. Mir war ein wenig schwindelig, was aber Schumann offenbar wenig interessierte. Er schien durch mich hindurchzuschauen. Ich kam mir wie ein aufgespießter Käfer vor in meinem tiefen Sessel. Mühsam richtete ich mich auf und versuchte ihm zu schildern, woran ich mich erinnern konnte. Schumann hatte sein schwarzes Notizbuch gezückt, das ihm einen altmodischen Touch verlieh. Wie die Polizisten aus einem Roman von Agatha Christie. Ich kannte ihn nur mit diesen kleinen Notizbüchlein, in die er immer eifrig irgendetwas hineinkritzelte. Er sah mich forschend an und hatte dann doch die Gnade, mich zu fragen: »Tut es noch weh?«

»Ja, schon, aber das ist nicht so schlimm.« Ich bemühte mich zu lächeln. In Wahrheit fühlte ich mich elend. Er nickte, schrieb etwas in sein Büchlein und sah mich etwas weniger streng an. Ich wurde unruhig. Sein Schweigen nervte mich. »Ist Christine wirklich tot?« Eigentlich eine überflüssige Frage. Schumann erwiderte nichts. »Wie ist sie gestorben?« Ich erkannte meine eigene Stimme nicht. Sie klang brüchig und belegt.

»Das kann ich Ihnen nicht sagen«, antwortete Schumann knapp. »Nur eines will ich Ihnen verraten: Offenbar ist sie kurz vor Ihrem Auftauchen getötet worden. Es kann also gut sein, dass es der Mörder war, dem Sie begegnet sind. Gut, dass Ihnen nichts wirklich Schlimmes passiert ist, aber dennoch ist es ärgerlich, dass Sie nichts gesehen haben.«

Noch ein Schock. Sehr sensibel schien Schumann heute wirklich nicht zu sein. Er wandte sich wieder seinem Notizbuch zu und sagte: »Aber ich wäre Ihnen dankbar, wenn Sie mir etwas mehr über die Tote erzählen könnten.«

Das klang so kühl und distanziert. Als ob ich jemand wäre, dem er heute das erste Mal begegnete. Dabei kannte ich ihn doch seit fünf Jahren, und wir hatten viele Stunden miteinander verbracht.

Meine Gedanken drehten sich im Kreis, aber ich versuchte, mich zu konzentrieren. »Ich kannte Christine seit unserem gemeinsamen Studium bei Professor Strate. Eine Zeit lang waren wir sogar sehr eng befreundet gewesen, saßen fast jeden Tag zusammen in der Mensa, trafen uns abends in Kneipen, gingen ins Kino, zu Partys und fuhren einmal auch gemeinsam in Urlaub.« Eine Woche Mallorca. Ein preiswertes Hotel in der Nähe von Porto Pedro, ein Auto, das wir gemietet hatten, um damit die Insel zu erforschen und in die Tramuntana zu fahren, wo wir rund um das Kloster Lluc wanderten. Wie weit lag das zurück! Dann tauchte in Christines Leben ein gewisser Roger auf, ein Kommilitone, der aus Luxemburg stammte. Und von da an hatte sie kaum mehr Zeit für mich.

Auch nach ihrer Trennung von Roger blieb sie zurückhaltender als früher. Es folgten ein Frederick, ein Robert, ein Simon, ein Rainer, der auch Kunst studierte und eigentlich ein ganz netter Typ war. Und dann ein Francesco, ein italienischer Kunsthändler, den sie fast geheiratet hätte und mit dem sie in Venedig leben wollte. Aber das zerschlug sich. Gerüchten zufolge hatte er bereits »una fidanzata« in Paris und eine weitere in Wien. Danach hörte ich nichts mehr von neuen Lebensgefährten. Oder zumindest erzählte Christine mir nichts mehr. Ihr Kommentar auf meine Frage, ob es wieder jemanden in ihrem Leben gebe, lautete nur: »Ohne Männer läuft es bei mir besser.« Ich holte ziemlich weit aus, doch Schumann hörte geduldig zu.

Unsere Wege führten Christine und mich schließlich in unterschiedliche Richtungen. Wir schrieben uns die eine oder andere Mail, telefonierten einige Male im Jahr, schickten uns in den letzten Jahren immer wieder mal SMS, trafen uns drei- oder viermal zu einem Plausch, meist in Hannover. Sie lebte erst in Hamburg, dann in Berlin und seit vier Jahren in Hildesheim. Ihr Anruf mit der Nachricht von Strates Tod kam für mich überraschend, da ich seit einem halben Jahr nichts mehr von ihr gehört hatte. Dann tauchte sie seltsamerweise nicht bei Strates Beerdigung auf, obwohl sie einst seine liebste Studentin gewesen war und ihn nach Ernestines Auskunft regelmäßig besucht hatte. Und dann dieser Anruf heute Nachmittag. Dieser schrille Unterton in ihrer Stimme, diese Panik. Christine war mir immer so selbstsicher und stark erschienen.

Mir stiegen die Tränen in die Augen, und ich verstummte. Ich sah sie vor mir, wie ich sie zuletzt lebend gesehen hatte: groß, schlank, mit ihren rotblonden Haaren, ihrem breiten Lächeln, ihren vergnügt funkelnden hellbraunen Augen. In unserer Clique hatte sie immer als die Hübscheste gegolten. Ihre Eltern waren Anwälte in Münster gewesen, sie wuchs in einem großen Haus auf, besaß ein eigenes Pferd, aber zu ihrem Kummer keine Geschwister. »Ich würde mein Pferd gerne gegen eine Schwester oder einen Bruder tauschen«, hatte sie einmal gesagt. Als ihre Eltern vor wenigen Jahren kurz hintereinander starben, verkaufte sie das Haus in Münster und erwarb von einem Teil des Geldes eine Wohnung auf Mallorca. Allerdings lud sie mich nie dahin ein. »Das ist meine absolute Oase«, erklärte sie diese Zurückhaltung. »Keine Freunde, keine Gäste. Ich brauche das, um herunterzukommen.« Ich wusste nicht, ob sie die Wohnung noch hatte. Sie sprach nie darüber. Damals arbeitete sie für mehrere Auktionshäuser als Gutachterin. Sie konzentrierte sich ganz auf die italienische und mit Ausnahmen auf die niederländische Kunst des 15., 16. und 17. Jahrhunderts. Alle späteren Epochen interessierten sie nicht wirklich.

Viele Erinnerungen flirrten an mir vorbei, doch nichts davon war wichtig genug, um es Schumann mitzuteilen.

»Und wie war sie rein menschlich gesehen?«

Schumanns Frage riss mich aus meinen Erinnerungen. Ich schloss für einen Moment die Augen. Ja, wie war Christine gewesen?

»Freundlich, großzügig, witzig, aber auch launisch und oft verschlossen.« Das war in wenigen Worten ein kleines Resümee ihres Charakters. Doch was wusste ich wirklich über Christine Windstetten? Man sieht ja immer nur einen Bruchteil eines Menschen, das, was der andere zulässt, und kann nur selten hinter die Fassade schauen und den wahren Kern erforschen. Zumal ich mich in den letzten Jahren wenig mit ihr beschäftigt hatte, zu oft nicht vor Ort gewesen war, zu sehr mit meinem eigenen Leben zu tun gehabt hatte und meine wenigen Freundschaften aus Studententagen insgesamt viel zu wenig pflegte. Viele alte Freunde gab es nicht mehr, eher hatte ich gute Bekannte. Und selbst die konnte ich an beiden Händen abzählen. Keine sehr angenehme Erkenntnis.

»Was hat sie beruflich gemacht?« Schumann ließ nicht locker.

Ich schob die Teetasse quer über den Tisch und sah ihn unwillig an. »Wir waren leider nicht mehr sehr eng. Soweit ich weiß, erstellte sie Gutachten für verschiedene Auktionshäuser, vor allem für ›Markmann & Co.‹ in Hamburg.« Schwach erinnerte ich mich, dass sie mir vor etwa einem Jahr erzählt hatte, dass sie manchmal für die Fernsehsendung angefragt worden war, in der auch Richard Bernhard seit etlichen Jahren als Experte auftrat. Das hatte mich verwundert, denn in »Gutes für Geld« wurden zwar auch hie und da Bilder angeboten, doch sicherlich keine alten Italiener. Da verkauften Leute eher den Schinken vom Dachboden, der um 1900 oder später in den Besitz der Familie gelangt war, und selten war darunter ein Bild, das mehr als tausend Euro brachte. Letztens hatte es dort Ärger gegeben, weil eine Skizze von Max Liebermann weit unter Preis angeboten und schließlich für lächerliche vierhundertfünfzig Euro gekauft wurde. Das hatte einen Aufruhr auf dem Kunstmarkt ausgelöst, und ein Bekannter von mir, der für ein Museum in Berlin arbeitete, erzählte mir, dass Richard irgendwie in die Sache verwickelt gewesen sei. Er hatte als sogenannter Experte einen viel zu niedrigen Schätzpreis angegeben. Was Christines Funktion bei dieser Sendung gewesen war, habe ich nie erfahren.

Ich fühlte mich trotz des Tees sehr erschöpft. Schumann bemerkte es. Auf sein Gesicht trat ein weicherer Ausdruck. »Ist gut, Anna«, sagte er. »Sie können jetzt erst mal nach Hause fahren. Wir melden uns.« Er wandte sich an Brink, der in seiner Nähe stand. »Frau Bentorp sollte zu unserer Verfügung bleiben. Sie kannte das Opfer.«

Opfer? Im Zusammenhang mit meiner lebenslustigen Freundin Christine klang das völlig surreal. Ich nickte Brink zu, raffte meine Handtasche an mich und ging hinaus in das fahle Licht des sinkenden Maitages. Als ich bei meinem Auto ankam, sah ich sofort, dass jemand versucht hatte, die Fahrertür aufzuhebeln. Es gab auffällige Kratzspuren um das Schloss. Aber wahrscheinlich war der Täter gestört worden, denn die Tür war noch immer verschlossen, auch das Fenster unversehrt. Es wunderte mich, dass sich jemand für mein ziemlich betagtes Auto, das ich liebevoll Apollo nannte, interessierte. Mein überspanntes Hirn verfing sich sofort in wilden Theorien. Stand das mit dem Mord in Zusammenhang? Sollte der Täter versucht haben, mit meinem Auto zu entkommen? Das wäre keine sehr gute Wahl gewesen, da Apollo kaum mehr als einhundertzwanzig Stundenkilometer schaffte.

Ich sah mich um. Auf dem Parkplatz standen einige sehr viel neuere und garantiert schnellere Wagen. Ein paar Cabrios wären leichter zu knacken gewesen. Doch dann fiel mein Blick auf meinen Beifahrersitz. Die rote Mappe. Eher achtlos hatte ich sie dort hingeworfen und fast vergessen. Wie dumm von mir. In mir regte sich mein alter Miss-Marple-Instinkt. Sollte diese Mappe mit der sehr deutlichen Etikettierung etwa das Objekt der Begierde gewesen sein?

Ich ging um mein Auto herum. Tatsächlich, das Fenster auf der Beifahrerseite war ein Stückchen heruntergedrückt worden. Doch es hatte gehalten. Braver Apollo. Mich aber beschlich ein mulmiges Déjà-vu-Gefühl. Ein altbekanntes Kribbeln im Nacken. Ich glaubte zu spüren, dass mich jemand beobachtete. Mit zitternden Knien stieg ich in den Wagen. Alle drei Sekunden starrte ich in den Rückspiegel, ob mir jemand folgte. Niemand zu sehen. Aber das Kribbeln blieb, als ich über die Schnellstraße in Richtung Hannover fuhr.

Intermezzo

Der Raum lag im Halbdunkel. Das einzige Licht kam von einer Lampe, deren Strahl das Bild an der Wand fokussierte. Dieses Bild war seine Leidenschaft, sein Quell der Freude. Doch seit er erfahren hatte, dass dieses Gemälde nur eine, wenn auch gelungene, Fälschung war, schienen die Farben stetig zu verblassen. Das tiefe Grün des Drachen schimmerte nur noch matt, das leuchtende Weiß des mächtigen Schimmels, auf dem der heilige Georg saß, zeigte Grautöne, der rote Mantel des Ritters verschwamm zu einem dunklen Rosé. Dass dies eine optische Täuschung war, wusste er. Nichts hatte sich an dem Bild verändert. Noch immer stürmte Sankt Georg auf seinem strahlend weißen Ross in schimmernder Rüstung und wehendem dunkelroten Mantel auf das tiefgrüne Ungeheuer zu, noch immer erwartete es den Todesstoß, noch immer hielt die zarte junge Frau den Drachen an einem Band. Aber die Erkenntnis, dass er seit so vielen Jahren mit einer Fälschung gelebt hatte, verschob seine Perspektive, trübte seinen Blick und schmerzte ihn jeden Tag mehr.

Innerlich verfluchte er sich, dass er je den Auftrag erteilt hatte, die Provenienz des Bildes zu erforschen. Wie viel besser wäre es gewesen, das Gemälde weiterhin so zu sehen, wie er es jahrelang voller Freude genossen hatte – als eine frühe Fassung von »Der heilige Georg und der Drache« von Paolo Uccello. Es gab zu diesem Thema noch drei weitere Gemälde des großen Florentiner Malers, dem laut seinem allerersten Biografen Giorgio Vasari »die Natur ein feinsinniges und subtiles Talent geschenkt hatte«. Doch nur zwei von diesen drei bekannten Bildern waren mit seinem Bild vergleichbar, bei dem Uccello eindeutig genaue Studien zur Perspektive betrieben hatte, was sein Markenzeichen werden sollte.

Hätte er doch nur seine Neugierde gezügelt! Aber irgendwann war der Wunsch in ihm unerträglich geworden, die Geschichte des Bildes zu erfahren, das in einem verborgenen

Winkel seines Hauses hing, fernab von neugierigen Blicken und damit gefeit vor möglichen Fragen. Woher stammte das Gemälde ursprünglich, wer hatte es vor langer Zeit besessen? Es gab eine Verbindung des Bildes zu seiner Familie, wie er von seinem Vater erfahren hatte. Im Familienarchiv lag ein Schreiben, das dies bestätigte. Es war im 17. Jahrhundert über Umwege in ihren Besitz gelangt. Doch dann verschwand das Bild aus unbekannten Gründen zu Beginn des 19. Jahrhunderts und war wie durch eine Fügung des Schicksals vor sechzig Jahren zu ihnen zurückgekehrt. Und nun hatte es ihn gedrängt, die Wahrheit zu erfahren.

Seine Sammlung umfasste eine Vielzahl bedeutender Werke, einige davon auf Auktionen erstanden, andere auf weniger legalen Wegen zu ihm gekommen. Doch dieses eine Gemälde war es, das ihn wirklich faszinierte, von dem eine Ausstrahlung ausging, die ihn immer wieder seltsam berührte. Und nun musste er sich mit der Tatsache auseinandersetzen, dass er eine Fälschung verehrte. »Es könnte sein, dass dies nicht die einzige Fassung ist, die von diesem Werk existiert«, hatte der von ihm beauftragte Detektiv vor zwei Wochen bei einem Treffen gemutmaßt. Dieser Detektiv, geboren in Manchester, war viele Jahre für eine Agentur tätig gewesen, die sich mit der Echtheit und Provenienz von Bildern befasste. Dann aber hatte er sich mit seinem Arbeitgeber überworfen, die Agentur verlassen und arbeitete nun als Freiberufler. Ein tüchtiger Mann, auch wenn seine Weste vielleicht nicht ganz blütenweiß war.

Zwei Jahre hatte der Detektiv mit der Recherche zu diesem Bild verbracht, zwei teure Jahre. Und dann das niederschmetternde Ergebnis. Er hatte in der British Library in London einen Brief aus dem Jahr 1690 entdeckt, dem er die Wahrheit entnahm. Es hatte einiges an Überredungskünsten bedurft, den Kurator der Abteilung für alte Dokumente, Sir Hugo Stevenson, zu überzeugen, den Brief kopieren zu dürfen. Erst als der Detektiv verriet, für wen er diesen Brief brauchte und dass er vielleicht der Schlüssel zu einem lang verborgenen Geheimnis sein könnte, stimmte der Kurator zu.

Der Mann in dem abgedunkelten Zimmer hatte zunächst nicht glauben wollen, was er las. Aber der Brief war, wie ihm ein Grafologe bestätigte, authentisch und bezog sich auf genau diesen von ihm gesuchten heiligen Georg. Es war kein Zweifel möglich. Doch anstatt sich den Tatsachen zu fügen, war in ihm der kalte Zorn hochgestiegen. Sein Vater hatte jahrelang nach dem Bild gesucht, bis er endlich auf eine heiße Spur gestoßen war. Er kannte nicht alle Details, weil er damals noch ein Kind gewesen war. Angeblich hatte sein Vater das Bild nach dem Zweiten Weltkrieg einem russischen Emigranten abgekauft. Der Urgroßvater dieses aus Russland geflüchteten Kyril Petronow, ein gewisser Sergej Petronow, hatte es um 1900 in Paris in einer Auktion ersteigert. Von da an hatte es sich im Familienbesitz der Petronows befunden und war ins Exil gerettet worden. Bei seiner Flucht hatte Kyril seine Familie in der Sowjetunion zurückgelassen. Doch dann entschloss er sich, sie doch in den Westen zu holen, und brauchte dringend Geld. Viel besaß er nicht mehr, einige Ikonen, zwei Fabergé-Eier, zwei frühe Iwan Schischkins und dieses italienische Werk. Kyril wollte seine russische Kunst nicht hergeben. Sie erinnerte ihn an seine verlorene Heimat, aber den Italiener, der in seinen Augen zwar ein wenig der Ikonenmalerei des 18. Jahrhunderts ähnelte, verkaufte er ohne Bedauern. Der sonderbare Engländer, dem er das Bild überlassen hatte, zahlte eine anständige Summe.

Und nun diese Enthüllung! Seit Jahren hatte seine Familie also eine Fälschung wie ihren Augapfel gehütet und verborgen. Was ihn schon als Jungen gewundert hatte, denn andere Bilder wie der van Dyck, der Raffael und der Caravaggio waren stolz präsentiert worden. Gelegentlich kamen sogar Kunstexperten ins Haus und standen bewundernd vor diesen Gemälden, und immer wieder gab es Angebote für deren Erwerb. Aber sein Vater lehnte alles ab. Den Uccello jedoch zeigte er niemals. Also musste es im Zusammenhang mit diesem Florentiner irgendeine dunkle Geschichte geben. Fälschungen gab es schon seit der Antike. Das war nichts Neues. Vielleicht hatte ja ein Zeitgenosse

Uccellos dieses Bild geschaffen und es als Werk des wahren Meisters ausgegeben? Auf jeden Fall musste irgendwo noch das Original sein. Wo aber war das hingeraten? Hoffentlich war es nicht im Laufe der Zeit zerstört worden oder in Privatbesitz gelandet, unerreichbar für andere Menschen.

Auf dem kleinen Tisch neben ihm lagen zwei Postkarten mit Abbildungen der beiden anderen Gemälde, die Uccello vom heiligen Georg gemalt hatte. Eines davon befand sich in der National Gallery in London, das andere im Museum Jacquemart-André in Paris. Es gab Ähnlichkeiten, aber auch auffallende Unterschiede zwischen diesen drei Versionen desselben Motivs. Zwar war der Drache auf allen drei Gemälden dunkelgrün, Georg saß auf einem Schimmel, und die Prinzessin stand fast schüchtern in der linken Ecke. Auf dem Londoner Bild aber trug sie ein dunkelgrünes Gewand, auf dem Pariser Gemälde ein rotes. Vor allem die Drachen jedoch waren auf allen Gemälden unterschiedlich dargestellt. Der Londoner Drache stand vornübergebeugt in geduckter Haltung dem Ritter gegenüber, der Pariser Drache schien mit seinem vorgestreckten und erhobenen linken Hinterbein dem Reiter entgegenzustapfen. Auf der Fälschung dagegen kauerte der Drache am Boden wie ein sprungbereites Raubtier mit gespreizten Klauen und einer schlangenähnlichen Zunge. In den rostroten Augen lag ein dunkles Glimmen. Während auf dem Londoner Gemälde Georgs Speer in das linke Auge des Drachen eingedrungen war und auf der Pariser Darstellung die Speerspitze sich durch sein Maul gebohrt hatte, streifte Georgs Speer auf seinem Bild das Monster nur seitlich am Rumpf. Diesen Drachen schien nichts wirklich erschüttern zu können. Er wirkte unbezwingbar.

Er würde alles daransetzen, das Original, falls es noch existierte, in seinen Besitz zu bringen. Koste es, was es wolle. Es gehörte ihm, nicht in ein Museum oder in andere Hände. Kyril Petronow war inzwischen gestorben, aber sein Sohn Grigori lebte noch. Er kontaktierte ihn, doch Grigori erinnerte sich nicht mehr an den Uccello, er besaß immer noch die Ikonen und die Fabergé-Eier und hatte seine eigene Sammlung um viele

Kunstwerke bereichert. »Ich sammele nur russische Kunst«, sagte Grigori. »Italiener sind nicht mein Ding.«

Sein Detektiv hatte für ihn schließlich mit einem ehemaligen Kunstdozenten in Deutschland Kontakt aufgenommen, der sich zwar mit dem italienischen Künstler befasst hatte, aber offenbar nichts über das Schicksal des Drachenbildes oder gar eine mögliche erste, frühere Fassung der beiden anderen Werke wusste. Nun war dieser Mann, ein recht bedeutender Sammler von italienischen und niederländischen Werken, gestorben; der Verdacht bestand sogar, wie er aus einer sicheren Quelle erfahren hatte, er sei ermordet worden. Sein Detektiv wollte sich damit ausgiebiger befassen und ihn informieren.

Auch seine Mails an einen Experten in Italien und an einen Kunsthistoriker in Wien zeitigten keine brauchbaren Ergebnisse. Der österreichische Kunsthistoriker gab ihm zu verstehen, dass er nicht an eine frühe Fassung des Gemäldes glaube, der Experte in Italien, der für die Uffizien arbeitete, meinte, er habe zwar davon gehört, dass Uccello um 1450 eine Art von »Pionierfassung« geschaffen habe. Doch wenn dem so sei, dann wäre dieses Gemälde wohl im Strudel der Zeiten untergegangen. Es gebe ein Gerücht, es sei im Jahr 1455 aus einem Palast der Medici geraubt worden. Eine alte Chronik vermerkte, dass der Palastaufseher dabei zu Tode gekommen war. Gleichzeitig sei auch ein Biondo verschwunden, weniger wertvoll, aber dennoch ein Kunstwerk der Frührenaissance. Der Kunsthistoriker mit dem klangvollen Namen Eduardo di Monte Albero erklärte, er habe einer weiteren Chronik entnommen, die Bilder hätten sich irgendwann im 16. Jahrhundert im Besitz der damals sehr einflussreichen, inzwischen ausgestorbenen Familie Buarotti befunden. Aber die Gemälde aus dieser Sammlung waren alle im 19. Jahrhundert, nach dem Tod des letzten nachweisbaren Verwandten der Buarotti, als Schenkung in den Uffizien gelandet. Doch weder der Uccello noch der Biondo seien unter den rund einhundertsechzig Werken gewesen. Falls es diese beiden Bilder wirklich gegeben hatte, so Monte Albero, waren sie schon lange verschollen.

Er war sich nach diesen Nachforschungen inzwischen fast sicher, dass das Original nach England gelangt war. Es war aber irgendwann vor längerer Zeit gefälscht oder kopiert worden, aus welchem Grund auch immer. Sein Vater hatte geglaubt, er habe das Original erstanden, sich aber nicht weiter mit dem Bild beschäftigt. Anders als sein Sohn. Er würde weder Mittel noch Wege scheuen, der Geschichte des Bildes auf den Grund zu gehen.

Dieser Brief aus der British Library bedeutete nicht das Ende der Recherche. Im Gegenteil. Er motivierte ihn vielmehr, das Geheimnis des Werkes zu enträtseln. Er rief seinen Detektiv an. »Suchen Sie weiter«, befahl er ihm. »Ich will dieses Bild, und ich verlasse mich auf Sie.«

Er konnte nicht ahnen, dass sein Detektiv auf seinem Weg von England nach Deutschland gerade den Tunnel unter dem Kanal hinter sich gelassen hatte und auf die belgische Grenze zufuhr. Seinem größten Coup entgegen, wie er glaubte.

Ungeklärte Fragen

Genervt nahm ich den Anruf entgegen. In der vergangenen Stunde hatte mein Handy fünfmal den Cello-Klingelton von sich gegeben. Inzwischen bereute ich den Wechsel von der »Star Wars«-Fanfare zu diesem sanft melodischen Klang. Das würde ich bald wieder ändern. Meiner Stimme konnte der Anrufer entnehmen, dass ich alles andere als gnädig gestimmt war. Der gestrige Tag lastete schwer auf mir. Nachdem ich endlich wieder zu Hause angekommen war, sank ich in meinen großen alten Lesesessel und ließ meinem Kummer freien Lauf. Den Rest dieses Horrortages verbrachte ich mit sentimentalen Erinnerungen an meine Freundschaft mit Christine und mit Selbstvorwürfen. Weshalb hatte ich nicht schneller reagiert? Wieso hatte ich nicht gespürt, dass meine alte Freundin offensichtlich in Nöten war? Ich zermarterte mir das Gehirn, was Christine von mir gewollt haben könnte. An dem Abend telefonierte ich lange mit meiner Mutter, die Christine auch gekannt hatte. Meine Mutter verstand es immer wieder, mich zu erden. Vor allem beruhigte sie mein aufgewühltes Gewissen. Und so ging ich etwas entspannter um Mitternacht ins Bett und schlief sofort ein.

Am nächsten Vormittag, an dem der graue Himmel bestens zu meiner gedämpften Stimmung passte, hockte ich frustriert über einem Text zu einem Gemälde von Perugino, das in der Braunschweiger Ausstellung erstmals der Öffentlichkeit präsentiert werden sollte. Sein Besitzer war ein wohlhabender Geschäftsmann aus Frankfurt, der seinen Schatz dem Museum nur sehr zögerlich anvertraut hatte. Ich wollte ihn nach meinem Besuch in Braunschweig in den nächsten Tagen noch mal anrufen und hoffte, dass der Diebstahl des Biondo diskret behandelt und nicht in den Medien breitgetreten wurde. Ich befürchtete, dass dieser besagte und auch betagte Sammler der Ausstellung sein Bild unter diesen Umständen nicht zur Verfügung stellen würde. Etwas später rief ich Kurator Wedel an, um unseren Termin noch einmal um einen Tag zu verschieben. Er wirkte wenig begeistert, aber als ich vorsichtig mitteilte, dass es einen weiteren Mord gegeben hätte, in den ich als eine Art Zeugin involviert war, knickte er ein. Seine Reaktion allerdings war eher unterkühlt. Doch dann sagte er: »Na gut, aber bitte wirklich ein letztes Mal.«

Als ich schließlich den Anruf entgegennahm, musste ich in Gedanken ganz woanders gewesen sein, denn ich erkannte die Stimme am Handy nicht sofort. Das wurde allmählich beängstigend. Es war nicht das erste Mal, dass ich eine Stimme nicht auf Anhieb einordnen konnte. Sollte ich mal einen Hörtest machen? Die Nummer auf dem Display war mir fremd.

»Anna? Anna, bist du es?« Blöde Frage. Wer sollte es sonst sein?

»Ja, und wer ist da bitte?«

»Ich bin es, Harald!« Ein Kichern drang an mein Ohr. »Ich habe seit einer Woche ein neues Handy. Du hast wohl meine neue Nummer noch nicht.« Wieder dieses nervtötende Kichern.

Ach du liebe Zeit! Der hatte mir gerade noch gefehlt. Alles- und Besserwisser Harald Frostauer. Nach unserem letzten gemeinsamen Abenteuer hatte ich mein Versprechen gehalten und war im Juni mit ihm essen gegangen. Die kurze Begegnung anlässlich der Beerdigung von Strate war das erste Mal gewesen, dass ich ihn seitdem wiedergesehen hatte, und sie hatte mir schon gereicht. Ich hatte mich nicht von ihm verabschiedet und ihn fast schon wieder aus meiner Erinnerung verdrängt. Doch offenbar drängte es ihn zurück in mein Leben. Er hatte sich einige Tage danach per SMS gemeldet, um mir zu berichten, dass er an einem Buch über Klosterbibliotheken sitze, worin auch die Bibliothek des Klosters Warnstedt vorkäme. Und er hätte schon eine weitere »tolle Idee« für sein übernächstes Buch. Er sei nur auf der Suche nach einem neuen Verleger, denn sein ehemaliger Verlag publiziere nur noch Regionalkrimis.

Um Freundlichkeit bemüht fragte ich: »Harald, was gibt es? Ist was passiert? Oder brauchst du irgendwelche Informationen von mir?« Ohne Grund meldete er sich gewiss nicht. Nach so vielen Körben musste seine Verehrung für mich abgeflaut sein. Sein erneutes Kichern zeigte mir, dass ich richtiglag. Er führte etwas im Schilde.

»Weißt du, Anna, diese Sache mit Klas Strate. Ich bin froh, dass ich es noch zum Begräbnis geschafft habe. Bis zum Abend davor war ich in Rom bei einem Seminar, wo ich einen viel beachteten Vortrag über die Bedeutung der Personalunion für die europäische Geschichte im 18. Jahrhundert gehalten habe.« Wieder kicherte er.

Dieser alte Angeber! Seminar in Rom! Na klar, er war ja, wie er zumindest glaubte, Norddeutschlands berühmtester Historiker. Ich schnaubte, was er aber überhörte und rasch fortfuhr: »Du kanntest Strate besser als ich, das muss ich dir lassen. Dich und diese Windstetten hat er wohl gemocht.«

Woher wusste Harald das nun wieder? Manchmal war der Mann mir unheimlich. Seine Stimme überschlug sich fast, als er weiterredete: »Es ist nun so, dass mir ein alter Bekannter, ein Engländer, den ich aus meiner Studienzeit in Cambridge kenne, gemailt hat. Er wollte Strate treffen und sich mit ihm über seinen Biondo unterhalten. Es gibt ja nur sehr wenige Bilder von Giovanni dell'Ombra alias Il Biondo.« Er holte schnaufend Luft. »Tja, und dieser alte Bekannte möchte gerne einen Artikel über Il Biondo schreiben. Du kennst doch das Kunstmagazin ›The Old Art‹ mit den tollen Beiträgen über Künstler vom Mittelalter bis zum 19. Jahrhundert.«

Harald schnaufte wieder. Ich sah ihn vor meinem geistigen Auge. Der Anzug, den er auf dem Empfang getragen hatte, saß recht stramm. Wahrscheinlich hatte er in den vergangenen achtzehn Monaten einige Kilo zugenommen. Sport war ein Fremdwort für ihn, Bier dagegen eines seiner liebsten Getränke.

»Ja, und?« Ich spürte, wie immer, wenn ich mit Harald sprach, ein Gefühl der Ungeduld in mir aufsteigen. Er mochte zwar umfassend gebildet sein, aber ein genialer Redner war er nicht. Immer diese Umwege und überflüssigen Erklärungen! Früher hatte er hinter jedes dritte Wort ein lang gezogenes »Äääh« gesetzt. Das immerhin schien sich gebessert zu haben.

Er räusperte sich. »Mit Strate kann er jetzt ja nicht mehr sprechen. Aber mit dir! Du kennst doch die Biografie und das Werk von Biondo, hast dich wohl auch mit Strate über das Bild ausgetauscht. Er ist auf dem Weg von London nach Hannover und würde dich gerne treffen. Könnten wir bei dir vorbeikommen?«

Jetzt plumpste er aber mit der Tür ins Haus. Wir? Und zu mir? Auf keinen Fall.

Indigniert antwortete ich: »Also erstens, Harald, bin ich keine Spezialistin für Biondo, und zweitens habe ich einen ziemlich vollen Terminkalender. Morgen geht nicht, und übermorgen muss ich mich in Braunschweig mit dem Kurator Ferdinand Wedel treffen.« Da musste ich nun wirklich endlich durch, selbst wenn die Vorstellung, Wegener und Rietmüller dabeizuhaben, mich wenig erfreute. Ich hatte schon gehofft, ihnen durch die erneute Terminverschiebung zu entgehen. Aber nein, sie hatten alle beide Zeit. Im Geiste sah ich schon Wegeners öliges Grinsen und Frieda Rietmüllers grell geschminkten Mund vor mir. Und jetzt noch ein Treffen mit Harald Frostauer? Das war zu viel!

Ich hätte es besser wissen müssen. Denn Frostauer reagierte ganz in seiner Manier.

»Noch besser!«, jubelte er. »Dann sage ich meinem Bekannten, dass wir uns in Braunschweig treffen. Vielleicht erlaubt ihm Wedel ja einen Blick auf den Biondo. Wie ich gehört habe, soll das ein sehr gefälliges Bild sein!«

Gefälliges Bild! Als Kunstkritiker taugte der gute Harald wahrlich nicht. Ich wollte ihm natürlich nicht verraten, dass das Bild verschwunden war und es bisher keine Spur davon gab. Die Medien hatten noch nicht veröffentlicht, welches Bild gestohlen worden war. Da hieß es nur: »Kunstraub Motiv für Tod von Professor S.?«

Ich hatte Schumann während unserer unangenehmen Begegnung im Hotel Mercedes nach den Fortschritten im Fall Strate gefragt. Er war auch da nur sehr kurz angebunden, aber ich entlockte ihm einige Andeutungen. Eine von mehreren Vermutungen lautete, das Bild könnte im Auftrag einer Schwarzmarktorganisation gestohlen worden sein, die in letzter Zeit flächendeckend in Deutschland und den benachbarten Staaten aktiv war. Wie der Mord an Strate dazu passte, schien allerdings rätselhaft. Ich glaubte auch an einen Auftragsdiebstahl und wunderte mich nur, weshalb man es ausgerechnet auf dieses »gefällige Bild« abgesehen hatte.

Haralds Stimme riss mich in die Gegenwart zurück. »Was hältst du davon? Treffen in Braunschweig? Wann bist du mit Wedel verabredet? Wir könnten doch gemeinsam zu Mittag essen?« Diese Nervensäge!

»Harald, leider wird dir Wedel den Biondo nicht zeigen können. Der muss zurzeit noch ein bisschen restauriert werden.« Diese Lüge fiel mir leicht. Ansonsten aber würde ich Frostauer wohl nicht entkommen können. »Okay, dann treffe ich mich mit dir und deinem Engländer um halb eins im Deutschen Haus. Das liegt nicht weit vom Museum entfernt, und man isst dort sehr gut.« Ich könnte diesem Engländer ein Foto des Bildes zeigen, verspürte aber wenig Lust, gemeinsam mit den beiden Herren ins Magazin des Museums zu gehen.

»Na, wir können den lieben Wedel doch bitten, eine Ausnahme zu machen. Immerhin kommt der Mann aus England und schreibt für ein sehr seriöses Magazin.« Harald ließ sich nur schwer abschütteln.

»Ich spreche mit ihm.« Darauf erwiderte Harald nichts mehr. Sollte er doch glauben, dass Wedel ihm den Biondo zeigte.

Kaum hatten wir uns verabschiedet, klingelte mein Handy erneut. Diese Nummer kannte ich allzu gut.

»Richard?« Ich musste wohl sehr erstaunt geklungen haben, denn ich hörte ein leises Lachen.

»Liebe Anna, ich finde, wir sollten unser Kriegsbeil begraben«, sagte er. »Ich habe mich gefreut, dich zu sehen, selbst wenn der Anlass nicht schön war. Und ich würde dich sehr gerne wiedersehen, privat, aber auch, um etwas Wichtiges mit dir zu besprechen.«

Ich schluckte.

»Anna, bist du noch da?« Richards Stimme hatte auf einmal einen drängenden Unterton.

»Ja, ja, ich bin noch da. Um was geht es denn?«

»Das möchte ich dir nicht am Handy erzählen. Hast du morgen Zeit, in mein Geschäft zu kommen? Gegen vier am Nachmittag? Wir könnten ins Café gegenüber gehen. Was meinst du?«

In mir stieg eine Erinnerung auf. Vor drei Jahren hatten wir an Richards Geburtstag in diesem Café gesessen, nicht ahnend, dass uns ein harmlos aussehendes Büchlein in ein ziemlich dramatisches Abenteuer katapultieren würde. Das kleine Buch aus dem 19. Jahrhundert, von einem Iren verfasst, lag inzwischen wohlbehütet in der neuen Bibliothek des Klosters Warnstedt am Steinhuder Meer. Mehrere Morde, ein Geheimnis aus ferner Vergangenheit – all die Ingredienzen, aus denen meine Erlebnisse der vergangenen Jahre bestanden. Nun lagen die Geschehnisse rund um den Fluch der Kelten schon drei Jahre zurück. Die Zeit raste. Mich streifte ein Hauch von Melancholie. Menschen traten in mein Leben wie meine irische Freundin Deirdre, und sie verließen es wie meine Kölner Patentante oder Klas Strate. Oder sie veränderten sich wie meine Mutter, die immer noch so energisch wirkte, in den letzten Monaten allerdings häufiger über Müdigkeit und schlechte Träume klagte. Mein Vater, der etliche Jahre mit einer sehr viel jüngeren Frau zusammengelebt hatte, wohnte einsam auf Mallorca, weigerte sich aber, nach Deutschland zurückzukehren. Ich merkte, wie das alles an mir zehrte. Familie, Freunde, Bekannte, Lebende, Tote, Hoffnungen, Enttäuschungen – plötzlich fühlte ich mich uralt und unsagbar erschöpft.

»Anna? Was hast du? Du sagst ja nichts!« Richard schien besorgt zu sein. Er kannte mich nicht so schweigsam. Ich nahm mich zusammen.

»Na gut, ich kann es einrichten. Okay, das müsste klappen. Ich hole dich in deinem Laden ab.« Dort war ich seit unserer Trennung nicht mehr gewesen. Ich hatte sogar das gesamte Umfeld der Marktkirche gemieden. Doch irgendetwas an Richards Drängen kitzelte meine Neugierde, die mir schon manches Mal fast zum Verhängnis geworden war. Er klang ehrlich erfreut, als er sagte: »Sehr schön! Dann bis morgen.«

Heute schien mein Telefontag zu sein. Nur zehn Minuten später rief meine Mutter an, die mich bat, bald nach Köln zu kommen, um die Angelegenheiten mit dem Haus meiner verstorbenen Patentante zu Ende zu bringen. Sie klang ein wenig atemlos. Mich beunruhigte, dass ich erst am gestrigen Abend sehr lange mit ihr gesprochen hatte, sie das aber ausgeblendet zu haben schien. Wir hatten auch über meinen nächsten Besuch in Köln geredet. Als ich sie so freundlich wie möglich darauf hinwies, antwortete sie nur: »Ach so, dann ist ja alles in Ordnung«, und beendete das Gespräch. Schließlich erreichte mich auch Hans Schumann, der behauptete, er habe es schon mehrfach versucht. Ich nahm ihm das sogar ab.

Er hüstelte wie immer, wenn er nervös war, und sagte dann: »Also, Anna, Christine Windstetten ist genau wie Professor Strate erdrosselt worden. Emil Sauerwein hat einen blauen Seidenfaden an ihrem Hals gefunden, der offenbar zu einem Tuch gehört, das in ihrem Hotelzimmer in einer Ecke lag. Der Täter hat sie offensichtlich mit ihrem eigenen Tuch erwürgt. Sie muss ganz kurz vor deiner Ankunft im Hotel gestorben sein. Wahrscheinlich hast du den Täter überrascht, und er hat dich bei seiner Flucht angerempelt.« Schumann duzte mich wieder, wahrscheinlich weil sich kein Kollege in seiner Nähe befand.

Mir schossen Tränen in die Augen. »Hat sie sehr gelitten?«

»Sauerwein meint, es müsse schnell gegangen sein. Eine jähe Attacke von hinten, ein Stoß, der sie aufs Bett geworfen hat, wahrscheinlich ein Schlag auf den Hinterkopf, wo Sauerwein ein entsprechendes Hämatom entdeckt hat, und dann hat der Mörder sie mit diesem Tuch erdrosselt. Sauerwein ist mit seinen Untersuchungen noch nicht fertig, er hofft auf weitere Details, aber unter ihren Fingernägeln waren keinerlei Spuren von Abwehrverletzungen.« Er nieste, entschuldigte sich und fuhr fort: »Kein gewaltsames Eindringen in ihr Hotelzimmer. Da liegt die Vermutung nahe, dass sie ihrem Mörder die Tür selbst geöffnet hat.«

Schumann räusperte sich kurz, dann sprach er weiter. »Der Täter hat offensichtlich irgendetwas gesucht. Die Schubladen der Kommode und des Nachttisches waren offen. Christine Windstetten hatte nur eine etwas größere Tasche dabei. Sie war noch nicht ausgepackt und ist wohl durchwühlt worden. Wir haben darin nur Wäsche und einige Kleidungsstücke gefunden. Wie zu erwarten fehlen ihr Laptop und ihr Handy, das offenbar ausgeschaltet ist. Deshalb lässt es sich auch nicht orten. Wir haben die Handynummer von der Zimmerreservierung des Hotels bekommen. Übrigens hat sie das Zimmer erst vor zwei Tagen gebucht.« Er seufzte. »Bisher haben wir weder ein Motiv noch einen Verdächtigen. Allerdings wertet die KTU noch die Kameraaufnahmen im Hotelbereich aus. Es könnte sein, dass wir dich deswegen ein weiteres Mal befragen müssen. Vielleicht entdeckst du dort jemanden, den du kennst und der mit Christine in Verbindung gestanden haben könnte. Viel Hoffnung habe ich zwar nicht, aber wir müssen jeder noch so kleinen Möglichkeit nachgehen.« Er beendete das Gespräch mit einem freundlichen: »Bis bald. Falls dir etwas einfällt, melde dich bitte. Umgekehrt genauso.«

Ich ließ das Handy sinken und verkroch mich einmal mehr in meinen alten abgewetzten Lesesessel. Es dämmerte. Eigentlich hätte ich noch an meinem Computer sitzen und arbeiten müssen, aber ich besaß keine Energie mehr dazu. Immer wieder versuchte ich mich an Christines Anruf zu erinnern, an die Panik in ihrer Stimme. Da ich in letzter Zeit nur selten ausführlicher mit ihr geredet oder sie persönlich getroffen hatte, wusste ich zu wenig über ihr Leben, um ein Motiv zu erahnen. Ein verschmähter Liebhaber? Soviel ich wusste, hatte sie seit Ewigkeiten keine feste Beziehung mehr gehabt. Ein One-Night-Stand? Aber weshalb sollte ein flüchtiger Bekannter sie in einem Hotel bei Hannover ermorden? Und was mochte der Täter gesucht haben?

Alles Grübeln half nichts. Es gab ein Geheimnis in ihrem Leben. Und sie hatte wahrscheinlich vorgehabt, mich darin einzuweihen. Wenn ich hinter dieses Geheimnis käme, könnte das helfen, ihren Mörder zu enttarnen.

Ich schlief wieder schlecht in dieser Nacht, und als mein Handywecker um sieben Uhr morgens melodisch läutete, fühlte ich mich erleichtert, meinen Alpträumen zu entkommen.

Beim ersten Morgenkaffee überlegte ich, mit wem aus der Kunstszene Christine in letzter Zeit Kontakt gehabt haben könnte. Schumann würde dieser Frage garantiert auch nachgehen. Ich hätte ihm das Feld überlassen sollen. Doch ich fühlte mich involviert. Christine war meine Freundin gewesen, sie hatte mich um Hilfe gerufen, ich hatte ihre Leiche gefunden, ich wollte mehr über sie wissen. So einfach und gleichzeitig so kompliziert war das.

Christine arbeitete als freie Sachverständige für Auktionshäuser und Galerien, aber auch für den renommierten Kunstkritiker und Journalisten Sebastian Hoffmann. Sie hatte Hoffmann ein paarmal erwähnt und mir erzählt, wie anspruchsvoll er sei. Aber er zahlte offenbar gut. Hoffmann lebte in Frankfurt und gab das Magazin »Kunstlichter« heraus, das sich zwar eher mit moderner Kunst befasste, jedoch auch Artikel über ältere Kunstwerke und Künstler früherer Epochen veröffentlichte. Auch Strate hatte für »Kunstlichter« geschrieben, und Christian Bredehoff gehörte ebenfalls zu den freien Mitarbeitern. Vor langer Zeit hatte sogar ich Hoffmann einen Beitrag über »Schätze vom Dachboden« angeboten. Aber er passte damals nicht zur Thematik des geplanten Magazins über »Kitsch in der Kunst seit dem Barock«. Danach versuchte ich es nicht mehr. Gekränkter Stolz oder auch schlicht Zeitmangel, beides zusammen hielt mich davon ab, ihn direkt zu kontaktieren. Er hatte mir noch einmal auf Band gesprochen, dass er sich für einen Artikel von mir über keltische Masken interessiere. Doch darüber wollte ich nicht schreiben und meldete mich nie bei ihm. Aber jetzt brauchte ich ihn.

Hoffmanns Handynummer stand auf einer der vielen Visitenkarten, die ich seit Jahren in einem Kästchen aufhob. Eine Viertelstunde wühlte ich darin herum, und siehe da, am Grund des Kästchens fand ich Hoffmanns Karte.

Ich war angenehm überrascht, ihn nach kurzem Klingeln

selbst am Handy zu haben. Keine Mailbox, sondern direkt seine ein wenig zu hohe Stimme, die nicht zu seiner Körpergröße und seiner kräftigen Statur passte. Als ich ihn zuletzt gesehen hatte, brachte er bestimmt einhundertvierzig Kilo auf die Waage.

Nach den üblichen Begrüßungsfloskeln kam ich zur Sache. Er schien mir nicht nachzutragen, dass ich nie auf seine Anfrage geantwortet hatte. Als ich ihm erzählte, dass Christine Windstetten ermordet worden sei, reagierte er zutiefst schockiert. In den Medien hatte nur gestanden: »Mysteriöser Mord an einer Frau in Hotel bei Hannover«.

»Das ist ja furchtbar. Ich habe ihr noch vor Kurzem einen Auftrag gegeben. Gesehen habe ich sie allerdings leider auch länger nicht mehr. Wir haben uns per Skype oder per Mail ausgetauscht.«

»Ist Ihnen bei Ihrem letzten Austausch irgendetwas aufgefallen? Wirkte sie nervös oder verunsichert?«

Hoffmann schien nachzudenken. Dann sagte er: »Jetzt, wo Sie es sagen, Anna. Sie fragte mich, ob ich schon mal das Gefühl gehabt hätte, verfolgt zu werden. Ich antwortete ihr, dass mir das nicht fremd sei, aber keiner von uns beiden vertiefte das Thema, wir sprachen dann über den Auftrag, den ich für sie hatte. Sie sollte Nachforschungen zur Provenienz einiger älterer Bilder anstellen, die in der Galerie Rieper in Berlin angeboten werden. Otto Rieper mag zwar seriös sein. Doch in letzter Zeit sind Informationen in Umlauf gekommen, laut denen sein Urgroßvater Eberhard Rieper im Dritten Reich Kunstwerke aus jüdischem Besitz illegal an sich genommen und verkauft hat.«

»Um welche Bilder ging es denn?« Meine Neugierde war geweckt.

»Unter anderem ein kleiner van de Velde und zwei Lenbach. Christine beschäftigte sich nebenher auch mit einem Bild aus einer Privatsammlung, welches sie für eine Fälschung hielt. Das war ja ihr eigentlicher Beritt. Sie wissen doch, dass sie sich sehr auf die Kunst der Renaissance und auf den Frühbarock spezialisiert hatte.« Hoffmanns Stimme klang gedämpft und weniger hoch, als er hinzufügte: »Aber ich hatte das Gefühl, dass ihr etwas anderes zu schaffen machte. Sie hat einige Male mit einem Experten für diese TV-Sendung ›Gutes für Geld‹ zusammengearbeitet, den Sie auch kennen, Anna, diesem Richard Bernhard. Sie deutete vor ein paar Monaten an, dass sich dort etwas zusammenbraute. Vielleicht kann Bernhard Ihnen mehr dazu sagen. Wobei ich mir nicht ganz sicher bin, ob das wirklich der Grund für ihre Unruhe war.«

Richard, natürlich. Der tauchte immer auf wie ein Springteufel. Ich würde ihn darauf ansprechen.

Hoffmann fuhr fort: »Ich frage mich, wer ein Interesse an Christines Tod gehabt haben könnte. Mein Magazin ist nun alles andere als ein Forum für gefährliche Enthüllungen und mit seiner Auflage von eben mal vierzigtausend Exemplaren auch kein Volksblatt. Nur bei meinem Artikel über gefälschte Impressionisten gab es einige Reaktionen von Auktionshäusern.«

Ich erinnerte mich an diesen Artikel, der vor acht Jahren zu hitzigen Diskussionen auf dem Kunstmarkt führte und sogar ein Museum betraf, das in gutem Glauben einen nachweislich gefälschten niederländischen Impressionisten erworben hatte. Das Original befand sich seit mehr als einhundert Jahren im Besitz einer Familie in Utrecht, was aber erst nach dieser Affäre publik geworden war, weil die Besitzer des Originals nichts von der Fälschung wussten und sich nicht um die Ereignisse in der Kunstszene kümmerten. In diesem Fall hatte der Künstler das Bild dem Urgroßvater selbst geschenkt und das sogar in einem Dokument festgehalten. Die Fälschung war aber schon um 1915 entstanden.

Hoffmanns Artikel veranlasste etliche Museen, ihre Impressionisten erneut von Experten überprüfen zu lassen, wobei zwei weitere Fälschungen entlarvt wurden. Allerdings konnten ihre Urheber nicht mehr identifiziert werden.

»Es mag aber durchaus sein, dass Christine bei ihren Recherchen gewisse Kreise aufgeschreckt hat«, fügte Hoffmann hinzu. »Sie war nicht gerade diplomatisch veranlagt.«

Meine nächste Frage fiel mir schwer und schockierte mich

selbst. »Könnte sie jemanden mit ihren Erkenntnissen erpresst haben?«

Hoffmann schwieg eine endlos anmutende Sekunde. »Das kann ich nicht beurteilen«, sagte er dann. »Ich schätze aber eher nicht. Christine war integer, jedenfalls soweit ich sie kannte. Es könnte jedoch sein, dass sie sich bei ihren Recherchen zu weit vorgewagt hat. Möglicherweise hat sie ihre Nase ein wenig zu tief in die Aktivitäten des Kunstschwarzmarktes gesteckt. Das Thema schien sie zu faszinieren. Dahinter stecken mächtige Organisationen, und es geht um sehr viel Geld. Und da hört der Spaß auf.« Hoffmanns Stimme senkte sich: »Aber wem sage ich das! Hatten Sie nicht vor einigen Jahren auch ein Problem mit Schwarzhändlern, die hinter illuminierten Buchseiten her waren?«

»Richtig, aber damals ging es noch um etwas anderes.« Näher wollte ich nicht darauf eingehen, denn ich dachte nur ungern an den Fall zurück, bei dem ein entfernter Neffe von mir ermordet worden war. Noch immer lief mir ein Schauder über den Rücken, wenn ich an Daniels Tod dachte. Die Mitglieder des damals aktiven Schwarzmarktrings hatte man noch immer nicht gefasst.

Mit dem Versprechen, ihn im Fall Christine auf dem Laufenden zu halten, beendete ich das Gespräch. Hoffmann wiederum sicherte mir zu, dass er sich bei mir melden würde, sollte ihm noch etwas einfallen.

Ich blickte aus meinem Fenster. Der nach dem grauen Himmel von gestern nun wieder blassblaue Maihimmel versprach wärmere Tage. Das hätte mich eigentlich aufheitern sollen. Doch meine Gedanken kreisten umher, und ich konnte sie nicht in eine logische Reihe bringen. Auf dem Tisch neben meinem Lesesessel lag die rote Mappe von Strate. Ich holte mir einen zweiten Becher Kaffee und öffnete sie.

Der Name Stuart O'Sullivan, der daraufstand, sagte mir nichts. Es waren Kopien von handgeschriebenen Blättern aus einem offensichtlich alten Buch, keine Originale. Eine Art Chronik, wie ich feststellte. Damit hatte ich schon häufig zu tun gehabt. Also nichts Neues für mich, aber immer wieder spannend.

Ich schob den Becher beiseite, um nicht zu riskieren, dass, wie schon einige Male geschehen, Kaffee auf die Seiten schwappte, und konzentrierte mich auf Strates Nachlass, wie ich diese Mappe unwillkürlich nannte. Das Lesen fiel mir nicht leicht, da die Schrift verschnörkelt war, das Englisch ziemlich komplex; manche Sätze sahen aus, als ob die verwendete Tinte in ein Wasserbad gefallen sei. Verwischt und verblasst. Aber was Stuart O'Sullivan schilderte, ließ mich die Zeit vergessen. Wie so oft in meinem Leben saugte mich die Vergangenheit auf. Stuart schien direkt zu mir zu sprechen, seine Geschichte erinnerte mich an den Roman von Daphne du Maurier, »Des Königs General«, erschienen 1946, eine Geschichte über die englischen Bürgerkriege im 17. Jahrhundert. Allerdings hatte dieser Stuart wirklich gelebt, und was er schilderte, war authentisch. Die Stunden rasten dahin, bis ich plötzlich bemerkte, dass es Zeit war, mich mit Richard zu treffen.

Doch etwas irritierte mich, nachdem ich mehr als die Hälfte der Chronik gelesen und neugierig einen kurzen Blick auf die letzte Seite geworfen hatte. Es war mir nicht sofort aufgefallen, aber nun sah ich es. Der Text endete abrupt, mitten im Satz. Da fehlten eindeutig weitere Seiten. War das Absicht? Eine Art Sicherheitsmaßnahme Strates, um diesen Text zu schützen? Wo war der Rest?

Was ich bisher gelesen hatte, war nur ein Ausschnitt, eine winzige Wegstrecke auf der Reise zu einem Geheimnis, in dem es um Kunst, Mord und Diebstahl ging. Aber es ergab kein vollständiges Bild. Wo sollte ich die restlichen Puzzleteile suchen, falls sie existierten? Wenn Strate mir aus Vorsicht nur diese wenigen Kapitel zur Verfügung stellen wollte und den Rest versteckt hatte, dann artete das zu einer Art Schnitzeljagd aus. Ich hasste es, auf eine Spur gesetzt und dann abrupt ausgebremst zu werden.

Jetzt musste ich also zunächst mit diesen ersten Informationen leben. Spannend war vor allem der Hinweis auf einen bisher unbekannten Uccello, anscheinend eine frühe Fassung seines berühmten »Heiligen Georg«. Davon hatte ich noch nie gehört. Allein das bedeutete schon eine Sensation, wobei das Bild verschwunden zu sein schien. Das erste Mal wahrscheinlich im 15. oder frühen 16. Jahrhundert aus dem Palast der Medici geraubt, das zweite Mal aus einem Anwesen in Schottland. Jedes Mal verbunden mit einem Mord. Und der Biondo stammte auch aus dieser Epoche, war sozusagen der Weggefährte des wesentlich größeren Meisters und aus bisher unerfindlichen Gründen in der Sammlung von Heinrich Strate gelandet. Was war mit dem Uccello geschehen? Und welche Rolle spielte der Biondo in diesem Drama?

Ich ärgerte mich furchtbar, dass ich wie ein Fisch an der Angel zappelte. Allein die Vorstellung, dass irgendwo in der Welt noch ein weiteres, wahrscheinlich noch älteres Werk mit einer ähnlichen Darstellung des Drachenkampfes existieren könnte, ließ mein Herz schneller schlagen. Es gab unzählige Möglichkeiten, wo das Bild, falls es nicht vernichtet worden war, sein konnte. In Privatbesitz, in einem Magazin, versteckt in einer Höhle, in einem unbekannten Museum, auf einem Dachboden, in England, Deutschland, Italien, Russland, Amerika, China. Das Herz schlug mir bis zum Hals. Ich würde am nächsten Tag einen alten Bekannten von mir anrufen, dessen Visitenkarte ich zufällig in Strates Schublade gefunden hatte. Dass die beiden einander gekannt hatten, überraschte mich nicht. Alexander Freeling war einer der größten Experten auf dem Gebiet der frühen Renaissancemalerei. Er lebte in London, hatte in Oxford und Cambridge gelehrt und nahm, wie ich wusste, gelegentlich noch Gastvorträge an. Immerhin war er schon Mitte siebzig. Ich kannte ihn von einem Kongress, den ich vor zehn Jahren in Oxford zum Thema »New Ways of the Old Masters« besucht hatte. Sein Vortrag hatte von Giotto di Bondone gehandelt, einem Wegbereiter der Renaissance, der im 14. Jahrhundert lebte. Freeling hatte auch mehrmals Paolo Uccello erwähnt, der eigentlich Paolo di Dono hieß. Der Spitzname »Uccello« bedeutete »Vogel« und war treffend gewählt, weil Uccello mit Begeisterung Tiere und vor allem Vögel malte.

Freeling war brillant, und ich mochte den alten Herrn mit seinem sehr britischen Humor. Er hatte mir zum Brexit eine Mail geschrieben, in der er seine Entrüstung über diese politische »Idiotie« zum Ausdruck brachte und mir versprach, dass ich stets bei ihm willkommen sei. »Der Brexit kann die Kunst nicht teilen«, bemerkte er. Ja, Alexander Freeling wäre der richtige Ansprechpartner. Ich würde ihn bitten, mich zu treffen. Das wäre eine wunderbare Gelegenheit, nach längerer Zeit wieder nach England zu reisen. Und ich würde die Chance nützen, in der British Library vorbeizuschauen, eine wahre Fundgrube für Informationen über die Geschichte des Empire und Englands bis in die römische Vergangenheit. Hoffentlich konnte ich mich bald hier loseisen. Die Arbeit an meinem Katalog müsste dann eben ein paar Tage ruhen.

Plötzlich realisierte ich, dass ich meinen Lesesessel seit dem Vormittag nicht verlassen und sogar das Mittagessen vergessen hatte. Meine Beine waren eingeschlafen, und mit einiger Mühe stemmte ich mich hoch, um mich für das Rendezvous mit Richard fertig zu machen. Da piepste mein Handy. Eine Nachricht von Schumann. »Falls Du Zeit hast, komm bitte ins Präsidium. Ich müsste Dich noch zu Christine Windstetten befragen. Es drängt nicht allzu sehr, aber es wäre schön, wenn Du es bald einrichten könntest. Gruß, Hans«. Eine erstaunlich lange Nachricht für den eher wortkargen Kommissar. Ich wollte ihm gerade antworten, dass ich leider erst am frühen Abend kommen könnte, als das Handy erneut eine SMS anzeigte. Eine mir unbekannte Nummer. Das Foto, das auf dem Display aufleuchtete, versetzte mir einen Schock: eine Aufnahme von Klas Strates Biondo. Und darunter die kurze Nachricht: »Kümmere Dich um den Biondo! Christine«.

Tod und Verrat

Edinburgh, im Oktober 1652

Der Winter hat sich in diesem Jahr schon früh angekündigt. Aber ich bin glücklich und sehe den kommenden Wochen trotz der großen politischen Spannungen in Schottland und vor allem in Edinburgh gelassen entgegen. Denn vor wenigen Wochen haben Bridget und ich unser zweites Kind bekommen. Einen Jungen, den wir Charles nach meinem einstigen Herrn und nach unserem König genannt haben. Unsere Tochter Agnes ist inzwischen drei Jahre alt, ein munteres, fröhliches Kind, robust und intelligent. Unser Leben in Edinburgh verläuft in ruhigen Bahnen, auch wenn ich manchmal Menschen treffe, die vom Schicksal schwer gezeichnet sind. Ehemalige Soldaten, Flüchtlinge, Menschen ohne Hoffnung auf ihr altes Dasein. Die Nachrichten aus England stimmen mich nicht glücklich, und was aus Irland zu uns dringt, macht mich traurig.

Kurz nach der Geburt unserer Tochter im August 1649 eroberten Cromwells Truppen den Ort Drogheda, der am Fluss Boyne liegt. Es kam zu blutigen Massakern, denen mehrere tausend Einwohner der Region zum Opfer fielen. Darunter auch ein Vetter von mir, Sean Kelly, wenige Jahre älter als ich und kein Soldat, aber ein treuer Royalist. Er wurde von einem Nachbarn verraten, der ihm schon lange sein Haus und sein familiäres Glück neidete. Diese Ereignisse haben meine Abneigung gegen Cromwell noch weiter verstärkt. Und es sieht nicht so aus, als ob unser junger König Charles bald in seine Heimat zurückkehren könnte. Im vergangenen Jahr wurde er in Scone zum König von Schottland gekrönt. Aber im September unterlag er Cromwells Truppen in der Schlacht von Worcester und floh auf den Kontinent. Wir sehnen seine Rückkehr herbei, doch Cromwell sitzt fest im Sattel.

Obwohl Bridget nun mit mir in Edinburgh lebt, reite ich noch immer einmal im Monat nach Ivory Hall, um Lady Annabell zur Seite zu stehen. Ich habe inzwischen eine Liste mit genauen Beschreibungen ihrer dort aufbewahrten Kunstschätze aufgestellt und berate sie bei finanziellen Fragen. Einige Kunstwerke musste sie wegen ihrer angespannten Lage veräußern, darunter einen wunderbaren Jacob Jordaens, ein Bildnis mit einem Satyr. Sie verkaufte diese Bilder unter der Hand an einen reichen Kaufmann aus Edinburgh, der Kunst liebte und deswegen kein Anhänger der Puritaner war.

Ich bin gerne in Ivory Hall und sehe mit Freuden, wie sich die fünf Kinder entwickeln. Nur in den Wintermonaten fällt mir der Weg zum Loch Leven schwer. Oft macht hoher Schnee die Pfade schwer passierbar, und über den See pfeift ein kalter Wind.

An diesem Tag Anfang Oktober aber beschloss ich, Lady Annabell zu besuchen. Noch immer führte ich auch die Familienchronik der Warchesters fort und hatte vor Kurzem eine Nachricht von Duncan erhalten, dessen Frau im vergangenen Winter verstorben war, dass das Eishaus die Kriegswirren bisher unbeschadet überstanden habe. Noch schien die Zeit nicht reif, die restlichen Kunstschätze in den Norden zu bringen. Duncan berichtete mir, dass die Roundheads das Schloss zum großen Teil verwüstet und »ausgeweidet« hätten, wie er es nannte. Danach legten sie Feuer und überließen es seinem Schicksal. »Aber die dicken Mauern können viel aushalten«, schrieb mir der gute Diener. Nur bewohnbar war Warchester Castle gewiss nicht mehr.

»Doch wenn wieder bessere Zeiten anbrechen, dann wird das Schloss auch zu neuem Leben erwachen«, lauteten seine optimistischen Worte. Und ich wollte daran glauben, denn dieser allerorten dominierende Puritanismus widersprach meiner Lebensfreude. Kein Weihnachten mehr, kein Theater, keine Feste. Wenn Charles einst den Thron zurückerobern würde, das wusste ich, würde das alte Leben wieder aufflammen, wieder Raum für Kunst und Kultur sein.

Bevor ich aus unserer kleinen Wohnung trat, warf ich noch

einmal einen Blick auf den Giovanni dell'Ombra, genannt *Il Biondo*. Ich schmunzelte bei seinem Anblick, nicht nur wegen seiner hellen Farben, die mich stets heiter stimmten, und der lieblichen Landschaft, sondern aus einem anderen Grund, den nicht einmal Bridget kannte. Dieses Bild war eine Art Geheimnisträger. Irgendwann musste ich Bridget einweihen. Aber noch nicht.

Als ich wenig später die Stadt hinter mir ließ, tröpfelte es aus dem wolkenverhangenen Himmel. Vom Meer blies ein kühler Wind übers Land. Ich hüllte mich fest in meinen Mantel und ritt in Richtung Norden.

Es dämmerte bereits, als ich in Ivory Hall ankam. Mein Mantel war völlig durchnässt, mein Pferd erschöpft. Der scharfe Wind hatte unseren Ritt verlangsamt. In Ivory Hall empfing mich Lady Annabell, immer noch eine schöne Frau, in deren zartem Gesicht sich aber die Spuren ihrer Trauer um ihren Mann tief eingegraben hatten. Ihre fünf Kinder saßen in der Wohnhalle. In den zwei großen Kaminen brannte ein wohliges Feuer, das die Halle angenehm wärmte. Die Jungen Charles, James und Robert waren inzwischen sechzehn, vierzehn und zwölf Jahre alt, die Mädchen Elizabeth und Margret elf und sieben.

Charles, der Älteste, sah seinem Vater sehr ähnlich. Er war groß und schlaksig, ein hervorragender Reiter und offenbar ein guter Fechter und ausgezeichneter Schütze. Es drängte ihn, gegen Cromwells Armee ins Feld zu ziehen. Doch derzeit gab es keine Kämpfe mehr, Widerstand erschien zwecklos. Immerhin lebte die Familie in Ivory Hall ungestört. Lady Annabell erfreute sich an ihren Bildern, die aber die Kinder nur wenig interessierten. Zwei Hauslehrer unterrichteten die Jungen und die beiden Mädchen fast täglich. Elizabeth war trotz ihres jugendlichen Alters eine Schönheit mit ihren rotgoldenen Locken und tiefblauen Augen. Ihre jüngere Schwester dagegen zeichnete sich weniger durch ein hübsches Aussehen aus als vielmehr durch ihren Witz und ihren Charme. Sie erinnerte mich an einen irischen Kobold.

An diesem Abend wirkte Lady Annabell sehr viel angespannter als bei meinen früheren Besuchen. Nach dem Essen im Kreis der Kinder und einer entfernten Cousine, die ihren Mann ebenfalls in der Schlacht von Preston verloren hatte und seit einigen Monaten in Ivory Hall lebte, winkte sie mich beiseite. Wir gingen in die kleine Bibliothek, in der auch ein Feuer im Kamin brannte und die Bücherregale in rötliches Licht tauchte. Die Cousine, eine noch sehr junge Frau ohne eigene Kinder, zog sich zurück. Die Kinder folgten ihr.

Lady Annabell setzte sich in einen der Lehnstühle vor dem Kamin. Sie strich sich mit einer müden Handbewegung eine Haarsträhne aus der Stirn und sagte mit leiser Stimme: »Stuart, ich habe Angst.« Ich sah sie erstaunt an. Diese unverhohlene Aussage verwirrte mich. »Was fürchtet Ihr?« Lady Annabell sah mich mit einem seltsamen Blick an, den ich nicht deuten konnte. Dann fuhr sie fort: »Ich habe seit einigen Wochen das Gefühl, dass sich jemand in der Nähe von Ivory Hall umhertreibt, der ein Auge auf dieses Haus geworfen hat und uns beobachtet.« Als ich unterbrechen wollte, hob sie die Hand. »Nein, Stuart, das ist keine Einbildung. Zwar haben meine Diener auf meine Anweisung hin die Gegend um Ivory Hall durchsucht, aber wer auch immer es sein mag, der uns verfolgt, hat irgendwo Unterschlupf gefunden. Vor einigen Tagen entdeckte Jack Hufspuren unweit des Hauses, die nicht von unseren Pferden stammen. Im nächsten Dorf gibt es drei Gasthäuser, in denen ein recht reges Kommen und Gehen herrscht. Es könnten durchaus Fremde darunter sein, die bestimmte Absichten verfolgen.«

Es waren zwar unstete Zeiten, aber sollte ihre Furcht wirklich begründet sein? Ich starrte in die Glut und wartete auf ihre nächsten Worte.

Sie lächelte mich plötzlich an. »Stuart, ich möchte Euch bitten, für mich Erkundigungen einzuziehen und Euch in den Gasthäusern umzuhören. Ihr seid dort nicht bekannt, deshalb könnt Ihr unauffällig die Lage erkunden.«

»Aber warum sollte Euch jemand Böses wollen? Ihr lebt hier fernab der politischen Entwicklungen, erzieht Eure Kinder in Frieden, und der Krieg ist vorüber.« Was ich da sagte, entsprach *nicht ganz der Wahrheit. In diesem Land herrschte kein Frieden, auch wenn ich das Lady Annabell einreden wollte. Nach der Schlacht von Worcester erhoben sich immer wieder Anhänger der Monarchie gegen Cromwell, und erst im Mai dieses Jahres hatte George Monck Dunnottar Castle erobert. Es gab wilde Gerüchte, dass in dieser Felsenburg im Meer die Kronjuwelen versteckt worden seien, die nach der Krönung von Charles II. am 1. Januar 1651 in Scone nicht mehr nach Edinburgh zurückgebracht werden konnten. Ivory Hall lag zwar auf dem Weg nach Perth, doch nicht in einer umkämpften Zone.*

Trotzdem – mich überkam die düstere Ahnung, dass Lady Annabell sich nicht grundlos fürchtete. Ivory Hall war keine Trutzburg, sondern ein großes Haus mit drei Türmen, die aber eher einer architektonischen Ästhetik Genüge taten, als wehrhaft zu sein. Im Falle eines Angriffs oder eines Überfalls würden es die wenigen Diener nicht verteidigen können. Der weitläufige Keller schien mir da schon eher ein Rückzugsort bei Gefahren zu sein. Bisher hatte Lady Annabell immer gehofft, dass Ivory Hall durch seine isolierte Lage sicher sei. Sicherheit aber kannte man nicht mehr in diesem zerrissenen Land. Beunruhigend waren auch die Gerüchte um die sogenannten Mosstroopers, Banden von Räubern, die sich aus ehemaligen Soldaten, Royalisten wie auch aus Mitgliedern von Cromwells Truppen zusammensetzten. Landesweit trieben sie ihr Unwesen. Nein, Schottland segelte in diesen Jahren durch schwere Wasser. Neben den vielen Toten in den Kämpfen fielen auch die Opfer der zahlreichen Krankheiten ins Gewicht, die sich über das Land ausbreiteten. Es wäre vielleicht sicherer für Lady Annabell und ihre Kinder gewesen, nach Frankreich oder in die Niederlande zu flüchten. Doch jetzt war es dafür zu spät.

»Darf ich Euch einen Rat geben?«, wandte ich mich an Lady Annabell. Sie nickte. »Verbergt die kostbaren Gemälde Eurer Sammlung und das Tafelsilber in den Kellergewölben. Ich weiß, dass es einige unterirdische Räume gibt, die nur schwer zugänglich sind und sich hinter Geheimtüren befinden. Ivory Hall blickt auf eine lange Geschichte zurück. Es soll hier sogar alte

Grabkammern geben, die für Eure Schätze ein sicherer Ort wären.«

»Ihr mögt recht haben«, erwiderte sie. »Ich werde gleich morgen die Anweisungen geben.« Sie seufzte. »Es ist alles so traurig. Eigentlich sind wir stets auf der Flucht, auch wenn wir drei Jahre geglaubt haben, hier in Frieden zu leben. Doch die Gefahr ist nicht gebannt, und ob unser König je aus seinem Exil heimkehren und regieren kann, steht in den Sternen.«

Ich ergriff ihre Hand. »Daran glaube ich fest«, sagte ich, obwohl in meinem Innern immer wieder der Zweifel nagte. »Er wird wiederkommen, und dann endlich könnt Ihr auch in Eure Heimat zurück.«

Am nächsten Tag regnete es heftig. Über den See strichen Nebelstreifen, die die alte Burgruine von Loch Leven Castle in graue Schleier hüllten. Dennoch machte ich mich nach dem Dorf Kincaid auf, das nur zwei Meilen von Kinross entfernt lag. Der Weg dorthin war zwar kurz, aber feucht und schlammig. Mein Pferd mit dem schönen Namen Phoenix rutschte mehrmals aus. Von Erdspritzern beschmutzt erreichte ich Kincaid und betrat die erste der drei Gaststätten, »The Golden Rose«. Ein dunkler Raum mit einigen Tischen und Stühlen, hinter der Theke ein dürres Männchen, das Becher säuberte. Vorsichtig fragte ich ihn aus, ob er in der letzten Zeit Fremde beherbergt habe. Er verneinte und sagte: »Ich habe nur ein einziges Gastzimmer. In dem wohnt aber derzeit meine alte Tante. Ansonsten kommen nur wenige Dorfbewohner vorbei. Die Geschäfte laufen in diesen unruhigen Zeiten nicht gut. Zu viele Kranke, zu viele Menschen, die sich fürchten, abends ihre Häuser zu verlassen. Vor zwei Wochen sollen in der Nähe von Kinross Mosstroopers gesehen worden sein.«

Auch im nächsten Gasthaus, das am unteren Ende der Straße lag, hatte ich kein Glück. Der kräftig gebaute Wirt, genau das Gegenteil von dem dürren Männlein in »The Golden Rose«, erklärte mir, dass im »Stone of Scone« zuletzt ein paar Reisende auf dem Weg nach Perth vorbeigekommen seien. »Sie haben aber nur eine Nacht hier verbracht und sind dann weitergezogen.«

Er klagte ebenfalls, dass sich nur noch ein paar mutige Dorfbewohner nach Einbruch der Dämmerung aus ihren Häusern
wagten. »Schlimme Zeiten sind das!« Immerhin bot er mir einen
Whisky an, den ich aber dankend ablehnte. Es war dafür noch
zu früh. Doch seine Einladung zu einer Suppe lehnte ich nicht
ab. Sie wärmte mich an diesem feuchten Tag.

Der letzte Gasthof auf meiner Liste befand sich in einer Gasse
hinter der Hauptstraße. »The Old Ploughman« sah sehr viel
gepflegter aus als die beiden anderen Häuser. Hier stand eine
Frau hinter dem Tresen, nicht mehr ganz jung, mit roten Wangen und einem freundlichen Gesicht. Als ich sie nach Fremden
fragte, die ihr aufgefallen seien, zögerte sie einen Augenblick.
Dann senkte sie ihre Stimme zu einem Flüstern. »Vor wenigen
Tagen kamen hier zwei Männer vorbei, die sagten, sie seien auf
dem Weg nach Edinburgh. Irgendetwas störte mich an ihnen,
und ich hatte das Gefühl, dass sie Mosstroopers sein könnten.
Denn der eine fragte mich, ob in der Gegend noch einige der
alten Herrenhäuser bewohnt seien. Außer Ivory Hall ist das
nur Glenfirth Castle, das dem alten Lord Monroe gehört. Aber
ich habe ihnen das nicht verraten. Warum fragen wildfremde
Männer danach?« Sie wischte mit einem Lappen über den Tresen. »Es treibt sich allerlei Gesindel in dieser Gegend herum.
Da sollte man misstrauisch sein.« Ich stimmte ihr zu.

Der Regen hatte ein wenig nachgelassen. Nachdenklich ritt
ich zurück nach Ivory Hall. Ob diese beiden Fremden, die im
»Old Ploughman« eingekehrt waren, das Haus ausgekundschaftet hatten? Lady Annabells instinktive Furcht vor einer
Bedrohung schien berechtigt zu sein. Sie hatte diese Männer ja
nicht einmal gesehen, sondern nur etwas Unheilvolles gespürt.
Irrational, aber durchaus verständlich, wenn man wusste, wie
unsicher die Lage derzeit war. Ich verschob meine Rückkehr
nach Edinburgh. Am selben Abend begannen die Diener unter
meiner Anleitung die wertvollsten Gemälde in die Kellergewölbe zu tragen. Hinter einer durch ein Regal verdeckten Tür
befand sich ein trockener Raum, in dem wir etliche der Bilder
abstellten. Eines Tages würden wir sie wieder aus diesem Ge-

fängnis befreien – und hoffentlich sogar zurückbringen können nach Warchester Castle.

Auf den Uccello wollte Lady Annabell allerdings nicht verzichten. »Dieses Bild erinnert mich an meine glücklichen Jahre in Warchester«, sagte sie. »Ich möchte es in meiner Nähe haben. Es soll in der Halle bleiben.« Gegen ihren Entschluss vermochte ich nicht anzugehen. Vor anderthalb Jahren hatte ich das Bild zu Restaurierungszwecken mit nach Edinburgh genommen und nach drei Monaten zurückgebracht. Ein in Edinburgh lebender Maler namens Ettore Marviglia, der aus Florenz stammte, hatte sich dieses Bildes und des Biondo angenommen, der einer Säuberung bedurfte. Ich war zufrieden mit seiner Arbeit. Lady Annabell zeigte sich entzückt über die aufgefrischten Farben des Drachenbildes. Marviglia hatte ein bisschen übertrieben. Der Mantel des Ritters leuchtete in einem fast knalligen Dunkelrot, der Drache sah bei einem bestimmten Licht grasgrün aus. Doch die Farben würden im Lauf der Zeit erneut ein wenig verblassen. Der magischen Ausstrahlung des Bildes schadete dies nichts.

Am Nachmittag des 12. Oktober, einem Samstag, räumten wir noch die Bilder von van Dyck und Gerrit van Honthorst in den Kellerraum. Die Wände in Ivory Hall wirkten nun seltsam kahl. Außer dem Uccello hingen nur noch einige wenige Bilder in den weitläufigen Räumen des alten Hauses. Auf meinen Rat hin verstärkten die Diener die Bolzen an den Türen und den Fensterläden. Natürlich hoffte ich, dass diese Vorsichtsmaßnahmen überflüssig seien. Aber Lady Annabells Unsicherheit und die Bemerkung der Wirtin vom »Old Ploughman« hatten auch in mir die Furcht erweckt, dass Ivory Hall bei Überfällen keine sichere Bastion sein könnte.

An jenem Samstagabend ging ich mit den beiden Irischen Wolfshunden von Lady Annabell, Castor und Pollux, an den See. Ich blickte hinüber zu Leven Castle, das sich grau in grau gegen den Abendhimmel erhob. Die ersten Schwärme von Wildgänsen zogen über die flachen Wellen. Tausende der Vögel überwinterten in der Gegend von Kinross. Sie kamen aus dem hohen Norden, fanden aber hier ausreichend Schutz und Nahrung.

Ihre Rufe hallten über das Wasser. Die Hunde wirkten unruhig. Vor allem Pollux, der jüngere der beiden, hob die Schnauze in den Wind und stieß ein leises Winseln aus. Ich blickte mich um. Keine Menschenseele weit und breit. In der Ferne sah ich Rauch aus den Schornsteinen von Ivory Hall aufsteigen. Schon bald schluckte die hereinbrechende Nacht die Zinnen des Hauses. Eigentlich wollte ich noch einige Minuten länger am Ufer entlangstreifen und mich von all den Sorgen befreien, die mich seit meiner Ankunft an diesem Ort belasteten. Die Luft war kühl und erfrischend, am Himmel blitzte sogar ein Stern auf. Der Regen hatte sich verzogen. Doch die Unruhe der Hunde steckte auch mich an. So rief ich sie herbei und trat den Heimweg an.

Gerade hatte ich den schmalen Weg eingeschlagen, der zum vorderen Eingang des Gebäudes führte, als ich einen entsetzlichen Schrei vernahm, der mir durch Mark und Bein drang. Ich lief schneller, die Hunde stürmten voraus. Als wir das Eingangsportal erreichten, sah ich, dass überall im Haus Fackeln brannten. Die Eingangshalle lag in hellem Licht. Ich stürzte hinein und erstarrte. Mir bot sich ein furchtbarer Anblick. Auf dem Boden lag ein mir unbekannter Mann, über ihm mit einem Degen in der Hand der junge Charles Warchester. Daneben kauerte Mary, die Kammerzofe von Lady Annabell, die ihre blutüberströmte Herrin im Schoß hielt. Lady Annabells Augen waren geschlossen. Blut rann über ihr Gesicht und über ihr Kleid. Sie schien kaum mehr zu atmen. Die herbeigeeilten Diener schrien durcheinander, einer von ihnen stürmte aus dem Haus, um, wie er mir zurief, den Arzt aus Kincaid herbeizuholen. Ich warf mich neben Lady Annabell auf die kalten Marmorfliesen der Halle und versuchte die Schwerverwundete der weinenden Mary abzunehmen. Lady Annabell schlug kurz die Augen auf, wandte mir ihr totenblasses Gesicht zu und hauchte: »Ich konnte ihn nicht schützen.« Dann sank ihr Kopf zurück, ihr Atem verflachte. Mich überkam Verzweiflung.

Der junge Charles stand noch immer mit gezücktem Degen über den Mann am Boden gebeugt, bereit, ihm den tödlichen Stoß zu versetzen. Der Fremde blutete aus einer tiefen Wunde im Bauch und schien kaum mehr bei Bewusstsein. Ich legte Lady Annabell sanft in die Arme von Mary zurück und eilte über die vom Blut schmierigen Fliesen hinüber zu dem Mann. Charles bebte vor Zorn. Vorsichtig schob ich ihn beiseite.

»Wer seid Ihr?«, fragte ich den Sterbenden. Er sah mich mit verschleiertem Blick an und murmelte: »Es ging nur um dieses verfluchte Bild. Er wollte es um jeden Preis.« Sein Atem stockte, doch dann zog er hörbar Luft ein.

»Welches Bild? Sagt mir, wer Ihr seid!«

Er hob den Kopf. Ein noch junges Gesicht mit schütterem Bart und einer tiefen Narbe vom linken Auge bis zum Mundwinkel. »Dieser verfluchte Drachenritter. Er hat nur noch von ihm gesprochen, ihn wollte er haben.« Der Sterbende nahm seine ganze Kraft zusammen. »Ich heiße Roderick Miller und stehe in den Diensten von Sir Sinclair Drews, Cromwells treuem Gefolgsmann. Aber wir hatten uns einer Bande von Mosstroopers angeschlossen, um diese Gegend zu erforschen. Er wusste, dass in einem dieser Häuser das Bild sein musste, und wollte es finden.« Er röchelte.

»Wer ist ›er‹ und wer ›wir‹?«, bedrängte ich ihn. Ich blickte zu Lady Annabell, die noch immer in den Armen von Mary lag. Keiner wagte sie aufzuheben und fortzutragen. Charles kniete neben ihr und hielt ihre Hände. Tränen rannen über seine Wangen. Seinen blutbefleckten Degen hatte er neben sich gelegt. Plötzlich war aus dem wilden jungen Mann, der seinen Degen in den Fremden gerammt hatte, wieder ein Kind geworden, das hilflos um die Mutter weinte. Seine Geschwister konnte ich nicht entdecken. Ich hoffte sehr, dass sie nicht auftauchen würden, vor allem nicht die beiden kleinen Mädchen.

Roderick Miller saugte tief Luft ein und stammelte: »Ich wollte die Bande längst verlassen. Und nach Süden zu meinem Herrn zurückkehren. Doch er hat mich gedrängt, mit ihm zu kommen. Nur dieses eine Mal noch, hat er gesagt.« Miller keuchte. »Ich … wollte niemanden verletzen. Aber er hat … seine Pistole gegen Lady Annabell gerichtet. Sie hat versucht, ihn daran zu hindern, das Bild zu nehmen. Gott möge mir ver-

zeihen!« Mit diesen Worten sank sein Kopf auf den Boden. Er stieß noch ein letztes Röcheln aus, dann rührte er sich nicht mehr.

In diesem Moment stürzte der Arzt durch die Eingangstür. Er wohnte am Rande von Kincaid, nicht weit von Ivory Hall entfernt. Matthew Rowlins kniete neben Lady Annabell, öffnete seine Tasche und holte Verbandszeug und eine Salbe hervor. Sie hatte eine Wunde unterhalb der linken Schulter, und ihre Stirn war durch den Sturz aufgeplatzt. Rowlins verband die Wunde, aber er schüttelte den Kopf, als er Lady Annabell behutsam vom Boden hob und sie mit mir gemeinsam die breite Treppe hinauf in ihre Kammer trug. »Wenn sie die Nacht überlebt, dann könnte sie es überstehen«, sagte er mit leiser Stimme, sodass ihn Charles nicht hörte. »Aber ich fürchte, dass sie bereits zu viel Blut verloren hat.«

Ich setzte mich an das Bett von Lady Annabell, und Rowlins versprach, bald noch einmal nach ihr zu schauen. Er verabschiedete sich; kurz darauf stand Charles in der Tür der Schlafkammer.

»Dieser verdammte Mörder!«, sagte er heiser. »Ich bin zu spät gekommen. Da hatte der andere Kerl schon das Bild von der Wand gerissen und auf meine Mutter geschossen. Sie hat versucht, ihn festzuhalten. Als ich herbeigeeilt kam, rannte er fort, und ich habe nur noch diesen Miller erwischt.« Er rang die Hände. »Wäre ich doch früher da gewesen. Aber ich habe oben mit James Schach gespielt und nicht gleich gehört, als Mutter um Hilfe rief!« Nicht nur er war auf den Hilferuf hin die Treppe hinuntergestürmt, sondern auch Mary, die Köchin und zwei Diener eilten aus unterschiedlichen Richtungen herbei. Doch zu spät. Der Dieb war bereits zur Tür hinaus. Roderick Miller hatte ebenfalls zu fliehen versucht, doch er stolperte, und ehe er sich aufgerappelt hatte, traf ihn der tödliche Degenstoß.

Als von ferne die Turmuhr der alten Kirche von Kincaid Mitternacht schlug, öffnete Lady Annabell die Augen. Sie lächelte schwach. »Es scheint, dass mein Weg zu Ende geht«, flüsterte sie. »Ich habe versucht, das Bild zu retten. Stuart, versprecht mir, dass Ihr es findet und zurückholt.«

Ich ergriff ihre Hand. »Ja, Mylady«, sagte ich, fürchtete aber, dass ich dieses Versprechen nicht würde halten können.

Sie drückte kraftlos meine Hand. »Du warst ein loyaler Diener, Stuart. Bleib meiner Familie weiterhin treu. Charles braucht dich, und auch die anderen vertrauen dir.«

Mit Tränen in den Augen nickte ich. Dennoch drängte es mich zu fragen: »Mylady, habt Ihr den Angreifer erkennen können? Habt Ihr ihn schon einmal gesehen?«

Lady Annabell glitt langsam zurück in die Bewusstlosigkeit. Doch sie versuchte mir noch etwas zuzuflüstern. Ich beugte mich über sie. »Der eine … war Diener in Warchester«, hauchte sie, und ihre Hand glitt aus der meinen.

In den frühen Morgenstunden starb Lady Annabell. Ich hatte an ihrem Lager gebetet. Als der Morgen dämmerte, kam Rowlins mit einem Priester in ihre Kammer. Ich ging hinaus. Das Haus wirkte friedlich in diesem ersten Morgenlicht, ein Hahn krähte, Vögel zwitscherten, obgleich der Herbst in der Luft lag. Über mein Gesicht rannen Tränen, die ich nicht zurückhalten konnte. Zugleich erfüllte mich tiefster Zorn. Denn ich ahnte, wer Lady Annabells Mörder war und das Bild geraubt hatte. Es gab nur einen, der zu einer solchen Tat fähig wäre, der von dem Bild geradezu besessen sein musste und alles dafür geben würde, es in seinen Besitz zu bekommen. Er hatte wie eine Spinne im Netz auf die Gelegenheit gelauert, sich des Bildes zu bemächtigen, um das ich ihn in Warchester Castle seiner Meinung nach betrogen hatte. Dieser Mann war meine Nemesis, aber ich würde den Kampf mit ihm aufnehmen. Der Teufel trug für mich einen neuen Namen: Steven Clarke.

Bilderrätsel

Fassungslos starrte ich auf das Foto auf dem Handy. Eindeutig das gestohlene Gemälde von Il Biondo. Und dazu dieser kurze Satz von Christine. Die Nummer kannte ich nicht. Besaß sie ein zweites oder sogar drittes Handy? Kurz vor ihrem Tod hatte sie mich ebenfalls von einer mir unbekannten Nummer angerufen. Aber wie sollte sie vierundzwanzig Stunden nach ihrem Tod noch eine Nachricht verschicken können? Und was bedeutete diese ominöse Nachricht? »Kümmere Dich um den Biondo!« Das Bild war weg, die Polizei suchte es, und ich wusste nicht, wo und wie ich es auftreiben sollte. Was hieß das, mich »um den Biondo kümmern«? Traute mir Christine tatsächlich detektivische Fähigkeiten zu, die mich, eher noch als die Polizei, das Bild finden lassen könnten?

Ich glaube nicht an Geister, selbst wenn mich meine irischen Abenteuer gelegentlich etwas anderes lehrten. Es war also gewiss nicht Christines Geist, der mich aus dem Jenseits rief. Aber es konnte durchaus sein, dass mir hier jemand einen bösen Streich spielte. Nicht nur böse, sondern bösartig. Es war geradezu sadistisch, mir die Nachricht im Namen einer Toten zu schicken. Wer steckte dahinter? Ich wählte alle drei Nummern, die ich inzwischen von Christine hatte, aber offenbar waren alle Handys ausgeschaltet. Vor meinen Augen tanzten Sternchen. Und wenn es kein Streich war? Sondern ein Hinweis auf den gestohlenen Biondo, gesendet von jemandem, der an Christines Tod Schuld trug und den sein Gewissen umtrieb? Oder folgte demnächst eine Lösegeldforderung für das Bild? Es gab viele Möglichkeiten, und keine schien mir erfreulich zu sein. Später würde ich ja Schumann sehen und ihm als Erstes die sonderbare Nachricht zeigen. Vielleicht wusste er etwas damit anzufangen.

Aber zunächst versuchte ich, Alexander Freeling in London zu erreichen. Ohne Erfolg. Ich hatte offenbar eine Nummer an der Universität gewählt, nicht seine Privatnummer. Eine freundliche

Dame, die sich als seine Assistentin vorstellte, teilte mir mit, der Professor sei derzeit verreist, würde aber in zwei Tagen zurückerwartet. Netterweise verriet sie mir seine Festnetznummer. Seine Handynummer dürfe sie mir nicht weitergeben, sagte sie.

Ich schickte Richard eine SMS, dass ich eine Stunde später zu ihm kommen würde. Kurz darauf saß ich in Schumanns Büro, das ich seit drei Jahren nicht mehr betreten hatte. An der Wand hing ein hübscher Stich von Hannover, in einer Ecke stand ein kleines Bücherregal mit diversen dicken Schwarten, die meisten davon Gesetzbücher. Eigentlich hatte ich erwartet, seinen kleinen Hund kennenzulernen. Als ich Schumann nach Gringo fragte, winkte er ab: »Der Kleine wird gut von einer netten Nachbarin betreut, die selbst einen Mini-Pudel hat.« Irrte ich mich, oder errötete Schumann ein wenig, als er seine Nachbarin erwähnte? Ich schmunzelte. Ich wünschte ihm alles Glück der Welt.

Schumann wirkte ein wenig zerstreut, bot mir aber Kaffee und Wasser an, was ich beides gerne annahm. Er setzte sich mir gegenüber an seinen Schreibtisch, auf dem ein mittleres Chaos herrschte. Schwungvoll schob er einen Stapel Papiere beiseite und sagte dann, ehe ich ihm das Handy mit dem Biondo-Bild und der kurzen Nachricht zeigen konnte:

»Anna, eigentlich dürfte ich dir gar nicht so viel erzählen. Aber ich befürchte, dass du wieder auf eigene Faust zu recherchieren versuchst. Deshalb vertraue ich dir einiges an, aber ich bitte dich inständig, es wie ein Beichtgeheimnis zu behandeln.«

Er sah mich forschend an. Ich nickte.

»Gut, ich verlasse mich auf dich. Also, ich habe es dir ja schon verraten, dass Christine Windstetten erdrosselt wurde«, begann er. »Auf die gleiche Art wie Strate. Erdrosselt mit einem Schal. Deshalb ist es wohl naheliegend, auf denselben Täter zu schließen. Wobei im Fall von Christine Windstetten bisher kein Motiv ersichtlich ist. Ob sie Zeugin des Verbrechens in Kirchrode war oder ob sie etwas besessen hat, was sie zum Opfer desselben Täters werden ließ, wissen wir nicht. Hat sie ihn gekannt und erpresst, ist er ihr gefolgt – alles offene Fragen, die uns beschäftigen.«

Er blätterte in seinem kleinen schwarzen Notizblock. »Wir haben Christine Windstettens Hildesheimer Wohnung durchsucht. Und da könnte eine Antwort liegen, denn es ist eindeutig jemand vor uns da gewesen. Die Wohnung war durchwühlt, ihr Computer ist verschwunden. Die Fingerabdrücke in der Wohnung stammen alle von Christine Windstetten und einer zweiten Person, bei der wir aber fast sicher sind, dass es sich um die ihrer Nachbarin Alma Raventlow handelt. Sie hat sich um die Wohnung gekümmert, wenn Frau Windstetten verreist war. Das prüfen wir noch. Andere Spuren konnten wir nicht ausmachen. Derjenige, der sich bei ihr umgeschaut hat, ist äußerst vorsichtig vorgegangen. Die in Krimis so beliebten DNA-Spuren haben wir bisher nicht entdeckt.«

Schumann nahm einen Schluck Kaffee, bevor er weitersprach. »Aber wir sind mit der Wohnung noch nicht ganz fertig. Wir müssen außerdem noch die Nachbarn befragen, erhoffen uns aber, ehrlich gesagt, nicht sehr viel davon. Christine Windstetten war sehr oft verreist und hat ihre Wohnung, wie Frau Raventlow uns gesagt hat, nicht verlassen, wenn sie mal da war, und wohl auch kein sehr geselliges Leben geführt. Die gute Dame scheint bestens informiert zu sein.«

»Gibt es einen Keller?« Ich hatte Christine nur einmal kurz in ihrer Hildesheimer Wohnung besucht. Das lag fast anderthalb Jahre zurück. Sehr genau erinnerte ich mich nicht mehr an ihr Apartment. Zwei Zimmer, Küche, Bad, Balkon, ein hübscher Eingangsbereich mit einem alten Spiegel, einem Garderobenhaken aus Messing und einem Gäste-WC, alles eher luxuriös und teuer eingerichtet. Aber weitere Einzelheiten waren mir entfallen.

Schumann nickte. »Einen Kellerraum gibt es. Dort steht ein altes Fahrrad, außerdem eine ziemlich derangierte Kommode ohne Schubladen und drei Koffer, in denen sich alte Kleidung und ein paar andere Dinge befinden, die wir noch genauer untersuchen müssen. Zum Beispiel ein altes Fotoalbum und eine kleine Kiste mit Postkarten. Auf den ersten Blick sind das vor allem Kindheitsbilder und Feriengrüße.«

Obwohl ich Schumann das Foto und die Nachricht auf meinem Handy unbedingt zeigen wollte, interessierte es mich, ob es noch mehr Informationen gab, die mich betreffen könnten. Denn nur um mit ihm lauwarmen Kaffee zu trinken, hatte er mich sicher nicht hierhergebeten.

Schumann bemerkte meine Unruhe. Er leerte seine Kaffeetasse, blickte auf einige Blätter, die verstreut auf seinem Schreibtisch lagen, und zog eines davon zu sich. »Nun, *etwas* haben wir gefunden. In ihrem Papierkorb, den der unbekannte Besucher der Wohnung offensichtlich nicht beachtet hat, lag ein zerrissenes Kuvert mit deiner Adresse und ein Fetzen Papier. Ich habe hier die Kopie.«

Er schob mir das Blatt über den Tisch zu. Ich erkannte Christines große, ausgreifende Handschrift sofort. Das versetzte mir einen Stich.

»Liebe Anna, mir liegt eine große Last auf der Seele. Ich weiß zwar, dass wir in der letzten Zeit nicht mehr so enge Freundinnen waren wie früher. Doch Du bist die Einzige, der ich vertrauen kann. Ich muss Dich dringend sehen und mit Dir reden. Es tut mir leid. Vielleicht können wir das gemeinsam klären …«

Mehr stand da nicht. »Da fehlt etwas. Sie hat es sich wohl anders überlegt und den Text samt Umschlag zerrissen.« Ich sah Schumann etwas enttäuscht an.

»Trotzdem interessant«, sagte er. »Sie wollte dir offenbar etwas Wichtiges mitteilen, was eventuell mit dem Fall zu tun hat. Hast du eine Ahnung, was das gewesen sein könnte?«

Angesichts Christines Versuchs, mich im Hotel Mercedes zu treffen, erschien es mir durchaus möglich, dass sie mir etwas beichten wollte. Genau das sagte Schumann als Nächstes:

»Dazu passt, dass sie dich gebeten hat, rasch ins Hotel zu kommen. Vielleicht hatte sie vor, dir das zu sagen, was sie dir ursprünglich schreiben wollte.«

Schumann hüstelte, das Zeichen, dass er sich nicht ganz wohlfühlte in seiner Haut. »Da ist noch etwas, das ich dir gerne selbst sagen möchte. Es sind ja immer reichlich Gerüchte im Umlauf.« Er holte tief Luft.

»Nun mach schon!«, drängte ich. Schumann redete doch sonst nicht um den heißen Brei herum. Also was war nun so geheimnisvoll?

»Wir haben uns mit deiner Freundin mittlerweile etwas intensiver beschäftigt, Anna.« Er gab sich einen sichtbaren Ruck. »Wie Christine Windstetten dir ja auch in dieser fragmentarischen Notiz schreibt, war eure Beziehung in letzter Zeit nicht mehr sehr eng. Leider hat sie offenbar ein paar Dinge getan, die nicht in dein Bild von ihr passen werden.« Als er meinen konsternierten Blick sah, fügte er hastig hinzu: »Das soll nicht heißen, dass sie nicht trotzdem ein liebenswerter Mensch war und …« Er brach ab, sichtlich verunsichert. Leise sagte er: »Verdammt, das ist aber auch alles echt vertrackt.«

Ich antwortete nicht, sondern wartete, bis Schumann weitersprach. Er kramte in seiner Jackentasche und holte eine Visitenkarte hervor, die er mir reichte.

»Kennst du einen Konstantin Severin? Diese Karte haben wir in Christine Windstettens Schreibtisch gefunden. Sie war in der Ritze einer Schublade verklemmt.«

Natürlich kannte ich Konstantin Severin. Mein ehemaliger Kommilitone, ein unangenehmer, arroganter Schnösel. Auf dem Foto in Strates Arbeitszimmer, das ihn in jungen Jahren zeigte, strahlte er bereits eine gehörige Portion Arroganz aus. Ich musterte die Karte, edles Papier, goldene Buchstaben. »Konstantin Severin, Gutachter«, stand darauf, dazu eine Festnetznummer. Keine Adresse, keine Handynummer. Berliner Vorwahl. Ich legte die Karte zurück auf den Tisch. »Ja, ich habe ihn mal gekannt. Er war ein Mitstudent und hat mit mir Vorlesungen und Seminare bei Strate besucht. Ein verschlagener Typ, der alle ausgenutzt hat. Ich mochte ihn noch nie leiden. Deshalb habe ich seit fast dreißig Jahren keinen Kontakt zu ihm. Ich weiß nicht, was Christine mit ihm zu schaffen hatte.«

»Du hast also keinen Kontakt mehr zu ihm?« Schumann wirkte enttäuscht. »Ich habe ein paar Erkundigungen eingezogen. Dieser Severin scheint einen zweifelhaften Ruf zu haben. Er begutachtet Museumsankäufe und soll für ein Museum in

Hannover fragwürdige Angaben gemacht haben. Das ist aufgeflogen. Er hat sich wohl geschickt aus der Affäre gezogen. Du fragst, was er mit Christine zu schaffen hatte? Das müssen wir noch genauer eruieren. Vielleicht fällt dir ja doch noch etwas zu deiner alten Freundin ein, was uns weiterhelfen könnte.« Schumann blickte mich erwartungsvoll an.

»Was treibt Severin jetzt?«, fragte ich statt einer Antwort.

»Offenbar arbeitet er wirklich als Sachverständiger. Es gibt keinerlei neuere Akten über ihn.«

»Ich traue ihm nicht«, murmelte ich.

Schumann nickte. »Wir behalten ihn im Auge. Wir werden ihn auch noch zu Christine befragen.«

»Ich scheine sie nicht mehr wirklich gekannt zu haben. Das schreibt sie ja selbst in dieser Nachricht.« Ich spürte Ärger in mir aufsteigen. Christine hatte offenbar einen ganz eigenen Weg gefunden und ein Leben geführt, an dem sie mich, ihre einst beste Freundin, nicht mehr teilnehmen ließ. Mir kamen Hoffmanns Worte in den Sinn. Sie hatte in irgendeiner Verbindung zu Richard gestanden. Mir war zwar nicht klar, auf was Hoffmann konkret anspielte, aber das würde ich zu ändern versuchen und Richard direkt auf Christine ansprechen. Ich war schon jetzt auf seine Reaktion gespannt.

Aber ich verspürte keine Lust, Schumann zu verraten, dass ich mich mit Richard treffen würde. Auf seine Bemerkungen dazu konnte ich verzichten. Zwischen ihnen herrschte seit Jahren eine ambivalente Beziehung. Stattdessen zog ich mein Handy aus der Tasche und zeigte ihm wortlos das Foto mit der kurzen Nachricht.

»Wann ist das angekommen?« Schumann schaute das Foto perplex an. »Heute Morgen? Mindestens zwanzig Stunden nach Christines Tod? Das ist doch ein Fake!«

»Das mag sein, aber was soll das? Könnte es sein, dass jemand uns mit dem Biondo zum Narren halten will?«

»Den Biondo gibt es doch sicher auch im Internet abgebildet«, sagte Schumann. »Das Bild könnte jeder kopieren.«

»Nein, Strate hat dieses Bild niemals der Öffentlichkeit präsentiert. Es sollte jetzt zum ersten Mal außerhalb seines Hauses gezeigt werden. Es war seit den dreißiger Jahren in Familienbesitz, und auch sein Vater hat keine Fotos seiner Sammlung zugelassen. Ich durfte bei meiner Begutachtung der Leihgaben von Strate einige Aufnahmen machen unter der Auflage, sie nicht zu veröffentlichen, sondern nur für Arbeitszwecke zu benutzen.« Ich erinnerte mich dunkel an eine Affäre, von der Klas Strate mir einmal berichtet hatte. In den frühen fünfziger Jahren hatte sich ein Fotoreporter unter dem Vorwand in das Haus geschmuggelt, ein Porträt des alten Strate schreiben zu wollen. In Wirklichkeit ging es ihm um die Chance, einige Bilder der Strate-Sammlung zu fotografieren. Der alte Strate war fast ausgerastet, als er die Kamera unter dem Mantel des Mannes entdeckt hatte. Klas Strate war damals, wie er erzählte, selbst über die heftige Reaktion seines Vaters erstaunt gewesen.

»Wer könnte im Besitz dieses Fotos sein? Und weshalb mit dieser sonderbaren Nachricht, die angeblich von Christine stammt? Wir werden diese Nummer gleich überprüfen lassen.« Er rief Brink an und gab ihm die Anweisung, sich mit der Nummer zu befassen. Brinks Antwort ärgerte Schumann offenbar. Er bellte in den Hörer: »Das weiß ich auch! Trotzdem müssen wir uns darum kümmern.« Dann sprang er auf und stapfte durch sein Büro. Sehr viel Platz hatte er nicht für seinen Marsch um den Schreibtisch. Irgendetwas beschäftigte ihn, doch daran ließ er mich nicht teilhaben.

Als er sich endlich wieder hinsetzte, sagte er: »Leite mir das Foto samt Nachricht bitte weiter.« Er sah sorgenvoll aus. »Zwei Morde in zwei Wochen, und bisher stehen wir vor lauter Rätseln. War Strates Tod wirklich eine Art Kollateralschaden? Ich bin inzwischen davon überzeugt, dass Christines Ermordung damit zu tun hat. Verdammt noch mal, ich komme mir allmählich wie ein Anfänger vor. Wahrscheinlich sehen wir vor lauter Bäumen den Wald nicht mehr. Alles scheint auf dieses Bild hinauszulaufen. Was ist so besonders an dieser kleinen toskanischen Landschaft? Entschuldige bitte, aber selbst ich habe schon großartigere Gemälde gesehen.« Er goss sich einen

Kaffee ein, ohne mich zu fragen, ob ich auch eine zweite Tasse trinken wollte.

»Weshalb hast du mich eigentlich wirklich herbestellt?« Was hatte mir Schumann sagen wollen, was er nicht am Telefon verraten konnte? Christines dunkle Seite? Das war keine Sensation und schon gar kein Grund, mich ins Präsidium zu beordern. Auf das Foto vom Biondo und die kleine Nachricht dazu hatte er zwar erstaunt reagiert, aber bei Weitem nicht so überrascht, wie ich es mir gedacht hatte. Also, was wollte Schumann? Ein Blick auf die Uhr zeigte mir, dass es höchste Zeit für mein Treffen mit Richard war. Eigentlich hatte ich keine Lust auf irgendwelche weiteren Skandalgeschichten über meine einstige Freundin. Aber Schumann schien genau darauf hinzulenken.

Er trank auch seine zweite Tasse mit einem einzigen Schluck leer. »Christine Windstetten hat, wie ich dir schon angedeutet habe, wohl ein paar Geschäfte arrangiert, die nicht ganz in Ordnung waren. Vor etwa acht Jahren hat sie eine Expertise zu einem Bild eines italienischen Malers verfasst, das sich dann als Kopie herausstellte. Ein privater Sammler hatte viel Geld dafür hingeblättert, sie verklagt, aber das Verfahren wurde eingestellt. Auch vor sechs Jahren hat sie ihre Hände im Spiel gehabt, als eine renommierte Galerie einen niederländischen Maler aus dem 17. Jahrhundert erwerben wollte. Das Bild stellte sich als Fälschung heraus, entstanden im 20. Jahrhundert. Die betroffene Galerie konnte glücklicherweise noch aus dem Deal aussteigen. Der Kunsthändler, der das Bild angeboten hatte und dem später noch einige Unregelmäßigkeiten nachgewiesen werden konnten, musste eine erhebliche Geldstrafe zahlen. Christine Windstetten hat ihre Unschuld beteuert, aber sie war mit diesem Kunsthändler eng befreundet. Er heißt Cornelius Meyer-Herrmann, ist aber seitdem nicht wieder aufgefallen.«

Ich hatte genug gehört und konnte Schumanns Schilderungen nicht ganz nachvollziehen. Das erschien mir alles maßlos übertrieben. Das waren keine Kleinigkeiten, sondern illegale Aktionen, die ich Christine in diesem Ausmaß nicht zutraute.

Schumann sah meinen Zweifel. »Sie ist jedes Mal mit einem

blauen Auge davongekommen. Und wohl katzengleich auf die Pfoten gefallen.«

»Jetzt ist sie tot.« Ich schluckte. »Was soll das alles?«

»Ihre Ermordung könnte durchaus etwas mit ihrer Vergangenheit zu tun haben. Wenn meine Informationen stimmen, hat sie sich vor längerer Zeit mit einem ziemlich üblen Typen eingelassen, der Schwarzmarktdeals getätigt hat. Dieser Mann war ein Mitglied der Ehrenwerten Gesellschaft, ein Italiener namens Pietro Tortone.«

Nicht der erste Italiener in Christines Leben, ging es mir durch den Kopf.

»Er wurde in Florenz verhaftet. Das ist sieben Jahre her. Verurteilt unter anderem wegen seiner Beziehung zur Mafia und schwerer Hehlerei. Vielleicht hat diese Vergangenheit sie eingeholt. Vielleicht wurde sie auch erpresst, hat sich deshalb auf dubiose Geschäfte eingelassen. Das tut mir sehr leid, deshalb wollte ich dir das alles selbst erzählen und nicht übers Telefon. Mal sehen, ob wir noch etwas über diesen Meyer-Herrmann erfahren, was uns weiterhilft.«

Schumann lächelte plötzlich. »Danke, dass du mir das Foto und die Nachricht gezeigt hast. Diesmal keine Geheimgänge?« Er zwinkerte, und schon überkam mich das schlechte Gewissen, denn ich hatte ihm noch nichts von Strates Brief und der Mappe erzählt. Und ihm nicht gesagt, dass ich in Strates Schreibtisch eine Visitenkarte mit dem Namen Cornelius Meyer-Herrmann entdeckt hatte. Wobei eine offensichtlich vergessene Visitenkarte nicht sehr aussagekräftig war. In meinem Schreibtisch flogen auch etliche herum, die ich nicht in meinem Kästchen gesammelt hatte. Die meisten davon hatten für mich keine Bedeutung mehr. Doch ich verschwieg Meyer-Herrmanns Kärtchen, um lästigen Fragen zu entgehen. Vor allem der Frage, wie ich an diese Karte aus Strates Arbeitszimmer gelangt war. Dann wäre die Zeit für eine Beichte gekommen gewesen. Und dazu hatte ich keine Lust. Ich redete mir ein, dass ich Schumann darüber auch noch bei einer passenderen Gelegenheit informieren könnte. Er hatte ohnehin genug mit seiner Arbeit zu tun.

Dafür stellte ich ihm noch eine letzte Frage. »Habt ihr schon das Notizbuch von Heinrich Strate angeschaut? Steht da irgendetwas für den Fall Relevantes, zum Beispiel über mögliche Besonderheiten dieses Bildes oder Ähnliches?«

Schumann verneinte. »Dazu hatten wir noch keine Zeit. Aber wir bleiben dran.«

Ich meinerseits würde weiter zu klären versuchen, was diese Nachricht über den Biondo bedeuten sollte. Ehe ich Schumann weiter involvierte, musste ich selbst noch mehr erfahren. Ganz zufrieden schien der gute Kommissar mit meinen Auskünften nicht zu sein, aber darauf nahm ich keine Rücksicht. Er glaubte ohnehin immer, dass ich ihm etwas verheimlichte. Womit er leider auch diesmal wieder recht hatte. Wenig später verließ ich das Polizeipräsidium und fuhr die kurze Strecke in die hannoversche Altstadt zu Richard Bernhards Geschäft.

Während ich mein Auto dank eines glücklichen Zufalls mit einigen Rangierübungen in der Nähe der Marktkirche parken konnte, grübelte ich über die Aufzeichnungen von Stuart O'Sullivan nach. Am unteren Rand des Blattes hatte ich mit Mühe noch das Wort »Edinburgh« entziffert. Der Rest war Schweigen. Ich rekapitulierte, was ich den Dokumenten bisher entnommen hatte. Es ging um einen verschollenen Uccello, der sich wohl einst im Besitz der Medici befunden hatte, dann geraubt wurde, wobei ein Mann zu Tode kam, später in die Hände einer Familie namens Buarotti geriet, dann zu einer englischen Adelsfamilie, die das Bild am Ende der englischen Bürgerkriege nach Schottland rettete. Die Geschichte hatte sich offenbar wiederholt, als ein Räuber beim Diebstahl des Gemäldes einen Mord beging. Eine ziemlich blutrünstige Reise für ein Gemälde, das einen Heiligen im Kampf mit dem Drachen zeigte, der nach der Legende das Böse symbolisierte. Morde schienen eng mit diesem Bild verbunden zu sein.

Doch noch hatte ich die Erinnerungen von Stuart O'Sullivan nicht zu Ende gelesen. Ich musste dringend mit Alexander Freeling in London sprechen. Er war der einzige Experte, der mir zu dieser Thematik einfiel, sowohl zur Malerei der Renaissance als auch zur englischen Geschichte im 17. Jahrhundert. Außerdem hatte er vor einigen Jahren einen Essay zu den großen Privatsammlungen der Barockzeit in England veröffentlicht. Doch der Name Warchester war darin nicht aufgetaucht. Daran hätte ich mich bei meiner Lektüre der Chronik von O'Sullivan erinnert.

Mir fehlte London und vor allem das berühmte Gemälde von Uccello in der National Gallery. Seltsam, dass ich eine so starke Beziehung zu diesem Bild hatte. Uccello, der von 1397 bis 1475 lebte, hatte mich schon immer fasziniert. Seine Schlachtenbilder, seine Porträts, seine Anbetung der Könige. Sein Sinn für Farben und Perspektive, eine Mischung aus Tradition und Aufbruch in die Neuzeit. Wie oft hatte ich in der National Gallery vor dem heiligen Georg gestanden und das Bild wie in Trance angeschaut. Früher war ich jedes Jahr nach London gereist, und fast jedes Mal ging ich in das Museum am Trafalgar Square. In den ersten Sälen hingen die spätmittelalterlichen Künstler, danach folgten die frühen Flamen und die Italiener, darunter Crivelli, Francesco Bissolo, Giorgio Schiavone, Vivarini, Jacopo di Cione und einer der frühesten Künstler aus dem 14. Jahrhundert, Cimabue. Dann der Uccello in Raum 59, die Darstellung der dramatischen Szene des Kampfes von Georg mit dem Drachen, die der Maler um 1470 geschaffen hatte.

Und nun sollte es einen dritten Drachentöter geben, den der Künstler wahrscheinlich noch vor den beiden anderen gemalt hatte? Älter zwar, aber im gleichen Stil und auf Leinwand wie das Gemälde in London. In der National Gallery of Victoria in Melbourne in Australien hing eine wesentlich ältere Interpretation der Heiligenlegende von Uccello, entstanden um 1430. Sie unterschied sich von den beiden anderen berühmten Gemälden deutlich. Mit ihrem goldenen Hintergrund erinnerte sie an hochmittelalterliche Heiligenbilder und an Ikonenmalerei. Georg sitzt auf diesem Gemälde nicht auf seinem Pferd, sondern steht direkt neben dem Drachen. Im Hintergrund liegt die Stadt, in die der Drache später im Triumph geführt wird. Über allem thront Gottvater in einer goldenen Gloriole. Die Prinzessin steht klein und fast unscheinbar am rechten Rand des Bildes, an eine Kette gefesselt. Der Drache ist auch auf dieser Abbildung ein fürchterliches grünes Ungeheuer mit weit ausgebreiteten Flügeln und bösen Augen, dem der Ritter sein Schwert in den schuppigen Leib rammt. Georgs Pferd, ein prächtiger Schimmel, tänzelt hinter der Prinzessin, schnaubend und reiterlos.

Doch was hatte das alles mit Strates Biondo zu tun? Was verband dieses Bild mit dem Uccello? Von einem Uccello hatte Strate nie gesprochen, immer nur von dem Biondo, den er von seinem Vater Heinrich geerbt hatte. Das Bild musste eine wahre Odyssee hinter sich haben, um von Edinburgh bis nach Hannover gelangt zu sein. Über die Zwischenstationen hätte ich gerne mehr erfahren.

Ich stand noch immer neben meinem Auto, holte mein Smartphone hervor und tippte den Namen Buarotti ein. Der Name war mir aufgefallen und im Gedächtnis geblieben. Vielleicht, weil er dem Nachnamen von Michelangelo, Buonarroti, ähnelte. Ein kurzer Beitrag auf Italienisch erschien. Ich übersetzte ihn ein wenig mühsam: florentinische Familie, deren Stammvater Tassilo Buarotti im 12. Jahrhundert von Lucca nach Florenz kam und es dort als Tuch- und Gewürzhändler zu Reichtum brachte. Seine Nachfahren, darunter Arcangelo Buarotti, 1490 bis 1572, waren Mäzene und Kunstliebhaber. Der letzte männliche Nachfahre der Familie war Taddeo Buarotti, der 1685 in Florenz starb. Er hinterließ eine Tochter, Katharina. Sie heiratete 1670 einen Grafen Emmanuele Stivaggio de Mantua. Ein Teil der Sammlung der Familie Buarotti hing in den Uffizien in Florenz. Keine Nachkommen mehr bekannt. Damit endete der Eintrag.

Unter dem Namen Warchester Castle fand ich ebenfalls einen kurzen Eintrag. »Einstiger Stammsitz des Adelsgeschlechtes der Warchester. Heute Ruine im Lake District in der Nähe von Windermere. Im Bürgerkrieg 1642 bis 1649 stand die Familie der Earls of Warchester auf der Seite von König Karl I. Letzter männlicher Nachfahre James Warchester, der 1690 im Exil in Frankreich starb. 1665 zum Priester geweiht. Der älteste Sohn Charles, geboren 1635, starb kinderlos 1682, der jüngste Sohn

Robert, geboren 1639, verschwand 1688 spurlos. Zwei Töchter, Elizabeth und Margret. Warchester Castle wird vom National Trust verwaltet. Keine direkten männlichen Nachkommen.« Robert Warchester schien tatsächlich nach den politischen Ereignissen von 1688/89, der Glorious Revolution und der Vertreibung von Jakob II., aus England verschwunden und nie wiederaufgetaucht zu sein.

Als Nächstes gab ich Ivory Hall ein. Ich hatte noch ein paar Minuten bis zu meiner Verabredung mit Richard und war, ehrlich gesagt, recht froh, ein bisschen Zeit bis zu unserem Treffen zu schinden. Das Ergebnis: »Herrenhaus in der Nähe von Loch Leven aus dem 16. Jahrhundert, errichtet auf einer mittelalterlichen Klosteranlage mit imposanten Kellergewölben. 1578 ergänzte der vierte Earl of Finnismore, Archibald MacLeach, das Haus um eine schöne Gartenanlage. Das Haus wurde bis 1680 von Verwandten des Earls bewohnt. Nach 1680 begann das Haus zu zerfallen. Im nahe gelegenen Dorf Kincaid munkelte man, dass es dort spuke und deshalb niemand mehr in Ivory Hall wohnen wolle. Dieser Aberglauben ging wohl auf einen Mord aus dem Jahre 1652 zurück. Die damalige Herrin von Ivory Hall, Annabell Warchester, war von einem Räuber getötet worden, einem Mitglied der Mosstroopers, die damals in Schottland ihr Unwesen trieben. Einige Jahre besaßen Mr. und Mrs. Kingsley aus Kinross Ivory Hall, die das Anwesen im Jahre 1867 erwarben, das Gebäude wiederherrichten und den Garten neu anlegen lassen wollten. Sie zogen 1874 nach London und überließen das Haus seinem Schicksal. Seit einigen Jahrzehnten ist die Ruine im Besitz des National Trust of Scotland.«

Es folgte noch eine kurze Anmerkung: »Für Touristen, die Loch Leven und die dortige Ruine im See besuchen, bietet auch Ivory Hall durchaus seine Reize. Die ursprüngliche Architektur ist noch gut erkennbar, der einst riesige Park fällt durch seinen reichen Baumbestand ins Auge, und für die kommenden Jahre ist geplant, die umfänglichen Kellergewölbe gründlich zu erforschen und aus dem Haus ein Museum zu machen. Wie zu hören war, steht der National Trust in Verhandlung mit einem

Privatier, der das Haus erwerben und umfassend renovieren lassen möchte.«

Der Name der Besitzer aus dem 19. Jahrhundert war mir aufgefallen. Kingsley? Wie mein alter Freund Harold? Verwandtschaft oder eine zufällige Namensgleichheit? Ich würde Harold danach fragen.

Doch jetzt musste ich erst einmal Richard treffen. Der eigentliche Grund, weshalb ich so lange auf der Straße herumlungerte unter dem Vorwand, Hintergrundinformationen zu sammeln, war meine Nervosität, ihn wiederzusehen. Außer unserem kurzen zufälligen Treffen auf der Beerdigung von Strate hatte ich ihn mehr als zwei Jahre gemieden. Aber wie sagt der Norddeutsche so richtig? Wat mutt, dat mutt.

Energisch marschierte ich auf das Geschäft zu. Als ich die Tür aufstieß, verließ eine ältere Dame gerade den Laden. Sie hatte einen wütenden Ausdruck im Gesicht und presste ein in Packpapier gewickeltes Bild an sich. Aha, Richards Expertise hatte wohl nicht ihren Erwartungen entsprochen. Als ich eintrat, sah ich ihn im Gespräch mit einem mir unbekannten Mann, der durch seinen sehr englisch anmutenden Regenmantel auffiel. Wenige Sekunden später verließ der Mann Richards Laden. Er warf mir einen kurzen Blick zu und verschwand um die nächste Ecke. Warum überkam mich bei seinem Anblick ein mulmiges Gefühl? Ich hatte ihn noch nie zuvor gesehen. Was war bloß manchmal los mit mir? Litt ich unter einer Art Verfolgungswahn? Das war nicht das erste Mal in meinem Leben, dass ich ein unangenehmes Kribbeln spürte. Es war wie eine Warnung, und leider hatte ich mit diesen Ahnungen bisher meist richtiggelegen.

Lockvögel

Ungläubig sah ich Richard an. Was er mir mit eher dürren Worten am Tisch des gemütlichen Cafés in der Nähe seines Geschäfts gerade erzählt hatte, traf mich wie ein Hammerschlag. »Sag das bitte noch mal« war alles, was ich herausbrachte.

Richard blickte sich in dem Café um. Aber es saßen nur zwei ältere Damen am Fenster und genossen ihren Apfelkuchen mit Schlagsahne, und an einem Ecktisch hockte ein offensichtlich verliebtes junges Pärchen, das Händchen hielt und jeweils aus dem Kakaobecher des anderen trank.

»Ja, Anna, du hast richtig gehört«, sagte er leise.

Warum er mir in diesem Café und nicht in seinem Geschäft diese Geschichte erzählte, war mir schleierhaft. Und was bezweckte er überhaupt damit, mich in dieses Geheimnis einzuweihen?

Ich spürte seinen fragenden Blick und griff nervös nach dem Kaffeelöffel, mit dem ich wild in der Tasse herumrührte. Das entlockte Richard ein Lächeln. »Ich finde, dass du jedes Recht darauf hast, diese Zusammenhänge zu kennen. Da ich dir vertraue, weiß ich auch, dass du schweigen kannst.«

»Ehrlich gesagt kommt mir das alles ziemlich abenteuerlich vor. Weiß Schumann davon?«

Richard sah aus dem Fenster. Draußen fuhren Radfahrer vorbei, ein Auto parkte auf dem Bürgersteig, zwei Frauen wurden von ihren Hunden quer über die Straße gezerrt. Eine friedliche Szene, die so gar nicht zu meinen Emotionen passte.

»Schumann? Noch nicht. Ich kann dir nachher im Geschäft ein paar Unterlagen zeigen, die beweisen, dass ich das nicht erfunden habe.« Richard schien ein wenig beleidigt zu sein.

»Warum sind wir dann nicht gleich in deinem Laden geblieben?« Ich klang übertrieben schnippisch und aggressiv.

»Weil ich dich erst einmal auf neutralem Boden wiedersehen wollte«, antwortete er. »Und eine kleine Stärkung tut gut.«

Typisch Richard! Als ob mir Kaffee und Kuchen dabei helfen würden, seine Nachricht besser zu verdauen.

Ich zerkrümelte die Reste des Apfelkuchens auf meinem Teller. Als ich Richard vorhin in seinem Geschäft abgeholt hatte, ahnte ich nicht, was er mir mitteilen würde.

In all der Zeit, die ich ihn nicht besucht hatte, hatte sich wenig in seinem Laden verändert. Er hatte zwar die Wände in einem helleren Zitronengelb streichen lassen und den Raum entrümpelt. Weniger zierliche Stühle und Beistelltischchen. Es roch aber immer noch nach Holz, Stoff und Leder.

Mich rührte der Anblick der zwei alten Puppen, die nebeneinander auf zwei Biedermeierstühlen saßen. Sie trugen Spitzenkleider mit einer großen Schärpe um ihre Puppenbäuche. Ich kannte diese beiden Porzellandamen gut, besaß ich doch seit bald vier Jahren die Dritte im Bunde. Sie stammten aus dem Ith, wo Richard sie auf dem Dachboden des Schlosses Hammelsberg in einem Schrank entdeckt hatte. Die Hausherrin, Baronin Carola von Rödelshausen, hatte ihm die drei Grazien überlassen. Die alte Dame lebte immer noch in ihrem inzwischen von Grund auf renovierten Schloss, betreut von zwei freundlichen Pflegekräften aus Polen. Zuletzt hatte ich sie bei der Beerdigung meiner Patentante Amelie gesehen, als sie in ihrer schwarzen Limousine vorfuhr und tief bewegt am Grab ihrer alten Freundin stand.

Als ich die Puppen mit ihren großen Augen und ihrem sanften Lächeln auf den Stühlen sitzen sah, überkam mich die Erinnerung an unser Abenteuer im Ith mit voller Wucht. Manchmal schien mir das eine Ewigkeit her zu sein. Ich freute mich, dass die beiden Puppen bei Richard ein Zuhause gefunden hatten. Wahrscheinlich hätte er sie längst verkaufen können. Neu an den beiden Mädels war, dass jede einen hübschen kleinen Pompadour-Beutel aus Seide am rechten Arm hängen hatte. Eine nette Ergänzung zu ihrem »Outfit«.

Richard ließ mir keine Zeit für Nostalgie. Er warf sich sein Jackett über, und wir gingen quer über die Straße zu dem kleinen Café. Dort bestellten wir Kaffee und den Apfelkuchen, für den die Konditorei berühmt war.

Richard räusperte sich ausführlich. »Schön, dass wir uns endlich mal wieder alleine sehen«, begann er. »Die Beerdigung von Klas Strate war irgendwie sonderbar. All diese Menschen, die da zusammengekommen sind, um einen besonderen Bürger unserer Stadt zu ehren, und wie furchtbar, als dann durchsickerte, dass der gute alte Strate Opfer eines Raubüberfalls geworden ist.« Er wirkte sehr ernst. »Und dann noch dein entsetzliches Erlebnis, als du Christines Leiche entdeckt hast.« Ehe ich es mich versah, ergriff Richard meine linke Hand. Ich zuckte zusammen, und er ließ sie sofort wieder los. Verlegen sagte er: »Also, so schlimm bin ich doch nicht, oder?«

Ich errötete heftig. »Nein, aber Richard, jetzt sag mir bitte, weshalb wieder diese Geheimniskrämerei? Ich mag dieses Café zwar, und den Kuchen esse ich auch sehr gerne, aber was ist los?«

»Nun gut, ich will nicht lange hinterm Berg halten. Christine und ich kannten uns seit einigen Jahren recht gut. Wir haben zusammengearbeitet. Sie war, wie du ja weißt, eine absolute Expertin auf dem Gebiet bestimmter Kunstepochen und hatte ein treffsicheres Gespür für Fälschungen.« Was mir Richard dann erzählte, wusste ich bereits aus Schumanns Bericht. Ich winkte deshalb etwas ungeduldig ab und unterbrach ihn: »Du sagst mir nichts Neues.« Richard aber ließ sich nicht beirren und plauderte weiter. Die einzige Ergänzung war, dass es sich bei einem von Christines »Fehltritten« um eine Fälschung eines Stilllebens von Pieter Claesz, einem niederländisch-flämischen Maler, handelte und mein einstiger Kommilitone Konstantin Severin involviert gewesen war, was mich nicht überraschte, passte es doch zu Schumanns Informationen. Da Christine im letzten Moment aus dem Deal ausgestiegen war, kam sie noch einmal davon. Severin hatte wohl auch Glück im Unglück. »Er scheint seitdem sauber zu sein«, schloss Richard seinen Bericht. Das hatte Schumann auch schon gesagt.

Was mich viel mehr erstaunte, war die Erkenntnis, dass Richard Christine offenbar bereits kannte, als er und ich noch eine Beziehung gehabt hatten. Hoffmanns Bemerkung hatte das zwar angedeutet, doch Christine hatte mir nie erzählt, Richard zu kennen. Richard wusste, dass Christine eine meiner ältesten Freundinnen war, und verschwieg mir diese Tatsache ebenso. Letztlich konnte mir das egal sein, aber ich spürte ein leichtes Unbehagen. Eifersucht? Ich interpretierte es lieber als Ärger, weil zwei mir nahestehende Menschen es nicht für nötig gehalten hatten, mich darüber zu informieren.

Ich wollte gerade etwas erwidern, als unsere Bestellung kam, zweimal Latte macchiato, zwei Stück Apfelkuchen, Richards natürlich mit Schlagsahne. Ich pikste mit der Gabel eher lustlos in mein Stück Kuchen. »Was habt ihr zusammen gemacht?«

Richard ruckelte auf seinem Stuhl hin und her. So ganz wohl fühlte er sich nicht in seiner Haut.

»Du weißt ja, dass ich früher manches Mal Mist gebaut habe.« Damit spielte er sehr treffend auf einige kleinere Verfehlungen in früheren Jahren an, die ihm bereits eine saftige Geldstrafe und ein Urteil auf Bewährung eingebracht hatten. Er hatte mir immer wieder versichert, dass es damit »endgültig vorbei« sei. Doch der Geist ist bekanntlich willig … Ich hatte ja bereits erfahren, dass er erneut in Schwierigkeiten geraten war, als er im Zuge seiner Expertentätigkeit für »Gutes für Geld« diese Liebermann-Grafik angeblich wider besseres Wissen falsch eingeschätzt hatte, sodass unter Wert verkauft wurde. Der Händler erzielte später damit einen enormen Profit. Darauf wollte ich ihn nicht ansprechen. Er schien aber an meinem Blick zu sehen, dass mir dieser Gedanke durch den Kopf ging. Richard hatte stets ein sehr ausgeprägtes Gespür für Stimmungen besessen.

»Du hast wohl von dieser Sache bei ›Gutes für Geld‹ gehört. Reiner Blödsinn. Es war die Kopie einer Liebermann-Grafik, nicht mehr wert als einige hundert Euro, und die hat die Verkäuferin bekommen. Der Händler hat dafür immerhin fünfhundert Euro gezahlt und das Bild für achthundert Euro verkauft. Ich habe keinen Cent erhalten. Weshalb das hinterher so viel Ärger gegeben hat, weiß ich nicht. Intrigen gibt es überall.« Richard stocherte nun ebenfalls eher lustlos in seinem Kuchen.

»Aber darum geht es jetzt nicht, oder?«, fragte ich. Ich war erstaunt über seine heftige Reaktion.

»Nein, es geht um Christine. Sie hatte nach dem Ärger wegen des gefälschten Bildes eine recht schwere Zeit. Damals tauchte sie bei mir im Laden auf und fragte, ob sie eventuell für mich arbeiten könne. Ich kannte sie durch einen gemeinsamen Freund, Rainer Herfurth, einen Berliner Restaurator. Zu der Zeit lief es mit meinem Geschäft nicht so gut. Ich konnte ihr keinen Job anbieten. Deshalb habe ich ihr versprochen, mich für sie umzuhören, und tatsächlich hat sie dann kleinere Aufträge bekommen. Du kennst ja Sebastian Hoffmann, den Herausgeber von ›Kunstlichter‹. Er hat sie für Recherchen engagiert. Und bald hatte sie die Krise überstanden. Eines Tages kam sie zu mir und meinte, dass sie bei ihren Recherchen auf einige sehr spannende Dinge gestoßen sei. Eines davon hatte mit ›Gutes für Geld‹ zu tun. Einer unserer Experten, so behauptete sie, würde im Vorfeld der Sendungen Deals mit zwei Händlern abschließen, die in der Show durch Mittelsmänner vertreten würden. Es ging dabei um Bilder und Bronzefiguren. Sie bat mich, ein Auge auf diesen bestimmten Experten zu haben und für sie herauszufinden, ob ihr Verdacht berechtigt war.«

Richard leerte seine Tasse und gab der Kellnerin ein Zeichen für eine weitere Bestellung. »Ich habe mich tatsächlich darauf eingelassen, weil mir dieser Typ auch schon lange verdächtig vorkam. Tatsächlich steckte er bis zum Hals in unlauteren Geschäften. Er fädelte sehr geschickt Deals ein, die längere Zeit nach den Sendungen getätigt wurden. Falsche Einschätzungen, mal zu niedrige Summen, mal überhöht. Wir produzieren drei Monate vor Ausstrahlung jeweils drei Shows pro Woche, immer dreißig Minuten.« Richard lächelte. »Ja, wir haben den Kerl enttarnt, er ist gefeuert worden, und alles ist ohne jeglichen Skandal über die Bühne gegangen.«

Das wäre auch schade gewesen, vor allem wenn die Sendung in der Konsequenz abgesetzt worden wäre. Denn sie war beliebt, und sogar meine Mutter sah sie regelmäßig.

Richard dachte einen Moment nach und sagte dann: »Vielleicht ist dieses Gerücht mit der Liebermann-Grafik eine Art Racheakt dieses Ex-Kollegen gewesen. Das lässt sich alles nicht mehr feststellen.«

»Was für einen Nutzen hatte Christine davon?« Offensichtlich hatte Christine diese Geschichte nicht, wie angedacht, für einen Artikel in Hoffmanns Magazin ausgeschlachtet, aber hinter den Kulissen bei der Klärung des Falls geholfen.

»Sie hat sich damit intern einen guten Namen gemacht. Danach erhielt sie nicht nur von Sebastian Hoffmann vermehrt Aufträge, sondern auch von anderen namhaften Magazinen, und demnächst sollte sie sogar fürs Fernsehen eine Dokumentation über das Thema ›Original und Fälschung alter Gemälde‹ mitgestalten. Und da kommen wir zum eigentlichen Punkt.« Richard winkte erneut der Kellnerin, bestellte diesmal aber ein Glas Weißwein. »Es ist ja schon achtzehn Uhr«, bemerkte er fast entschuldigend.

Die Kellnerin brachte das Glas und eine kleine Schüssel mit Salzgebäck. Richard trank einen großen Schluck. »Also, ich bin vor einigen Wochen von einem hochkarätigen Auktionshaus angesprochen worden, das mich um meine Expertise für ein Bild bat. Christine hatte mich empfohlen. Dass das Bild eine Fälschung war, habe ich schnell erkannt. Unter anderem war die Signatur des Malers eher stümperhaft nachempfunden. Allerdings glaube ich, dass diese Anfrage nur ein Vorwand war, um mich ins Boot zu holen. Christine arbeitete wohl schon öfter für dieses Auktionshaus.«

Richard spürte, dass ich nicht ganz verstand, auf was er zusteuerte. Er sah sich im Café um, aber keiner beachtete uns. Dann fügte er hinzu: »Um es kurzzufassen. Christine und ich wurden von diesem Auktionshaus, das sich mit zwei weiteren renommierten Häusern und zwei Galerien zusammengeschlossen hat, privat angeheuert. Wir sollen einem Schwarzmarktring auf die Schliche kommen, der mit Fälschungen, Geldwäsche und Beratungsbetrug viel Geld verdient. Und da der Verdacht besteht, dass darin durchaus auch Experten verwickelt sind, die sich hinter einer seriösen Fassade verbergen, wurde Christine als eine Art Undercover-Agentin eingesetzt. Sie sollte eine Falle bauen. Mit einem interessanten Bild als Köder.«

In diesem Moment platzte der Satz aus mir heraus: »Sag das bitte noch mal!«

Richard sah sich erneut um, dann wiederholte er seine letzten Sätze. »Ja, Christine wurde als eine Art Undercover-Agentin eingesetzt, um eine Falle zu bauen.«

Ich konnte es noch immer nicht begreifen. »Was heißt denn ›undercover‹? Das klingt wie aus einem Agententhriller. Was sollte Christine denn konkret tun?« Ich spürte, wie langsam Zorn in mir aufstieg.

Christine hatte sich da auf etwas eingelassen, das ihr eindeutig über den Kopf gewachsen war. Sie hatte sich auf einem sehr schmalen Grat bewegt und war abgestürzt. Ich vermutete, dass jemand herausgefunden hatte, dass sie »für die andere Seite« arbeitete.

Richard leerte das Glas Wein mit einem hastigen Schluck. Er stotterte ein wenig, als er fortfuhr: »Sie wusste, dass Strate vier seiner Bilder für die Braunschweiger Ausstellung ausleihen wollte. Einen Teil seiner Sammlung umgibt ein Rätsel, weil viele der Bilder aus einer Berliner Galerie stammen, die nach 1933 eine unrühmliche Rolle gespielt hat. Allerdings behauptete der alte Heinrich Strate immer, dass er das letzte Bild für seine Sammlung um 1930 gekauft habe. Das war, wie Christine von Klas Strate erfahren hatte, der Biondo zusammen mit einigen Niederländern. Heinrich Strates wichtigste Quelle für seine Sammlung war in der Tat die Galerie Rieper in Berlin, die heute vom Urenkel des ersten Galeristen betrieben wird. Christine verbreitete über ihr Netzwerk die Information, dass ein Biondo als Leihgabe demnächst ans Herzog Anton Ulrich-Museum gehen würde. Da der Biondo eine Rarität ist, hofften wir, dass jemand auf dieses Lockmittel reagieren würde. Es hat wohl einige Nachfragen nach einem echten Biondo gegeben, von einem russischen Oligarchen ebenso wie von einem Schweizer Immobilienmillionär. Tatsächlich wurde Strate vor etwa zwei Monaten gefragt, ob er den Biondo verkaufen wolle. Besagter

Konstantin Severin hatte sich im Auftrag eines anonymen Käufers an ihn gewandt. Alles ganz legal.«

»Ich kenne Severin. Er hat mit mir und Christine zusammen studiert. Ein unangenehmer Kerl. Wie hat Strate reagiert?«

»Er hat das Angebot vehement abgelehnt. Der Biondo sei unverkäuflich. Severin hat es dann noch einmal versucht und erklärt, sein Kunde sei bereit, wesentlich mehr zu zahlen als den von der Versicherung angegebenen Wert des Bildes. Strate hat auf die Ausstellung verwiesen, wo er den Biondo einmal und danach nie wieder öffentlich zeigen werde. Unsere Auftraggeber wurden hellhörig und baten Christine, am Ball zu bleiben. Sie sollte versuchen, über Severin Kontakte zu einer Organisation zu bekommen, die illegale Kunstgeschäfte in großem Stil betreibt.« Richard fuhr mit dem Finger über den Glasrand. Er wirkte auf einmal sehr unsicher.

»Und was dann?« Mich nervte, dass er sich so langsam an den Kern seiner Erzählung herantastete.

»Christine hat mir noch geschrieben, Severin habe ihr gegenüber hoch und heilig beteuert, dass er keinerlei Verbindungen mehr zu solchen Kreisen hätte. Er habe seine Lektion gelernt. Christine aber meinte, auch wenn er selbst nicht mehr offiziell involviert sei, würden zu seinem Netzwerk anscheinend einige suspekte Figuren gehören, darunter ein gewisser Cornelius Meyer-Herrmann, der mir vor vielen Jahren zwei Kopien von Meißen-Vasen für horrende Summen angeboten hat. Glücklicherweise ist dieser Betrugsversuch damals geplatzt. Meyer-Herrmann schwor Stein und Bein, er sei selbst hereingelegt worden, wisse aber nicht, wer die Hintermänner gewesen seien. Man ließ auch ihn wie schon Severin glimpflich davonkommen. Diese Dinge lassen sich immer nur sehr schwer nachweisen. Die Grauzone ist ziemlich breit. Fast zehn Jahre hat Meyer-Herrmann sich zurückgehalten. Jetzt aber tritt er als selbst ernannter Fachmann für Malerei des 18. und 19. Jahrhunderts auf und wird sogar häufig als Gutachter zitiert. Christine, die für Hoffmann auf diesem Gebiet gründlich recherchiert hatte, schien einer Sache auf der Spur zu sein. Jedenfalls deutete sie das mir gegenüber an. Das muss ein paar Tage vor Strates Tod gewesen sein, so um den 16. April herum. An dem Tag habe ich eine kurze Nachricht bekommen, die ich Idiot gelöscht habe. Darin schrieb sie, dass sie einer Fährte folgen würde. Mehr leider nicht.« Richard sah mich unglücklich an. »Dann ist irgendetwas völlig aus dem Ruder gelaufen. Und nun ist sie tot.«

Er starrte müde in sein leeres Glas. Ich dagegen fuhr aus der Haut. »Ihr habt sie einfach auf eine Organisation von Kriminellen losgelassen? Ohne Rückendeckung? Ohne Polizeischutz? Obwohl ihr wusstet, was für ein gefährliches Terrain das sein kann? Die arme Christine hat vermutlich in ein Hornissennest gestochen. Und wahrscheinlich hängt Strates Ermordung auch damit zusammen. Diese Leute kennen doch kein Pardon. Immerhin geht es um Millionen! Ihr musstet doch ahnen, was ihr droht, wenn sie auffliegt. Ich fasse es nicht!« Ich schnappte nach Luft. »Weiß Schumann davon?«

Richard schüttelte den Kopf. »Schumann sollte eingeweiht werden, wenn der Plan gelingt und ehe die Falle zuschnappt.«

»Ihr seid ja solche Laien!« Ich konnte nicht mehr an mich halten. »Das sind riesige globale Organisationen. Und ihr denkt, da kann man mal eben eine kleine Falle aufstellen, und schwups ist der Fall erledigt! Und ihr fühlt euch wie Sherlock Holmes und Dr. Watson! Dümmer geht es doch gar nicht! Beim geringsten Verdacht hättet ihr die Polizei einschalten müssen. Jetzt ist Strate tot, Christine ist tot. Habt ihr irgendein Ergebnis, hat das alles irgendetwas gebracht?«

Meine Stimme überschlug sich. Die älteren Damen spähten neugierig zu uns herüber, ein junger Mann, der gerade das Café betrat, zuckte sichtlich zusammen. Ich senkte meine Stimme: »Was ist schiefgegangen, Richard? Was habt ihr nicht bedacht, und auf was hat Christine sich eingelassen?« Vor Ärger und Kummer rannen mir Tränen über die Wangen. Am liebsten hätte ich Richard die Kaffeetasse an den Kopf geworfen.

Richard ergriff meine Hände. »Ich weiß nicht, wie nahe sie diesem Zirkel gekommen ist, Anna. Gesprochen habe ich mit ihr zuletzt Anfang April. Sie hat von einem Prepaid-Handy angerufen und mir gesagt, dass sie wahrscheinlich einen der Hauptakteure am Haken hat. Sie klang so triumphierend. ›Wir kriegen sie!‹, hat sie gesagt. ›Und der Biondo hilft uns dabei!‹ Sie hatte einen Plan, aber sie wollte ihn mir nicht verraten. ›Je weniger davon wissen, desto besser‹, hat sie gesagt. ›Du wirst sehen, dass es klappen wird.‹ Und dann kam noch diese SMS, auch wieder von einem Prepaid-Handy. Der Inhalt lautete ungefähr, dass sie einen Verdacht habe, der uns alle ›umhauen‹ würde. Mehr nicht. Sie war sehr vorsichtig. Jetzt werfe ich mir natürlich vor, dass ich sie nicht dazu gebracht habe, mich einzuweihen. Aber sie war eine Einzelgängerin. Das passte zu ihr.«

Ich schwieg. Christine als Undercover-Agentin auf dem Kunstmarkt, auf dem es in den vergangenen Jahren immer wieder zu dunklen Geschäften gekommen war. Fälschungen, unlautere Preistreiberei, Betrug. Kaum vorstellbar. Es klang geradezu surreal, dass Christine hinter den Kulissen mitgewirkt haben sollte. Wollte sie mir das sagen, als sie mich bat, ins Hotel Mercedes zu kommen? Warum hatte sie nicht Richard angerufen? Welche Rolle spielte ich in ihren Überlegungen? Ich konnte die Panik in ihrer Stimme nicht vergessen. Und wer hatte das Foto mit der angeblichen Nachricht von ihr geschickt? Rätsel über Rätsel, und ich kam nicht weiter. Richards Geständnis half mir dabei auch nicht.

»Was wirst du jetzt unternehmen?«

Meine Frage überraschte ihn seltsamerweise. Er sah mich verdutzt an.

»Unternehmen? Ich werde weitermachen. Ich kann jetzt nicht einfach aufhören. Wenn ich nur wüsste, ob Christine irgendwo Notizen hinterlegt hat.«

Er starrte erneut in sein leeres Weinglas. Notizen? Bisher schien die Polizei nichts in der Richtung gefunden zu haben. Doch Schumann hatte mir sicherlich vieles nicht erzählt. Vielleicht hatten sie ja ein Notizbuch und einen Kalender entdeckt und werteten ihn aus. Das war Teil der internen Ermittlungen. Nichts für Laien wie mich.

Unruhig rutschte ich auf meinem Stuhl hin und her. »Und

wenn die Leute, die Christine auf dem Gewissen haben, längst darüber informiert sind, dass du auch hinter ihnen her bist? Glaubst du, dass du unbehelligt davonkommst? Wo kannst du überhaupt ansetzen?«

»Ich bin es Christine schuldig, dass ich nicht aufgebe. Diese Schwarzhandel-Organisation muss aufgedeckt werden. Ich habe in meinem Leben reichlich dummes Zeug getrieben, und deshalb möchte ich gerne auch mal was Nützliches tun. Irgendwelche Hinweise hat Christine sicherlich hinterlassen.«

Er sah mich mit dem Blick an, dem ich noch nie lange hatte widerstehen können. »Anna, ich brauche deine Hilfe. Du sollst dich auf keinen Fall in Gefahr begeben. Aber du kannst Augen und Ohren weit offen halten. Du kennst viele Leute in der Szene. Vielleicht erfährst du in der nächsten Zeit irgendetwas, was nützen könnte. Oder vielleicht erinnerst du dich an etwas, was Christine dir gesagt hat, das uns weiterbringt. Hat sie dir nicht irgendetwas geschrieben, eine Mail oder SMS, die dir bisher nicht weiter aufgefallen ist? Immerhin wollte sie dich im Hotel treffen, um dir etwas anzuvertrauen.«

»Nein, ich grübele selbst darüber nach, was mir entgangen sein könnte«, sagte ich. »Ich werde dir helfen, wegen Christine. Aber ich werde nicht in ihre Fußstapfen treten und mich als Undercover-Agentin engagieren lassen.«

Richard beugte sich rasch vor und drückte mir einen Kuss auf die Wange. »Danke! Wir sind wieder ein Team! Lass uns morgen in Ruhe alles besprechen, was wir wissen und wo du ansetzen könntest.«

»Wieso erst morgen? Da fahre ich nach Braunschweig.«

Richard schien es auf einmal eilig zu haben. Er strahlte mich an. »Ich muss noch mal mit meinen Auftraggebern reden. Aber es tut gut, dass du helfen willst.«

Ganz vermochte ich seine Begeisterung nicht zu teilen, zumal ich ein leichtes Unwohlsein verspürte, eine Vorstufe von Furcht. Aber ich war dennoch gerührt, dass er nicht auf mich verzichten wollte. Wir waren trotz aller Probleme früher ein recht gutes Team gewesen. Lieber nicht weiter über seine Beweggründe nachdenken, die sicherlich eher opportunistisch waren. Um ihn meine Rührung nicht merken zu lassen, blinzelte ich und warf dabei einen Blick aus dem Fenster. Ganz in der Nähe des Cafés stand der Mann, den ich aus Richards Geschäft hatte kommen sehen.

»Wer ist das?«, fragte ich. Richard sah nur kurz hinaus. Der Mann drehte sich genau in diesem Augenblick um und ging mit hastigen Schritten davon.

Richard zuckte mit den Achseln. »Das? Das ist ein Engländer, der sich für die beiden Puppen interessiert hat. Komisch, nicht wahr? Er arbeitet für einen englischen Sammler, der ein Puppenmuseum in Notting Hill eröffnen will. Morgen holt er die beiden Mädels ab. Bei eintausend Euro konnte ich nicht Nein sagen.«

Ich fühlte einen Stich im Herzen. Diese beiden Puppen hatten für mich eine ganz besondere Bedeutung. Und weshalb interessierte sich ein englischer Sammler ausgerechnet für diese beiden Porzellandamen? Sie waren hübsch und über einhundert Jahre alt, aber keine Rarität. Gewiss gab es in England viele solcher Puppen aus viktorianischer Zeit. Das Kribbeln in meinem Nacken sagte mir, dass hier etwas nicht stimmte.

Der Tote im Magazin

Natürlich zeigte ich Richard dann doch noch das Foto des Biondo mit der mysteriösen Botschaft. Nach dem ersten Schock über diese »posthume Nachricht« mahnte er mich besorgt, dass ich sie nicht auf die leichte Schulter nehmen solle. Als wir das Café verließen, überlegte er kurz und sagte dann, er werde seinen Termin vom heutigen Abend auf den nächsten Tag verschieben und mich stattdessen zum Abendessen einladen. Das erste Mal seit unserer Trennung.

Ich eilte nach Hause, zog mir etwas Nettes an und traf ihn eine Stunde später in einem neuen Restaurant, »La Dolce Seduzione«, am Maschsee. Aber ich fühlte mich zu ausgelaugt, um das Essen voll und ganz genießen zu können. Zu sehr belasteten mich die Informationen über Christines Tätigkeit und natürlich ihr Tod, den ich damit in Verbindung brachte. Ich hätte Richard am liebsten gesagt, dass ich mein Angebot, ihm zu helfen, wieder rückgängig machen würde. Doch ich überwand meine Furcht. Ich könnte ja immer noch ablehnen, wenn mir das alles zu waghalsig erschien. Das jedenfalls redete ich mir ein.

Da ich müde war, kürzte ich unser Essen ab und verzichtete auf einen Espresso. Wir verabredeten uns für den nächsten Abend, er brachte mich zur Bushaltestelle, weil ich nicht mit dem Auto gekommen war, und nahm mich kurz, aber liebevoll in die Arme.

»Schön, dass es dich wieder in meinem Leben gibt«, flüsterte er mir ins Ohr.

Von Haus skeptisch veranlagt, dachte ich mir bei diesen Worten, dass er dabei sicher Hintergedanken hegte. Ich war dank meines Netzwerks für ihn nützlich. Natürlich schämte ich mich für diese negativen Gedanken, konnte sie aber nicht ganz verdrängen. Und auch die SMS, die er mir wenig später schickte – »Das war ein herrlicher Abend. Ich hoffe auf mehr!« –, vermochte bei mir nicht den galligen Geschmack zu vertreiben.

Am nächsten Morgen nahm ich den Zug nach Braunschweig. Die Strecke fuhr ich nur sehr ungern mit dem Wagen, und mit dem Zug brauchte ich bloß knapp eine halbe Stunde. Mein Treffen mit Kurator Wedel und den beiden Museumsmitarbeitern Frieda Rietmüller und Rüdiger Wegener war für den frühen Nachmittag eingeplant, das Essen mit Frostauer und seinem Bekannten gegen Mittag. Ich hatte noch Zeit für einen Stadtbummel, wanderte durch die Geschäfte im Gebäude des alten Stadtschlosses, besuchte den Dom und stöberte in der Buchhandlung Graff in der Innenstadt in neuen Büchern. Wie immer konnte ich nicht widerstehen und kaufte drei Romane, zwei davon Krimis. Die anderthalb Stunden bis zum Termin mit Frostauer und seinem Bekannten verflogen rasch.

Im Restaurant des Hotels Deutsches Haus hatte ich einen Tisch reserviert. Als ich in den großen Raum trat, sah ich Frostauer in einer Ecke mit einem Mann sitzen, der mir den Rücken zuwandte. Harald winkte mir zu, und der Mann drehte sich um.

Ich erstarrte. Es war der Fremde, der mit Richard in seinem Geschäft gesprochen hatte und ihm die beiden Puppen abkaufen wollte und den ich vor dem Café gesehen hatte. Sein Blick ruhte völlig ausdruckslos auf mir. Dann lächelte er und stand auf. Harald war schon vor ihm aufgesprungen, kam zu mir gelaufen und führte mich zu ihrem Tisch.

»Wie schön, Anna, dass du es einrichten konntest! Darf ich vorstellen? Robin Gregson, Kunstexperte aus Großbritannien und Autor mehrerer Artikel über italienische Künstler der Renaissance und über Kunst des Barocks.«

Ich schüttelte Gregsons kühle Hand. In fast akzentfreiem Deutsch sagte er: »Ich habe schon viel von Ihnen gehört. Harald hat mir von Ihren Abenteuern im Brester Moor und im Ith und von Ihren Erlebnissen mit den Druidenmasken erzählt. Und jetzt arbeiten Sie an dem Katalog zu der Ausstellung im hiesigen Museum. Einen echten Biondo stellt das Museum aus. Eine Sensation!«

Ich antwortete: »Den Biondo werden Sie leider nicht zu Gesicht bekommen, denn der wird restauriert. Er hing wohl zu lange im dunklen Wohnzimmer seines Besitzers und muss jetzt etwas aufgepäppelt werden. Aber –«

»Es ist verwunderlich, dass die Bilder aus dem Besitz von Klas Strate überhaupt noch gezeigt werden können«, fiel mir Harald ins Wort. »Nicht, weil sie zu lange in dunklen Räumen hingen, sondern weil der Mann immerhin ermordet worden ist.«

Gregson sah mich aus seinen kalten Augen an, deren Farbe zwischen Grau und Grün schwankte. Beim Anblick des Mannes lief mir genau wie am Tag zuvor ein Schauer über den Rücken. Ich konnte mir nicht erklären, weshalb Gregson diese Wirkung auf mich hatte. Er war ein recht gut aussehender Mann von etwa Mitte vierzig, schlank und mittelgroß mit vollem dunkelblonden Haar, das erste graue Strähnen zeigte. Er wirkte keinesfalls bedrohlich.

Dennoch fühlte ich mich unwohl in seiner Gegenwart. Ich versuchte es zu verdrängen und erklärte mit künstlicher Gelassenheit: »Strate wollte diese Bilder auf jeden Fall der Öffentlichkeit präsentieren. Er hat das sogar seinem Notar diktiert. Ihm war das sehr wichtig. Natürlich konnte er nicht ahnen, was passieren würde. Wir sind dankbar, wenn auch traurig, dass wir diese Bilder auch nach seinem Tod ausstellen dürfen. Was danach mit ihnen geschieht, weiß ich nicht. Soviel ich erfahren habe, teilen sich mehrere Museen sein Erbe.«

Das Essen verlief trotz meiner anfänglichen Abneigung gegen Gregson und meiner Zurückhaltung gegenüber Harald Frostauer in freundlicher Stimmung. Gregson entpuppte sich als guter Unterhalter, der über seine Recherchen zu Biondo sehr detailliert und mit leichter Ironie berichtete.

»Ein seltsamer Vogel, dieser Maler. Er stand stets im Schatten von Künstlern wie Uccello, Giotto und Piero della Francesca. Und leider sind ja nur wenige Bilder von ihm erhalten, die nun jedes Jahr wertvoller werden. Da zählt weniger die Qualität als die geringe Zahl der nachweislich existenten Werke. Vor Kurzem sind zwei Fälschungen von Biondo-Gemälden aufgetaucht, eine in Rom, die andere in New York. Angeblich beide in Privatbesitz und durch Dokumente als echt belegt, entstanden um 1460. Aber Alexander Freeling hat festgestellt, dass beide Bilder keine echten Biondos sein können. Er ist der absolute Fachmann auf diesem Gebiet und hat herausgefunden, dass die Signaturen falsch angebracht und die Farben mit einem viel zu feinen Pinselstrich aufgetragen waren. Il Biondo liebte es kräftiger. Deshalb bin ich so gespannt auf das Bild aus der Strate-Sammlung, das ja laut Aussage von Freeling, der es vor zwanzig Jahren kurz sehen durfte, echt sein soll.«

Gregson sprach dem Essen ausgiebig zu und trank zwei Gläser Rotwein, was seine Konzentration nicht weiter zu beeinträchtigen schien. Harald sagte wenig, bei ihm eine Seltenheit. Normalerweise redete er ohne Punkt und Komma und meistens von sich selbst.

Ich wartete auf die Fragen, die mir dieser seltsame Engländer angeblich zum Biondo stellen wollte. Kurz vor dem abschließenden Espresso kam er dann zur Sache.

»Mein Freund Harald hat mir gesagt, dass Sie sich eingehend mit dem Biondo aus der Sammlung von Strate beschäftigt haben. Können Sie mir Näheres zu dem Gemälde sagen?«

Ich überlegte kurz. Die Ermordung des Professors hatte längst die Runde gemacht, nicht aber der Raub des Bildes. Was sollte ich Gregson sagen?

»Viel weiß ich auch nicht«, fing ich an, »aber demnächst hoffe ich auf einige Unterlagen aus dem Nachlass des Professors, die etwas mehr über die Provenienz und die Biografie des Künstlers aussagen.« Das war nur halb geschwindelt. Irgendetwas musste ich dem Mann ja erzählen. »Das Bild zeigt eine hübsche Flusslandschaft, was aber wohl Biondos Markenzeichen ist«, plapperte ich weiter. »Die meisten seiner bekannten Bilder zeigen Landschaften.« Damit ging mir mein Stoff auch schon aus. Doch Gregson fasste nach.

»Stimmt das Gerücht, dass sich dieses Bild einmal im Besitz der Medici befand und vor gut fünfhundertfünfzig Jahren gestohlen wurde? Jedenfalls hat mir dies ein italienischer Kunstkenner verraten.« Er lächelte kühl. Ich lief rot an.

»Nun ja«, stammelte ich. »Gerüchte gibt es viele, aber Beweise wenige. Und das liegt ja auch reichlich weit zurück.« Damit brach ich diese Unterhaltung ab, trank hastig meinen Espresso und sah auf meine Armbanduhr. »Wir sollten los!«, drängte ich.

Vom Deutschen Haus zum Museum war es ein Fußmarsch von knapp zehn Minuten, vorbei am Rathaus und an den Schloss-Arkaden. Vor dem Eingang stand bereits Ferdinand Wedel. Er begrüßte mich sehr herzlich, sprach Gregson nach Harald Frostauers Vorstellung auf Englisch an, wechselte aber sofort ins Deutsche, als er hörte, wie gut Gregson Deutsch beherrschte.

»Leider kann ich Ihnen den Biondo nicht zeigen«, sagte er nach einigen Begrüßungsfloskeln. »Aber wir haben glücklicherweise ein Plakat des Bildes und einige Fotos. Ansonsten dürfen Sie gerne im Magazin einen Blick auf die anderen Bilder werfen, die wir für die Ausstellung bereits gesammelt haben.«

Gregson wirkte enttäuscht. »Wirklich keine Chance, das Bild zu sehen? Nur für einen kurzen Eindruck?«

Wedel warf mir einen etwas hilflosen Blick zu. Er zählte zu den wenigen, die in den Diebstahl des Werkes eingeweiht waren. Wie Schumann dem jungen Kurator vermittelt hatte, bestünde ja noch Hoffnung, das Bild wiederzufinden. Aber bisher hatte sich noch niemand mit einer »Lösegeldforderung« gemeldet, weshalb ich vermutete, dass es inzwischen auf dem Schwarzmarkt gelandet war. Und dann bräuchte es schon einen ausgebufften Detektiv, um es wiederzufinden. Oder sogar Interpol. Allerdings bestand auch dann wenig Hoffnung, es wiederzubekommen. Aber ich wollte Wedel nicht vollends in die Depression treiben.

»Nein«, sagte er schließlich verlegen. »Tut mir sehr leid, aber das Bild ist unter Verschluss.«

Harald flüsterte mir zu: »Das ist sehr schade. Gregson wollte einen größeren Artikel schreiben.«

Ich zuckte mit den Achseln. »Ich habe es dir gleich gesagt. Aber vielleicht ist das Poster von dem Bild schon hilfreich.«

Wedel führte uns in die Magazinräume im Untergeschoss des Museums, das auf eine Gründung aus dem Jahr 1754 zurückgeht. Im Magazin lagerten in einem der mit modernster Technik gesicherten Räume die wunderbaren Braunschweiger Silbermöbel, in einem anderen Raum standen die ersten dreißig Bilder für die kommende Ausstellung. Zu den eigenen Beständen des Museums gehören Werke von Vermeer, Rembrandt, van Dyck, Rubens, Watteau und vieler anderer große Meister. Der Anspruch an die geplante Ausstellung im kommenden Jahr war dementsprechend hoch. Unter den bereits gelieferten Werken befanden sich ein Picasso, zwei Miró, mehrere Corinth, ein Boucher und ein Porträt aus der Werkstatt von Johann Heinrich Tischbein dem Älteren, im Übrigen eine Leihgabe meiner alten Freundin, der Baronin von Rödelshausen, Schlossherrin im Ith.

Im Vorfeld der Ausstellung waren schon mehrere Poster gedruckt worden, eines mit einer Aufnahme des Bildes von Il Biondo, basierend auf dem Foto, das ich bei meinem Besuch im Strate-Haus machen durfte. Die Farben wirkten zwar ein wenig blass, dennoch konnte man sich die Anmut dieses Gemäldes gut vorstellen. Ich verstand Gregsons Interesse für diesen so wenig bekannten Künstler. Er betrachtete das Plakat sehr genau, schien es in sich aufzusaugen. Mit einer ungewöhnlichen Intensität tastete sein Blick jede Ecke des Posters ab, als sei es das wirkliche Bild.

»Und das Original muss wirklich restauriert werden?«, fragte er schließlich.

Wedel errötete. »Ja, die Leinwand ist an einigen Stellen stark nachgedunkelt, und der Rahmen muss neu vergoldet werden.« Ich hatte ihm zu diesen Begründungen geraten.

Etwas an Gregsons Blick irritierte mich. Er schien dem jungen Kurator nicht zu glauben. Er runzelte die Stirn und sah mich an. »Sie kennen doch das Bild. Was sagen Sie dazu?«

Ich fummelte ein wenig nervös an meiner Blusenmanschette. »Na ja, es ist ein hübsches Beispiel für die Kunst um 1450. Biondo scheint ein sehr gutes Auge für ländliche Motive gehabt zu haben. Wenn Freeling sicher ist, dass es sich um ein Original handelt, dann hat Heinrich Strate damals wohl einen Coup gelandet.«

Gregson machte eine unwillige Handbewegung. »Nein, das meine ich nicht. Sie haben das Bild doch bei Strate angeschaut. Ist Ihnen daran nichts aufgefallen, was Sie stutzig gemacht hat?«

Ich sah ihn verwundert an. »Nein, außer dass an manchen Stellen die Farben durch die falsche Hängung nachgedunkelt sind …« Strate war, wie er in seinem Brief an mich beschrieben hatte, etwas an den Farben in den äußeren Ecken und am Rand des Bildes aufgefallen. Allerdings nicht, dass sie dunkler, sondern vielmehr dass sie verblasst erschienen. Das hatte ihn irritiert. Ich erinnerte mich an den Satz. »*… mir fiel auf, dass die Farbe an den Ecken irgendwie verschwommen beziehungsweise wie abgeschabt aussah.*« Aber das würde ich Gregson auf keinen Fall erzählen.

Gregson schüttelte den Kopf. Vorsichtig legte er das Plakat auf einen Tisch in der Mitte des Raums. »Es ist schade, dass ich nicht das Bild selbst sehen kann. Ein gutes Plakat, ja, aber es zeigt nicht die Feinheiten dieses Werkes. Und darüber möchte ich schreiben, um Biondo endlich seinen gebührenden Platz unter den Renaissancemalern zu sichern.« Er betrachtete das Plakat noch einmal nachdenklich. »Immerhin war er ein Zeitgenosse von Meistern wie Uccello. Wie der schon von mir zitierte italienische Kunstexperte andeutete, geht die Fama, dass außer dem Uccello um 1450 aus einem Medici-Palast auch ein Biondo geraubt wurde. Von dem Uccello weiß man dank einer alten Chronik, dass es sich wohl um eine frühe Version der Legende vom heiligen Georg handelt, wie er sie später noch mehrmals gemalt hat. Welcher Biondo aber damals verschwand, ist bis heute unklar.«

Offenbar hielt Gregson diese Fama für realistisch, da er nun schon ein zweites Mal darauf hinwies. Der Mann war nicht zu

unterschätzen. Er schien über eine Reihe von Informations-
quellen zu verfügen. Das machte ihn mir noch ein bisschen
suspekter.

Meine Basis waren die Aufzeichnungen von Stuart O'Sullivan,
nach denen der Biondo aus dem Besitz Klas Strates genau das
Gemälde gewesen sein musste, das erstmals im 15. Jahrhundert
zusammen mit dem Uccello entwendet worden war.

Ich schwieg. O'Sullivans unvollständige Schilderungen deu-
teten bestimmte Entwicklungen an, die auf ein Geheimnis hin-
wiesen. Am liebsten wäre ich selbst nach Schottland gefahren
und hätte mir Ivory Hall angesehen. In meiner allzeit lebhaften
Phantasie sah ich mich in die Kellergewölbe hinabsteigen und
hinter den uralten Mauern verborgene Familienschätze entdecken. Vielleicht aber hatte das von O'Sullivan erwähnte Eishaus
bei Warchester Castle in dieser Hinsicht mehr zu bieten. Doch
nach mehr als dreihundert Jahren würde man dort wohl ebenso
wenig auf verborgene Bilder stoßen wie in Ivory Hall. Trotzdem
hätte ich mich gerne vor Ort umgesehen. Manchmal wäre ich
gerne ein weiblicher Indiana Jones gewesen. Seine Abenteuer
endeten glücklicherweise immer glimpflich. Bei mir wäre ich
da nicht so sicher.

Ich war mittlerweile noch entschlossener, so bald wie möglich nach London zu reisen und dort mit Alexander Freeling
zu sprechen. Außerdem hätte ich Gelegenheit, in die National
Gallery zu gehen, in der British Library nach weiteren Dokumenten über die Warchesters zu suchen und meinen alten
Freund Harold Kingsley wiederzusehen. Unsere Telefonate ge-
rieten immer zu kurz, unsere Mails litten unter seinem Mangel
an Zeit. Und seit dem Brexit waren sie seltener geworden.

Ich spürte Gregsons Blick auf mir ruhen. Als ob der Mann
mich glatt durchschaute. Ich fröstelte.

Wedel wurde ungeduldig. »Es tut mir leid, aber Frau Bentorp
und ich haben noch eine Besprechung. Möchten Sie das Plakat
mitnehmen?« Er lächelte Gregson freundlich an.

Der nickte erfreut. »Ja, gerne. Das ist sehr freundlich von
Ihnen. Das hilft mir bei meiner Arbeit weiter.«

Der Kurator rollte das Plakat zusammen und steckte es in eine Pappröhre. Ich war indessen ein Stück tiefer in die Magazinräume gewandert. Regale um Regale mit Bildern, Möbeln, Besteck, Leuchtern. Eine unergründliche Schatzkammer. In einer dunkleren Ecke hinter einem breiten Tisch mit allerlei Werkzeug entdeckte ich eine Decke auf dem Boden, die dort nicht hinpasste. Vielleicht war darin irgendetwas eingewickelt gewesen, und man hatte sie vergessen. Ich wollte mich schon umdrehen und wieder weggehen, als ich etwas unter der Decke hervorlugen sah. Einen Schuh. Zaghaft trat ich näher an die bunt karierte Decke heran. Und wirklich, unter ihr ragte ein Herrenschuh heraus.

»Ferdinand!«, rief ich. »Ferdinand, komm mal bitte!« Meine Stimme klang schrill. Wedel eilte herbei. Ich deutete auf den Schuh. Wedel stutzte.

»Was ist das denn?«, fragte er. Dann stieß er mit seinem Fuß an den Schuh, der sich sachte bewegte und den Blick auf einen roten Socken freigab. Dabei verrutschte die Decke.

Zunächst sahen wir nur Beine in verwaschenen Jeans. Wedel zog an der Decke. Unter ihr kam eine Gestalt zum Vorschein. Sie lag auf dem Rücken. Das Gesicht war blutüberströmt, da dem Mann offensichtlich jemand mit einem schweren Gegenstand die Stirn zerschmettert hatte. Doch ich erkannte ihn trotzdem. Die lange, schmale Narbe am Kinn verriet ihn. Sie stammte von einem Fahrradunfall, den ich als Zeugin vor mehr als fünfundzwanzig Jahren selbst miterlebt hatte. Es war Rainer Herfurth, ein gefragter Restaurator – und ein alter Bekannter aus Studententagen und damals einige Zeit Christines fester Freund.

Das Geheimnis der Puppen

Knappe zehn Minuten später tauchte die Polizei auf, ein Krankenwagen fuhr vor, im Magazin des ehrwürdigen Museums wimmelte es plötzlich von Menschen. Frostauer, Gregson und ich saßen in einem Nebenraum und wurden von Kommissar Hermann Silvester und seiner Assistentin Mira Lobesam befragt. Gregson konnte nichts zu der Befragung beitragen; Harald Frostauer, dem der Schock sichtlich in den Gliedern saß, gab an, dass er den Toten flüchtig gekannt hatte. Ich identifizierte Herfurth und sagte, dass er ein Kommilitone von mir gewesen sei, ich ihn aber in den letzten Jahren nur sehr sporadisch gesehen hatte. Silvester nahm meine Aussage zu Protokoll, die durch Herfuths Personalausweis und seine Brieftasche in der Hosentasche bestätigt wurde. Seit einigen Monaten hatte er offenbar wieder in seiner Geburtsstadt Hannover und nicht mehr in Berlin gewohnt, wo er meines Wissens geraume Zeit gelebt und gearbeitet hatte. Wie zu erwarten fehlte sein Handy.

Ferdinand Wedel war völlig durch den Wind. Mit käsebleichem Gesicht informierte er Silvester darüber, dass er am späten Nachmittag mit Herfurth verabredet gewesen sei.

»Um was sollte es da gehen, und wann genau sollte der Termin stattfinden?« Der Braunschweiger Kommissar, genauer gesagt der Kriminaloberkommissar, mochte Anfang fünfzig sein, ein mittelgroßer, ein wenig fülliger Mann mit Halbglatze und freundlichen braunen Augen hinter dicken Brillengläsern.

Wedel zückte seinen Terminkalender. »Unser Treffen sollte um siebzehn Uhr dreißig sein. Herfurth plante, einige der Bilder für unsere Ausstellung ›Schätze aus privater Hand‹, die im kommenden Jahr stattfindet, zu begutachten. Er hätte einen größeren Auftrag bekommen. Heute wollten wir die Frage klären, ob er das Werk eines deutschen Porträtmalers aus dem frühen 19. Jahrhundert, das schon geliefert worden ist, mit nach Hannover in seine eigene Werkstatt nehmen oder hier in Braunschweig daran arbeiten sollte.« Er hielt erschöpft inne, wischte sich mit einem Papiertaschentuch über die Stirn und schwankte. Silvester stützte ihn. Eine freundliche Geste, die auch Schumann zuzutrauen gewesen wäre. Zwei vom gleichen Schlag, dachte ich.

Der Gerichtsmediziner beendete inzwischen die erste Untersuchung mit einer Stellungnahme. »Die Todesursache ist, soweit erkennbar, ein Schlag auf den vorderen Teil des Schädels, der zu schweren Hirnblutungen geführt hat. Todeszeitpunkt nach Zustand der Totenstarre etwa vor anderthalb bis zwei Stunden. Die Tatwaffe kann vieles gewesen sein, von einem Hammer bis hin zu einer Bronzevase. Der Täter hätte hier im Magazin eine recht große Auswahl gehabt.« Er wandte sich zu mir. »Frau Bentorp, ich kenne Kommissar Schumann gut und habe früher in Stade für ihn gearbeitet. Und mein Kollege Emil Sauerwein in Hannover war ein Kommilitone von mir.«

Als er merkte, dass ich etwas ratlos dreinschaute, lächelte er. »Ich heiße Christian Pauli. Grüßen Sie Schumann bitte von mir. Ich werde ihn kontaktieren und auch Sauerwein informieren. Da Herfurth in Hannover lebte, könnte es sein, dass wir ihn an die dortige Gerichtsmedizin überführen.« Zu Silvester sagte er: »Wir nehmen die Leiche jetzt mit. Die Spusi hat hier noch einiges zu tun.«

Silvester wandte sich an mich. »Sie kannten ja den Toten. Können Sie uns noch etwas Näheres zu ihm sagen?«

Ich hatte Mühe, mich zu konzentrieren. Die zweite Leiche innerhalb weniger Tage, die ich entdeckt hatte. Erst im Hotel bei Hannover, jetzt in Braunschweig. Und dann auch noch im Magazin des Museums! Nach einigen eher ruhigen Jahren stolperte ich nun wieder über Leichen wie in meinen früheren Abenteuern. Es war wie ein Fluch. Was hatte Herfurth hier unten zu suchen gehabt? Er war doch offenbar erst viel später mit Wedel verabredet gewesen. Wollte er die Bilder im Alleingang betrachten, ungestört und in aller Ruhe?

»Nun?« Silvester wartete auf eine Antwort.

»Ja, ich kannte Rainer Herfurth, aber nicht sehr gut. Wir

haben zusammen studiert, und er war vor vielen Jahren mit einer engen Freundin von mir liiert.« Etwas hielt mich davon ab, näher auf Christine einzugehen, mit der Rainer etwa zwei Jahre zusammen gewesen war. »In letzter Zeit habe ich ihn selten gesehen, wusste aber, dass er für die erwähnte Ausstellung ›Schätze aus privater Hand‹ einige Bilder restaurieren würde. Ich dachte, er lebt in Berlin. Dass er inzwischen in Hannover wohnte, wusste ich nicht. Aber wie gesagt, wir hatten kaum mehr Kontakt.«

Silvester sah mich prüfend an. »Wann genau haben Sie ihn zuletzt gesehen?«

»Vor gut zwei Jahren, aber nicht privat, sondern im Rahmen der Wiedereröffnung einer Berliner Galerie, für die ich einige Gutachten erstellt hatte.«

Doch da fiel mir plötzlich ein, dass ich während Strates Beerdigung für den Bruchteil einer Sekunde geglaubt hatte, Herfurth inmitten der Trauergäste zu erblicken. Als ich genauer hinsah, war er nicht mehr da.

»Es kann sein«, ergänzte ich, »dass ich ihn vor Kurzem bei der Beerdigung von Professor Strate in Hannover gesehen habe. Aber das war keine Begegnung, nur ein flüchtiger Augenblick. Er hat mich wohl auch nicht wahrgenommen.« Vielleicht hatte Herfurth geplant, bei der Beerdigung seines alten Professors Christine wiederzusehen. Doch das war nur eine Vermutung. Beim Empfang nach der Trauerfeier hatte ich ihn nicht bemerkt.

»Rainer Herfurth hatte seit einigen Monaten wieder eine Wohnung und ein Atelier in Hannover«, sagte Silvester. »Davor hat er mehrere Jahre in Berlin gelebt und dort vor allem für die Nationalgalerie und die Galerie Rieper gearbeitet.«

»Woher wissen Sie das?« Ich war überrascht, dass der Kommissar so schnell an Informationen über Herfurth gekommen war.

»Digitales Zeitalter«, erwiderte er mit einem leichten Lächeln.

Silvester entließ Frostauer, Gregson und mich, unterhielt sich aber noch weiter mit Ferdinand Wedel.

Gregson verabschiedete sich von mir mit den Worten: »Ich hoffe, Sie in Hannover zu sehen. Waren Sie nicht auch gestern bei diesem Antiquitätenladen? Da muss ich morgen noch etwas abholen. Vielleicht können wir uns dort treffen. Ich habe noch einige Fragen an Sie.«

Harald Frostauer wirkte bedrückt. Kein Wunder. »Schrecklich«, sagte er. »Strate, Christine und nun Herfurth. Das kommt mir so surreal vor. Drei Tote, die ich gekannt habe. Was ist bloß los? Diese drei Todesfälle müssen irgendwie miteinander verbunden sein. Alle drei Toten hatten ja mit Kunst zu tun.« Er sah mich hilflos, fast verzweifelt an.

Frostauer mochte vieles sein, aber nicht dumm. Ich nickte und versprach ihm, dass wir uns demnächst in Hannover sehen würden. Er tat mir plötzlich leid. Eigentlich war er ja kein übler Typ, nur meist unerträglich besserwisserisch und eitel. Heute aber hatte er sich von einer anderen Seite gezeigt, eher zurückhaltend und schweigsam. Ihn schien etwas zu beschäftigen.

Inzwischen waren Rüdiger Wegener und seine Kollegin Frieda Rietmüller aufgetaucht. Eigentlich wäre jetzt unser Termin zu viert. Doch daraus würde nichts werden. Das Museum war abgesperrt, im Magazin agierte noch die Spusi, und der Gerichtsmediziner packte gerade erst seine Instrumente zusammen.

Frieda Rietmüller schien erschüttert. »Herfurth wollte nachher auch noch mit mir sprechen. Er hatte eine Idee für einen Flyer«, stammelte sie.

Wegener dagegen wirkte unbeteiligt. »Ich kannte ihn nur flüchtig«, sagte er. »Ein guter Restaurator, aber wir hatten kaum etwas miteinander zu schaffen.« Seine Stimme klang völlig emotionslos. Und schon war es wieder da, dieses Kribbeln, das meine irische Freundin Deirdre einmal als eine Art »von sechstem Sinn« bezeichnet hatte. Weshalb glaubte ich Wegener nicht? Weil ich ihn nicht besonders mochte? Oder weil in seinen Augen etwas lag, das ich nicht definieren konnte?

Wegener merkte, dass ich ihn skeptisch ansah. »Frieda und Ferdinand waren seine Ansprechpartner, ich bin ja mehr für die Öffentlichkeitsarbeit zuständig«, bemühte er sich zu erklären. »Heute wollte er etwas länger bleiben, um schon mal einen Blick auf die Bilder zu werfen, die er restaurieren sollte. Übrigens stand der Biondo auch auf seiner Liste.«

Wegener und Frieda Rietmüller gehörten zu meinem Bedauern offensichtlich zu dem kleinen Personenkreis, der von dem Verschwinden des Bildes wusste. Aber da sie mit der Organisation der Ausstellung befasst waren, erschien das unumgänglich.

Wegener zuckte mit den Schultern. »Ich hätte heute auch mit ihm reden und ihm irgendwie erklären müssen, dass der Biondo derzeit nicht hier ist. Bin gespannt, wann wir endlich offen darüber reden dürfen, dass das Bild gestohlen wurde und sogar auf Dauer verschwunden sein könnte. Eine ungute Situation. Aber weshalb ist Herfurth umgebracht worden? Ich kann mir darauf keinen Reim machen.«

Ich stimmte ihm zu. Die Ermordung des Restaurators erschien mir noch sinnloser als Strates Tod. Wer hätte ein Interesse daran haben können? Und noch dazu hier im Museum? Der Täter musste sich in dem Gebäude auskennen und ein zwingendes Motiv gehabt haben, Rainer Herfurth hier zu treffen und zu töten. Schumann würde sicher fragen: »Geschah das im Affekt oder geplant?«

Kommissar Silvester hatte wohl auch darüber nachgedacht und äußerte laut den Verdacht, dass der Täter mit Herfurth verabredet gewesen sein musste. »Diese unteren Räume eignen sich bestens für ein geheimes Treffen. Nur Kunstwerke, kaum mal ein Mensch da unten. Ideal für ein Gespräch unter vier Augen. Und ideal für einen Mord. Die Frage bleibt noch offen, ob die Tat spontan ausgeübt wurde oder der Mörder sich bewusst diesen Ort für sein Verbrechen ausgesucht hat. Gewiss hat er nicht damit gerechnet, dass die Leiche so rasch entdeckt werden würde.«

Mira Lobesam grätschte dazwischen. »Ich tippe auf eine geplante Tat. Da musste der Täter nicht mal eine Waffe mitbringen. In dem Magazin liegt genug Zeugs herum.« Ihre Wangen glühten vor Eifer. Nach einer Sekunde fügte sie hinzu: »Die Alternative wäre natürlich, dass sich die beiden verabredet haben und es zu einem Streit mit tödlichem Ausgang kam. Vielleicht ist Herfurth gestoßen worden und unglücklich auf den Kopf gestürzt. Der andere geriet in Panik und hat die Leiche zu verstecken versucht.«

Gerichtsmediziner Christian Pauli schüttelte den Kopf. »Das war kein Unfall. Dieser Schlag ist sehr gezielt gesetzt worden. Aber mehr dazu später.« Damit nahm er seine Tasche und verließ den Raum.

Kommissar Silvester bemerkte plötzlich, dass ich immer noch in seiner Nähe stand und auch Wedel, Wegener und Frieda Rietmüller im Raum waren. »Sie können jetzt gehen. Wenn es noch Fragen gibt, dann melde ich mich.« An mich gewandt sagte er: »Auch wenn der Täter ausreichend Zeit hatte zu verschwinden, ehe Sie hier aufgetaucht sind, war das eine recht gewagte Aktion. Mal sehen, ob die Kameras in der Eingangshalle uns weiterhelfen.« Silvester sah mich freundlich an. »Sie sollten jetzt nach Hannover zurückfahren. Ich habe Ihre Daten, und zur Not kann ich Sie ja immer noch über Hans Schumann erreichen.« Er blinzelte mir zu, was ich ein wenig unpassend fand. Woher wusste dieser Braunschweiger Kommissar, dass ich Schumann recht gut kannte? Doch ehe ich lange grübeln konnte, fügte er hinzu: »Ihre Abenteuer mit unserem verehrten Kollegen sind uns wohlbekannt. Schumann und ich waren zusammen auf der Polizeischule und haben uns nie ganz aus den Augen verloren.« So einfach also war die Erklärung.

Ich ging zu Wedel und sagte: »Lassen Sie uns einen neuen Termin vereinbaren. Vielleicht gibt es bis dahin sogar Neuigkeiten vom Biondo.« Ich hoffte immer noch unterschwellig, dass eine Lösegeldforderung auftauchen würde. Dann gäbe es eine Chance, das Bild wiederzuerlangen. Aber im Grunde ahnte ich, dass mein Optimismus auf tönernen Füßen stand.

Wedel schüttelte mir ausgiebig die Hand. »Ein Fluch liegt über dieser Ausstellung«, murmelte er. »Erst Strates Tod, dann Frau Windstetten ermordet, jetzt Rainer Herfurth, und das Bild bleibt spurlos verschwunden. Ich glaube nicht mehr, dass wir jemals in die Startlöcher kommen.«

»Sie haben noch ein ganzes Jahr«, brummte Wegener. »Bis dahin kann noch viel geschehen, und ehrlich gesagt lieben die Medien solche dramatischen Hintergrundgeschichten. Das wird der Ausstellung nichts schaden. Die kann mit oder ohne den Biondo über die Bühne gehen.« Er nickte mir kurz zu und ging die Treppe hinauf ins Erdgeschoss. Wir anderen folgten. Ich wollte noch kurz in den Museumsshop und verabschiedete mich von Wedel, der es plötzlich eilig hatte und sich Wegener und Frieda Rietmüller anschloss.

Ich liebe Museumsshops und kaufe meist kleine Kühlschrankmagnete mit Fotos von Kunstwerken. Die perfekte Ablenkung von meinen düsteren Gedanken an Mord und Kunstraub. Als ich gerade zwei recht hübsche Magnete ausgewählt hatte, einen mit Vermeers »Das Mädchen mit dem Weinglas«, der andere mit Rembrandts »Braunschweiger Familienbild«, brummte mein Handy. Eine Nachricht von Richard.

»Komm bitte in mein Geschäft, sobald Du wieder in Hannover bist!« Kurz und bündig, wie es seine Art war. Ich schickte ihm eine Nachricht zurück: »Etwas Schreckliches ist passiert. Rainer Herfurth wurde im Braunschweiger Museum ermordet aufgefunden.« Keine zwanzig Sekunden später antwortete Richard: »Verdammt! Das ist sehr übel. Ich kannte ihn. Er gehörte zu unserer Truppe.«

Also noch einer, der Opfer dieser Aktion gegen den illegalen Kunsthandel geworden war. Zumindest hielt ich diese These für wahrscheinlich. Herfurth hatte dank seiner Arbeit einen guten Zugang zu Museen und Händlern gehabt und die Sachkenntnisse für diesen Job besessen. Und hatte sich wie Christine zu weit vorgewagt, wie ich glaubte. Wo war ich da hineingeraten? Es gab so viele lose Fäden in diesem Fall. Die drei Morde, das Rätsel um den Biondo, das unvollständige Dokument von Stuart O'Sullivan. Wo könnte sich der Rest des Dokuments befinden? Ich musste noch einmal in Strates Haus, mich gründlicher umschauen. Ernestine war mit den Auf- und Ausräumarbeiten sicherlich noch nicht fertig und könnte mich ins Haus lassen. Und ich fragte mich, ob die gute Ernestine, die seit mehr als vierzig Jahren bei der Familie Strate angestellt gewesen war, vielleicht irgendetwas gesehen hatte, was mit dem Tod ihres Arbeitgebers und dem geraubten Bild zu tun haben könnte – ohne das zu realisieren.

Ich kam eine knappe Stunde später in Hannover an und nahm ein Taxi zu Richards Geschäft. Richard stand in seinem hell erleuchteten Laden hinter der Tür, an der ein Schild mit der Aufschrift »Geschlossen« hing. Er riss die Tür auf und zog mich hinein. Ohne mich zu begrüßen, zerrte er mich zu den Stühlen mit den beiden Puppen.

»Was ist denn los?« Ich fühlte mich überrumpelt. »Was hast du denn?«

Er antwortete nicht, sondern hob eine der beiden Puppen von ihrem Sitz, nahm ihr den Pompadour-Beutel vom Arm und drückte ihn mir in die Hand. »Sieh nach!«, sagte er mit belegter Stimme.

Ich öffnete die Seidenkordel, mit der das Täschchen zugeschnürt war, und öffnete es. Darin lag ein USB-Stick. Verdutzt nahm ich ihn in die Hand. »Wo kommt das denn her?«, fragte ich.

Richard antwortete nicht, sondern nahm die zweite Puppe, öffnete deren kleine Tasche und schüttelte einen zweiten Stick auf seine Hand. Perplex starrte ich die beiden Sticks an.

»Was hat das zu bedeuten? Waren die schon länger in diesen Beuteln?«

Richard knurrte unwillig: »Natürlich nicht! Wieso sollte ich USB-Sticks in Puppentaschen aufheben? Du kennst diese Puppen doch. Sie saßen in dem alten Schrank auf dem Dachboden von Schloss Hammelsberg.« Er sah auf die stillen Puppengesichter herab. »Nein, die Puppen haben diese Taschen erst vor drei Wochen von mir umgehängt bekommen. Die Idee stammte von …«

Er hielt inne. Seine Augen weiteten sich. »Donnerwetter noch mal! Die Idee kam von Christine, die an dem Tag bei mir im Laden war und meinte, dass den beiden Mädels etwas fehlen würde. Sie ist nach hinten in den Laden gegangen, wo ich allerlei Accessoires in diversen Kartons aufbewahre, Spiegel, Taschen, Gürtel, Tücher. Sie kramte die beiden Taschen heraus und hängte sie den Puppen an die Arme. ›Jetzt sehen sie richtig schick aus‹, sagte sie.«

»Du glaubst, dass Christine die Pompadour-Beutel geholt hat, um darin diese beiden USB-Sticks zu verstecken?«

»Es kann nur Christine gewesen sein. Wer käme denn sonst in Frage? Sie war schon früher in meinem Geschäft und hat die Puppen natürlich gesehen. Ziemlich originelles Versteck, muss ich sagen. Diese Sticks könnten wichtig für den Fall sein.«

Richard setzte die Puppen zurück auf die Stühle. »Ich habe die beiden nicht weiter beachtet. Sie gehören längst zum Inventar meines Ladens. Ich wollte sie eigentlich nicht verkaufen. Bis dieser Engländer kam und mir einen so guten Preis geboten hat, dass ich nicht widerstehen konnte. Ehrlich gesagt habe ich mich kurz gewundert, dass ein englischer Sammler in Deutschland Puppen für sein Museum kaufen lässt. Doch es gibt ja reichlich verrückte Typen auf der Welt –«

Ich unterbrach ihn. »Ich habe den Mann kennengelernt, der bei dir im Geschäft war und die Puppen kaufen will. Robin Gregson ist ein Bekannter von Frostauer und war heute in Braunschweig dabei. Ein seltsamer Typ. Ich traue ihm nicht.«

Richard strich seinen beiden Porzellanmädchen sanft über die Köpfe. »Du könntest recht haben. Mir war er auch nicht ganz geheuer. Aber ich habe nicht weiter darüber nachgedacht. Heute Nachmittag wollte ich die Puppen für ihn zurechtmachen und habe dabei diese USB-Sticks entdeckt. Gregson will sie morgen abholen.«

Er betrachtete die beiden Sticks in seiner Hand. »Ich bin mir sicher, dass Robin Gregson das Geheimnis der Puppen kennt, Anna. Und das kann er nur von Christine erfahren haben.«

Schumann wird aktiv

Der Kommissar sah Richard und mich sorgenvoll an. Er saß am Schreibtisch in seinem Büro und äußerte seinen Unmut über unsere Geschichte erst einmal mit einem Kraftausdruck, ehe er sagte:

»USB-Sticks in Puppenhandtaschen! Das klingt ehrlich gesagt nach einem Hollywood-Spionagefilm.« Die Sticks samt den Puppentäschchen lagen vor ihm auf dem Tisch. Daneben sein Kaffeebecher mit der Aufschrift »Hannover first«.

Die Uhr der fernen Marktkirche hatte gerade neun geschlagen. Ziemlich früh für eine Audienz bei Schumann. Doch das Treffen war von ihm ausgegangen. Er hatte am gestrigen Abend genau in dem Moment angerufen, als ich mich mit Richard vor den Laptop setzen wollte, um den Inhalt der Sticks durchzusehen.

»Wäre schön, wenn du morgen früh vorbeischauen könntest«, hatte er gesagt.

»Ist es mal wieder dringend?«, fragte ich ein wenig spitz. Diese ständigen Aufforderungen, ins Präsidium zu kommen, begannen mich zu nerven.

»Wie man's nimmt«, lautete seine kryptische Antwort.

Ich bat Richard, mich zu begleiten und Schumann die Sticks mit mir gemeinsam auszuhändigen.

»Schumann muss sie sehen! Wir können nicht schon wieder hinter seinem Rücken Detektiv spielen.«

Richard stimmte mir überraschenderweise zu. »Du hast recht. Wir sollten sie wirklich mit ihm zusammen ansehen«, sagte er. »Vielleicht hilft es bei der Lösung des Falls.«

»Und was machst du mit Gregson?«, fragte ich.

Er grinste. »Er wollte gegen Mittag kommen. Mal abwarten, ob er die Puppen noch möchte, wenn er sieht, dass die Beutel weg sind.« Er schien sich blendend zu amüsieren und malte sich offenbar schon Gregsons verdutztes Gesicht aus.

»Das bringt uns aber nicht weiter«, sagte ich streng. »Wir müssen erfahren, woher er wusste, dass die Sticks in den Puppentaschen sind. Offenbar kannte er Christine gut. Sie muss es ihm erzählt haben. Was war ihre Verbindung, und wer ist dieser Mann wirklich? Eigentlich sollte Schumann im Laden statt deiner auf ihn warten und ihm diese Fragen stellen.«

»Aber ich möchte zumindest dabei sein.« Richard schaltete auf stur. Er hatte die beiden Beutel auf eine Kommode gelegt. Die Sticks wollte er am nächsten Morgen zum Kommissariat mitbringen.

»Vergiss die hübschen Taschen nicht!«, bat ich ihn. Er lächelte und steckte die Sticks wieder in die Beutel. »Und bitte schau dir die Sticks nicht schon vorher heimlich alleine an«, ermahnte ich ihn. So ganz traute ich ihm nicht. Da lag wieder dieser Ausdruck in seinen Augen, den ich von früher kannte. Richard war manchmal recht draufgängerisch und hielt sich nicht gerne an Regeln. Das Warten fiel mir allerdings in diesem Fall auch schwer. Ich brannte vor Neugierde.

»Nein, ich verspreche dir, mich zu disziplinieren.« Richard blickte mich mit seinem Basset-Blick an, als könnte er kein Wässerchen trüben.

Am Abend bekam ich noch einen Anruf von Wedel, der mir berichtete, dass die Polizei bis zum Spätnachmittag im Museum gewesen sei, aber nicht viel Neues herausbekommen habe. Todesursache: schweres Schädelhirntrauma, Tatort: das Magazin, allerdings wohl einige Meter vom Fundort der Leiche entfernt. Dort hatte die Spurensicherung Blutspritzer entdeckt. »Der Täter hat die Leiche dann in der Decke, die irgendwo im Magazin herumlag, durch den Raum gezerrt und in dieser dunklen Ecke abgelegt. Die Tatwaffe ist bisher nicht gefunden worden. Im Magazin stehen zwar einige schwere Gegenstände, doch keiner von ihnen kommt in Frage. Sie sind alle sauber. Wobei ich eine Checkliste aufstellen werde, denn ich befürchte, dass ein Leuchter verschwunden ist.«

An diesem Abend fand ich lange keine Ruhe. Ich grübelte ständig über die wahre Identität des obskuren Engländers nach, über seine Verbindung zu Christine und darüber, was er im Schilde führte. Gegen zehn Uhr abends rief ich Frostauer an. Er klang erstaunlich munter.

»Nein, ich weiß nicht viel über Gregson. Er arbeitet für diverse Kunsthäuser und hat im Fernsehen ähnliche Auftritte absolviert wie dein Freund Richard. Die Show, für die er arbeitet, heißt ›Money for More‹, ist wohl das Vorbild für ›Gutes für Geld‹. Vor allem schreibt er Beiträge für Magazine. Er ist übrigens sofort, nachdem wir wieder in Hannover waren, in sein Hotel gegangen. Hat behauptet, sich gleich an den Artikel zu setzen.«

Hatte Gregson wirklich nicht gewusst, dass der Biondo, nach dem er intensiv gefragt hatte, verschwunden war? Falls er mit Christine in Verbindung gestanden hatte, dann musste ihm doch klar gewesen sein, dass der Biondo gar nicht im Braunschweiger Museum sein konnte. Was sollte also diese Charade? Dass Christine schon davon gewusst hatte, lag an ihrer Undercover-Funktion. Vielleicht war sie sogar selbst in den Diebstahl involviert gewesen, um zu beweisen, dass sie es mit ihrer Arbeit für diese Organisation ernst meinte. Verdammte Undercover-Aktion!

Nach meinem Morgenkaffee am nächsten Tag ging es mir besser, und ich fühlte mich gewappnet für meinen erneuten Besuch bei Schumann. Richard wartete schon vor dem Präsidium auf mich. »Gregson hat heute früh angerufen. Er wirkte sehr unruhig und wollte die Puppen sofort abholen. Ich habe ihn auf mittags vertröstet wie ursprünglich verabredet.«

Schumanns Reaktion auf die Geschichte mit den Sticks in den Pompadour-Beuteln fiel so aus, wie ich es von dem eher nüchternen Kommissar erwartet hatte. Tatsächlich hob Richard gerade an, etwas zu sagen, als Schumann mit leicht sarkastischem Ton bemerkte: »Das ist eine angenehme Überraschung, dass ihr diese USB-Sticks zu mir bringt und sie nicht heimlich im stillen Stübchen enträtselt. Ihr könnt mir gleich mehr dazu sagen. Ich muss erst etwas anderes mit euch bereden.«

Er sah uns abwechselnd an, dann begann er: »Wir stehen noch immer vor einem Rätsel, welche Rolle Christine Windstetten in diesem Fall spielt. War sie Mitwisserin des Diebstahls, hat sie sogar mitgewirkt? Warum ist sie spurlos verschwunden und im Hotel Mercedes untergetaucht? Alles noch offene Fragen.«

Ich merkte, wie Richard nervös wurde. Jetzt hätte er Schumann eigentlich erzählen müssen, dass Christine, genau wie er, für eine privat organisierte Gruppe von Kunsthändlern gearbeitet hatte, die auf etwas unorthodoxe Art versuchte, einem Schwarzmarktring auf die Schliche zu kommen. Wahrscheinlich hätte der Kommissar verständlicherweise ähnlich reagiert wie ich, als Richard mir das anvertraut hatte. Aber auf jeden Fall hätte es für ihn manches erklärt. Ich sah Richard an. Warum sagte er nichts?

Schumann wandte sich an Richard. Sein Ausdruck hätte Richard warnen sollen. »Ich habe gestern einen interessanten Anruf bekommen. Aus Hamburg von einem Mann, dessen Namen ich nicht nennen möchte. Er hatte von Christines Tod erfahren und mir einiges erzählt. Er kannte sie recht gut, und jetzt, mein lieber Richard, wüsste ich gerne, wann du mir endlich gesagt hättest, dass du mit Christine zusammengearbeitet hast.«

Richards zunächst bemüht nonchalanter Gesichtsausdruck wirkte schon beinahe komisch. Doch dann wurde er rot, danach blass, und schließlich murmelte er: »Ich hätte es dir schon noch gesagt.«

»Aber wann?« Schumann sah ihn fast verächtlich an. »Geheimniskrämerei und mit Recht Angst vor den Konsequenzen. Wie dumm kann man sein? Ihr habt euch auf ein gefährliches Terrain begeben. Ich bin froh, dass ich jetzt davon weiß. Im Grunde könnte ich dich wegen Behinderung unserer Ermittlungen festnehmen. Du hast uns wichtige Informationen vorenthalten. Weil das aber nichts bringt, sollten wir lieber gemeinsam versuchen, den Hintermännern dieser Morde und des Raubs auf die Spur zu kommen. Strates und Christine Windstettens Tod sind schon tragisch genug, und jetzt noch dieser Herfurth, der gestern in Braunschweig ermordet wurde. Ein weiteres Opfer. Falls die Drahtzieher tatsächlich mit diesem ominösen Schwarzmarktring zu tun haben, dann wäre ihre Enttarnung ein doppelter Erfolg. Die berühmten zwei Fliegen mit einer Klappe.«

Richard nickte sichtbar erleichtert. Auch mir fiel ein Stein von der Seele.

»Okay, das hätten wir jetzt hoffentlich fürs Erste geklärt. Aber ab jetzt keine Alleingänge mehr!«, sagte Schumann erstaunlich forsch. »Nun zurück zu Christines Tod. Wir haben die Kameras ausgewertet, die in der Lobby des Hotels angebracht sind. Die vom Parkplatz brauchen leider immer noch einige Zeit.« Er öffnete ein Programm und drehte den Bildschirm in unsere Richtung. »Erkennt ihr irgendjemanden?«

Dass er Richard involvierte, freute mich. Aber Schumann war stets für Überraschungen gut.

Graue Gestalten bewegten sich durch das Foyer. Plötzlich tauchte Christine auf. Sie hatte eine Reisetasche und eine Laptoptasche dabei. Die Uhrzeit auf der Aufnahme zeigte 14.05 Uhr. Zielstrebig ging sie zum Concierge, ließ sich einen Schlüssel aushändigen und verschwand in einem der Aufzüge. 14.09 Uhr. Danach zeigten die Aufnahmen etliche Menschen, die eincheckten oder durch die Halle eilten. Gegen 15.30 Uhr schob sich eine Gestalt durch den lichtdurchfluteten Hoteleingang, die den Kopf gesenkt hielt und versuchte, unauffällig zu den Aufzügen zu gelangen.

Schumann fror die Szene ein und zeigte darauf. »Sieht so aus, als ob er versucht, sich an der Kamera vorbeizumogeln.«

Richard und ich starrten die Figur im Regenmantel an. »Verdammt noch mal«, rief Richard. »Das ist doch Robin Gregson!«

»Du hast recht«, stimmte ich ihm zu. Zumindest ähnelte diese Person von ihrer Haltung her und auch aufgrund des hellen Regenmantels dem mysteriösen Engländer.

»Robin Gregson?« Schumann sah uns fragend an.

»So heißt der Engländer, der bei mir die beiden Puppen aus

dem Ith kaufen möchte. Deswegen sind wir ja heute zusammen hergekommen.« Richard deutete auf die Sticks. »Gregson kannte Christine offensichtlich. Er hat mit ihr irgendeinen Deal gehabt. Sie muss ihm erzählt haben, dass sie diese beiden USB-Sticks in den Puppentaschen versteckt hat. Ich habe die Sticks nur durch Zufall gefunden.«

Ich ergänzte Richards Erläuterungen. »Gregson war mit Frostauer gestern in Braunschweig. Wir haben uns dort getroffen und sind nach dem Essen ins Museum gegangen, wo ich im Magazin den toten Herfurth entdeckt habe. Gregson war dabei.« Mir fiel es schwer, über Herfurth zu sprechen. Richard drückte kurz meine Hand.

Schumann warf mir einen Blick zu. »Ich weiß, dass du Herfurth entdeckt hast. Mein Braunschweiger Kollege Silvester hat etwas von einem Engländer gesagt, aber diesen Gregson nicht namentlich erwähnt. Frostauers Name fiel zwar, aber ihr seid ja alle nicht verdächtig. Herfurth wird heute nach Hannover in die Gerichtsmedizin überführt. Jetzt ist das auch offiziell unser Fall, wobei wir allerdings mit Silvester zusammenarbeiten.«

Er hob den Hörer und wählte eine Nummer. »Brink? Wir haben eine Spur im Fall Windstetten. Kommen Sie bitte zu mir.« Wenig später erschien Schumanns unermüdlicher Assistent etwas außer Atem.

»Wie wäre es, wenn wir Gregson gemeinsam in meinem Geschäft erwarten?«, sagte Richard. »Er wollte gegen Mittag kommen, um die Puppen abzuholen.«

»Sehr gut. Das hätte ich auch vorgeschlagen.« Schumann sprang so rasch auf, dass sein Schreibtischstuhl heftig ins Wanken geriet. Ich staunte, wie agil der meist so behäbige Hans Schumann sein konnte.

»Sollten wir nicht erst einmal schauen, was auf den Sticks ist? Wir haben noch viel Zeit, bis Gregson kommt.« Ich konnte meine Neugierde kaum mehr zügeln.

Schumann nickte »Da hast du recht.« Er wandte sich an Brink. »Bitte versuchen Sie etwas über einen gewissen Robin Gregson herauszubekommen. Zur Not über London. Inspector

Ben Griffins bei New Scotland Yard ist ein alter Bekannter von mir.« Zu uns sagte er: »Dann mal los!«

Schumann ließ sich auf seinen Stuhl fallen, der erneut zu schlingern begann. Als er sah, dass sein Assistent noch immer im Zimmer stand, wurde er unwillig. »Brink, Sie sollten etwas über diesen Gregson herausfinden. Was gibt es denn so Wichtiges, dass Sie hier noch herumlungern?«

Der gute Brink, stets die Ruhe in Person, ging nicht auf den ungehaltenen Ton ein. »Ich kümmere mich gleich um diesen Gregson. Aber«, er sah Schumann an, »Frau Bentorp hat doch das Foto mit diesem Biondo und der Nachricht von Frau Windstetten sozusagen nach deren Tod bekommen. Und wir konnten uns keinen Reim darauf machen, aber ich sollte mich ja um das Handy kümmern, von dem diese mysteriöse Nachricht stammte.« Brink blickte Schumann erwartungsvoll an.

»Ja?« Schumann hörte nur mit halbem Ohr zu und steckte einen der beiden USB-Sticks in den Computer.

»Jetzt kommt's! Das Bild mit der Nachricht hat Frau Windstetten selbst geschickt«, platzte es aus Brink heraus.

»Wie bitte? Wie kann eine Tote eine Nachricht senden? Glauben Sie an Geister?« Schumann wirkte indigniert.

Aber Brink ließ sich nicht erschüttern. »Die Nachricht stammt von einem Prepaid-Handy, nicht von ihrem eigentlichen Handy, wie wir uns ja schon gedacht hatten. Bei meinen Recherchen habe ich mich intensiver mit der Nachbarin von Frau Windstetten befasst, Alma Raventlow. Nach deren Aussage war Christine Windstetten in letzter Zeit häufig nicht in Hildesheim. Am Tag ihrer Ermordung aber kam sie morgens mit einem dicken Umschlag zu ihr. Den hat sie Frau Raventlow in die Hand gedrückt und gesagt, sie möge, falls sie sich an demselben Tag nicht mehr bei ihr melden würde, ihn bitte am nächsten Tag öffnen und der Anweisung auf dem beigefügten Zettel folgen. Frau Windstetten schien nervös. ›Wenn Sie nichts von mir hören, dann machen Sie das bitte für mich‹, betonte sie. Alma Raventlow hat nichts hinterfragt, da sie, wie sie sagte, schon so manche seltsame Erfahrung mit ihrer Nachbarin gemacht hatte. Sie hielt das Ganze allerdings eher für einen Scherz. Weil sie ihre Nachbarin sehr mochte, hat sie sich aber an die Anweisungen gehalten.«

Brink sah Schumann ein wenig verschüchtert an, denn dessen Miene zeigte keinerlei Reaktion auf seinen Erzählfluss.

»Na, weiter!«, drängte Schumann seinen Assistenten. Der kratzte sich an der Nase und fuhr dann fort:

»Ja, also, Christine Windstetten fuhr dann weg und hat sich nicht mehr gemeldet. Deshalb hat Frau Raventlow den Umschlag, wie abgemacht, geöffnet. Darin lagen ein Handy und ein Zettel mit der Aufforderung, die auf dem Handy gespeicherte MMS an Anna Bentorps Telefonnummer zu schicken und danach das Handy wegzuwerfen. Das hat sie alles brav gemacht. Sie habe nicht weiter darüber nachgedacht, meinte sie. An diesem Abend aber hat sie dann erfahren, dass Christine Windstetten ermordet worden ist. Das Handy hatte die gute Frau tatsächlich leider sofort in eine Mülltonne geworfen, die just an diesem Tag geleert wurde. Wahrscheinlich ist das Handy auf der Mülldeponie in Heinde gelandet.« Brink hielt inne und sah Schumann fragend an. »Wahnsinn, oder?«

Eine ungewöhnliche Bemerkung für ihn.

Schumann reagierte nachdenklich auf Brinks Information. »Wie dumm, dass wir dem Foto nicht entnehmen können, wann und wo es entstanden ist.« Er stutzte. »Aber offenbar wusste sie, was mit dem Bild geschehen ist. Wollte sie dir einen Tipp geben?«

»Dann hätte sie sich aber etwas deutlicher ausdrücken können«, antwortete ich. »Ich habe noch immer keine Ahnung, was diese Nachricht bedeuten soll und weshalb sie damit so lange gewartet hat. Das klingt alles ziemlich unlogisch.« *Kümmere Dich um den Biondo!* Was sollte das heißen? Ich war der Lösung dieses Rätsels nicht einen Deut näher gekommen. Das Foto von dem Bild hätte sie schon vor längerer Zeit bei Strate machen können. Das half auch nicht weiter.

Richard zupfte an seiner Unterlippe, eine Geste, die ich von früher kannte und die zeigte, dass er aufgeregt war. »Vielleicht sollte diese Aufforderung, sich um das Bild zu kümmern, eine kleine Rückversicherung sein. Sie hatte ja offenbar kein gutes Gefühl wegen dieses geplanten Treffens im Hotel Mercedes, weshalb sie dich um Hilfe gerufen hat, Anna. Meines Erachtens ist ihr bewusst geworden, dass sie sich in Gefahr begibt.« Er sah ziemlich grimmig drein. »Verdammt, sie hat uns alle reingelegt! Mit uns zusammengearbeitet, um diese Schwarzmarktgauner zu erwischen, und gleichzeitig hinter unserem Rücken mit ihnen gemeinsame Sache gemacht. Ich fasse es nicht! Um was ging es ihr dabei eigentlich? Um Geld? Und wo ist dieses vermaledeite Bild? Hat sie es selbst gestohlen, irgendwo versteckt, und wollte sie damit jemanden erpressen? Erpressung geht doch nie gut aus!« Richard war aufgesprungen, stieß dabei gegen den Schreibtisch und blieb mit einem Fluch stehen.

»Könnte es nicht sein, dass es genau umgekehrt war?«, wagte ich zu fragen. »Da sie für euch gearbeitet hat, musste sie, um nicht aufzufliegen, diese Aktion mitmachen. So ist das doch, wenn man undercover arbeitet. Und als sie erkannt hat, auf was sie sich eingelassen hat, wollte sie einen Rückzieher machen. Offenbar zu spät.« Ich weigerte mich zu glauben, dass meine alte Freundin eine Kriminelle gewesen sein sollte, auch wenn Schumann mir im Vorfeld einige Schauergeschichten über Christines illegalere Aktivitäten aufgetischt hatte.

Richard grinste. »Du siehst zu viele Krimis, aber du könntest recht haben.«

Schumann schaltete sich ein. »Wir stehen erst am Anfang. Es hat keinen Sinn, wild zu spekulieren. Christine hatte also offenbar auch mit Robin Gregson zu tun. Was für eine Rolle spielt er? Immerhin wollte sie ihm diese Sticks anvertrauen. Wir müssen vor allem feststellen, für wen Gregson arbeitet. So, und nun werden wir uns diese Sticks anschauen. Brink, gute Arbeit, danke!«

Der Assistent lächelte erfreut. Er hatte zwar ein gutes Verhältnis zu seinem Vorgesetzten, doch Schumann war kein Freund großer Worte, geschweige denn von öffentlich zur Schau gestellter Anerkennung. Da zählte jedes Lob doppelt. Sichtlich beschwingt verließ Brink den Raum.

Die Frage, was Christines posthume Nachricht bezwecken sollte, blieb erst einmal unbeantwortet im Raum stehen. Aber ich würde ihr selbst nachgehen, schwor ich mir. Meine Aufmerksamkeit wurde durch den Computer abgelenkt. Ich war froh, dass Richard und ich die Sticks nicht im Alleingang angesehen, sondern Schumann übergeben hatten. In diesem Fall konnte er mir nichts vorwerfen.

Der Bildschirm flackerte, und es erschien eine Schrift. Schumann vergrößerte sie. »Natürlich«, schnaufte er. »Auf Englisch. Was habe ich auch anderes erwartet. Für mich wieder mal eine Tür mit sieben Schlössern.«

Er hatte also noch immer nicht den Englischkurs absolviert, den er seit gut fünf Jahren vor sich herschob. Ich musste grinsen, da ich ahnte, was nun kommen würde.

»Anna, du bist gefragt«, sagte er und stupste meinen Arm.

Als ich den Text auf dem Bildschirm näher ansah, durchzuckte es mich. Das war doch das Dokument, das ich in Strates Arbeitszimmer gefunden hatte, der Inhalt der roten Mappe!

»Schneller«, befahl ich ungeduldig. Schumann blickte mich verwundert an, gehorchte aber und beschleunigte das Scrollen. Auf dem Stick befanden sich tatsächlich alle Seiten aus der roten Mappe. Der Schlusssatz endete genauso wie auf der letzten Seite meiner Mappe.

Frustriert starrte ich auf den flimmernden Bildschirm. War es das?

»Okay«, sagte Schumann, der meine Unsicherheit bemerkte. »Jetzt den zweiten Stick. Den Inhalt von diesem hier scheinst du ja im Schnelldurchgang gelesen zu haben. Du kannst uns ja den Inhalt in Stichworten wiedergeben.«

Ich verriet ihm nicht, dass ich diesen Text bereits kannte und er deshalb für mich zu meiner Enttäuschung nichts Neues ergab. Ungeduldig wartete ich ab, bis der Inhalt des zweiten Sticks aufflackerte. Vor Freude hätte ich fast aufgeschrien. Ja, da war sie, die Fortsetzung der Chronik von Stuart O'Sullivan, der verschollene zweite Teil der Dokumente. Der Text begann mit den Worten »Edinburgh, im Januar 1653«.

Schumann stoppte nach wenigen Sekunden, drehte den Bildschirm wieder zu sich und sagte: »So, was ist das nun? Die Memoiren eines Gentlemans? Ein geheimes Tagebuch? Anna, du scheinst schon wieder mehr zu wissen. Mal raus mit der Sprache.«

Ich räusperte mich umständlich. »Soviel ich weiß, hat dieser Text etwas mit der Geschichte des Werks von Giovanni dell'Ombra, genannt Il Biondo, zu tun. Das Bild aus Strates Sammlung.«

Schumanns Aufmerksamkeit schien geweckt. Er war zwar kein ausgeprägter Kunstkenner, doch das Thema »Kunst und Verbrechen« faszinierte ihn. Er hatte mir gegenüber einmal geäußert, dass es ihn zutiefst verärgerte, wenn Dinge, die Auge und Herz erfreuten, von Kriminellen missbraucht und dadurch im »spirituellen Sinn« beschädigt würden. Damals spielte er auf einen Fall mit alten Büchern an, die ein Dieb zerstört hatte, indem er illuminierte Seiten aus ihnen heraustrennte, um sie auf dem Schwarzmarkt zu verkaufen. »Und was bedeutet das für uns?«, fragte er interessiert.

Ich freute mich über seine Reaktion und fuhr fort: »Was noch viel spannender zu sein scheint, ist, dass es hier letztlich um ein sehr viel wertvolleres Gemälde geht, ein Bild des Florentiners Paolo Uccello, dessen Schicksal irgendwie mit dem Biondo zusammenhängt.«

Schumann blickte mich verständnislos an. Jetzt musste ich mit der Sprache herausrücken.

»Strate hat mir kurz vor seinem Tod einen Brief geschrieben, in dem er darauf hinweist, dass ihm etwas Eigenartiges an dem Biondo aufgefallen sei und es zu diesem Bild Unterlagen gebe, die weder er noch sein Vater je genauer angesehen hatten. Diese Dokumente waren eine Art Beigabe zu dem Bild. Er wollte sie mir zur Verfügung stellen, damit ich sie studiere, und danach mit mir über das Bild sprechen. Dazu ist es aber nicht mehr gekommen. Er hat den Brief ohne die Dokumente abgeschickt.«

Schumann sah mich skeptisch an. »Und? Du scheinst ja trotzdem an diese geheimnisvollen Unterlagen herangekommen zu sein, oder? Ich liege offenbar richtig mit meiner Annahme, dass du den Text auf dem ersten Stick kennst. Erstaunlich übrigens, dass Christine Windstetten nicht alles auf einen Stick kopiert hat, sondern auf zwei.«

»Wahrscheinlich hat sie den zweiten Teil der Chronik erst nicht gefunden. Dieser erste Teil lag in Strates Schreibtisch. Wo sie den zweiten Teil der Aufzeichnungen herhat, ahne ich nicht.« Weshalb hatten sie nicht in der roten Mappe gelegen? Steckte eine Strategie von Strate dahinter? Aber warum sollte er mir Dokumente ankündigen und sie dann unvollständig hinterlassen?

Schumanns Blick erinnerte an den meines Vaters, wenn ich während meiner Schulzeit seine hohen Ansprüche enttäuscht hatte. »Miss Marple ist also wieder unterwegs?«, sagte er mit einem ironischen Lächeln.

Ich machte eine unwillige Geste. »Ja, ich gebe zu, dass ich den Text eher zufällig entdeckt habe. Ich wollte wissen, wovon Strate in seinem Brief spricht. Natürlich war ich neugierig. Und ich schätze, dass Christine diese Dokumente ebenfalls entdeckt hat. Vermutlich hat sie diese Unterlagen bei einem ihrer Besuche bei ihm abfotografiert, auf ihren Laptop geladen und nach und nach auf die beiden Sticks kopiert. Ihr Laptop ist verschwunden, aber wenn sie schlau war, dann hat sie das alles gelöscht und es nur auf den Sticks gespeichert.«

Ich sah vor meinem inneren Auge, wie Christine Klas Strate besuchte, Ernestine sie vielleicht sogar ins Haus ließ, wenn der Professor nicht anwesend war, wie sie ein bisschen herumgestöbert und dabei die Mappe entdeckt hatte. Clever, wie Christine war, erkannte sie sicherlich, dass diese Dokumente der Schlüssel zu einem Geheimnis bedeuteten. Was man damit anstellen könnte, war ihr vielleicht erst später klar geworden. Was hatte sie damit vorgehabt? Wollte sie die Unterlagen selbst ausschlachten oder verkaufen? Offensichtlich hatte sie in Robin Gregson einen Interessenten gefunden. Wie hätte Strate bei der

Aufdeckung der Illoyalität seiner einstigen Lieblingsstudentin reagiert?

Ich musste dringend noch einmal in Strates Haus. Vielleicht fand ich doch noch etwas, das selbst Christine übersehen hatte. Und ich vermutete, dass Ernestine mir nicht alles gesagt hatte. Außerdem drängte es mich, O'Sullivans Erinnerungen so rasch wie möglich weiterzulesen. War Strate bewusst gewesen, dass sich in der Mappe in seiner Schreibtischschublade nur ein Teil der Aufzeichnungen befand?

Schumann drückte mir die beiden Sticks in die Hand. »Du weißt, was du zu tun hast. Bitte lesen und wichtige Teile daraus übersetzen. In der Tat könnte der Text relevante Informationen hinsichtlich unseres Falles enthalten. Diese Handynachricht müssen wir auch weiter im Blick behalten. Vielleicht bringt sie uns doch noch auf die Spur des Biondo.« Er stand schwungvoll auf. Diesmal ohne seinen Stuhl in Schwingungen zu versetzen. »Und jetzt zum Laden, um Gregson abzufangen. Er wird uns einiges erzählen müssen. Ich bin gespannt, wie er darauf reagiert, dass die Sticks verschwunden sind.« Er kicherte, ein sonderbares Geräusch, das gar nicht zu ihm passte.

Kurz bevor wir zu Richards Geschäft aufbrachen, stürmte Brink noch einmal ohne Anklopfen herein. Er schwenkte ein Blatt in der Luft herum. Schumann musste bei diesem etwas lächerlichen Anblick laut auflachen. »Nun, Meister Brink, was haben Sie da?«, fragte er, wohl wissend, dass es das Ergebnis von Brinks Recherchen über Gregson sein musste.

Brink lief, wie so oft, rot an und sagte dann ein wenig atemlos: »Wir haben einiges zu Gregson. Er arbeitet seit fast zwanzig Jahren als Detektiv und berät Galerien und Museen, aber auch Privatleute in Sachen Kunst. Er war Mitarbeiter der darauf spezialisierten Agentur ›Art Hunters‹. Eine seiner Aufgaben dort war wohl, angeblich verlorene oder gestohlene Kunstwerke wiederzufinden. Bis er dann Ärger mit einer größeren Kunstgalerie in London bekam, als er für ein beträchtliches Honorar ein wenige Jahre zuvor aus einem Bildertransport gestohlenes Gemälde von Andy Warhol auftrieb. Er behauptete, dass er dieses Werk dank seiner Netzwerke und Verbindungen zu bestimmten Kreisen entdeckt habe. Es stellte sich aber heraus, dass dieses Bild eine Fälschung war. Gregson hatte sie von einem Freund anfertigen lassen, der in gewissen Zirkeln als genialer Fälscher galt. Das Honorar haben sie geteilt.«

Brink musste grinsen. »Ein schlauer Plan. Dann aber wurde das Bild noch mal überprüft, und der Betrug platzte wie eine Seifenblase. Gregson verlor seine Anstellung bei der Agentur, musste eine hohe Strafe zahlen, bekam zwei Jahre auf Bewährung und arbeitet jetzt auf eigene Faust. Er spürt Bilder auf, wobei einer von Griffins' Leuten mir sagte, man wisse nicht genau, ob er nicht auch noch nebenbei für einen Schwarzmarktring arbeite. Das konnte aber bisher nicht bewiesen werden.«

»Und weiß man, ob er derzeit an einem speziellen Auftrag arbeitet, der ihn hierhergeführt hat? Er hat ja behauptet, er schreibe einen Artikel für ein Kunstmagazin über Il Biondo«, fragte ich.

»Das stimmt anscheinend. Er schreibt Beiträge für größere Kunstzeitschriften. Die engagieren ihn, weil er ein wirklicher Kenner bestimmter Epochen zu sein scheint«, sagte Brink mit einem Hauch von weltmännischer Nonchalance. Dabei konnte er, wie ich wusste, einen Picasso nicht von einem Monet unterscheiden.

»So weit, so gut«, unterbrach Schumann. »Auf jeden Fall müssen wir ihn schnappen. Seine Verbindung zu Christine Windstetten macht ihn zu einem Verdächtigen. Er darf uns nicht durch die Lappen gehen.«

Wenig später standen wir in Richards Geschäft, Schumann, Hartmut Brink, ein weiterer Polizist, Richard und ich. Wir warteten im hinteren Teil des Ladens. Um kurz nach zwölf Uhr klingelte die kleine Glocke an der Eingangstür. Robin Gregson kam herein. Vorsichtig schaute er sich um. Es schien ihn nicht weiter zu wundern, dass er weder Richard noch dessen Assistentin erblickte. Geradewegs marschierte er auf die Puppen zu. Ein Ausdruck höchsten Erstaunens und dann von Wut trat in sein Gesicht, als er das Fehlen der Beutel bemerkte. In diesem Augenblick traten Schumann und Brink aus dem Schatten des hinteren Bereichs. Gregson zuckte zusammen, und mit einem lauten »Damn it!« rannte er aus dem Geschäft. Er schlug die Tür so heftig zu, dass sich die kleine Glocke an der linken oberen Ecke des Türrahmens löste und mit einem Klirren auf den Boden fiel.

Winter in Edinburgh

Edinburgh, im Januar 1653

Ich fühle mich ausgelaugt. Vor wenigen Tagen bin ich zu meiner Familie zurückgekehrt. Dieses Mal hat mich meine Suche nach dem Mörder von Lady Annabell bis nach London geführt. Ich hatte durch einen Freund mit Verbindungen nach London erfahren, dass Sir Sinclair Drews dort ein Haus besitzt. Drews, ein getreuer Gefolgsmann Oliver Cromwells, war der Mann, dem Steven Clarke zuletzt gedient hatte. Und so hoffte ich, hier fündig zu werden. Aber als ich dort ankam, lag das Haus öd und verlassen in der Nähe der trübbraunen Themse. Ein einzelner Diener, der sich um das Haus kümmerte, teilte mir mit, dass die Familie aufs Land gezogen sei. Lady Claire Drews erwarte ihr achtes Kind und, so der Diener, vertrage die Stadtluft nicht. Das Anwesen der Drews lag in der Nähe von Sevenoaks südlich von London. Nicht weit davon erhebt sich Knole House, ein Gebäude von gewaltigen Ausmaßen, inmitten eines Parks. Im Sommer ist dieser Teil Kents sicherlich sehr ansprechend. Doch an diesem Tag Ende Dezember, als ich durch die hügelige Landschaft ritt, trieb mir ein eisiger Wind Schneeflocken ins Gesicht. Sie brannten in meinen Augen.

Ich dachte an die letzten Tage zurück, deren Erinnerungen mich wärmten. Weihnachten hatten wir heimlich gegen das von den Puritanern erlassene Verbot aus dem Jahr 1647 gefeiert. Das Fest, dem die neuen Machthaber heidnische Wurzeln nachsagten und das sie unter anderem deshalb ablehnten, ließ sich aber nicht so leicht aus dem Leben der Menschen verbannen. Ich war mit meiner Familie nach Ivory Hall gereist, um den verwaisten Kindern der Warchesters meine Unterstützung anzubieten. Kurz nach dem Tod von Lady Annabell war ihr Vetter, Thomas McLeach, mit seiner sehr viel jüngeren zweiten Ehefrau in das Haus gezogen, um sich der Kinder anzunehmen. McLeach war ein fülliger Mann von Mitte vierzig mit hochrotem Gesicht, der die Jagd und das Essen, vor allem aber wohl das Trinken liebte, laut, herzlich und völlig ungebildet. Mit der Sammlung der Warchesters wusste er nichts anzufangen, doch er erwies sich den Kindern gegenüber als freundlich, wenn auch eher desinteressiert. Obgleich die Kinder offenbar von ihrem Onkel und seiner Frau gut betreut wurden, freuten sie sich sichtlich, als Bridget und die Kinder mit mir zusammen nach Ivory Hall kamen. Ein Priester las in der Nacht vom 24. auf den 25. Dezember eine Messe. Er gehörte der Church of England an, und da keiner wusste, dass Bridget und ich katholisch sind, verlief diese Zeremonie harmonisch.

Doch schon am 27. Dezember drängte es mich, trotz des rauen Wetters aufzubrechen und meine Suche nach dem Mörder wieder aufzunehmen. Sie hatte mich im November nach Bath und Portsmouth geführt, an Orte, wo Sir Sinclair Drews stattliche Häuser besaß. Diese Anwesen wirkten jedoch verwahrlost, da er sich mehr auf seinen Besitz in Kent und auf sein Haus in London konzentrierte. Die Bürgerkriege waren nicht spurlos an diesen Gütern vorübergegangen. Der Verwalter von Bath Manor, den ich aufsuchte, berichtete mir, dass Sir Sinclair plane, alles außer seinem Gut in Kent und seinem Stadthaus zu veräußern. »Er fürchtet«, so sagte mir der gute Mann nach mehreren Bechern Ale, »dass König Charles ihn nach seiner Rückkehr enteignen könnte. Deshalb plant er lieber voraus und möchte seine Besitztümer nicht erst dann verkaufen, wenn es schon fast zu spät ist.«

»Glaubt Sir Sinclair denn an eine Rückkehr des Königs?«

Ich war erstaunt, dass ein so getreuer Gefolgsmann Oliver Cromwells wie Sir Sinclair Drews offenbar mit dem Gedanken spielte, der Stuartkönig könne nach England zurückkehren. Der junge Charles befand sich im Exil, ein König ohne Geld und Land, der von den Zuwendungen seiner Mutter Henriette lebte. Der Verwalter nickte eifrig und sagte: »Wir alle glauben daran.« Und, seine Stimme senkend, fügte er hinzu: »Wir hoffen es. Das Leben unter der Fuchtel der Puritaner ist freudlos, zudem habe ich Verwandte in Irland, die unter den Roundheads leiden.« Ich seufzte, als er dies sagte. Seit Monaten hatte ich nichts mehr von meinem Sohn Liam gehört.

Unverrichteter Dinge kehrte ich Anfang Dezember nach Edinburgh zurück. Doch nun setzte ich mich erneut auf die Spur des Mörders. Von London aus benötigte ich knappe fünf Stunden aufs Land, obwohl mein gutes Pferd sich durch starke Böen und eisigen Schnee kämpfen musste. Das Landhaus von Sir Sinclair trug den stolzen Namen »Lion's Gate«. Von Weitem wirkte es eher bescheiden. Ein nicht sehr ansprechender viereckiger Bau mit zwei Türmen auf jeder Seite, die sicherlich Überreste des ursprünglich im Mittelalter errichteten Gebäudes waren. Um das Haus lagen Weideflächen, ein Wald, einige Felder, über deren mit Raureif bedeckten Furchen Krähen kreisten, und ein kleiner Park, der in der frühen Dämmerung dieses vorletzten Tages des Jahres 1652 wenig einladend schien. Ein Springbrunnen mit einer zerborstenen Figur in der Mitte, einige vom Wind geschüttelte Büsche und eine mannshohe Hecke, die wohl ein Labyrinth umsäumte, vermittelten den Eindruck von winterlicher Trostlosigkeit.

Da es zu spät war, um im Herrenhaus einen Besuch abzustatten, suchte ich einen Unterschlupf für die Nacht in dem nahe gelegenen Sprengel Hyde's Corner. Der Wirt vom »The Silver Well« erwies sich als recht gesprächig, schien er doch dankbar für jeden Gast zu sein. In seinem Pub hockten einige Männer, die sich aber mit dem Trinken sehr zurückhielten. Es war Montag, und die Stimmung wirkte gedrückt. Der Wirt blickte hinüber zu den drei Männern, die schweigend an einem Tisch in der Nähe der Tür saßen und sich offensichtlich nicht amüsierten, und sagte leise, als er mir einen Humpen mit Ale zuschob: »Die Zeiten sind schlecht. Ich erinnere mich noch an die Jahre vor dem Bürgerkrieg, als die Menschen zu feiern wussten. Nicht einmal Weihnachten gönnt man uns mehr.« Erschrocken über seine eigene Kühnheit fügte er hinzu: »Nichts für ungut, aber Weihnachten war doch ein schönes Fest, oder?«

Ich beruhigte ihn, indem ich antwortete: »Ich habe Weihnachten auch immer geliebt. Und ich glaube nicht, dass man in die Hölle kommt, wenn man ein gutes Bier schätzt.«

Der Wirt lächelte und nickte. Er füllte meinen Becher nach. »In unserem Dorf ist nichts mehr los. Sir Sinclair bläst seit Wochen Trübsinn, und dabei war er eigentlich immer recht gut aufgelegt und kam gelegentlich, wenn er hier in Hyde's Corner war, in meinen Pub. Aber es ist etwas passiert, das ihn erschüttert hat, und seither lebt er mit seiner Frau und den vielen Kindern sehr zurückgezogen auf seinem Besitz.«

»Was ist geschehen?« Ich trank den Becher leer, legte aber meine Hand darüber, sodass der Wirt nicht mehr nachschenken konnte. Ich fragte eigentlich nur aus Höflichkeit, denn es drängte mich ins Bett. Der Wirt sah sich vorsichtig um. »Es geht das Gerücht, dass einer seiner Diener sich etwas hat zuschulden kommen lassen. Seine Tat könnte Sir Sinclairs Ruf schaden. Er ist ohnehin nicht gerade der Liebling unseres örtlichen Gemeindevorstehers, eines sehr treuen Anhängers von Cromwell. Man hat Sir Sinclair sogar verdächtigt, in Wahrheit ein Königstreuer zu sein. Aber das glaubt niemand wirklich. Doch dieser besagte Diener scheint ein ziemlicher Ganove zu sein, der seinen Herrn bestohlen hat und Schlimmeres.« Der Wirt blickte sich erneut vorsichtig um. »Er soll jemanden getötet haben. Doch wir erfahren nicht viel vom Herrenhaus, da die dortigen Diener und das andere Gesinde selten in unser Dorf kommen und niemals in meinen Pub.«

Ich ahnte, wer dieser »Diener« war. »Hat man diesen Mann zur Rechenschaft gezogen?«, fragte ich. Der Wirt lachte grimmig. »Nein, er ist seit Ende November spurlos verschwunden.« Dann war ich also den langen Weg umsonst hierhergeritten. Dennoch wollte ich am nächsten Tag Sir Sinclair meine Aufwartung machen, auch um Einzelheiten über Steven Clarkes erneute Missetat und vielleicht etwas über das geraubte Bild zu erfahren. Ich verabschiedete mich von dem freundlichen Wirt und stieg hinauf zu meiner Kammer, im Rücken die abschätzenden Blicke der drei Männer im Schankraum.

Der letzte Tag des Jahres brach mit kaltem Sonnenschein

an. *Nach dem Frühstück, das aus einem Stück Brot und einem Batzen Käse bestand, machte ich mich auf den Weg nach Lion's Gate. Trotz des bleichen Sonnenlichts und des tiefblauen Winterhimmels wirkte das Anwesen kaum weniger trostlos als am Vortag. Ein Diener trat mir auf dem Hof vor dem Eingang des Hauses entgegen. Die schwere dunkelgrün gestrichene Eichentür zierte ein auf Hochglanz polierter bronzener Löwenkopf.*

Ich bat ihn, Sir Sinclair zu melden, dass ein Besucher aus dem fernen Schottland ihn zu sprechen wünsche. Wenig später stand ich dem Mann gegenüber, der Steven Clarke in seinen Diensten gehabt hatte. Sir Sinclair mochte Ende vierzig sein, ein breitschultriger Mann mit einem kantigen Gesicht und schmalen dunklen Augen. Seine grauen Haare trug er nach der Mode der Puritaner kurz geschoren, was seinen Kopf bullig erscheinen ließ. Im Hintergrund hörte ich Kinderstimmen. Wenig später trat seine Frau in den mit nur wenigen Möbeln ausgestatteten Raum, in dem ein großes Kaminfeuer die Kälte des letzten Dezembertages zu vertreiben versuchte. Lady Claire war eine Schönheit. Mit ihren rotbraunen Locken, den großen dunkelblauen Augen und ihrer schneeweißen Haut übertraf sie so manche Dame, die ich in den vergangenen Jahren getroffen und als schön erachtet hatte. Selbst meine tief verehrte Lady Annabell hätte im Vergleich zu Lady Claire eher farblos gewirkt. Man sah ihr die Schwangerschaft zwar an, aber sie bewegte sich anmutig durch den großen Raum und lächelte mich freundlich an.

»Sinclair«, sagte sie mit warmer Stimme, »du bist kein guter Gastgeber. Sicherlich hat unser Besucher Durst.« Sir Sinclair errötete und warf seiner Frau einen so hingebungsvollen Blick zu, dass ich schmunzeln musste. Er entschuldigte sich bei mir, rief einen Diener herbei und befahl ihm, uns warmes Ale zu bringen. Dann forderte er mich auf, mich vor den Kamin in einen der mit dunkelroten Polstern ausstaffierten Lehnstühle zu setzen, und nahm mir gegenüber Platz. Lady Claire nickte mir noch einmal zu und sagte dann: »Entschuldigt mich bitte, aber unser kleiner Henry zahnt. Ich muss ihn trösten.« Damit glitt sie aus dem Raum, und Sir Sinclairs Lächeln erlosch.

Als ich mich auf meinem Stuhl zurechtrückte, sah ich auf die gegenüberliegende Wand. Dort hingen einige Gemälde, die mich an die Sammlung des Earls erinnerten. Ein van Dyck, ein Giotto, ein Caravaggio mit einer Kneipenszene. Für einen Anhänger Cromwells erschien mir dies ein eher ungewöhnliches Bild, um es so offen im Wohnraum aufzuhängen. Sir Sinclair folgte meinem Blick und sagte: »Das Bild stammt aus einem dieser Schlösser der Anhänger von Charles Stuart. Ehrlich gesagt habe ich es vor einer Plünderung gerettet. Auch diesen Flamen da, diesen van Dyck, habe ich aus dem Schloss von Lord Monfort. Ein prächtiges Schloss, das bedauerlicherweise den Flammen zum Opfer fiel. Diese Bilder entsprechen nicht meinem Geschmack, aber meine Frau liebt Bilder jeder Art, und sie hätte sogar irgendwelche Heiligen berühmter italienischer Maler aufgehängt. Aber das habe ich selbstverständlich unterbunden.«

»Heilige« war für mich ein Stichwort. Ehe Sir Sinclair mir die berechtigte Frage stellen konnte, weshalb ich ihn am letzten Tag des Jahres auf dem Land aufsuchte, beschloss ich, mit der Tür ins Haus zu fallen. »Sir Sinclair, ich bin auf der Suche nach einem Bild, das Euer Diener Steven Clarke im Oktober in Schottland raubte. Nicht nur das, er hat auch seine Besitzerin, meine Herrin, getötet. Lady Annabell Warchester, deren Gatte in der Schlacht von Preston einen ehrenvollen Tod für seinen König gestorben ist. Sie hatte sich mit ihrer Familie nach Schottland zurückgezogen, doch dieser Mann, der schon auf ihrem Besitz in Warchester eine unrühmliche Rolle spielte, ist ihr nach Ivory Hall am Loch Leven gefolgt. Seitdem suche ich ihn. Ich weiß, dass er in Euren Diensten stand.«

Sir Sinclair erbleichte. »Master O'Sullivan«, erwiderte er mit belegter Stimme, »ich weiß leider allzu gut, wovon Ihr sprecht. Steven Clarke stand einst in den Diensten von Sir Thomas Fairfax, verließ dann aber seinen Herrn aus mir nicht bekannten Gründen und trat in meine Dienste. Er hat seine Stelle nur durch die Vermittlung eines unserer Köche bekommen, einem entfernten Vetter von ihm. Clarke war bis vor vier Wochen in meinen Diensten. Im Frühherbst bat er um eine längere Frei-

stellung, da er angeblich seine schwer kranke Mutter in York besuchen wollte. Als er im Oktober nach London zurückkehrte, brachte er mir ein Bildnis, von dem er mir stolz berichtete, er habe es in einem von seinen königstreuen Besitzern verlassenen Haus gefunden und an sich genommen. Auf meine Nachfrage hin antwortete er, dass besagtes Montague Castle im nördlichen Yorkshire liege. Er sei dort durch Zufall vorbeigekommen, habe das Schloss verlassen gefunden und sei hineingegangen. Dort hätten noch einige Gemälde in den leeren Sälen gehangen. Ein Bild sei ihm aufgefallen, die Darstellung des Kampfes zwischen dem heiligen Georg und dem Drachen. Er habe gefürchtet, dass dieses zweifelsohne sehr schöne Bildnis mit dem Schutzpatron Englands von Räubern gestohlen werden könnte. Deshalb wollte er es mir überlassen in der Hoffnung auf ein gutes Entgelt. Eine abenteuerliche Geschichte, aber in diesen unruhigen Zeiten nicht unwahrscheinlich.«

Sir Sinclair trank einen langen Schluck aus seinem Becher, den er dann mit einer fahrigen Bewegung auf einem kleinen Tisch vor dem Kamin abstellte. »Das Bild war in der Tat sehr beeindruckend. Allein die Farben glühten fast schon unnatürlich. Doch ich wollte es nicht in meinen Räumen haben, obgleich Lady Claire mir versicherte, dass nichts Ungebührliches daran sei, den heiligen Georg auf einem so alten Gemälde wie dem dieses Florentiner Meisters aus dem 15. Jahrhundert abgebildet zu sehen. Sie gab mir zu verstehen, dass Kunst losgelöst von der Religion existiere und über den engen menschlichen Gesetzen stehe. Zudem sei Georg seit 1222 offiziell der Schutzheilige Englands. Dennoch hatte ich dafür keine Verwendung. Clarke zeigte sich tief gekränkt von meiner Ablehnung und vor allem davon, dass ich ihm keinerlei Geld für seine ›Kriegsbeute‹ gab. Er schien mir ohnehin ein sonderbarer Mensch zu sein, den ich nicht gerne in der Nähe meiner Familie sah. Und dann, wenige Wochen später, verließ er unser Haus bei Nacht und Nebel, nahm das Bild mit und schlug einen Diener, der versuchte, ihn aufzuhalten, mit seinem Degen nieder. Geoffrey starb an den Folgen dieser Verletzung. Seither sind Steven Clarke und das

Bild verschwunden. Er wird auch von uns als Mörder und Dieb gesucht.« Sir Sinclair sah hinüber zu den anderen Gemälden an der Wand. »Diese Geschichte hat einen Schatten auf meine Familie geworfen. Doch das ist ein anderes Thema.«

Eine Welle der Enttäuschung durchflutete mich. Ich hatte mich schon am Ziel meiner Reise gehofft, und nun waren sowohl der Mörder meiner Herrin als auch das Gemälde verschwunden. Sir Sinclair bemerkte meinen inneren Aufruhr. Er wirkte selbst sehr betroffen. »Es stimmt mich traurig, dass dieser Mann auch Eure Herrin getötet hat. Wir mögen zwar gegen die Anhänger von Charles Stuart gekämpft haben, aber niemals hätte ich einen Mord gutgeheißen, zumal an einer Frau. Ihr Mann war ein tapferer Soldat, dem ich vor vielen Jahren persönlich begegnet bin, ein wahrer Kavalier. Ich selbst würde diesen Mordgesellen liebend gern am Galgen baumeln sehen.«

Danach blieb mir nicht mehr viel zu sagen. Lady Claire kam noch einmal in den Raum, und als sie von ihrem Mann den Grund für meinen Besuch erfuhr, erbleichte auch sie. Sie blickte auf die Gemälde an der Wand und sagte leise: »Ich hätte den heiligen Georg allzu gern besessen. Es war ein wunderschönes Bild mit einer besonderen Ausstrahlung. Doch nun weiß ich, dass es mit dem Blut mehrerer Menschen besudelt ist, und das lastet wie ein Fluch auf ihm.« Sie nahm meine rechte Hand in ihre Hände. »Ich wünsche Euch, dass der Mörder gefasst und das Bild gefunden wird. Und möge dann endlich Segen darauf ruhen. Diese elenden Bürgerkriege haben so viele Opfer gefordert. Es ist Zeit, dass dies nun ein Ende hat. Dieses Land braucht Frieden.«

Noch am selben Tag brach ich in Richtung Edinburgh auf, verbrachte die Nacht zum neuen Jahr in einem kleinen Ort nahe London und ritt in den nächsten fünf Tagen durch Wind und Schnee heimwärts. Wo sollte ich jetzt noch nach Steven Clarke suchen? Fast hätte ich Sinclair Drews verraten, was es mit dem Uccello wirklich auf sich hatte. Vielleicht wäre es klüger gewesen, Sir Sinclair davon zu berichten. Aber etwas hielt mich zurück. Niemand außer mir und meinem italieni-

schen Freund, dem Maler Ettore Marviglia, wusste darum. Ich würde aber die Wahrheit über den Uccello in Edinburgh endlich aufschreiben. Zu lange schon trug ich dieses Geheimnis mit mir herum, und vielleicht wäre Lady Annabell noch am Leben, wenn ich anders gehandelt oder ihre Familie eingeweiht hätte. Dass ein unschuldiges Bild, das zudem noch eine so schöne Legende von Mut, Glauben und Erlösung erzählt, zum Mittelpunkt solch böser Taten hatte werden können, stimmte mich traurig. Und ich erinnerte mich daran, wie mir der Earl erzählt hatte, dass schon von Anfang an eine dunkle Wolke über diesem Meisterwerk hing. »All das gleicht einem tragischen Theaterstück mit dem Titel ›Der Meister und der Mörder‹«, sagte er zu mir. Die Begierde nach diesem Bild zog sich als roter Faden durch seine Geschichte. Lastete tatsächlich ein Fluch darauf, wie Lady Claire gesagt hatte? Deshalb auch hatte ich versucht, das Bild aus dem Brennpunkt zu entfernen. Doch durch meinen Alleingang hatte ich genau das Gegenteil erreicht. Ich fühlte mich schuldig.

Zu Hause vergaß ich im Kreis meiner kleinen Familie für einige Tage die Strapazen meiner Reise. Meine Kinder Agnes und Charles gaben mir viel Kraft in diesen Zeiten. Der Biondo hing noch immer in unserer Wohnkammer, und ich betrachtete dieses Bild mit gemischten Gefühlen. Es erinnerte mich allzu sehr an den verlorenen Uccello aus Ivory Hall.

Der Januar erwies sich als ein tückischer Geselle. Mal schneite es, dann taute der Wind vom Meer den Schnee wieder ab, und es regnete. Mal überzogen sich die Straßen mit Eis, mal behinderte Schlamm jede Art der Fortbewegung. Mich drängte es, nach Ivory Hall zu reiten, doch Bridget hielt mich davon ab. Auch machte in Edinburgh das Gerücht die Runde, es seien wieder Mosstroopers gesichtet worden. McLeach hatte zum Schutz von Ivory Hall vier stämmige Burschen aus Kincaid eingestellt, die das Haus bewachen sollten. Ein Ritt dorthin könnte dennoch durchaus gefährlich sein. Mit diesen Räubern war nicht zu spaßen. Es waren alles ehemalige Soldaten, die mit Waffen umzugehen verstanden.

Und so setzte ich mich eines Abends im Licht einer dicken Kerze an den Tisch und schrieb einen Brief an Charles Warchester, den ältesten Sohn des Earls. Ich wollte endlich reinen Tisch machen, ihm von dem erzählen, was ich vor einigen Jahren angesichts der ständigen Bedrohung, die ich für das italienische Meisterwerk verspürte, beschlossen hatte, ohne seine Mutter einzuweihen. Am liebsten hätte ich den Brief sofort am nächsten Morgen einem Kurier anvertraut. Doch es stürmte an diesem 31. Januar so sehr, dass ich unser Haus nicht verlassen konnte. Ein trüber Mittwochmorgen, an dem es nicht recht hell wurde.

Ich las den Brief gerade noch einmal durch, da klopfte es an unserer Eingangstür, und ein von Wind und Wetter durchnässter Bote drückte mir ein Schreiben in die Hand. Das Siegel war mir fremd, aber ich sah, dass der Brief offenbar aus Südengland stammte. Es überraschte mich nicht wirklich, als ich erkannte, dass er von Sir Sinclair Drews kam. Seine Handschrift war auffallend groß und breit. In wenigen Worten teilte er mir mit, dass man Steven Clarke gefangen genommen und bei ihm das Bild entdeckt habe. Es sei Clarke aber gelungen, seinen Häschern zu entkommen und zu flüchten. Das Bild jedoch befände sich nun in der Obhut der Drews in Kent.

»Wir werden es Euch gerne anvertrauen, falls Ihr im Frühling Zeit und Gelegenheit haben solltet, zu uns zu kommen. Euch aber möchte ich warnen. Mir schwant, dass Steven Clarke glaubt, mit Euch eine Rechnung offen zu haben. Denn als man ihn in einem Pub bei Leeds aufspürte und festnahm, soll er eine furchtbare Drohung gegen Euch ausgestoßen haben. Seid auf der Hut! Vielleicht schließt er sich erneut den Mosstroopers an. Er ist vogelfrei, und wenn er in den schottischen Highlands bei diesen Räubern seine Zuflucht sucht, wird es schwer sein, seiner je wieder habhaft zu werden.«

Mich überlief es eiskalt. Der düstere Schatten dieses Mannes fiel auf mein Glück und meine Zukunft. Wann würde ich diesem zutiefst bösen Menschen endlich entrinnen können? Ich legte Sir Sinclairs Brief beiseite und betrachtete nachdenklich das Schreiben, das ich an Charles Warchester senden wollte. Ich zögerte.

Vielleicht war es doch noch zu früh, das Geheimnis zu lüften. Vielleicht sollte ich den Frühling abwarten und versuchen, den Uccello nach Ivory Hall zurückzuholen.

Ich legte meinen Brief an Warchester in ein Kästchen aus Ebenholz mit Elfenbeinverzierungen und stellte es in ein Bücherregal neben der Tür. Draußen hatte es begonnen in dicken grauen Flocken zu schneien. Es dämmerte schon früh. Bridget war unterwegs, um Einkäufe zu tätigen, im Nebenzimmer hörte ich die beiden Kleinen, auf die eine freundliche junge Frau aufpasste, die Bridget vor einigen Wochen angeheuert hatte. Als ich den Vorhang am Fenster ein Stück zur Seite raffte, um nach Bridget zu sehen, sah ich sie mit einem gefüllten Korb auf unser Haus zukommen. Ich erhob mich, um ihr entgegenzugehen und ihr den schweren Korb abzunehmen. Ehe sie jedoch unser Haus erreichte, sprang eine Gestalt aus dem Schatten der gegenüberliegenden Toreinfahrt, packte meine Frau am Arm und drückte ihr etwas in die Hand. Ich sah, wie Bridget erblasste und eine heftige Bewegung machte, um den Unbekannten abzuwehren. Doch bevor ich ihr zu Hilfe eilen konnte, trat die Gestalt zurück in den Schatten der Häuser und verschwand. Obgleich er seinen Hut tief ins Gesicht gezogen hatte, erkannte ich ihn an seinem katzengleichen Gang: Steven Clarke, mein Dämon.

Das Haus am See

Mit den Worten »… Steven Clarke, mein Dämon« brach der Text auf dem zweiten USB-Stick jäh ab. Ich fühlte mich betrogen. Nach wie vor wusste ich nicht, welches Geheimnis den Uccello und den Biondo miteinander verband, ob das Bild in Strates Sammlung tatsächlich dieses von Stuart O'Sullivan gehütete Gemälde aus dem Besitz der Warchesters war und weshalb Steven Clarke diesen Hass auf den Iren hegte. Lauter lose Enden und eine Geschichte, die mittendrin endete. Und vor allem: Welches Geheimnis hatte O'Sullivan Charles Warchester mitteilen wollen und dann den Brief nicht abgeschickt? Es war zum Wahnsinnigwerden! Das alles klang wie der Stoff für einen historischen Kriminalroman. Aber was verband das Damals mit dem Heute?

Frustriert zog ich den Stick aus meinem Laptop und legte ihn zu dem anderen. Ich hatte mir Notizen gemacht, sodass ich Richard und Schumann den Inhalt erzählen konnte. Wenn wir keine weiteren Unterlagen finden würden, dann wäre dies ein Schlag ins Wasser.

Schumann hatte mir eine kurze Mail geschickt, laut der noch immer intensiv nach Gregson gefahndet wurde. Aus seinem Hotel hatte er ausgecheckt, hastig und »in einem sichtlich verstörten Zustand«, wie der Rezeptionist der Polizei berichtet hatte. Gregson hatte für drei Nächte im Voraus bezahlt und als seine Heimatadresse Clancester Road, London W 11, United Kingdom angegeben. Es stellte sich heraus, dass diese Adresse gar nicht existierte. Die Spurensicherung fand in dem Zimmer nichts, was weiterhelfen konnte. Nichts, was für einen DNA-Abgleich nützlich wäre.

Seltsamerweise verdächtigte ich Gregson nicht, Christine getötet zu haben. Er war mir zwar nicht sehr sympathisch, aber mein Instinkt sagte mir, dass er nicht der Täter war. Und Herfurth hatte er auf keinen Fall erschlagen können. Zu der bisher festgestellten Tatzeit saßen wir zu dritt im Deutschen Haus beim Mittagessen.

Ich versuchte mich an den Mann zu erinnern, der mich vor Christines Hotelzimmer beiseitegestoßen hatte. Er hatte einen Mantel und eine Mütze getragen. Ja, es schien durchaus möglich, dass dieser Typ, der mich brutal weggerempelt hatte, Gregson gewesen war. Da ich ihn nicht für den Mörder hielt, vermutete ich, dass er Christine im Hotel treffen wollte, um etwas mit ihr zu besprechen. Das wäre eine Erklärung für sein Auftauchen vor Ort. Wahrscheinlich war sie schon tot gewesen, als er ihr Zimmer betreten hatte, weshalb er kopflos auf den Flur stürzte und in mich hineinrannte. Ich fragte mich, ob ich Schumann meine Theorie erklären sollte, falls er Zeit und Lust hatte, mich anzuhören. Aber wahrscheinlich würde er das mal wieder als mein »Miss-Marple-Syndrom« abtun und darauf hinweisen, dass ich mich aus dem Fall heraushalten solle. Für ihn war Gregson verdächtig. Der Mörder von Strate und Christine musste schließlich nicht mit Herfurths Mörder identisch sein.

Am Mittag beschloss ich, mich noch einmal mit Ernestine in Verbindung zu setzen. Auch wenn Schumann bereits ausführlich mit ihr gesprochen haben sollte, hatte ich einige spezielle Fragen an die Haushälterin. Ich erreichte sie telefonisch bei sich zu Hause, und sie versprach mir, mich am späteren Nachmittag in Strates Haus zu treffen. »Ich muss da sowieso noch einmal hin. Ich habe was vergessen«, erklärte sie mir.

Richard zeigte sich enttäuscht, als ich ihm berichtete, dass der Text auf dem USB-Stick mitten in der Geschichte abbrach. »Vielleicht hat dieser Mordgeselle Steven Clarke den armen O'Sullivan ja auch noch umgebracht, und der konnte deshalb seine Aufzeichnungen nicht beenden«, mutmaßte er.

Ich widersprach ihm. »Ich glaube eher, dass es noch weitere Teile dieser Chronik gibt, die aber auch Christine nicht gefunden hat. Es ist fraglich, ob Strate sie überhaupt in seinem Haus aufbewahrte. Womöglich hat er sie nie besessen.«

»Und wo könnten sie dann sein?« Richard klang erschöpft.

»Keine Ahnung. Verschollen oder irgendwo in einem historischen Archiv. Vielleicht hat O'Sullivan seine Memoiren auch jemandem vermacht, und dieses Kapitel liegt in einer privaten Bibliothek, für die Öffentlichkeit nicht mehr einsehbar.«

»Wir kommen nicht weiter«, sagte Richard. »Noch immer weiß ich nicht, welche Rolle Christine gespielt hat. Und dem Schwarzmarktring sind wir auch nicht näher gekommen.«

Selten hatte ich meinen alten Freund so entmutigt erlebt. Dieser Richard gefiel mir besser als der, der immer in Siegerpose auftrat. Dass ich ihn immer noch sehr mochte, leugnete ich mir selbst gegenüber längst nicht mehr. Aber das wollte ich ihm auf keinen Fall zeigen. Obwohl wir zwar wieder miteinander sprachen, mied ich einen zu engen Kontakt. Ich machte mir wenig Illusionen, dass aus uns ein dauerhaft miteinander verbundenes Paar werden könnte. Aber dennoch …

Wir verabredeten uns für den nächsten Tag. »Ich muss heute mal mit dem Chef des Hamburger Auktionshauses sprechen, auf dessen Initiative wir die Nachforschungen angestellt haben. Ich werde unsere bisherigen, leider eher dürftigen Ergebnisse an Schumann weitergeben«, erklärte er. »Mal sehen, welche Konsequenzen er daraus zieht. Allerdings werden wir weiter hinter den Kulissen daran arbeiten, Fälschungen zu enttarnen und Informationen über die Organisation zu bekommen. Übrigens gehört seit Kurzem ein alter Freund von dir auch zu unserem Club, Christian Bredehoff. Er hat letztens eine äußerst geniale Fälschung enttarnt, die man seiner Galerie angeboten hatte. Einen van Gogh. Cleverer Bursche!«

Und Bredehoff war auch mit Christine befreundet gewesen, kein Liebespaar, aber doch enge Vertraute, wie sie mir einmal gesagt hatte. »Christian ist so süß«, hatte sie geschwärmt. »Er weiß alles und hilft allen. Aber wir sind zu gut befreundet, um was miteinander zu haben. Eigentlich schade.« Das verriet ich Richard aber nicht. Es tat ja auch nichts zur Sache. Mein Verhältnis zu Bredehoff war immer etwas distanzierter gewesen.

Am frühen Nachmittag parkte ich mein Auto vor Strates Haus. In einem der Gärten brummte ein Rasenmäher, in einem anderen plätscherte ein Springbrunnen. Ansonsten hörte ich keine Geräusche. Eine extrem ruhige Gegend mit schönen, soliden Einfamilienhäusern.

Ernestine erwartete mich schon an der Haustür. Sie führte mich ins Wohnzimmer, das inzwischen fast leer war. Nur noch das Sofa, ein Couchtisch und ein Bücherregal standen darin.

»Die Bücher habe ich nicht aussortiert«, erklärte sie. »Zu viel Arbeit. Die wertvollen alten Werke erbt die Leibniz-Bibliothek. Die anderen Bücher werden verkauft. Der Professor hat gerne Krimis gelesen, wie man der Sammlung ansieht.«

Ich ließ meinen Blick über das prall gefüllte Regal schweifen. Mein Auge blieb an einem der Bücher hängen. »The Secrets of the Medici« lautete der Titel, der Autor war zu meiner großen Überraschung niemand anderer als Alexander Freeling. Ich zog das Buch aus dem Regal und pustete die dünne Staubschicht vom Einband.

Ernestine warf einen Blick auf das Buch in meiner Hand und kicherte. »Tja, der gute Alexander Freeling! Der Herr Professor schätzte ihn. Freeling hat ihn besucht und ihm seine beiden historischen Thriller geschenkt. Offenbar hat er keine Lust mehr gehabt, immer nur akademische Sachbücher zu schreiben. Der Professor meinte zu mir, dann müsse er sich wohl auch an Krimis versuchen. ›Was Freeling kann, kann ich schon lange‹, hat er gesagt. Aber das war wohl nur ein Spaß. Ich kann kein Englisch, doch Freeling hat meinen Kuchen auf Deutsch gelobt. Netter Mann!«

Ich öffnete das Buch. Es war 1998 erschienen und »To all my students« gewidmet. »Und der zweite Thriller?« Ich war neugierig geworden.

»Der steht im Arbeitszimmer vom Professor. Ich hole ihn. Sie können diese Schmöker gerne mitnehmen.« Ernestine eilte aus dem Zimmer. Wenig später kam sie zurück. »Komisch«, sagte sie. »Das Buch ist nicht mehr da. Ich war mir absolut sicher, es im Regal gesehen zu haben. Allerdings ist das schon eine Weile her.« Sie wirkte ein wenig verstört.

Ich beruhigte sie. »Ist nicht so wichtig. Vielleicht hat der

Professor es anderswohin geräumt, oder könnte er es verliehen haben?«

Ein Lächeln erschien auf ihrem Gesicht. »Ja, das ist es! Jetzt fällt es mir wieder ein. Frau Windstetten war daran interessiert, und der Professor hat es ihr gegeben. Seltsamerweise hat er es sich dann ganz plötzlich anders überlegt und wollte es sofort wiederhaben, kaum dass sie aus dem Haus war. Ich bin hinter ihr hergelaufen, aber ich konnte sie nicht mehr einholen. Telefonisch war sie nicht zu erreichen. Das muss etwa eine Woche vor seinem Tod gewesen sein, als sie ihn das letzte Mal besucht hat.«

Ohne es zu wollen, hatte mir Ernestine eine wichtige Auskunft erteilt. Christine war also noch kurz vor Strates Tod bei ihm gewesen. Und hatte sich für dieses spezielle Buch von Freeling interessiert.

»Wie heißt das Buch denn?«

»Ich kann doch kein Englisch. Aber irgendwas mit ›Drache‹ oder so.«

Ernestine verstummte und wirkte auf einmal sehr nachdenklich. Dann nickte sie heftig und murmelte: »Ich glaube, ich muss den Kommissar noch mal sprechen!« Sie machte plötzlich einen sehr unruhigen Eindruck.

»Können Sie nicht mir sagen, um was es geht?«

Ernestine schüttelte den Kopf. »Nein, nein, ich erinnere mich nur wieder an eine Sache. Aber das muss ich der Polizei sagen.« Sie drängte mich fast aus dem Haus. Ganz so schnell aber wollte ich mich nicht abwimmeln lassen.

»Bitte eine Frage noch«, sagte ich und blieb stur im Flur stehen. »Hatte der Professor in den letzten Wochen vor seinem Tod außer Frau Windstetten nicht doch noch andere Besucher? Sie sagten der Polizei, ein Mann sei da gewesen, den Sie aber nicht zu Gesicht bekommen hatten. Sind vielleicht weitere Leute bei ihm gewesen, war vielleicht sogar jemand mal allein in seinem Arbeitszimmer?«

Ernestine sah mich mit einem seltsamen Blick an. Dann antwortete sie energisch: »Nein, niemand! Gehen Sie jetzt bitte. Ich muss diesen Schumann anrufen, und ich möchte vorher noch ein paar Dinge erledigen.«

Vom Flur aus führte eine Tür zum Keller, in dem ich noch nie gewesen war. Strate hatte mir einmal erzählt, dass er dort unten nicht nur Wein lagerte, sondern es auch noch einen Raum mit weiteren Büchern gebe. Gerne hätte ich einen Blick in den Keller geworfen, doch Ernestines abrupte Unfreundlichkeit verhinderte dies. Aber sicherlich hatten Schumanns Leute den Keller durchforstet. Ich nahm nicht an, dass dort unten weitere Aufzeichnungen des irischen Chronisten Stuart O'Sullivan zu finden waren. Trotzdem wäre ein Blick interessant gewesen …

Wer wohl den Wein erbte? Der Neffe in den USA? Fast hätte ich gelächelt. Die Transport- und Zollkosten würden fast so viel kosten, wie der Wein wert war. Ein ambivalentes Erbe. »Was geschieht mit den Büchern im Keller?«, fragte ich aber doch noch.

Ernestine zuckte zusammen. »Die kommen auch weg«, erwiderte sie sehr kurz angebunden.

Wenig später stand ich auf der Straße, nicht einmal eine halbe Stunde, nachdem ich das Haus betreten hatte. Ich wunderte mich über ihr sonderbares Verhalten. Zu dumm, dass ich nicht weiter nach den fehlenden Dokumenten hatte suchen können. Aber immerhin besaß ich Freelings Roman.

Von Richard und Schumann hörte ich weiterhin nichts. Meine Mutter rief an und reagierte wie erwartet, als ich ihr von den Morden erzählte. »Ach je, Mädel, musst du immer in solche Abenteuer geraten? Ich dachte, das wäre vorbei.« Das hatte ich auch gehofft.

Anstatt meine Katalogarbeiten fortzuführen, studierte ich noch einmal die Aufzeichnungen von Stuart O'Sullivan und ärgerte mich erneut, dass ich hier nicht weiterkam. Ich setzte mich in meinen Lesesessel und grübelte darüber nach, was Christine mit dem anderen Buch von Alexander Freeling vorgehabt hatte.

Ich kannte Freeling flüchtig, und auch als Kunstexperte war er mir seit Jahrzehnten ein Begriff, aber ich wusste keine Details aus seinem Leben. Ich googelte ihn und landete bei einer englischen Biografie. »Alexander Freeling, born 1943 in London, studies in Oxford, prominent art historian, special area Renaissance paintings.«

In Oxford hatte er auch promoviert, über das Thema »Von der Frührenaissance zum Barock – der Wandel der Perspektive in der italienischen Malerei seit 1400«. Klang ziemlich trocken. Unter seinen aufgelisteten Werken fand ich zahlreiche Biografien und Aufsätze in Fachzeitschriften über die Kunst von 1400 bis 1600 und tatsächlich die beiden Buchtitel, die nichts mit seiner akademischen Welt gemein hatten. 1998 veröffentlichte er »The Secrets of the Medici«, das nun vor mir auf meinem Couchtisch lag, 2001 »The Legend of the Green Dragon«. Diese »Legende vom grünen Drachen« war leider vergriffen, wohl aber laut einer Kritik im »Guardian« der »gelungene Versuch eines renommierten Kunsthistorikers, dem Leser die Kunstwelt des 15. Jahrhunderts nahezubringen«. Das Buch erzählte von einem Mord an einem Palastwärter der Medici und vom Raub eines kostbaren Gemäldes, das für vier Jahrzehnte verschollen blieb und erst um 1500 auf dem Landsitz einer florentinischen Familie wiederauftauchte. Es ging in dem Roman weniger um das verschollene Bild als um mehrere Bluttaten vor der Kulisse des alten Florenz. Der Mörder war ein verbitterter ehemaliger Gefährte von Cosimo di Medici, der alle Welt hasste und ein Exempel statuieren wollte. Ein echter Psychopath. Das Drama endete allerdings mit einem Happy End. Das Bildnis des Heiligen wurde am Ende sichergestellt, der Mörder von einem Enkel des gemeuchelten Palastwärters gefasst. Das Bild kehrte in den Palast zurück, aus dem es einst entwendet worden war, und der junge Held namens Adriano Celeste erhielt von den Medici einen reichen Lohn und konnte die schöne Tochter des ehrbaren Barbiers Marco di Stefano ehelichen. Wenn sie nicht gestorben waren, lebten sie noch heute.

Ich stutzte. Die Geschichte hatte Parallelen zu den Notizen O'Sullivans über die Herkunft der beiden Bilder in der Warchester-Sammlung. Woher mochte der englische Professor die Anregungen haben? Vielleicht war er bei seinen Recherchen zu wichtigen Werken der Renaissance auf Quellen gestoßen, in denen über den Raub eines kostbaren Gemäldes und den Tod des Palastwärters berichtet wurde. Romane greifen ja oft wahre Begebenheiten auf, und falls es tatsächlich diesen Diebstahl samt Mord gegeben hatte, war es durchaus verständlich, wenn Freeling ihn als Ausgangspunkt für seine Geschichte vom grünen Drachen benutzt hatte. Bei meinem Besuch in London, dessen Planung immer mehr Konturen annahm, würde ich ihn danach fragen.

Der Kritiker des »Guardian« vermerkte in seiner amüsanten Buchvorstellung, die ich im Internet fand, dass das geraubte Bildnis entfernt an Uccellos »Heiligen Georg« erinnerte. Die Beschreibung dieses Werkes des völlig fiktiven Künstlers Fiorentino Mastroianni, gewiss eine Hommage an den italienischen Filmstar Marcello Mastroianni, schilderte zwei grüne Monster, die um eine zarte, an einen Pfahl gekettete Jungfrau kämpfen. Ein Ritter auf einem Rappen mit wehendem Mantel galoppiert auf die Ungeheuer zu, um die Maid zu retten. Das Cover zeigte allerdings nur einen Drachen und einen Ritter auf einem Schimmel, wich also stark von dem fiktiven Gemälde des Maestro Mastroianni ab. Ich amüsierte mich bei der Lektüre des Artikels köstlich und versuchte mir den würdigen Alexander Freeling beim Schreiben dieses »Meisterwerks« vorzustellen. Sicherlich mit einem leichten Schmunzeln auf den Lippen.

Irgendwann machte es mich nervös, dass sich Schumann nicht meldete, der aber wohl Besseres zu tun hatte, als ausgerechnet mich ständig über den Stand der Dinge zu informieren. Ich griff schließlich zum Handy und versuchte ihn zu erreichen. Mich interessierte, ob Ernestine Wiegand ihn kontaktiert hatte. Offenbar glaubte sie ja, einen sachdienlichen Hinweis geben zu können. Ich erreichte Schumann nicht, hinterließ ihm eine Nachricht auf der Mailbox und beschloss, einen Ausflug nach Hildesheim zu machen. Ich wollte die freundliche Nachbarin von Christine bitten, mich in die Wohnung zu lassen, um dort nach der »Legende vom grünen Drachen« zu suchen. Christine würde diesen albernen Krimi nicht aus reiner Leselust mitgenommen haben.

Wegen des Feierabendverkehrs brauchte ich fast eine Stunde für die knapp vierzig Kilometer von Tür zu Tür. Ich hatte glücklicherweise Alma Raventlows Festnetznummer im Internet gefunden und sie gefragt, ob ich vorbeikommen dürfe. Sie schien erfreut zu sein. Wahrscheinlich bekam sie selten Besuch, und nun, da ihre Nachbarin tot war, hatte sie sicherlich noch seltener die Möglichkeit, sich mit jemandem zu unterhalten.

Unterwegs kaufte ich eine Schachtel Pralinen, und gegen neunzehn Uhr erreichte ich Christines Wohnblock. Alma Raventlow öffnete mir strahlend lächelnd die Wohnungstür zu ihrem kleinen Apartment. Anderthalb Zimmer, eine Kitchenette, ein Bad, Flur, Balkon. Alles sehr sauber, ordentlich und staubfrei. Die Bücher alphabetisch geordnet im Regal, die Silberrahmen mit Familienbildern fleckenfrei. Sie nahm dankend die Pralinen entgegen und bot mir Sherry an, den ich ablehnte und stattdessen um ein Glas Wasser bat. »Ich darf doch?«, fragte sie, erwartete aber offensichtlich keine Antwort und goss sich selbst ein großes Glas Sherry ein. Das Mineralwasser dagegen, serviert in einem kleinen Glas, schmeckte fad und abgestanden.

»Weiß man etwas Neues über Christine?«, eröffnete sie unser Gespräch.

Ich schüttelte den Kopf. »Leider nein. Die Polizei wertet noch Spuren aus und geht Hinweisen nach.«

»Ich habe in der Zeitung gelesen, dass man im Braunschweiger Museum eine Leiche entdeckt hat. Könnte das was mit Frau Windstetten zu tun haben?« Ihre Augen hinter den dicken Brillengläsern blitzten. Ich verriet ihr nicht, dass ich es war, die beide Male die Toten entdeckt hatte. Viel mehr interessierte mich, weshalb die alte Dame mutmaßte, dass die beiden Morde zusammenhingen.

»Wieso, meinen Sie, könnte es eine Verbindung geben? Stand davon etwas in der Zeitung?«

Alma Raventlow lächelte. »Nein, aber ich habe eins und eins zusammengezählt. Der Name des Mannes wurde mit Rainer H. aus Hannover angegeben. Wenn Christine unterwegs war, habe ich ihren Briefkasten regelmäßig geleert. Und erst vor zwei Wochen habe ich einen Brief aus ihrem Postkasten geholt. Der Name des Absenders lautete Rainer Herfurth. Ich bin nicht neugierig, doch ich schaue schon manchmal, ob ein Brief wichtig aussieht. Rechnungen lasse ich in einem Körbchen im Eingang, aber Briefe lege ich auf ihren Schreibtisch. Es ist auch noch ein Päckchen von diesem Herfurth für sie gekommen. Ich habe aber nichts davon geöffnet«, beeilte sie sich zu erklären und lächelte zufrieden.

Sie hatte ihr Sherryglas geleert, während ich zaghaft an meinem Wasserglas nippte. »So, Sie wollten noch mal in die Wohnung? Suchen Sie etwas Bestimmtes? Die Polizei war ja schon recht gründlich.«

»Ich suche ein Buch, das ich Christine geliehen habe«, log ich frei von der Leber weg. »Das hätte ich gerne wieder, weil daran persönliche Erinnerungen hängen.«

»Ach so, das verstehe ich. Ich gehe mit Ihnen rüber.« Alma Raventlow stand für ihr Alter erstaunlich flott auf und führte mich zur Nachbarwohnung. Ein wenig umständlich kramte sie den Schlüssel heraus und schloss die Wohnungstür auf. Ein Schwall abgestandener Luft schlug mir entgegen. »Die Wohnung wird in den nächsten Tagen leer geräumt. Da es wohl keinen nahen Verwandten gibt, kommen die Möbel zu einer karitativen Einrichtung. Ihre Kleider wohl auch. Das andere muss noch geklärt werden, Bücher, Porzellan und so etwas«, sagte sie.

Das kleine Arbeitszimmer mit dem modernen Schreibtisch, einem sehr bequem anmutenden Bürostuhl und einem gut gefüllten Bücherregal sah aus, als ob Christine jeden Moment zurückkehren würde. Gut, der Computer fehlte, die wenigen Schubladen des Schreibtischs waren von der Spusi ausgeräumt worden, und auf der Fensterbank lag eine dünne Staubschicht. Und doch spürte ich noch etwas von Christine in diesem Raum.

Ich trat zu dem Bücherregal. Viele Kunstbücher und Kataloge wie in Strates und auch in meinem Arbeitszimmer in Hannover, Nachschlagewerke, mehrere Wörterbücher für Italienisch, Englisch und Französisch, ein ganzes Regal voll mit den Kunstzeitschriften, für die sie geschrieben hatte, und dazwischen eingestreut Romane. Christine liebte Krimis und Thriller wie ich auch. Sie waren alle versammelt, von Jussi Adler-Olsen über Jo Nesbø bis hin zu P. D. James und Robert Harris, von Arne Dahl über Håkan Nesser bis zu Ken Follett und Jeffery Deaver. Ein paar deutsche Krimis befanden sich auch darunter, Titel von Nele Neuhaus und Melanie Raabe.

Hinter mir räusperte sich Alma Raventlow. »Ich möchte gerne nach der Tagesschau einen Film sehen. Brauchen Sie noch länger?«

Ich erwiderte: »Sofort, bitte nur noch eine Minute.« Es war nicht leicht, in dieser Bücheransammlung einen bestimmten Titel zu finden. Doch dann entdeckte ich das Buch, das quer im obersten Regal lag. Alexander Freelings Roman »The Legend of the Green Dragon«. Ein abgegriffenes Buch, dessen Schutzeinband ziemlich zerfleddert aussah. Ich zog es heraus und schlug es auf. Die offizielle Widmung lautete: »To all my students and to my dear friend Michael Shane«. Persönlich gewidmet war es mit den Worten: »To my dear brother in arms, Klas. May we always live in the glory of the great masters – your friend Alexander«. Am unteren Rand der Seite stand: »London, December 24, 2001«. Geschrieben mit dunkelgrüner Tinte.

Ein Weihnachtsgeschenk also von Freeling an seinen Kollegen Strate. Ich fragte mich, ob der Professor den Schmöker jemals gelesen hatte. Allerdings wiesen die Rissspuren des Einbandes darauf hin, dass irgendjemand das Werk mit einigem Interesse studiert haben musste. Christine? Aber warum gerade dieses Buch? Weil es von Freeling stammte, dem international prominentesten Experten auf dem Gebiet der Renaissancemalerei? Ich nahm den Roman an mich und erklärte Alma Raventlow: »Das ist das Buch. Danach habe ich gesucht.«

Doch die alte Dame war, wie ich schon zuvor bemerkt hatte, nicht auf den Kopf gefallen. Sie hatte neben mir gestanden und einen Blick in das Buch geworfen. »Darin steht aber eine Widmung für Klas Strate«, sagte sie und sah mich streng an.

Schnell fabulierte ich mir etwas zusammen. »Ja, das stimmt. Aber der Professor hat mir das Buch geschenkt, und ich habe es Christine geliehen.« Weshalb ich nicht einfach die simple Wahrheit sagte, wusste ich selbst nicht. Wer einmal anfängt zu flunkern, der muss immer weitermachen.

Sie nickte. »Wie dem auch sei. Das scheint nicht gerade ein wertvolles Buch zu sein. Solche Lektüre nahm Christine auch gerne mit in ihr Wochenendhaus.«

Ich war mit den Gedanken schon ganz woanders, zuckte aber bei dem Wort »Wochenendhaus« zusammen. »Sie hatte ein Wochenendhaus? Wo denn?«

Davon hatte ich nichts gewusst. Wieder stellte ich fest, dass ich Christine eigentlich nicht mehr wirklich gekannt hatte.

»Oh ja, das hat sie vor zwei Jahren gekauft und ist häufiger für ein paar Tage hingefahren. Sie wollte mich immer mal einladen, dazu ist es aber nie gekommen. Das Häuschen liegt wohl etwas ab vom Weg, Christine nannte es immer ihren Zufluchtsort.« Alma Raventlow fuhr sich durch die weißen Haare. »Wo war das doch bloß? Ein komischer Name, daran erinnere ich mich.« Sie wirkte auf einmal verwirrt. »Ich weiß es nicht mehr. Aber kommen Sie noch mal mit zu mir, wenn wir hier fertig sind. Irgendwo habe ich es mir notiert. Sie hat mir den Ort mal auf einer Niedersachsenkarte gezeigt.«

Gerade wollte ich das Zimmer verlassen und Alma Raventlow zurück in ihre Wohnung folgen, da fiel mir ein schmales ledergebundenes Büchlein auf, das unter dem Freeling im Regal gelegen hatte und leicht zu übersehen war. Als ich es herunterholte, purzelten noch einige andere Bücher heraus, die ich schnell wieder zurücklegte. Doch dieses Bändchen interessierte mich. In goldenen Buchstaben stand darauf »Notizen«. Ich schlug es auf. Christines Schrift wäre der eines Arztes würdig gewesen. Ich konnte sie kaum entziffern. Aber ich nahm das

Notizbuch trotzdem an mich. Zu Hause hatte ich mehr Muße, ihre Krakeleien zu entziffern. Oder ich würde das Büchlein an Schumann weitergeben. Das wäre eigentlich die richtige Entscheidung gewesen. Aber erst wollte ich selbst sehen, ob Christine irgendetwas notiert hatte, was für den Fall wichtig war. Typisch für mich, aber ich konnte das Büchlein ja danach immer noch an Schumann abgeben.

Mit meiner Beute unter dem Arm ging ich noch einmal hinüber in die andere Wohnung.

Alma Raventlow stöberte in ihrem eleganten kleinen Schreibtisch, der unter dem Fenster ihres Wohnzimmers stand, ein sehr dekoratives Stück aus der Biedermeierzeit. Sie murmelte vor sich hin, wühlte in einem Stapel von Briefen, ließ einige davon auf den Boden fallen, hob sie schimpfend wieder auf und wandte sich schließlich zu mir um. »Ich finde diesen Zettel nicht mehr. Darauf stand der Name des Sees, an dem das Häuschen liegt. Er muss irgendwo in der Gegend von Wolfsburg oder Peine oder Gifhorn sein.« Mit einem sehr unzufriedenen Gesichtsausdruck setzte sie sich in einen der beiden mit hellrosa Stoff bezogenen Sessel und goss sich ein weiteres Glas Sherry ein. »Wollen Sie nicht doch einen?«, fragte sie höflich.

Ich winkte ab. »Nein danke, ich muss gleich zurück nach Hannover fahren.«

Alma blickte auf die auf dem Sekretär stehende Schreibtischuhr. »Oje! Schon fast zwanzig Uhr.«

Ich verstand den Wink mit dem Zaunpfahl. Zeit für ihren Fernsehabend. »Leider kenne ich mich in der Gegend um Wolfsburg nicht so gut aus. Welche Seen gibt es denn da, die in Frage kommen?«, unternahm ich einen letzten Anlauf. Doch Alma Raventlow hatte bereits ihren Fernseher angeschaltet und ignorierte mich. »Gut, dann gehe ich jetzt mal«, sagte ich, ein wenig verärgert. Ich würde wohl nie erraten, wo Christine ihr Wochenendhaus hatte.

Alma Raventlow reagierte auf meinen Abschiedsgruß erst nicht. Als ich mit einem enttäuschten Seufzer auf die Tür zuging, drehte sie sich plötzlich um. »Das ist es! Ich wusste doch, dass es ein seltsamer Name ist. Und den See gibt es erst seit knapp fünfzig Jahren.« Sie stockte. »Jetzt ist mir der Name schon wieder entfallen. Ich werde leider immer vergesslicher.«

»Nichts für ungut«, erwiderte ich und öffnete die Tür. »Danke auf jeden Fall für Ihre Mühe.«

»Jetzt habe ich ihn wieder!«, rief Alma laut, und ich blieb stehen. Sie sprang behände von ihrem Sessel auf. »Ihr ›Danke‹ hat mich darauf gebracht. Der Name klingt nämlich so ähnlich wie Danke! Es ist der Tankumsee bei Isenbüttel! Da war ich selbst vor vielen Jahren, kurz nachdem er 1970 eingeweiht wurde. Es hat mich ein bisschen erstaunt, dass Christine sich ausgerechnet dort ein Häuschen gekauft hat. Ich hätte eher auf das Steinhuder Meer oder auf den Gartower See getippt. Aber der Tankumsee ist auch recht hübsch. Im Sommer herrscht dort an den Wochenenden immer Hochbetrieb.« Sie lächelte triumphierend. »Ja, ja, der Tankumsee. Und da ist sie vor gut zehn Tagen wieder mal hingefahren. Hatte das Auto ziemlich voll beladen und sagte mir, sie wolle das Häuschen für den Sommer fit machen. Was mich aber doch etwas gewundert hat, war, dass sie so ein großes Paket mitgeschleppt hat. Als ich sie danach fragte, sagte sie nur, dass darin Bettwäsche und Tischtücher frisch von der Reinigung seien.« Sie glühte vor Stolz, als sie erneut in einer Schublade zu wühlen begann. »Hier habe ich sogar die Adresse.« Endlich zog sie einen rosa Zettel hervor. »Rhododendronweg 4. Müsste in einer Wohnsiedlung am See sein. Die gehört noch zu Isenbüttel.«

Ich drückte der völlig überraschten Dame einen Kuss auf die Stirn und rief, als ich hinauslief: »Liebe Frau Raventlow, Sie sind ein Genie!«

Vergnügt machte ich mich auf den Heimweg nach Hannover. In meiner Begeisterung bemerkte ich nicht, dass mir offenbar auf der gesamten Strecke ein Wagen folgte. Ich hatte ihn zwar bei meiner Abfahrt vor Almas Haus im Rückspiegel gesehen, aber nicht weiter beachtet. Es dämmerte bereits, und ich konzentrierte mich auf den Verkehr. Ich fuhr nicht gerne bei anbrechender Dunkelheit oder nachts, und so nahm ich keine weitere

Notiz von dem Auto hinter mir. Bis ich vor meiner Wohnung in Hannover anhielt und die Wagentür abschloss. Der Wagen parkte direkt hinter mir, und den Mann, der daraus ausstieg und auf mich zukam, hätte ich nicht im Traum erwartet.

Confessio

Nachdem ich mich von meiner Überraschung und meinem Schrecken erholt hatte, stammelte ich: »Wo kommen Sie denn her? Was wollen Sie bei mir? Sie wissen, dass nach Ihnen gesucht wird.«

Robin Gregson sah mich mit rot unterlaufenen Augen an. Er fuhr sich mit der Hand über sein unrasiertes Kinn und sagte dann mit rauer Stimme: »Könnten wir bitte in Ihre Wohnung gehen? Hier draußen lässt sich schlecht sprechen.«

Ich spürte zwar ein leichtes Unbehagen, doch Angst hatte ich keine. Dieser abgehalfterte Mann wirkte wenig einschüchternd. In meiner Wohnung angekommen, bat er um ein Glas Wein und ließ sich unaufgefordert auf mein Sofa fallen. Er blickte sich um und sagte mit bittendem Unterton: »Könnten wir Englisch sprechen? Mein Deutsch ist zwar okay, aber was ich Ihnen sagen möchte, kann ich besser auf Englisch ausdrücken.«

Ich nickte. »Gut. Dann bin ich mal gespannt.« Ich holte eine Flasche Weißburgunder aus dem Kühlschrank und zwei Gläser. Plötzlich überkam mich auch das Bedürfnis nach einem Glas Wein.

Gregson trank einen großen Schluck, stellte das Glas auf den Tisch und räusperte sich, ehe er zu sprechen begann. »Ich weiß, dass der in diesem Fall ermittelnde Kommissar und Sie mich auf den Kameraaufnahmen vom Hotel Mercedes gesehen haben müssen, und ja, ich war es, der Sie weggestoßen hat, als ich aus Christines Zimmer gestürmt bin. Ein Grund, warum ich erst mit Ihnen sprechen möchte, ehe ich zu dem Kommissar gehe, ist, dass Christine Ihre Freundin war und dass ich im Hotel so eine umwerfende Wirkung auf Sie hatte.« Er lächelte.

Ich fand das zwar »not amusing«, aber ich ließ ihn weiterreden.

»Ich kannte Christine seit einem gemeinsamen Seminar in der National Gallery vor anderthalb Jahren. Das Thema war:

›Wie lässt sich in der Kunst die Lüge von der Wahrheit unterscheiden?‹« Er leerte das Glas und schob es über den Tisch, was ich als Aufforderung verstand, ihm nachzuschenken. Ich fühlte mich bemüßigt zu sagen:

»Ich weiß von diesem Seminar. Eigentlich sollte ich auch teilnehmen, musste aber im letzten Moment aus privaten Gründen absagen. Es ging um ›Original und Fälschung in der Kunst seit der Antike‹, nicht wahr?«

»Ja, Schwerpunkt allerdings war die Kunst seit 1400. Ich habe mich schon länger mit dieser Thematik befasst.« Gregson hielt das Glas in beiden Händen und sagte dann: »Sie wissen vielleicht von der unangenehmen Geschichte mit dem gefälschten Warhol, die mich meine Anstellung in der Agentur ›Art Hunters‹ gekostet hat. Ich hatte noch Glück im Unglück und musste nicht ins Gefängnis, aber die Geldstrafe überstieg meine Mittel bei Weitem. Ich war ruiniert. Doch dann traten einige Privatleute an mich heran. Ich bekam Aufträge, Bilder aufzuspüren, die als verschollen galten. Ich hatte nicht immer Erfolg, aber es gelang mir, ein spätes Seestück von William Turner aufzutreiben, das 1948 gestohlen worden war. Dieses Bild gehörte ehemals einer längst verstorbenen exaltierten Dame in Glasgow, deren Erben mich beauftragten, das Bild zu finden. Nach diesem Erfolg brauchte ich mich nicht mehr um Aufträge zu sorgen.«

Draußen war es inzwischen stockdunkel geworden. Gregson wirkte zwar nicht bedrohlich, aber mein Instinkt riet mir, ihm nur in Maßen zu vertrauen. »Und was hatten Sie jetzt mit Christine zu tun?«

Ich stand auf, holte eine Flasche Mineralwasser aus dem Kühlschrank und trank in durstigen Zügen. Gregson schenkte sich selbst noch ein weiteres Glas Wein ein.

»Christine bat mich vor etwa einem Jahr, für sie ein paar Recherchen in England anzustellen. Sie verriet mir nicht viel, doch sie schien auf die Spur eines Fälscherrings gestoßen zu sein. Ich kannte Michael Shane, den damals berühmtesten englischen Fälscher, sehr gut, der leider vor drei Monaten bei einem Autounfall gestorben ist.«

Michael Shane? Dieser Name tauchte doch in Freelings Widmung seines zweiten Thrillers auf. Was für eine seltsame Koinzidenz!

Gregson spürte meine Verwunderung und sagte: »Michael Shane war eine außerordentliche Persönlichkeit. Ein großer Künstler, geradezu ein Genie. Er konnte jedes Werk der Kunstgeschichte kopieren, na ja, und er hat den Warhol gefälscht. Eigentlich eher aus Jux, um sich selbst zu beweisen, dass er dazu fähig war. Aber dabei haben wir leider die Grenzen der Legalität überschritten. Er bekam zwei Jahre auf Bewährung, ich die Geldstrafe. Christine wusste davon. ›Tiny Boxes‹ nannte Shane das Bild, das Warhol nicht einmal im Traum selbst geschaffen hätte. Aber es sah absolut echt aus. Christine hoffte, dass sie über meine Verbindung zu Shane an Informationen kommen könnte. Shane schien auch durchaus willig, mir einiges zu verraten. Es war klar, dass er für diesen Fälscherring arbeitete. Irgendwie ist er da hineingeraten. Ich vermute, am Anfang eher weil es seiner ziemlich ausgeprägten Eitelkeit schmeichelte, später vielleicht auch aus Geldgier. Er hatte schon immer einen ausgefallenen Geschmack. Ich bin aber sicher, dass er aussteigen wollte, zumal er mit Kusshand als Berater für Museen engagiert worden wäre. Kurz vor seinem Unfall versuchte er mich zu erreichen, um mir, wie er auf der Mailbox hinterließ, etwas anzuvertrauen. Leider starb er wenige Tage später, ohne dass wir uns noch einmal gesprochen hatten. Deshalb hege ich den Verdacht, dass sein Tod auf dieser einsamen Landstraße bei Manchester Anfang Februar kein Unfall war. Ich glaube, seine Auftraggeber hatten von seinen Plänen erfahren und wollten ihn ausschalten. Das Autowrack wurde nie untersucht, sein Tod schnell als Unfall wegen überhöhter Geschwindigkeit bei schlechten Wetterbedingungen ad acta gelegt.«

Mein Handy klingelte, aber ich beachtete es nicht. Gregsons Geschichte klang wie ein Thriller und erinnerte mich an eine Fernsehserie, die von der BBC vor einigen Monaten produziert worden war. Darin ging es um ein internationales Polizistenteam, das mehrere Morde an prominenten Kunsthändlern und

Kunstkritikern aufklärte. Im Mittelpunkt standen auch die Aktivitäten einer Gruppe von Fälschern, die diverse Auktionshäuser belieferte. Diese Gruppe hatte überall ihre Helfershelfer. »The Dark Side of the Art« hieß die Serie, und ich hatte alle acht Folgen in einem Rutsch in der Mediathek gesehen. Aber was Gregson erzählte, war Realität, nicht der Geniestreich eines Drehbuchautors. Und der Drahtzieher hinter all diesen Aktivitäten würde ganz gewiss nicht Benedict Cumberbatch ähneln, der in der Serie einen ziemlich attraktiven, aber finsteren Schurken namens Derrick Bondy mimte.

Gregson wischte sich mit einem großen Stofftaschentuch den Schweiß von der Stirn. Hastig leerte er das Glas Wein. Ich schenkte ihm nicht nach. Zwar hatte ich keine Ahnung, wie viel der Mann vertrug, aber ich wollte ihn bei klarem Verstand erleben.

»Christine war ziemlich bekümmert, als sie von Shanes Tod erfuhr. Aber sie hatte offenbar einen ganz konkreten Verdacht, den sie mir allerdings noch nicht verraten wollte«, fuhr Gregson fort. »Ich selbst arbeite seit einigen Monaten für einen wohlhabenden Kunstsammler in London, der sich für ein bestimmtes Bild interessiert, das, falls es existiert, sehr viel wert ist. Er besitzt eine gelungene Fälschung dieses Gemäldes, das wahrscheinlich nie als Fälschung enttarnt worden wäre. Doch ich habe ein Dokument entdeckt, das dies belegt.«

»Also kein Puppenmuseum in Notting Hill?«, fragte ich meinen Gast.

Gregson senkte den Kopf und starrte in sein leeres Glas. »Nein, das war ein Vorwand, um mit Richard Bernhard in Kontakt zu kommen. Christine hatte mir mitgeteilt, sie wolle in seinem Geschäft Informationen für mich verstecken. Ich schwöre, dass ich sie nicht ermordet habe.« Er hielt inne. Dann sagte er: »Weshalb wäre ich sonst zu Ihnen gekommen? Ich könnte längst über alle Berge sein, und selbst wenn die britische Polizei und Interpol nach mir suchen, hätte ich Mittel und Wege, zu verschwinden. Ich möchte aber nicht eines Mordes verdächtigt werden, den ich nicht begangen habe.«

Ich überging seine Unschuldsbeteuerung und fragte: »Und weshalb diese USB-Sticks?«

»Christine hatte mir vor Kurzem anvertraut, dass sie auf Unterlagen gestoßen sei, die mir bei meinen Recherchen weiterhelfen könnten.« Gregson drehte das Weinglas hin und her. Er sank erschöpft in die Sofakissen. In diesem Moment klingelte erneut mein Handy, das ich genervt auf lautlos stellte.

Gregson spähte zur Weinflasche. Ich goss ihm den letzten Rest ein. Er dankte und fuhr fort: »Mein Spezialgebiet, da habe ich nicht gelogen, ist tatsächlich die Renaissancezeit, und ich arbeite wirklich an einem Artikel über Il Biondo, von dem es höchstens noch zehn oder zwölf Bilder weltweit gibt, dieses eine in der Sammlung Strate eingeschlossen. Christine erzählte mir von dem Bild und dass es im kommenden Jahr in Braunschweig ausgestellt werden soll. Das war ein weiterer Grund für meine Reise hierher.« Gregson hielt inne und sah auf seine Armbanduhr. »Es ist spät. Mein Hotelzimmer habe ich nicht mehr. Ich sollte mich um eine Unterkunft kümmern.«

Diese Unterbrechung ärgerte mich. »Nein, Sie können jetzt nicht einfach aufhören. Und bitte berichten Sie morgen im Polizeipräsidium dem ermittelnden Kommissar Hans Schumann alles ebenso ausführlich. Ihr Deutsch reicht dafür aus. Sie sollten wirklich dorthin gehen, sonst handeln Sie sich noch sehr viel mehr Ärger ein.«

Mein übertrieben mütterlicher Ton bewirkte, dass er mich fast verschüchtert ansah. »Okay, dann mache ich weiter, aber bitte noch ein Glas Wein.«

Der Mann entpuppte sich als wahrer Schluckspecht! Ich öffnete eine neue Flasche, blieb aber selbst bei Wasser. Er trank diesmal in kleineren Schlucken und erzählte weiter, wobei er ein wenig nuschelte:

»Ich hatte also den Auftrag, nach besagtem Bild zu forschen. Diese Fälschung, von der mein Auftraggeber fest annahm, sie sei das Original aus dem 15. Jahrhundert, hatte sein Vater einem verarmten russischen Adligen abgekauft. Mein Auftrag bestand darin, die genaue Provenienz des Bildes festzustellen und seine

Geschichte zu recherchieren. Dass es eine Fälschung ist, entdeckte ich bei meinen Recherchen zu Il Biondo in der British Library. Ein Brief von 1690 enthüllte, dass das Bild meines Auftraggebers eine Fälschung aus dem Jahr 1650 sei. Das war ein Schock für den Besitzer, der das zunächst nicht glauben wollte. Aber eine vertrauliche Expertise bestätigte die Information. Was aber wirklich völlig irre erscheint, ist ein anderer Fakt, den ich durch diesen Brief herausgefunden habe. Dieses jetzt als Fälschung enttarnte Bild hat sich offenbar schon einmal im Besitz der Familie meines Auftraggebers befunden. Ich schätze, dass irgendeiner der Nachfahren es verkauft hat und es nun auf geradezu wundersamen Wegen wieder zurück zu dieser Familie gekommen ist. Und jetzt soll ich das Original auftreiben, das womöglich längst zerstört oder verschollen ist. Mein Honorar ist zwar üppig, doch die Erfolgsaussichten sind gering. Ich ahne nicht einmal, wer das Original besessen haben könnte. Über die Provenienz des echten Bildes und über sein Schicksal nach 1650 habe ich bisher nichts erfahren. Und da kommt Ihre Freundin ins Spiel. Sie hatte bei ihren recht häufigen Besuchen bei Strate Dokumente entdeckt, die, wie sie mich wissen ließ, eine wahre Sensation für den Kunstmarkt bedeuten würden. Darin geht es um den Biondo und um das Bild, dessen Original ich suche. Verfasst von einem Iren in englischen Diensten im 17. Jahrhundert.«

»Bei dem Bild handelt es sich doch wohl um den ›Heiligen Georg‹ von Uccello?«, fragte ich. »Eine frühe Fassung?«

Gregson sah mich überrascht an. »Sie wissen davon?«

»Ich habe das Bild noch nie gesehen, weder das Original noch die Fälschung. Aber ich glaube, dass es irgendwo noch das Original geben muss.«

Gregson war perplex. »Dann haben Sie diese Dokumente auch gesehen?«

Er richtete sich auf dem Sofa auf. Ich fühlte leichte Verärgerung in mir aufsteigen. Ich hatte mich als privilegierte Geheimnisträgerin gefühlt, die kurz vor der Entdeckung einer Sensation für den Kunstmarkt stand. Jetzt stellte sich heraus, dass meine einstige beste Freundin die Aufzeichnungen von O'Sullivan nicht nur vor mir entdeckt, sondern auch Gregson zumindest teilweise eingeweiht hatte. Dabei wollte Strate mir die Mappe als eine besondere Geste des Vertrauens überlassen. Meine Verärgerung verwandelte sich in Zorn und Enttäuschung.

Es brach aus mir heraus: »Christine hätte diese Dokumente gar nicht sehen dürfen, denn eigentlich hatte Strate sie mir zugedacht und nicht ihr. Was sie da gemacht hat, ist unanständig und Betrug!«

Meine Illusionen über meine alte Freundin schwanden zusehends. Mochte sie auch für Richards illustren Kreis der Schwarzmarkt-Jäger gearbeitet haben, so hatte sie wohl vor allem ihren eigenen Vorteil im Auge gehabt. Allmählich traute ich ihr all das zu, was Schumann mir erzählt hatte und ich nicht akzeptieren wollte. »Was hat sie mit Ihnen ausgehandelt, und wie viel Geld sollte sie dafür bekommen?«

Gregson schwankte. Er erhob sich halb vom Sofa, wobei mehrere Kissen auf den Boden rutschten. Er wirkte aufgebracht. »Christine hatte nicht vor, Strate zu bestehlen. Sie verehrte ihn. Aber sie konnte nicht widerstehen, als sie diese Aufzeichnungen fand, hat sie fotografiert, auf ihrem Laptop gespeichert und auf die Sticks kopiert. Die Dokumente selbst hat sie wieder in Strates Haus zurückgebracht. Sie wollte mit Strate reden, aber dann wurde der alte Herr ermordet und der Biondo, von dem sie mir erzählt hatte, gestohlen. Das hat sie mir noch vor einer knappen Woche am Handy berichtet. Sie schien sehr aufgeregt und beunruhigt.«

Gregson atmete schwer. Seine Augen hatten einen leicht glasigen Schimmer. Seine nächsten Worte zeigten, dass es ihm weniger um Christines Schicksal als um seine eigenen Interessen ging. »Stellen Sie sich vor, was für eine Sensation, wenn es sich, wie ich inzwischen annehme, um den Biondo handelt, der gleichzeitig mit dem Uccello im Besitz der Familie Warchester gewesen ist! Über diese Familie gibt es einiges im Archiv der British Library, wie eben jenen Brief, den ich dort entdeckt habe. Es lohnt sich, dort nachzuforschen, wobei ich noch keine

Zeit dazu hatte. Christine deutete übrigens an, dass die beiden Werke durch ein Geheimnis verknüpft seien.«

Er sank wieder auf das Sofa zurück und hob die Kissen vom Boden auf, klopfte sie ab und legte sie sorgfältig hin. »Ich hatte gehofft, aus diesen Dokumenten mehr über das Schicksal des Uccello zu erfahren. Christine versprach mir, dass sie mir die Aufzeichnungen zur Verfügung stellt, ich sollte sie aber beteiligen. Nicht nur am materiellen Gewinn. Der ist auch nicht zu verachten. Ich hatte vor, ihr dafür eine Anzahlung von zwanzigtausend Euro zu geben. Am Tag vor ihrem Tod sprach sie mir noch einmal auf die Mailbox und sagte, sie habe die USB-Sticks in den Pompadour-Täschchen von zwei Puppen im Geschäft ihres alten Freundes Richard Bernhard versteckt. Sie habe das Gefühl, verfolgt zu werden, und fand dieses Versteck originell, ich eher lächerlich. In der Rückschau auf die Ereignisse verstehe ich, dass sie die Sticks nicht bei sich haben wollte. Wahrscheinlich wurde sie wirklich verfolgt.« Er wirkte erschöpft. Seine Stimme klang wie ein dumpfes Murmeln, als er hinzufügte: »Ich bin so schnell wie möglich aus England hierhergekommen und habe ihr eine Nachricht geschrieben, dass ich Richard Bernhard offiziell die Puppen abkaufen würde, um keinen unnötigen Verdacht zu wecken, die Aufzeichnungen aber gerne mit ihr zusammen studieren wolle.«

Gregson blickte mich gequält an. »Ich konnte doch nicht ahnen, was passiert! Sie schrieb mir, ich solle am frühen Nachmittag ins Hotel Mercedes kommen, da sie mir im Vorfeld noch etwas Wichtiges sagen müsse. Mit Richard Bernhard war ich erst für den nächsten Tag verabredet. Christine plante, für einige Tage im Hotel zu bleiben, weil sie, wie sie anmerkte, sich nicht in ihre Wohnung nach Hildesheim traute. Ich habe versucht, sie anzurufen, aber landete immer nur auf der Mailbox. Und dann bin ich zu diesem Hotel gefahren. Ich habe geklopft, aber niemand hat geantwortet. Die Tür war einen Spalt weit offen, was mich schon wunderte. Ich habe noch mal ihren Namen gerufen, aber wieder ohne Reaktion. Dann bin ich hineingegangen. Sie lag auf dem Bett, verdreht und in Bauchlage, der Kopf unter der Decke. Ich habe sofort geahnt, was mit ihr passiert war. Der Schreck ließ mich erstarren. Ich habe mich auch nicht näher an das Bett herangewagt, sondern bin völlig kopflos aus dem Zimmer gestürzt, wo Sie gerade vor der Tür standen. Tut mir leid, dass ich Sie umgerannt habe, aber ich war in Panik.«

»Und Sie haben nicht noch etwas aus dem Zimmer mitgenommen?«, fragte ich.

Seltsamerweise traute ich Gregson diese Kaltblütigkeit zu, trotz seiner Schilderung, unter Schock gestanden zu haben. »Aber nein! Ich habe mich doch auf der Stelle umgedreht und bin aus dem Zimmer gestürzt. Ich hatte Angst, dass Christines Mörder noch im Zimmer sein könnte. Im Bad oder hinter einem dieser bodenlangen Vorhänge.« Er leerte das Weinglas. »Ich bin aus dem Hotel raus und zu meinem Mietwagen, der am anderen Ende des Parkplatzes stand.«

»Und es ist Ihnen nicht in den Sinn gekommen, die Polizei zu rufen oder zumindest jemanden im Hotel zu alarmieren?«

Gregson schluckte schwer. »Nein, ich war zu feige. Ein Ausländer, der sich mit einer Frau im Hotelzimmer treffen will, sie tot auffindet – nein, ich wollte nur weg.«

Irgendetwas störte mich an seiner Erzählung. Was sollte dann das Theater mit Frostauer und Braunschweig, fragte ich mich. Laut sagte ich: »Aber Sie haben mit Frostauer Kontakt aufgenommen. Vor oder nach diesem Treffen im Hotel?«

Gregson spürte mein Misstrauen. »Ich hatte Frostauer sogar noch aus London angerufen. Da wusste ich noch nicht, dass das Bild gestohlen worden war. Christines Nachricht enthielt darüber keine Informationen. Ich wusste zwar von Strates Tod, aber nichts von dem Raub des Biondo und auch nicht, dass die Polizei hier einen Zusammenhang mit Strates Ermordung sieht. Als aber Wedel mir sagte, ich könne das Bild nicht sehen, da ahnte ich etwas. Wirklich überrascht war ich nicht. Mir war klar, dass Strates Tod und der Diebstahl dieses Bildes zusammenhängen, und irgendwie war Christine in diese Sache involviert, leider. Zwischen Christines Tod und unserem Treffen in Braunschweig war ich nicht in Hannover. Ich bin ziemlich ziellos durchs Land gefahren, um wieder auf den Boden zu kommen. Am liebsten wäre ich sofort nach London zurückgereist, aber ich brauche diese Unterlagen. Deshalb habe ich gewartet.«

»Und Herfurths Ermordung?« Ich kam mir vor wie Schumann in seinen Vernehmungen. Gregson reagierte heftig.

»Den Mann habe ich nicht gekannt, das müssen Sie mir glauben! Zudem habe ich ja wohl ein perfektes Alibi, falls Sie mich verdächtigen sollten. Wir saßen zusammen im Restaurant und sind gemeinsam zum Museum gegangen. Da war Herfurth bereits tot. Das war der nächste Schock. Wenn dieser Mord etwas mit dem Biondo zu tun hat, umso schlimmer auch für mich. Ich bin in eine Sackgasse geraten, weil sich Christine mir gegenüber nicht mehr äußern konnte. Ihr Tod bekümmert mich ehrlich.«

»Erstaunlich, wie gelassen Sie in Braunschweig aufgetreten sind. Man hat Ihnen Ihre angebliche Erschütterung nicht angemerkt.« Wieder stieg Ärger in mir auf. Wie konnte dieser Mann nur so kaltblütig sein? »Und all diese schrecklichen Ereignisse haben Sie nicht davon abgehalten, Ihre Verabredung mit Richard Bernhard aufrechtzuerhalten, um die Puppen abzuholen –«

Gregson unterbrach mich. »Ich sagte doch, dass ich diese Sticks dringend benötige! Wenn ich nicht versucht hätte, sie zu bekommen, hätte das doch niemandem genützt. Christine wird dadurch nicht wieder lebendig!« Er sah mich wütend an. Da konnte ich nicht mehr an mich halten.

»Sie sind ganz schön unverfroren und skrupellos. In jeglicher Hinsicht! Christine ist tot, und Sie versuchen dennoch an ihr Material zu gelangen und Kapital daraus zu schlagen. Und Sie flüchten feige vom Tatort. Ihr Auftritt in Braunschweig treibt mir jetzt noch die Galle hoch! Zum Glück sind wir Ihnen zuvorgekommen. Sie wären sonst sang- und klanglos mit den Sticks nach London verschwunden und hätten die Puppen womöglich irgendwo entsorgt. Umso glücklicher bin ich, dass Sie die Puppen nicht in die Hände bekommen haben.« Gregson konnte nicht ahnen, dass ich aus sentimentalen Gründen an diesen Puppen hing. Sicher erschien ihm meine Reaktion total überkandidelt. Was sie letztlich auch war.

Ob er das wirklich so empfand, zeigte er mir nicht, sondern sah eher schuldbewusst aus. Fast hätte ich Mitleid für ihn empfunden. Aber an mir nagte noch immer der Zweifel. Ich glaubte Gregson, dass er Christine nicht getötet hatte. Ich nahm ihm ab, dass sie ihn ins Hotel gebeten hatte, weil sie ihm etwas anvertrauen wollte. Aber kurz bevor er kam, hatte sie auch versucht, mich zu erreichen, und mich ebenfalls aufgefordert, ins Hotel zu kommen. Stand während ihres Anrufs bei mir schon ihr Mörder vor der Tür? Ich kam mit meinen Überlegungen nicht weiter, hoffte aber, dass ihr Notizbüchlein zur Klärung beitragen würde.

Gregson rieb an dem inzwischen erneut leeren Weinglas und riss mich aus meinen Gedanken. »Als ich gesehen habe, dass die Puppentäschchen nicht mehr da waren, hat mich wieder Panik überfallen, und ich bin auf und davon. Ich wusste ja, dass der Plan gescheitert war.« Er versuchte zu lächeln. »Aber ich bin nicht abgereist, weil ich erst mit Ihnen reden und mich dann bei der Polizei melden wollte.«

Jetzt sah er ziemlich kleinlaut aus, dieser Mann, der in Braunschweig so arrogant und selbstsicher gewirkt hatte. Doch der Ausdruck verschwand rasch wieder, und der wahre Gregson tauchte hinter der Demutsmaske auf. Seine Stimme klang harsch, als er fragte: »Sie haben die Aufzeichnungen doch gelesen, nicht wahr? Was haben Sie aus den Unterlagen erfahren?«

Aha, hab ich dich, dachte ich. Darum geht es dir in Wirklichkeit. Sein Blick hatte auf einmal etwas Lauerndes. Nein, ein wahrer Sympathieträger war er nicht, dieser Robin Gregson.

Ich würde ihm aber den Gefallen nicht tun, ihn einzuweihen und ihm den Namen des Schreibers zu verraten. Sollte er doch am langen Arm verhungern! Also sagte ich: »Über den Uccello steht nichts Erhellendes darin, außer dass er 1652 geraubt wurde. Der Biondo spielt nur eine Nebenrolle. Die Chronik endet sehr abrupt im Winter 1653. Die folgenden Kapitel scheinen zu fehlen.« Kein Wort von mir über Sinclair Drews

und den Mörder Steven Clarke. Stattdessen bohrte ich nach:
»Von wem stammt denn der Brief, in dem der Uccello als Fälschung bezeichnet wird?«

Gregson zögerte. Dann entschloss er sich zu einer Antwort.
»Nun gut, Sie können den Brief selbst in der British Library
unter den verbliebenen Familiendokumenten der Warchesters
finden. Der Verfasser ist unbekannt, da der untere Teil des
Briefes mit der Signatur fehlt. Und der Kopf des Briefes ist
auch nicht sehr aufschlussreich. Dort steht nur ›Edinburgh, im
August 1690‹. Und es geht weiter mit ›Werter Sir‹. An wen er
gerichtet ist, erfährt man nicht. Ein weiteres Rätsel.«

Da ich im Gegensatz zu Gregson O'Sullivans Unterlagen
gelesen hatte, ahnte ich, wem der mysteriöse Brief gegolten
hatte. Er war wohl nie abgeschickt worden und befand sich deshalb unter den Dokumenten im Archiv der Familie Warchester.
Mir wurde klar, dass ich möglichst rasch nach London reisen
musste, um selbst zu recherchieren. Ich würde mich an meinen
alten Freund Harold Kingsley wenden, den Kurator an der
British Library, der mir schon einmal sehr geholfen hatte. Und
ich setzte meine Hoffnung auf Alexander Freeling. Vielleicht
konnte er Licht in diese dunkle Angelegenheit bringen.

»Würden Sie Ihren Auftraggeber nennen? Vielleicht kann
ich ja helfen, diesen Fall zu klären«, schlug ich vor.

Gregson reagierte ungehalten. »Nein, auf keinen Fall. Das
ist absolutes Geschäftsgeheimnis.«

Seltsamerweise fühlte ich mich nicht gekränkt. Ich würde
das schon selbst herausbekommen. Schließlich hatte ich mein
eigenes Netzwerk. Laut sagte ich:»Okay, jetzt müssen wir noch
eine Schlafstelle für Sie finden, ehe Sie bitte morgen zu Kommissar Schumann gehen. Falls Sie mich doch als Dolmetscherin
brauchen sollten, könnte ich es vielleicht einrichten.« Ich hatte
das nicht aus Freundlichkeit gesagt, sondern aus Neugierde,
was Gregson auf dem Kommissariat erzählen würde. Gregson
nickte nur.

Ich hatte keine Lust, diesem Mann meine Wohnzimmer-
couch anzubieten, und rief deshalb in einer kleinen Pension in

der Nähe an, die tatsächlich noch ein Zimmer frei hatte. Eine Viertelstunde später verabschiedete sich Gregson. Ich fühlte mich erleichtert. Was störte mich an diesem Mann? Er hatte versucht, weitgehend konziliant zu sein. Doch irgendetwas an seinem Blick irritierte mich. Ich las Verschlagenheit darin und eine nervöse Unruhe. Und ich spürte, dass neben seiner Verflechtung mit Christine, seiner Arbeit für diesen mysteriösen Sammler und seinem persönlichen Interesse für Il Biondo noch etwas anderes mitschwang. Spielte auch Gregson ein doppeltes Spiel? War er vielleicht der Diener mehrerer Herren?

Todmüde wankte ich in mein Bett. Doch ich konnte nicht einschlafen. Ich nahm mir Freelings »Geheimnis der Medici« vor, blätterte in dem Roman und las quer. Darin ging es ebenfalls um ein mysteriöses Bild, das aber nicht gestohlen, sondern mit einem Fluch belegt war. Ein Vorfahre der berühmten Florentiner Familie hatte einst die Frau eines anderen Kaufmanns missbraucht und geschwängert. Ihr Mann verstößt sie, fordert Giacomo Medici jedoch zu einem Duell und wird tödlich verwundet. Seine Frau Fiorella bringt Giacomos Kind in einem Kloster zur Welt, stirbt im Kindbett, vermacht aber ihrem Sohn Lorenzo mit ihrem letzten Atemzug ein kleines Bild mit einer Jagdszene von einem unbekannten Künstler. Eine alte Kräuterfrau, die Fiorella gepflegt hat, belegt das Bild mit einem Fluch, der Giacomo so lange verfolgen soll, bis er Vergebung findet. Der inzwischen reumütige Vergewaltiger nimmt den Jungen bei sich auf. Doch der Fluch lastet wie eine dunkle Wolke über dem Haus des Florentiners. Es geschehen viele dramatische Grausamkeiten, bis Giacomo seine Tat von damals bitter bereut, sie beichtet und seinem illegitimen Sohn alles vererbt. Endlich schwindet der Fluch auch dank der wundersamen Kräfte eines Madonnenbildes von Giovanni di Nicola, einem Künstler des 14. Jahrhunderts, der in Pisa lebte und wirkte. Giacomo zieht sich in ein Kloster zurück, Lorenzo steigt zu Glanz und Ruhm auf und errichtet zu Ehren seiner verstorbenen Mutter einen Palazzo samt Kapelle. Dort stellt er das Madonnenbild auf, die von ihrem Fluch befreite Jagdszene aber verbannt er in sein

Jagdschloss in Fiesole. Das Bild mit der Jagdszene ähnelt dem berühmten Bild von Uccello aus dem Oxforder Museum.

Was für eine Schmonzette! Aber einige wunderschöne Beschreibungen von Florenz um 1400, eindrucksvolle Darstellungen von fiktiven Gemälden und ein paar schöne Dialoge zwischen Vater Giacomo und seinem Sohn, der ihm schwört, sein Leben der Hingabe an die Kunst zu widmen. Auf dem Umschlagbild sieht man die Silhouette einer Stadt mit Kuppeln und Türmen. Ein in Nebel gehülltes, stark stilisiertes Abbild von Florenz.

Ich legte das Buch beiseite. Meine Augen fielen mir zu. Die Nacht erschien mir unnatürlich still. Kaum ein Auto, keine Stimmen auf der Straße, nichts. Ich checkte nicht einmal mehr mein Handy, schaltete es aus und schlief endlich ein, als die Turmuhr der Kirche in der Nähe dreimal schlug.

Müde wachte ich am nächsten Morgen bei strahlendem Sonnenschein auf und stürzte meinen Morgenkaffee gierig hinunter. Bei der zweiten Tasse fiel mir ein, dass ich mein Handy noch nicht wieder eingeschaltet hatte. Neben drei verpassten Anrufen von Richard gab es eine Voicemail von Schumann, der erst kurz zuvor versucht hatte, mich zu erreichen: »Bitte dringend zurückrufen!«

Was war denn nun schon wieder so »dringend«? Ich hoffte, dass sich diese Nachricht auf Robin Gregsons Auftauchen im Präsidium bezog und eventuell die Bitte, ob ich dolmetschen könnte. Gähnend drückte ich Schumanns Nummer und erreichte ihn nach wenigen Sekunden. Er klang wie nach einem Tausendmeterlauf, als er ins Handy schnaufte: »Ernestine Wiegand ist überfallen worden und liegt in kritischem Zustand in der MHH. Können wir uns nachher dort treffen?«

Ratespiele

Ehe ich Schumanns Bitte folgen konnte, klingelte mein Handy. Christian Bredehoff. Sein Anruf überraschte mich. Er hatte sich seit Ewigkeiten nicht mehr persönlich bei mir gemeldet, und unsere Begegnung bei Strates Beerdigung war eher flüchtig gewesen.

»Anna«, begann er ohne große Präliminarien, »ich muss dich dringend sehen. Ich möchte das nicht am Telefon besprechen.«

»Sorry, Christian, ich habe gleich eine Verabredung. Bist du denn nicht längst wieder in Wien?«

»Nein, ich habe meinen Aufenthalt verlängert, weil ich noch ein paar Termine in der Gegend und gestern eine wichtige Verabredung in Berlin hatte. Ich wohne in der Pension Winterfeld, würde aber gerne heute Abend zurück nach Wien fliegen. Wann hast du Zeit?«

Ich überlegte. »Erst muss ich noch etwas erledigen, aber gerne mittags.«

»Prima, das passt.«

Eigentlich hatte ich vorgehabt, am Nachmittag mit Richard zum Tankumsee zu fahren. Noch wollte ich Schumann nichts von meinen Vermutungen erzählen. Denn wenn sich meine Annahme, dass Christine in ihrem Wochenendhaus womöglich das gesuchte Bild versteckt hatte, nicht bestätigte, sah ich dumm aus. Und Schumann würde mich dann wohl als »Miss Marple vom Tankumsee« bezeichnen.

Ich griff nach Christines Notizbuch und schlug es auf. Mein Gott, was für eine Sauklaue! Mühsam entzifferte ich die ersten Sätze. Es waren Stichwörter zu Artikeln, hingekritzelte To-do-Listen und sogar eine Einkaufsliste, auf der ich die Wörter »Salat, Eier, Marmelade« entschlüsselte. Ich las ihre Eintragungen quer. Dabei kam ich mir wie ein Eindringling vor, auch wenn das Büchlein nur wenig Persönliches herzugeben schien. Kaum Daten, nur Stichworte, nur gelegentlich ein Halbsatz. Deshalb war mir unklar, welchen Zeitraum die Notizen umfassten. Dann aber stieß ich tatsächlich auf ein Datum: 10. April. »S. besuchen, Bild anschauen, G. anrufen, den Boss informieren«.

Den Boss? Wer sollte das sein? Zwei Seiten weiter stand: »S. tot. Furchtbar. Muss handeln. A. informieren. B. muss weg«. War ich A.? Und wer war nun schon wieder B.? Drei Seiten weiter fand ich eine Eintragung, die mir nach meinem Besuch bei Alma Raventlow weniger kryptisch vorkam. »Heute T.see. Dann Anruf A. R.? Eventuell Sch.?« Damit endeten die Eintragungen. Zum Schluss hatte Christine noch eine Telefonnummer aufgeschrieben, die aus sechs Zahlen bestand. Ich gab sie in mein Handy ein. Eine etwas monotone Frauenstimme teilte mir mit, dass diese Nummer nicht vergeben sei. Vielleicht war sie ja unvollständig. Ich legte das Notizbuch beiseite und beschloss, es erst einmal nicht weiterzugeben. Letztlich schienen mir die Notizen für Außenstehende nichtssagend – außer der Bemerkung über den »Boss«. Wobei das auch wenig aussagte. Und den »T.see« wollte ich ungestört besuchen. Ganz glücklich machte mich mein Entschluss nicht, das Notizbuch nicht weiterzugeben. Falls ich mich dazu durchringen würde, es Schumann zu überlassen, müsste ich mir eine passende Ausrede ausdenken, wo ich es gefunden und weshalb ich es nicht gleich abgeliefert hatte. Ich verfiel wieder einmal in mein altes Muster und schob meine Zweifel erst einmal beiseite.

Von meiner Wohnung aus brauchte ich etwa zwanzig Minuten zur MHH. In einer halben Stunde sollte ich Schumann dort treffen. Ich hatte also noch ein wenig Zeit. Schnell griff ich zu Freelings Roman »Legend of the Green Dragon« und schüttelte das Buch, aus dem leider keine geheimen Briefe oder mysteriösen Zettel fielen. Dafür gab aber der ohnehin schon lädierte Einband endgültig seinen Geist auf. Mit etlichen Streifen Tesafilm klebte ich ihn wieder zusammen und betrachtete das Bild auf dem Cover, das einen feuerspuckenden Drachen vor einem rosa gefärbten Himmel zeigte. Der Drache gefiel mir. Groß, moosgrün, mit kleinen roten Augen und riesigen Flügeln. Seine schuppigen Pranken waren jeweils mit zwei großen blutgetränkten Krallen bewehrt. Schaurig schön. Ich freute mich schon auf die Lektüre des Schmökers. Freeling war immer wieder für eine Überraschung gut. Wer hätte gedacht, dass dieser Intellektuelle solche Bücher schreiben würde? Aber eigentlich folgte er damit nur einer alten Tradition, zu der unter anderem Schriftsteller wie Umberto Eco und Cecil Day-Lewis gehörten, die auch an Universitäten gelehrt hatten. Day-Lewis legte sich für seine Krimis das Pseudonym Nicholas Blake zu, aber jeder wusste, wer sich hinter diesem Namen verbarg.

Schumann stand in der Eingangshalle des Hauptgebäudes der Medizinischen Hochschule und sah übernächtigt aus. Er hatte sich nicht rasiert. Seine Begrüßung fiel eher knapp aus.

»Hat Gregson sich bei dir gemeldet?«, fragte ich ihn. Er roch nach kaltem Kaffee und verbranntem Toast.

Schumann nickte. »Ja, er kommt in einer Stunde ins Präsidium. Ehrlich gesagt finde ich das mehr als sonderbar, vor allem, dass er bei dir aufgetaucht ist. Seine Begründung klang zwar plausibel, macht das Ganze aber nicht besser. Selbst wenn er nicht Christines Mörder ist, hat er irgendwie seine Finger in diesem Pudding.«

Was für ein Bild! Sollte Schumann inzwischen doch einen Englischkurs belegt haben und beim englischen »Fingers in the pie« in freier deutscher Übersetzung aus der Pastete einen Pudding gemacht haben?

Als er mich grinsen sah, raunzte er mich grimmig an: »Mensch, Anna, kannst du dich nicht einmal aus meinen Fällen heraushalten! Ich spiele dir ohnehin schon reichlich viele Informationen zu. Das sollte dir genügen. Also hör auf, dein eigenes Ding zu machen!« Er massierte seine Stirn und ließ sich auf einen der ungemütlichen Stühle im Eingangsbereich fallen. Ich erwiderte lieber nichts. Er fuhr mit etwas milderer Stimme fort: »Übrigens haben die Aufnahmen vom Parkplatz vor dem Hotel wenig gebracht. Dich haben wir darauf gesehen, Gregson, der in einen Mietwagen stieg, ansonsten ein paar Leute, die vom Hotel als Gäste erkannt wurden. Der Täter muss einen anderen Weg genommen haben.« Er sah sich in der nüchternen Eingangshalle der Klinik um. »Jetzt geht es aber erst mal um Ernestine Wiegand. Erst Strate, dann Christine Windstetten, dann dieser Herfurth, nun auch noch Strates Haushälterin. Haben wir es hier mit einem Serienkiller zu tun?« Eine wohl eher rhetorische Frage. »Lass uns in die Kantine gehen. Ich brauche dringend einen Kaffee.«

In der Kantine holte er zwei Kaffee ohne Milch und Zucker. Ich sagte nichts, weil ich ihn nicht noch mehr vergrätzen wollte. Eigentlich sollte er wissen, dass ich drei Stück Zucker und reichlich Milch in meinen Kaffee nahm. Stattdessen fragte ich: »Was ist mit Ernestine? Ist sie schwer verletzt?«

»Wir bekamen gestern am frühen Abend einen Anruf von der Nachbarin von Klas Strate«, antwortete er. »Sie sagte uns, dass in Strates Haus irgendetwas nicht stimme. Sie habe Stimmen gehört und dann ein dumpfes Geräusch. Wenig später sei ein Auto in der kleinen Gasse hinter dem Haus losgefahren. Brink hat sich sofort zu Strates Haus aufgemacht. Die Haustür war abgeschlossen, aber die Terrassentür stand einen Spalt weit offen. Ernestine Wiegand lag blutüberströmt und bewusstlos im Wohnzimmer neben dem Sofa. Im Krankenwagen hat sie kurz die Augen geöffnet und geflüstert: ›Habe Anna angelogen!‹ Dann ist sie wieder ohnmächtig geworden. Sie wurde hierhergebracht und sofort operiert. Schwere Schädelverletzung. Jetzt befindet sie sich im künstlichen Koma. Wie ihre Chancen sind, konnte mir der Arzt nicht sagen.« Schumann rührte in seinem schwarzen Kaffee herum, dann sah er mich an. »Was soll dieser Hinweis auf dich? Was hast du mit Ernestine Wiegand zu schaffen? Wieso meint sie, dich angelogen zu haben?«

Unter seinem strengen Blick krümmte ich mich innerlich zusammen. »Ich habe sie noch einmal angerufen, weil ich in Strates Haus nach weiteren Unterlagen suchen wollte. Die Dokumente auf den USB-Sticks enden sehr plötzlich. Ich dachte, dass es dort vielleicht noch irgendwo weitere Hinweise geben könnte, die selbst Christine übersehen hat. Aber daraus wurde nichts. Ernestine wirkte ziemlich nervös, die Zeit ist mir davongelaufen.

Ich habe dafür einen Thriller mitgenommen, den Alexander Freeling verfasst hat, ein renommierter Kunsthistoriker. Eigentlich wollte ich auch noch seinen zweiten Roman einstecken, den er Strate geschenkt hat. Beide Bücher sind historische Krimis, in denen es um Renaissancekunst geht, also um Freelings und Strates Fachgebiet. Aber der Roman war nicht da. Ernestine erinnerte sich, dass Christine ihn sich ausgeliehen hatte. Und plötzlich wurde sie richtig hibbelig. Sie sagte, ihr sei etwas eingefallen, und sie wolle mit dir Kontakt aufnehmen, und hat mich aus dem Haus komplimentiert. Hat sie dich angerufen? Das müsste so gegen vierzehn Uhr gewesen sein.«

Schumann antwortete nicht. Stattdessen fuhr er mich an: »Verdammt noch mal, Anna! Es reicht mir mit dir! Denkst du eigentlich nie nach? Wenn du so weitermachst, passiert dir womöglich auch noch etwas! Und nein, Ernestine Wiegand hat nicht versucht, mich zu erreichen. Nicht um vierzehn Uhr und auch nicht später.«

Er stand so heftig auf, dass der Tisch schwankte und die Kaffeetassen klirrten. »Ich habe dich hierherbestellt, was dich sicher gewundert hat, weil ich die Hoffnung hatte, dass Ernestine Wiegand noch mal kurz aufwacht und du dann mit ihr reden könntest. Ihr behandelnder Arzt war zwar strikt dagegen, aber ich dachte, es wäre eine Möglichkeit, ihre mysteriösen Worte zu entschlüsseln. Offenbar hat sie dir gegenüber ein schlechtes Gewissen.« Er sah auf seine Armbanduhr. »Ich muss jetzt gleich ins Präsidium, um mit Gregson zu reden. Kannst du dir wirklich keinen Reim darauf machen, was sie mit ihrer Bemerkung gemeint haben könnte?«

Ich trank langsam meinen bitteren Kaffee und antwortete: »Sie könnte sich auf einiges beziehen. Auf meine Frage, ob sie sich an Besucher außer Christine erinnert oder ob Strate im Keller irgendetwas außer Büchern und Wein gelagert haben könnte. Wahrscheinlich aber bezog sie sich auf ihre Ankündigung, sie würde dich wegen einer wichtigen Information anrufen. Stattdessen hat sie anscheinend mit jemand anderem telefoniert und den Täter ins Haus gelockt.«

Schumann nickte. »Könnte ein Erpressungsversuch gewesen sein.«

Ich schüttelte den Kopf. »Das würde mich bei der so grundsoliden Ernestine sehr wundern.«

Der Kommissar lächelte. »Du weißt doch, dass jeder Mensch mindestens zwei Seiten hat. Und man sieht immer nur die Seite, die man sehen möchte. Bei Christine Windstetten war das wohl ähnlich.«

Vielleicht hatte er recht, und auch Ernestine Wiegand konnte einen Hauch von krimineller Energie besitzen. Schumann ließ mich mit meinen Gedanken allein. Mir war klar, dass sie sich bei meinem Besuch plötzlich an etwas erinnert hatte, das mit den Ereignissen vom 22. April zusammenhing. Aber warum hatte sie dann nicht Schumann informiert, sondern war offenbar auf eigene Faust losmarschiert? Doch wer im Glashaus sitzt … Ich machte es ja oft genug nicht anders. Sollte Ernestine überleben, würde Schumann hoffentlich ein paar Antworten bekommen. Aber war auch ich in Gefahr? Es wäre nicht das erste Mal.

Einige Minuten nach Schumanns Abschied tauchte Ernestines Chirurg auf. Er sah sich kurz um und fragte: »Der Kommissar ist nicht mehr da?« Ich verneinte, woraufhin er sagte: »Es hat keinen Sinn, dass Sie noch hierbleiben. Falls Frau Wiegend das Bewusstsein wiedererlangt, werde ich Herrn Schumann sofort informieren.« Damit drehte er sich um und ging mit raschen Schritten davon. Ich fühlte mich wie ein unerwünschter Eindringling und beeilte mich, die Klinik zu verlassen.

Ich war mit Christian Bredehoff in einem kleinen Restaurant am Maschsee verabredet. Christian hatte sich richtig herausgeputzt mit seinen hellen Chinos, dem blau-weiß gestreiften Hemd und dem dunkelblauen Leinenblazer. Ich kam mir dagegen wie eine Landpomeranze vor in meinen Jeans und der simplen weißen Bluse.

Wir konnten draußen sitzen. Auf dem See glitten Segelschiffe dahin, ein kleiner Ausflugsdampfer zog seine Bahn quer über das glitzernde Wasser. Die Temperaturen waren gestiegen, und die Stimmung erinnerte an Sommerferien. Obwohl es erst mittags war, bestellte Christian für uns einen Aperol Spritz. Er prostete mir zu, wartete aber, bis unser Essen auf dem Tisch stand, ehe er mit seinem Anliegen herausrückte. Ich hatte derweil die Menschen beobachtet, die auf der Uferpromenade flanierten. Für den Bruchteil einer Sekunde glaubte ich in der Menge Robin Gregson zu erkennen. Aber als ich genauer hinsah, sah ich nur eine Gruppe fröhlich lachender Menschen.

»Weißt du, Anna«, drang Christians sonore Stimme an mein Ohr und holte mich in die Gegenwart zurück, »jetzt sitzen wir wohl mit Richard Bernhard in einem Boot. Du weißt, wir haben das große Ziel, eine Organisation zu entlarven, die den Kunstmarkt seit Jahren mit Fälschungen überschüttet. Wir überprüfen derzeit die Quellen einer Reihe von Galerien und Auktionshäusern.« Christian schob sich ein großes Salatblatt in den Mund, kaute ausgiebig und fuhr dann fort: »Ich arbeite für die bekannte Galerie Gochheimer in Wien, die vor allem auf das 18. und 19. Jahrhundert spezialisiert ist. Aber wir handeln auch mit älteren Werken, wie kürzlich einem Italiener aus dem 17. Jahrhundert. Ich bin zu diesem Kreis der Experten dazugebeten worden, weil ich einige Erfahrung mit der dunklen Seite der Macht im Kunsthandel habe und es mir gelungen ist, zwei Fälschungen zu enttarnen, ehe sie ein Prager Museum für eine Wahnsinnssumme erstanden hat.«

Er klang ein bisschen zu selbstverliebt, der gute Christian. Doch so war er schon immer gewesen. Gut aussehend, ein wenig eitel und ziemlich egozentrisch. Er schob den Salatteller beiseite und bohrte sein Messer in ein für meinen Geschmack reichlich blutiges Steak, während ich meine Tagliatelle mit Lachs genoss.

»Ja, Anna, und jetzt komme ich zu dir.« Das klang mir allzu herablassend. Christian bemerkte meinen Gesichtsausdruck und sagte rasch: »Du bist eine Expertin für die Florentiner Schule. Und wir alle suchen derzeit den Biondo aus der Sammlung Strate. Wir sind unter anderem an einem illegalen Netzwerk dran, das international italienische Meister des 15. und 16. Jahrhunderts im Fokus hat. Und dafür möchten wir dich um deine

Hilfe bitten. Wir haben in unserer Galerie ein Bild stehen, das angeblich von Arcangelo Fiorentino stammt, einem Maler, der zur selben Zeit wie Biondo gelebt hat und von dem es auch nur wenige Bilder gibt. Wir kennen nur drei weitere Werke von ihm, zwei Landschaften mit Vögeln und eine Landschaft mit Kirche. Wir würden deshalb gerne deine Meinung dazu hören. Es könnte eine raffinierte Fälschung sein. Die Provenienz dieses Fiorentino ist nicht ganz eindeutig. Ursprünglich war er im Besitz eines Bankiers in Salzburg, dessen Familie aber von dem Bild keine Ahnung hat. Der Mann ist vor zwanzig Jahren gestorben, angeblich hat seine inzwischen ebenfalls verstorbene Witwe das Bild an einen anonymen Sammler verkauft. Und der will es loswerden, für ziemlich viel Geld.«

»Und was genau soll ich tun?«

»Zum einen dir dieses Bild anschauen, für das ein Wiener Museum eine stattliche Summe geboten hat. Uns ist dieses Gemälde von einem Auktionshaus in Kommission gegeben worden, das von dem Sammler beauftragt wurde. Bisher hatte er nur über einen Anwalt verhandelt.« Christians Wangen glühten, und er wirkte auf mich fast fanatisch und etwas erschreckend.

Er bemerkte meine Irritation nicht, sondern stürmte weiter in seinen Ausführungen: »Der eigentlich geforderte Mindestpreis liegt aber über der Summe, die das Museum aufbringen könnte. Bisher haben wir noch gezögert, den Deal zu vermitteln. Falls das Museum ablehnt, soll es versteigert werden. Christine war übrigens an der Sache dran. Es wäre großartig, wenn du da anfängst, wo sie aufgehört hat, und dich vor allem mit der möglichen Provenienz befasst. Das Bild hing angeblich fast einhundert Jahre in Salzburg in der Villa Preciosa.«

»Und dann stelle ich eventuell fest, dass dieser Arcangelo Fiorentino eine Fälschung ist und dahinter dieser Schwarzhändlerring steht? Soll ich mich wie Christine in Gefahr bringen? Darauf verzichte ich gerne!«

»Nein, es besteht keine Gefahr für dich. Du gibst ja vor allem eine Expertenmeinung ab und versuchst den Hintergrund für diesen Verkauf zu eruieren. Wenn du das Bild für echt hältst, ist alles so weit erst mal okay. Falls daran aber etwas faul sein sollte, dann wäre das schon wieder ein Stückchen auf dem Weg zu den Drahtziehern dieser Organisation.«

»Und du bist befugt, mich damit zu beauftragen?«

»Ja, wir arbeiten zwar mit der Polizei zusammen, möchten aber erst eindeutig geklärt wissen, ob das Bild nicht doch echt ist. Das Auktionshaus befindet sich im selben Schlamassel wie unsere Galerie, wenn sie einer Fälschung aufgesessen ist. Wenn wir genug Beweise zusammenhaben, dann übernimmt Interpol.«

»Weshalb fragt ihr nicht einen Experten in Wien? Es gibt doch genügend Kunstkenner in deinem Beritt. Warum ich?«

Christian legte Messer und Gabel auf seinen Teller, beugte sich über den Tisch und raunte: »Vielleicht liegt es auch daran, dass ich dich seit Jahren kenne und schätze und vor allem weiß, dass du absolut integer bist. Strate hat dich geschätzt, und Alexander Freeling, den ich, ehrlich gesagt, um seine Meinung gefragt habe, wäre gern selbst nach Wien gekommen, ist aber verhindert und hat dich empfohlen. Ich kenne ihn sehr flüchtig, halte aber viel von ihm.«

Ich war überrascht. Freeling? Er sollte mich empfohlen haben? »Bist du sicher? Freeling hat dir meinen Namen genannt?«

Christian lächelte. »Du hast einen guten Ruf in der Branche. Also, wir brauchen nur deine Meinung zu diesem Fiorentino. Ich bin kein großer Kenner älterer Kunst, du dagegen schon. Ich möchte dich nach Wien einladen! Und was deine Frage nach Experten bei uns betrifft – die sind nicht in unsere Tätigkeit eingeweiht. Ich gehöre ja auch zum ›Club‹, wie dein Freund Richard Bernhard uns bezeichnet. Am liebsten wäre es mir, wenn du sehr bald kämst. Am Wochenende? Ich muss heute Abend nach Wien zurück. Wir bereiten eine Ausstellung mit Zeichnungen von Klimt vor.«

Ich schwieg. Eigentlich hatte ich noch den Termin in Braunschweig, und vor allem plante ich, Christines Wochenendhaus anzusehen. Heute war Mittwoch. Samstag käme aber schon hin. Montag wieder zurück und danach London, um den mysteriösen Brief in der British Library zu sehen, mich mit Harold Kingsley auszutauschen und Alexander Freeling zu sprechen. Dass er mich empfohlen haben sollte, ging nicht ganz in meinen Kopf. Aber schmeichelhaft war das schon. Was mich mehr als alles andere reizte, war, Ivory Hall am Loch Leven zu besuchen. Vorher ein Kurzausflug nach Wien wäre allerdings schon recht schön. Mal wieder ins Albertina und die Hofburg zu gehen und in den Stephansdom, vielleicht im Sacher nach einem mühsam erkämpften Platz ein Stück Torte zu genießen.

»Ich überlege es mir. Spätestens morgen sage ich dir Bescheid. Ich muss nur meine Pläne neu sortieren«, sagte ich und schluckte das letzte Stückchen Lachs. Den Rest der Mahlzeit sprachen wir über belanglose Themen, tauschten Erinnerungen aus und scherzten über bestimmte Dozenten, die uns mehr gelangweilt als gebildet hatten. Als ich das Restaurant verließ, winkte mir Christian noch mal zu. »Bitte komm«, rief er mir nach.

Mein Auto stand in der Nähe des Sprengel Museums. Der Aperol war mir in den Kopf gestiegen, sodass ich eine Weile am Türschloss herumfummelte. Streng genommen hätte ich das Auto stehen lassen müssen. Aber mein Nachhauseweg war nur kurz. Ich unterdrückte mein schlechtes Gewissen. Zufällig drehte ich mich noch mal zum Restaurant um. Und sah Robin Gregson auf der Terrasse mit Christian ins Gespräch vertieft.

Ausflug zum See

Der Tankumsee lag im flirrenden Sonnenlicht dieses milden Maitages vor mir. Libellen huschten über das Wasser, am Ufer aalten sich Menschen auf bunten Handtüchern, und einige Schlauchboote lagen wie gestrandete Wale auf dem spiegelglatten See. Ich war noch nie hier gewesen und bereute das jetzt. Was für eine freundliche Landschaft. Am liebsten hätte ich mich auch auf einem Handtuch ausgestreckt, doch ich hatte Wichtigeres vor. Der Rhododendronweg führte hinunter zum See, und Christines Haus lag unweit des Ufers am Rande einer adretten Wohnsiedlung. Ein kleines Holzhaus mit einer von der Straße aus zum Teil sichtbaren Veranda, einem Gärtchen und einer blau gestrichenen Eingangstür.

Da ich nicht glaubte, dass Christine einen Schlüssel unter einem Geranientopf vor ihrer Haustür hinterlegt hatte, musste ich mir überlegen, wie ich in das Häuschen hineinkam. Das hätte ich mir vorher überlegen sollen, aber Optimistin, die ich war, glaubte ich fest daran, schon irgendwie hineinzulangen.

Die Lösung für mein Problem erwies sich als denkbar einfach. Die rote Eingangstür des benachbarten Hauses stand weit offen. Ich spähte hinein und erblickte eine ältere Dame, die emsig mit einem Besen im Flur werkelte. Sie stellte den Besen in eine Ecke, als sie mich sah, und kam auf mich zu.

»Und Sie sind?«, fragte sie ohne Umschweife.

»Guten Tag, ich bin eine Freundin von Christine Windstetten. Sie hat mich gebeten, nach ihrem Haus zu schauen. Sie ist derzeit verhindert.«

Ich hoffte, dass die Dame noch nichts vom Tod ihrer Nachbarin gehört hatte. Meine Hoffnung erfüllte sich.

»Aha«, erwiderte sie. »Und nun brauchen Sie den Schlüssel. Wie gut, dass ich einen Ersatzschlüssel habe. Aber auch nur, weil Frau Windstetten ihren eigenen manchmal vergisst. Komisch, dass Ihre Freundin Ihnen keinen Schlüssel gegeben hat.«

»Das konnte sie nicht. Sie ist verreist, und da sie länger fortbleibt als geplant, hat sie mich telefonisch gebeten, nach dem Haus zu sehen.«

Die Frau blinzelte. »Dieser blöde Staub«, schimpfte sie und wischte über ihre Augen. »Na ja, Sie sehen mir vertrauenerweckender aus als dieser Typ, der vorgestern hier war und auch in das Haus wollte.«

Ich zuckte zusammen. Wer war mir da zuvorgekommen? »Wie sah dieser Mann denn aus?«

Die Frau schien nachzudenken. »Mein Gedächtnis ist nicht so gut. Er hatte eine ziemlich große Narbe unterm rechten Auge und ähnelte mit seinem Schnurrbart diesem Schauspieler aus ›Magnum‹. Eine Serie, die ich übrigens sehr gerne gesehen habe.« Für einen Moment verlor sie sich in ihren Erinnerungen. Dann streckte sie mir plötzlich die Hand entgegen. »Inge Borchers. Ich wohne eigentlich in Braunschweig, bin aber ab Mai fast immer hier. Als Rentnerin kann ich mir das ja leisten. Ich war Lehrerin. Grundschule. Das waren schöne Zeiten.«

Ihr anfänglich strenger Ausdruck verwandelte sich schlagartig, als sie mich anlächelte. »Ich habe gerade Kaffee gekocht. Wie wär's mit einer Tasse?«

Und so kam es, dass ich wenig später auf der kleinen Terrasse von Inge Borchers saß, Kaffee trank, dazu ein Stück von ihrem selbst gebackenen Marmorkuchen genoss und angeregt plauderte. Ich erfuhr einiges über die Nachbarschaft, hörte mir Klagen über die vielen Tagestouristen an und bekam einen kleinen Eindruck davon, wie Christine auf ihre Nachbarin gewirkt hatte.

»Nette Frau, allerdings kamen da schon manchmal seltsame Kerle mit ihr. Blieben aber immer nur kurz. Sie selbst war auch selten länger als drei, vier Tage da. Zuletzt kam sie vor einer Woche gegen Abend, aber da habe ich sie nur gehört, nicht gesehen. Sie ist rasch wieder weggefahren und hat nicht mal übernachtet. Hat auch keine Nachricht für mich hinterlassen wie sonst fast immer.« Inge Borchers legte mir noch ein Stück Marmorkuchen nach. »Da hat sie mich oft gebeten, nach ihrem

Haus zu schauen. Wir hatten immer mal wieder Einbrecher in der Gegend. Ich war aber jetzt ewig nicht mehr drüben. Ich habe nur hie und da mal nachgesehen, ob sich auch keiner am Türschloss zu schaffen gemacht hat. Sind ja viele Wochenendhäuser, die im Winter wenig genutzt werden. Aber wer hat schon wertvolle Gegenstände in seinem Wochenendhaus? Ich habe auch nur einen alten Fernseher und nichts Schickes in meinem Wohnzimmer.«

Endlich schwieg Inge Borchers. Ich sah auf meine Armbanduhr. »Vielen Dank, Frau Borchers. Sagen Sie, haben Sie dem Fremden den Schlüssel denn gegeben?«

»Nein, ich sagte ja, dass er mir komisch vorkam. Allein schon dieser Tom-Selleck-Schnurrbart. So hieß doch dieser tolle Schauspieler? Tom Selleck?«

»Ja, so hieß er. Aber was hat er gemacht, als Sie ihm den Schlüssel nicht gegeben haben?«

»Er hat mich böse angeguckt und ist weg. Ich habe aber genau darauf geachtet, dass er wirklich fort war und nicht versucht hat, irgendwie doch noch ins Haus zu gelangen. Ich habe ihm gesagt, ich hätte keinen Schlüssel. Woher der wohl wusste, dass ich einen habe? Das hat er vielleicht auch nur geraten. Er hat übrigens behauptet, er sei ein guter Bekannter von Frau Windstetten und solle für sie etwas aus dem Haus holen, da sie für einige Zeit ›unabkömmlich‹ sei. Er hat sich ziemlich gestelzt ausgedrückt.« Sie stand auf und ging ins Haus. Wenig später tauchte sie wieder auf und drückte mir einen Schlüssel an einem roten Band in die Hand. »Ich hoffe, Sie haben keine Stauballergie!«, rief sie mir nach.

Als ich die Tür zu Christines Häuschen öffnete, überkam mich eine Welle der Traurigkeit. Wie gerne wäre ich ihr so nahe wie in unseren Studententagen gewesen und hätte auch dieses Domizil mit ihr zusammen erlebt. Doch ich hatte in ihrer Welt nur noch einen Platz in einer der hinteren Reihen innegehabt.

Ich trat ein. Es roch nach Staub und Muff. Vom Flur aus ging es geradeaus in einen Wohnraum mit Essecke und einer offenen Küche. Von dort aus führte eine Holztreppe in den ersten Stock.

Das Sonnenlicht wurde durch die schmutzigen Fensterscheiben gefiltert und drang nur in dünnen Strahlen ins Wohnzimmer. Darin standen eine ziemlich ramponierte Couch, zwei Sessel, die schon bessere Tage gesehen hatten, ein Couchtisch mit dem Charme der fünfziger Jahre und ein mittelhohes Bücherregal, in dem sich dicht an dicht vor allem Taschenbücher drängten. Über allem schwebte ein leichter Nebel aus Staubflöckchen, der mich zum Husten reizte.

In der kleinen Küche hingen zwei ehemals weiße, jetzt gelblich angelaufene Schränke an der Wand, in denen sich ein paar Becher und insgesamt sechs Teller stapelten, im Abwaschbecken türmten sich drei weitere Teller, vier Tassen, zwei Töpfe und eine Bratpfanne. In der Pfanne klebten noch Reste von Zucchini und Aubergine. Als ich den Kühlschrank öffnete, fiel ein angeschimmelter Käse heraus, und der säuerliche Geruch nach verdorbener Milch nahm mir fast den Atem. Auch die drei Tomaten und die verschrumpelte Karotte hatten ihren Zenit längst überschritten. Ich goss die Milch in den Abfluss und warf die spärlichen Vorräte in den Abfalleimer unter der Spüle. Das Geschirr überließ ich seinem Schicksal.

Ich war nicht hier, um das Haus auf Vordermann zu bringen. Allerdings fragte ich mich, was damit geschehen würde. Schumann wusste offenbar noch nichts von Christines Wochenenddomizil. Ich überlegte, wie ich ihm, ohne wieder Ärger mit ihm zu bekommen, von meiner Entdeckung berichten könnte. Aber auch das schob ich wie das Notizbüchlein vor mir her. First things first, wie mein Wahlspruch in solchen Fällen lautete.

Ich blickte mich um. Wo könnte Christine hier etwas versteckt haben?

Bei meinem Versuch, das Bücherregal zu erkunden, verursachte ich einen kleinen Büchersturz. Etwa die Hälfte der sorglos gestapelten Bücher purzelte auf den Boden. Staub wirbelte auf und kitzelte mich in der Nase. Laut niesend fuhr ich zurück und stieß gegen die alte Couch. Da sich in dem Regal nichts Geheimnisvolles zu befinden schien, griff ich mutig zwischen die Kissen der mit abgeschabtem grünem Samt bezogenen Couch.

Ich zog zwei Kugelschreiber, ein zerknülltes Taschentuch, eine Sonnenbrille mit nur einem Bügel und eine Gabel hervor. Als ich mich abmühte, die schweren Polster dieses Möbelungetüms zu heben, knackte es merklich in meinem Rücken. Ich gab auf.

In diesem kargen Raum konnte ich keine weiteren Versteckmöglichkeiten entdecken. Kein Teppich, unter dem man eine Falltür oder lose Bretter vermuten könnte, keine Nischen in den Wänden; eine winzige Kommode mit drei kleinen Schubladen, in denen ein paar Küchenhandtücher und eine Packung mit Spültüchern lagen, aber kein Schrank. Seltsamerweise hob Christine ihre Küchenhandtücher im Wohnzimmer auf. In der Küche wäre in den zwei Wandschränkchen mehr Platz gewesen. Na ja, das sollte mir egal sein. Hier auf jeden Fall gab es keine Möglichkeit, einen größeren Gegenstand zu verbergen. Blieb mir nur noch der erste Stock.

Die schmale Holztreppe endete in einem Zimmer mit einem Einzelbett, einem dreitürigen Holzschrank, einem modernen Schreibtisch samt Bürostuhl und einem Sessel mit verblasstem Chintz-Bezug. Vom Schlafzimmer ging es in ein winziges Bad. Über dem Waschbecken hing ein Spiegelschränkchen mit allen möglichen Döschen und Schminkutensilien, einer großen Packung Aspirin und einer Flasche ohne Etikett mit einer seltsam gelben Flüssigkeit. Ich rührte sie nicht an. Der Duschvorhang hatte sich aus einigen seiner Halterungen gelöst, was ihm das Aussehen eines derangierten Regenschirms verlieh. Auch hier keine Chance, irgendetwas zu verstecken.

Im Schlafzimmer begann ich eine akribische Suche, hievte die Matratze hoch, wobei ich meinen knackenden Rücken ignorierte, spähte unter das Bett, wo eine noch dickere Staubschicht den Boden bedeckte, und öffnete schließlich den Kleiderschrank. Darin hingen zwei Sommerkleider, drei Blusen und ein hellgelber Regenmantel. In der Schublade im unteren Teil des Schranks befanden sich drei Paar Jeans, ein paar T-Shirts, ein grauer Pullover und etwas Unterwäsche. Weder Strümpfe noch Schuhe.

Frustriert setzte ich mich aufs Bett. Mich überkam die desillusionierende Überzeugung, einer völlig falschen Spur gefolgt zu sein. In dem viereckigen Paket, das Alma Raventlow erwähnt hatte, waren wahrscheinlich wirklich nur Bettwäsche und Tischdecken gewesen. Aber wo hob Christine so etwas auf? Im Schlafzimmer hatte ich nichts gefunden, die Kommode im Wohnzimmer eignete sich nicht für größere Gegenstände und reichte gerade mal für die Küchenhandtücher, die Küchenschränke boten auch zu wenig Raum, und einen Keller hatten diese Häuser nicht. Einen Dachboden? Ich blickte zur Decke. Keine Falltür. Eine solide Balkendecke, von der eine recht hübsche Lampe mit einem roten Schirm baumelte.

Von draußen drang der fröhliche Lärm der Sonnenanbeter in das staubige Häuschen. Dass Christine hier öfter Wochenenden verbracht haben sollte, erschien mir plötzlich surreal. Was hatte sie ausgerechnet hierher getrieben? Zugegeben, die Gegend war hübsch, der See durchaus reizvoll. Aber Christines Geschmack hatte ich anders eingeschätzt. Und dieses Haus mit seinen beengten Verhältnissen hätte die Christine, die ich von früher zu kennen glaubte, niemals als Rückzugsort ausgewählt.

Ich stand auf und stieg die Treppen wieder hinab. Im Wohnzimmer entdeckte ich dann in einer dunklen Ecke tatsächlich einen Stuhl, auf dem sich Tischdecken und einige Laken stapelten. Alles erschien wie ein Provisorium.

Ich öffnete mit einiger Mühe die Schiebetür zur Terrasse. Blanker Dielenboden, durch die winterliche Feuchtigkeit leicht grün verfärbt. Darauf zwei Gartenstühle, ein runder Tisch und eine zusammengeklappte Liege. In vier Blumentöpfen hatten einige Pflanzen die letzten Monate überlebt. Der winzige Garten wies Spuren von Vernachlässigung auf. Ein paar struppige Büsche, ein einzelner Rhododendron, dessen dicke lila Blüten dem tristen Einerlei einen Farbtupfer verliehen. Schräg daneben lag das Haus von Inge Borchers, deren Garten ein kleines Juwel war. Gepflegte Rabatten, ein Apfelbäumchen, auf dem ein Eichhörnchen hockte, drei Rhododendronbüsche mit unterschiedlich farbigen Blüten und eine Linde, auf deren Ästen sich mehrere Vögel tummelten.

Gerade wollte ich ins Haus zurückgehen und meine Suche abbrechen, da fiel mein Blick auf eine Stelle im Terrassenboden, die nicht ganz so grün verfärbt zu sein schien. Ich ging neben dieser Stelle in die Hocke und sah sie mir genauer an. Irrte ich mich, oder verlief da tatsächlich ein Spalt, der ein schmales, längliches Viereck im Boden markierte? Ich blickte mich nach einem Werkzeug um, denn mit den Fingern wollte ich nicht zwischen die Bretter greifen. Auf einem der Blumentöpfe lag eine Gartenschaufel. Ich steckte ihre Spitze in den Spalt und wackelte damit hin und her. Innerhalb weniger Sekunden lockerte sich das Brett, sodass ich es hochstemmen konnte.

Ich spähte in die Öffnung. Dunkel und feucht gähnte mir eine Aushöhlung entgegen. Mit Hilfe meiner Handytaschenlampe leuchtete ich hinein. Und da war es, das viereckige Paket, das mir Alma Raventlow beschrieben hatte. Es passte haargenau in diese Vertiefung. Ich musste nicht Star in einer Fernseh-Quizshow sein, um zu erraten, was sich in diesem dick umhüllten Paket befand. Keine Bettwäsche, keine Tischtücher! Ob mir wegen der Freude über diese Entdeckung oder aufgrund der bitteren Erkenntnis, dass Christines Versteckspiel einer der Gründe für ihren Tod gewesen sein musste, Tränen in die Augen traten, konnte ich nicht sagen. Aber zumindest wusste ich jetzt, was sie mit ihrer Nachricht »Kümmere Dich um den Biondo« zu erreichen gehofft hatte. Sie hatte auf mich gesetzt, geahnt, dass ich nicht lockerlassen würde, bis ich ihre posthume Nachricht entschlüsselt hatte, und ich war ihr gerecht geworden. Langsam richtete ich mich auf.

Jetzt wäre es eigentlich an der Zeit gewesen, das Brett wieder über die Öffnung zu schieben, Schumann anzurufen und geduldig auf ihn zu warten. Ich wusste auch schon, wie ich meine Anwesenheit in Christines Häuschen erklären würde: Alma Raventlow hatte mir davon erzählt, und ich war aus sentimentalen Gründen hierhergefahren, hatte ein bisschen herumgestöbert und durch Zufall dieses Versteck im Terrassenboden gefunden. Das kam der Wahrheit recht nahe. Schumann würde trotzdem sauer sein, aber angesichts meines Fundes müsste selbst der strenge Kommissar Gnade walten lassen. Rational denkende Menschen hätten so gehandelt. Nicht aber Anna Bentorp.

Ich verschnaufte eine Minute und beugte mich dann nach vorne, um das Paket aus seinem Versteck zu hieven. In diesem Moment hörte ich ein Geräusch im Wohnzimmer, ein leichtes Rascheln. Ich hob den Kopf, sah nichts, dachte, es sei der Wind, der durch die geöffnete Verandatür ins Zimmer wehte, wandte mich ab und machte mich erneut daran, meine Beute zu bergen. Dazu kam es nicht mehr. Ich spürte einen Schlag und kippte seitlich auf die Bretter. Ehe es dunkel um mich wurde, erhaschte ich einen Blick auf eine Gestalt mit einem Gegenstand in der Hand, die auf mich heruntersah, das Gesicht hinter einem Schal verborgen. Mein letzter bewusster Gedanke war: »Wie kann man an einem so warmen Tag mit Schal herumlaufen?« Danach war Sendepause.

Vernehmungen

Von Weitem hörte ich eine Stimme, die meinen Namen rief. Am liebsten hätte ich geantwortet, man solle mich in Ruhe lassen. Doch dann platschte ein nasser Lappen in mein Gesicht, der den Kokon aus bunten Nebeln zerriss. Ich versuchte meine Augen zu öffnen, was mir nur mühsam gelang. Über mir erblickte ich das Gesicht von Inge Borchers. Sie lächelte und sagte: »Oje, so ganz ist sie wohl noch nicht wieder da.« Sie trug ein Glas mit Wasser in der Hand, das sie mir an den Mund hielt. Ich trank gierig.

Mein Versuch zu sprechen endete in einem sinnlosen Gebrabbel. »Der Krankenwagen kommt gleich«, sagte sie ermunternd. Krankenwagen? Wozu das denn? Auch wenn mein Schädel brummte, meine Augen tränten, meine Zunge trotz des Wassers wie ein Wattebausch in meinem Mund lag, fühlte ich mich nicht krankenhausreif. Meine letzte Wahrnehmung durchzuckte mein müdes Hirn. Eine Gestalt neben mir oder besser über mich gebeugt, einen Gegenstand in der Hand. Die Erinnerung flutete zurück. Christines Wochenendhaus, das Versteck unter den Verandadielen, mein freudiger Schock über diese Entdeckung und dann das Verlöschen jeden Lichts.

Mit einem abgrundtiefen Seufzer rappelte ich mich hoch. »Ich brauche keinen Krankenwagen«, lallte ich. Inge Borchers schien mich gar nicht zu hören. In diesem Moment erklang das Horn der nahenden Ambulanz, und schon tauchten am Gartenzaun zwei Männer mit einer Trage auf und dahinter ein energisch wirkender junger Mann mit einer dicken Tasche.

Der junge Mann stellte sich als »Heino Markuse« vor und als »Notarzt«. Er versorgte erst meine Stirn mit einer übel riechenden, brennenden Tinktur und wandte sich dann meinem Hinterkopf zu. »Junge, Junge«, brummelte er vor sich hin. »Da hat Sie aber einer voll erwischt. Was ist denn passiert?«

Ich nuschelte etwas wie »ausgestolpert und blöd gefallen«.

Der junge Mediziner schüttelte den Kopf: »Nach einem Unfall sieht das aber nicht aus!«

»Die Polizei ist auch gleich da«, rief Inge Borchers.

Oh nein, nur das nicht! Das würde einen gehörigen Aufruhr geben. Ich sah schon Schumanns enttäuschtes Gesicht vor mir und glaubte seine zornige Frage nach dem Sinn oder besser Unsinn meines Alleingangs zu hören. Stöhnend sank ich zurück.

»Sie sollten ins Krankenhaus«, sagte der junge Dr. Markuse. »Ich schätze, Sie haben eine Gehirnerschütterung.«

Plötzlich überkam mich Wut auf diesen Mistkerl, der mir offenbar hierher gefolgt war, mich niedergeschlagen und das Bild aus dem Versteck gestohlen hatte. Ich war so wütend, dass die Wunde am Hinterkopf nicht mehr sehr schmerzte. Ich drehte mich zu dem freundlichen jungen Arzt um und versuchte möglichst energisch zu klingen: »Nein, nicht ins Krankenhaus. Ich werde einen Freund anrufen, der mich abholen soll. Und zu Hause lege ich mich ins Bett und warte ab, wie es mir morgen geht. Ins Krankenhaus kann ich dann immer noch.«

Der Arzt zuckte die Achseln. »Auf Ihre Verantwortung. Ich bin zwar nicht begeistert, aber wenn Sie nicht selbst Auto fahren und sich zu Hause sofort hinlegen, müsste das schon gehen. Nur lassen Sie bitte Ihre Wunde morgen noch mal anschauen. Die Schramme an der Stirn ist nicht so schlimm. Sie werden allerdings ein schönes blaues Auge bekommen.«

Die drei Männer rückten wieder ab, und ich hievte mich auf einen der Verandastühle. Mir war ein wenig übel. Inge Borchers sah mich voller Sorge an.

»Als ich gar nichts mehr von Ihnen hörte, habe ich glücklicherweise einen Blick über den Gartenzaun geworfen und Sie da quer auf den Brettern liegen sehen. Ich habe sofort den Krankenwagen und die Polizei gerufen. Wo bleibt die denn nun schon wieder?«

»Alles gut«, versuchte ich sie zu beruhigen. »Ich würde jetzt gerne erst mal meine Freunde anrufen. Jemand sollte mich abholen.« Ich kramte mein Handy aus meiner Handtasche. »Haben Sie den Angreifer denn sehen können?«

»Nein, ich war in meiner Küche. Nur ein Auto habe ich gehört, sonst nichts.«

»Aber gesehen haben Sie das Auto nicht? Es müsste doch hier geparkt haben?«

Inge Borchers blickte mich schuldbewusst an. »Ich habe vorhin meine Lieblingsserie im Fernsehen angeschaut und nicht nach draußen gesehen.«

Ich war der guten Frau nicht böse. Wie hätte sie auch ahnen können, was sich da im Nebenhaus abspielte? Ich bat sie um ein weiteres Glas Wasser, und sie eilte davon.

Ich wählte Richards Nummer. Er meldete sich für seine Verhältnisse ziemlich schnell.

»Wo steckst du denn?«, fragte er, ehe ich etwas sagen konnte.

»Schumann hat nach dir gefragt. Er ist noch mal hier vorbeigekommen. Und ich möchte dich auch sprechen. Hast du dein Handy wieder mal auf leise gestellt?«

»Richard, bitte keine Fragen jetzt. Ich erkläre dir alles, wenn du kommst. Hol mich bitte ab. Ich bin in Isenbüttel am Tankumsee. Allerdings solltest du jemanden mitbringen, der mein Auto zurück nach Hannover fährt.« Ich nannte ihm Christines Adresse. Er wollte gerade mit irgendwelchen Kommentaren loslegen, als es an der Tür des Häuschens klingelte, ein ziemlich zittriges Scheppern. Ich beendete das Gespräch und erhaschte einen Blick auf meine Anruferliste. Tatsächlich, Schumann, Frostauer und Richard hatten versucht, mich zu erreichen. Und Bredehoff. Dazu noch eine mir unbekannte Nummer mit englischer Vorwahl. Aber keine Nachricht auf der Mailbox. Wahrscheinlich mein alter Freund Harold Kingsley. Wer sonst sollte versuchen, mich aus London anzurufen? Doch ich spürte weder Kraft noch Lust, den Anruf gleich zu erwidern.

Inge Borchers öffnete die Haustür. Sie kehrte mit einem älteren Polizisten und einer jungen Frau in Uniform zurück.

»Polizeihauptmeister Hauke Solling und Polizeimeisteranwärterin Isolde Malchow«, schnarrte der ältere Polizist. »Sie sind überfallen worden?«

Ich mühte mich ab, den beiden freundlichen Gesetzeshütern

meine Geschichte möglichst plausibel darzulegen. Und ich war froh, dass Inge Borchers »mal eben kurz um die Ecke musste«, denn ich konnte Solling und seiner Kollegin nicht verhehlen, dass die Besitzerin des Wochenendhauses Opfer eines »Tötungsdeliktes« war.

»Das wissen wir bereits. Die Polizei ist gut vernetzt. Wir haben den Kollegen in Hannover mitgeteilt, dass die Tote am Tankumsee ein Häuschen hatte. Das war ihnen wohl neu. Was genau haben Sie hier zu suchen?« Hauke Solling klang weder besonders freundlich noch schien er besorgt um mein Wohlergehen.

Ich erzählte den beiden, dass ich eine enge Freundin der Toten gewesen sei und sie mich schon vor längerer Zeit gebeten habe, nach dem Haus zu schauen, falls sie es selbst nicht könne. »Sie hatte sich von mir Bücher für ihre Auszeit hier draußen geliehen, die ich mir zurückholen wollte«, flunkerte ich weiter.

»Und da schleichen Sie sich still und heimlich in dieses Haus?« Hauke Solling sah mich streng an. »Das ist zwar kein Tatort, aber Sie können nicht einfach auf eigene Faust hier herumschnüffeln.«

Oje. Schumann war nichts verglichen mit diesem gestrengen Herrn. Aber er hatte ja recht. Ehe ich eine Entschuldigung oder eine meiner vielen Halbwahrheiten äußern konnte, starrte Solling auf das Loch im Terrassenboden und wandte sich erneut an mich. »Und was ist das hier?« Er kniete sich neben die Öffnung und sah hinein.

»Ja, das war da schon, als ich kam«, flunkerte ich. »Ich bin eher zufällig auf die Veranda gegangen, um Luft zu schnappen. In dem Haus ist es reichlich stickig. Ehe ich mir dieses Loch näher anschauen konnte, habe ich den Schlag auf den Kopf bekommen, bin auf den Boden geknallt und erst wieder zu mir gekommen, als Frau Borchers auftauchte.«

»Was wollte der Angreifer denn? Haben Sie ihn gesehen, vielleicht jemanden überrascht? Einen Einbrecher? Denjenigen, der die Dielen auf der Veranda weggehoben hat?« Solling kritzelte in ein kleines dunkelrotes Notizbuch. Ein geistiger Verwandter von Schumann?

»Gut möglich, dass da jemand war. Ich habe im Wohnzimmer ein Geräusch gehört, aber ehe ich danach schauen konnte, ging bei mir das Licht aus.«

Die Polizistin, die sich bisher nicht gerührt hatte, grinste. »Sehr schön ausgedrückt«, kommentierte sie. »Was könnte denn in diesem Loch gewesen sein?«

»Keine Ahnung«, sagte ich.

»Die Spusi wird das gleich checken«, sagte Solling.

»Muss ich bleiben? Meine Fingerabdrücke werden Sie überall finden.«

»Sind die denn registriert?«, fragte Solling.

»Ja, wegen einer Geschichte vor ein paar Jahren. Da wurden sie wegen eines Ausschlussverfahrens genommen.« Mehr wollte ich nicht zu meinem Abenteuer im Brester Moor sagen, bei dem ich unter anderem einige sehr unbequeme Stunden in einem steinernen Sarkophag verbracht hatte. Meine Fingerabdrücke waren überall zu finden gewesen.

Inge Borchers kehrte zurück, und die Polizisten fragten sie, ob ihr etwas aufgefallen sei. Sie schüttelte den Kopf. »Ich habe nur ein Auto gehört, das in der Nebenstraße startete. Viele Autos fahren hier zwar nicht herum, aber an einem so schönen Tag parken hier auch mal Ortsfremde, die zum See wollen.« Sie sah mich verschreckt an. »Wenn das nun wieder dieser Typ mit dem Magnum-Schnurrbart war?«

Solling fragte rasch: »Wer ist das?«

Inge Borchers berichtete kurz von dem mysteriösen Fremden, der vor einigen Tagen hier gewesen war.

Obwohl ihre Beschreibung ein wenig obskur klang, notierte Solling sie, ohne mit der Wimper zu zucken. Seine Kollegin dagegen schmunzelte bei Inge Borchers' Schilderung des »Magnum-Schnurrbarts«.

Solling nickte. »Immerhin schon mal ein sachdienlicher Hinweis. Vielleicht können Sie uns noch mehr dazu sagen. Jetzt wollen wir erst mal Frau Bentorp heil nach Hannover bringen.«

In diesem Augenblick erschien Richard in der offenen Tür,

neben ihm Harald Frostauer. Wie Dick und Doof traten sie mit einem ziemlich dämlichen Lächeln auf die Veranda.

»Du lieber Himmel! Anna, du siehst ja wüst aus!«, entfuhr es dem Charmeur Frostauer.

Richards Blick dagegen sprach Bände. Er zog mich von dem klapprigen Gartenstuhl hoch und nahm mich in die Arme. Hauke Solling wandte diskret den Blick ab, Isolde Malchow dagegen feixte. Wenig später saß ich neben Richard in meinem Wagen, Harald würde Richards Auto zurück nach Hannover fahren. Die beiden Polizisten baten mich, eventuell in den nächsten Tagen zur Verfügung zu stehen. Sie würden das Kommissariat in Hannover verständigen. Inge Borchers drückte mir lange die Hand und nahm mir das Versprechen ab, sie irgendwann einmal in Ruhe zu besuchen.

Auf der Fahrt nach Hannover schwieg ich mit geschlossenen Augen. Richard stellte keine Fragen, was ich sehr rücksichtsvoll fand. Mein Kopf brummte noch immer, die Wunde am Hinterkopf pochte, und mir war schlecht. Erst als Richard mich in meine Wohnung begleitet hatte, fragte ich ihn: »Wieso hast du Harald dabeigehabt?«

»Meine Liebe, Harald ist bei mir vorbeigekommen, um mit mir über Gregson zu reden. Schumann hat ihn nach seiner Bekanntschaft mit Gregson ausgefragt. Es stellte sich heraus, dass unser ewiges Großmaul Harald den Mann eigentlich gar nicht näher kannte, sondern ihm nur mal flüchtig begegnet ist, ihm dabei aber gleich seine Visitenkarte in die Hand gedrückt hat. So hatte Gregson eine Kontaktperson in Hannover. Das nützte ihm natürlich, um sich mit Christine unauffällig vor Ort zu treffen. Harald fühlte sich geschmeichelt, dass ihn Gregson offensichtlich nicht vergessen hatte. Jetzt ist ihm das alles sehr peinlich.«

»Gregson verheimlicht etwas, aber das muss Schumann klären. Und Harald ist wie immer fürchterlich neugierig und nervt«, sagte ich und legte mich auf mein Sofa. Richard setzte sich auf den Sessel daneben. Mir fielen die Augen zu.

»Bevor du einschläfst«, drang seine Stimme durch den mein

Bewusstsein einlullenden Nebel, »sag mir bitte, was du am Tankumsee wolltest.«

Meine Lippen konnten aber keine Worte mehr formen, und ich versank in einem samtigen Meer.

Aus diesen warmen, dunklen Wellen zerrte mich nach meiner inneren Zeitrechnung nur wenig später eine wenig samtene Stimme: »Richard, wie kriegen wir Anna wieder unter die Lebenden? Ich muss so schnell wie möglich wissen, was da am Tankumsee passiert ist und vor allem, woher in aller Welt sie diese Adresse hatte.«

Mit einiger Kraftanstrengung öffnete ich meine Augen. Tatsächlich saß da Hans Schumann in meinem Lesesessel.

»Aha, sie weilt wieder unter uns«, sagte er.

»Wasser«, krächzte ich wie weiland Charlton Heston in »Ben Hur«. Richard hielt mir ein Glas an den Mund. Ich trank mit langen, gierigen Zügen.

»So, und würde die gnädige Frau uns jetzt von ihrem Abenteuer berichten?«

Schumanns Stimme klang fürchterlich laut und brachte meinen Kopf zum Dröhnen. Richard sah mich besorgt an und sagte zu Schumann: »Hans, nun sei mal nicht so! Sie hat einen Schlag auf den Kopf bekommen und hat wohl eine leichte Gehirnerschütterung.«

In der Tat senkte der Kommissar daraufhin seine Stimme und fragte wesentlich leiser: »Bist du bereit? Dann leg mal los.«

Nach einem zweiten Glas Wasser fühlte ich mich kräftig genug.

Ich verzichtete auf die Lügen, die ich mir ursprünglich zurechtgelegt hatte, und berichtete von meinem Ausflug zu Alma Raventlow, von meiner Überlegung, dass Christine etwas in dem Wochenendhäuschen versteckt haben könnte, und von meiner Durchsuchung des Hauses. Seltsamerweise unterbrach mich Schumann nicht. Richard blickte zum Fenster hinaus, wo die Dämmerung den Himmel dunkelgrau färbte, und schwieg ebenfalls. Als ich zu dem Teil meines Abenteuers kam, in dem mich der Unbekannte niederschlug und offenbar das in dem Versteck aufbewahrte Paket mitgenommen hatte, entfuhr Schumann ein tiefer, undefinierbarer Laut, eine Mischung aus Ächzen und Knurren. Viel Mitleid mit meinem Missgeschick zeigte er nicht. Deshalb ließ ich weitere Details dazu aus. Sicher hatte Hauke Solling ihn darüber informiert und ihm erzählt, dass diese sture Anna Bentorp sich von dem jungen Arzt nicht in ein Krankenhaus hatte verfrachten lassen, sondern lieber zurück nach Hannover fahren wollte.

Als ich mit meinem Bericht fertig war, sagte er: »Großartig! Nicht nur, dass du auf eigene Faust gehandelt und offenbar nichts aus früheren Erfahrungen gelernt hast, es ist dir auch noch jemand gefolgt und hat sich das unter den Nagel gerissen, weswegen du mal wieder Haut und Haar riskiert hast. Garantiert war das der gestohlene Biondo. Ich schätze mal, dass deine liebe Freundin, Gott hab sie selig, ihn an sich genommen hat, um entweder ihr eigenes Geschäft damit zu machen oder, falls sie doch noch einen Hauch von Gewissen besessen hat, uns das Bild zu übergeben.« Schumann unterbrach sich, nagte kurz am Bügel seiner Lesebrille und dachte laut weiter: »Aber wie ist sie an das Bild gelangt? Ist sie von ihren Auftraggebern gebeten worden, es für eine gewisse Zeit aufzubewahren und damit aus dem Schussfeld zu bringen, oder hat sie es aus eigenem Antrieb mitgenommen? Sie scheint ja die Dienerin mehrerer Herren gewesen zu sein.«

Ich hustete und sagte dann: »Da drüben im Regal liegt ein Notizbuch, das deine Leute in ihrer Hildesheimer Wohnung übersehen haben. Ich wollte es dir geben und habe ein bisschen drin geblättert, bin aber nicht recht schlau aus ihrem Gekritzel geworden.«

Richard holte das Notizbuch und reichte es Schumann, der sich erhob und durch mein Wohnzimmer wanderte. »Wenn du nicht immer so eigenwillig wärst, dann hätten wir jetzt wenigstens das Bild«, schimpfte er plötzlich los. »Aber nein, unsere selbstverliebte Amateurschnüfflerin muss ja wieder einmal einen Alleingang wagen. So viel Dummheit geht auf keine Kuhhaut!«

Ich fühlte mich nicht einmal verletzt, denn Schumann hatte ja recht. Wenn ich ihm meinen Verdacht mitgeteilt hätte, wäre alles ganz anders verlaufen. Das Bild unter den Dielenbrettern wäre geborgen worden, die Suche nach dem Biondo beendet gewesen, Wedel glücklich und vielleicht das Rätsel um die Umstände des Diebstahls und der Morde seiner Lösung ein Stück näher. Jetzt standen wir vor einem Scherbenhaufen. Ich fürchtete, dass der Biondo nun endgültig verloren war. Glücklicherweise sah keiner der beiden Herren, dass mir eine dicke Träne über die Wange rann. Frust, Enttäuschung, Wut auf mich selbst und Kummer um das Bild – ich fühlte mich hundeelend.

Schumann schlug das Büchlein auf, während ich stumm auf dem Sofa hockte und Richard mich voller Mitleid betrachtete. Am liebsten hätte ich mich in meinem Bett unter der dicken Decke verkrochen.

Schumann blätterte das Notizbüchlein durch. »Nicht viel drin. Und in ziemlicher Krakelschrift geschrieben. So eine Art Steno. Das bringt uns im Moment nicht viel.« Enttäuscht legte er das Büchlein weg.

Mit zaghafter Stimme piepste ich: »Am Ende des Heftes sind ein paar Eintragungen, die vielleicht etwas mehr aussagen.«

Schumann brummte nur: »Ja, ja, das checken wir noch.«

Ich unternahm einen zweiten Anlauf: »Apropos Notizbuch«, wagte ich einzuwerfen, »hat das im Tresor bei Strate gefundene Notizbuch seines Vaters etwas ergeben?«

Schumann schüttelte den Kopf. »Soweit wir es entschlüsseln konnten, sind das bloß Eintragungen über den Erwerb von Bildern, Jahreszahlen, Daten und Künstlernamen. Keinerlei Anmerkungen und Kommentare. Beim Biondo steht ›17. Juli 1930‹. Das scheint alles in Ordnung zu sein. Rieper hat dem alten Strate kein Bild aus vormals jüdischem Besitz verkauft, das durch Zwangsenteignung in die Galerie gekommen ist. Ab 1933 keine Eintragungen mehr.«

Noch eine Enttäuschung. Ich hatte mehr erwartet. Fast schüchtern sagte ich: »Übrigens habe ich gestern Mittag Gregson am Maschsee gesehen.«

Schumann zog die Augenbrauen hoch. »Tja, was soll ich dazu sagen? Wir hatten ihn gute zwei Stunden in der Mangel. Zum Glück spricht er leidlich Deutsch. Er ist für mich im Fall Christine Windstetten zwar noch immer tatverdächtig, aber für den Todeszeitpunkt von Rainer Herfurth hat er wegen dir und Frostauer ein hieb- und stichfestes Alibi. Ein Motiv sehe ich da auch nicht. Ich habe mit meinem Londoner Kollegen Ben Griffins Kontakt aufgenommen. In England liegt nichts gegen Gregson vor, jedenfalls nichts Aktuelles. Da Großbritannien nicht mehr zur EU gehört, können wir Gregson jetzt erst mal nicht mehr hier festhalten. Er soll heute Hannover endgültig verlassen und sich in London bei Griffins melden. Mal sehen, ob er das wirklich macht. Wir versuchen ihn im Auge zu behalten, aber die rechtliche Situation ist kompliziert. Wobei er, wenn es nach mir ginge, eine saftige Klage wegen Behinderung der Ermittlungen bekommen würde.«

Insgeheim fragte ich mich, wie Schumann mit seinen eher laienhaften Kenntnissen der englischen Sprache mit seinem britischen Kollegen kommuniziert hatte. Auf Latein? Laut sagte ich: »Aber ich habe beobachtet, wie sich Gregson mit Bredehoff unterhalten hat. Ist das nicht seltsam? Wisst ihr, woher die beiden sich kennen?«

Richard meldete sich zu Wort. »Keine Überraschung. Sie sind alte Bekannte. Bredehoff hat mal am Ashmolean Museum in Oxford gearbeitet. Damals war Gregson noch ein recht anerkannter Experte für gefälschte Bilder, der da ein und aus ging. Die Kunstwelt ist klein. Ich kenne Bredehoff ja auch schon viele Jahre. Er hat mir gelegentlich Tipps für meine Beratungsstunden in meinem Geschäft gegeben.«

Ich zuckte innerlich zusammen. Vor unserer Trennung hatte mich Richard manches Mal bei schwierigen Einschätzungen zum Wert von »Dachbodenfunden« zurate gezogen. Und nun fragte er lieber Christian Bredehoff! Damit war das Thema Gregson für die beiden Herren vom Tisch. Ich dagegen blieb skeptisch. Ohnehin neigte ich manchmal zu Verschwörungstheorien.

Ich erzählte Schumann noch, dass bei Inge Borchers ein Mann mit einem Tom-Selleck-Schnurrbart nach dem Schlüssel für Christines Häuschen gefragt hatte. Schumann konnte sich ein Grinsen nicht verkneifen. Meinen Angreifer dagegen vermochte ich nicht zu beschreiben. »Schal vorm Gesicht, wie ein Gangster in einem alten Hollywoodfilm.« Dass ich Idiotin nicht bemerkt hatte, dass mir offenbar jemand von Hannover bis zum Tankumsee gefolgt war, ärgerte mich fürchterlich.

Schumann lächelte überraschenderweise. »Schöner Vergleich. Aber wenigstens wissen wir, dass das Bild noch lebt, sozusagen.«

Was nützte das, wenn es auf dem Schwarzmarkt landete? Am Ende dann im Privatbesitz eines millionenschweren Sammlers in Abu Dhabi oder Dschidda oder Houston? Aber ich verkniff mir meine pessimistischen Bemerkungen.

Schumann und Richard beschlossen, mir etwas Erholung zu gönnen und zusammen ein Feierabendbier zu trinken. Eine neue Entwicklung in ihrer bisher eher distanzierten Beziehung. Erschöpft sank ich auf mein Sofa. Da klingelte mein Handy. Wieder die mir nicht bekannte Nummer mit englischer Vorwahl. Und ich hatte richtig getippt. Die warme, tiefe Stimme erkannte ich sofort. Es war Harold Kingsley, mein alter Freund, Mitarbeiter der British Library.

»Anna, ich glaube, du solltest hierherkommen. Ich habe etwas sehr Spannendes entdeckt. Stichwort Biondo und Uccello.«

238

Der Brief

Edinburgh, im August 1690

Werter Sir!
Wie Euch zu Ohren gekommen sein wird, ist in diesem Früh
ling Stuart O'Sullivan im gesegneten Alter von fünfundachtzig
Jahren von uns gegangen. In seinen letzten Wochen war er des
Schreibens nicht mehr mächtig, da seine Sehkraft ihn verließ.
So hat er mich gebeten, seinen letzten Wunsch zu erfüllen und
diesen Brief für ihn zu schreiben. Seine Kinder und Enkel leben
alle weit entfernt und besuchten ihren alten Vater nur selten.
Da seine Frau durch ein tragisches Unglück schon vor etlichen
Jahren gestorben ist, lebte Stuart O'Sullivan allein in seiner
Wohnung in Edinburgh, zuletzt von mir betreut. Ihm waren
keine Reichtümer beschieden, weshalb er einige Bilder aus seiner
kleinen privaten Sammlung veräußern musste. Nur ein Bild
war ihm geblieben.
Sein abenteuerliches Leben schrieb er selbst auf. Diese Do
kumente hat er den Erben der Warchesters überlassen, wobei es
keine direkten männlichen Nachfahren mehr gibt. Charles starb
kinderlos 1682, sein jüngerer Bruder James wurde Priester und
verstarb im März dieses Jahres in seinem Exil in Frankreich, wo
hin er nach der »Glorious Revolution« flüchtete, und der jüngste
der drei Söhne des alten Earl ist seit Langem verschwunden und
gilt als tot. Die ältere der beiden Schwestern, Elizabeth, wurde
Nonne und verstarb vor fünf Jahren im Kloster St. Mary of the
Heavens in Yorkshire. Allein Margret, die jüngste Tochter, lebt
noch in Schottland. Doch auch sie verließ Ivory Hall und wohnt
bei Glasgow. Ihr einziger Sohn James McAngus hat, wie seltsam
doch das Schicksal spielt, in diesem Frühling Stuart O'Sullivans
Enkelin Charlotte geheiratet. Stuart hat dieses frohe Ereignis
noch erleben dürfen. Die Trauung fand Anfang Mai statt, Ende
Mai ist Stuart verstorben.

Seinen ältesten Sohn Liam hat Stuart O'Sullivan dagegen nie wiedergesehen. Liam starb vor wenigen Wochen, Anfang Juli, in der Schlacht an der Boyne. Die Armee von Wilhelm III. besiegte die Truppen seines Schwiegervaters James II. bei Drogheda und erhielt damit Irland der englischen Krone. Ein für uns Jakobiten tief greifendes Ereignis, das Stuart O'Sullivan glücklicherweise nicht mehr miterleben musste. Sein Sohn war eigentlich viel zu alt, um noch zu kämpfen. Doch als glühender Patriot zog er trotz seiner sechzig Jahre in die Schlacht.

Werter Sir, ich komme nun zum eigentlichen Grund für dieses Schreiben an Euch. Es ist etliche Jahre her, dass mein Freund Eure Familie aufsuchte, um nach einem Bild zu suchen, das ein mörderischer Geselle seiner Herrin, Lady Annabell Warchester, in Ivory Hall entwendet und sie dabei getötet hatte. Dieser Schurke mit Namen Steven Clarke stand in den Diensten Eures Vaters, der, wie ich jüngst erfahren habe, vor fünf Jahren verstorben ist. Gott sei seiner Seele gnädig.

Steven Clarke raubte jenes Bild erneut vom Landsitz Eurer Familie, Lion's Gate, und erschlug dabei einen Diener. Dieses Bild, so scheint es, ist mit Blut besudelt. Stuart O'Sullivan selbst sprach mir gegenüber von einem Fluch, der auf dem Gemälde laste.

Er hat es nie wieder zu Gesicht bekommen. Es befindet sich jedoch wieder im Besitz Eurer Familie, obgleich es den Nachkommen der Warchesters zustünde.

Doch ich muss Euch nun die Wahrheit sagen, wie mein werter Freund Stuart O'Sullivan es mir aufgetragen hat. Ihn quälte sein Gewissen, da es um dieses Gemälde und ein zweites, welches ein Maler mit Namen Giovanni dell'Ombra geschaffen hat, allerlei Geheimnisse gibt. Just dieses Bild hatte er noch als letztes in seinem Besitz. Er wollte vor seinem Tod sein Gewissen befreien und bat mich, Euch zu schreiben. Er hätte Eurem Vater schon bei ihrer ersten Begegnung die Wahrheit sagen sollen. Doch neben Scham und Furcht ließ ihn damals die Ungewissheit um das Geschick des Gemäldes schweigen.

Das Gemälde ist nicht, was es zu sein scheint. Das Bild aus

Ivory Hall ist nicht das echte Bildnis aus der Hand von Meister Paolo Uccello. Besorgt um das Schicksal dieses Bildes, das die Begehrlichkeit von Steven Clarke schon in Warchester Castle geweckt hatte, ließ mein alter Freund das originale Meisterwerk vor vielen Jahren von einem aus Florenz stammenden Künstler in Edinburgh kopieren.

Dieser begnadete Mann, der sein Handwerk bei Giovanni Francesco Barbieri, genannt Il Guercino, in Bologna gelernt hat und 1640 seine Zelte in Edinburgh aufschlug, kehrte nie wieder in seine Heimat zurück. Er starb vor drei Jahrzehnten an Typhus. Ettore Marviglia konnte jeden italienischen Maler täuschend echt kopieren, egal, ob Giotto, Tizian, Caravaggio, Pisanello oder auch Uccello. Und so schuf er eine überzeugende Kopie des Georgsbildes, wobei ein winziges Merkmal darauf hinweist, dass dies nicht der echte Uccello ist. Denn Marviglia wollte kein Fälscher sein. »Die Ehre gebührt dem wahren Meister«, hat er immer gesagt. »Ich bin nur ein guter Kopist.« Und so weist der Drache auf seinem Gemälde im Vergleich zu dem Ungeheuer auf dem Original einen kleinen Unterschied auf, auf den ersten Blick leicht zu übersehen.

Ihr werdet Euch nun mit Recht fragen, wo sich denn das Original von »Der heilige Georg und der Drache« aus dem Jahr 1450 befindet. Das aber wollte mein sterbender Freund nicht verraten.

Das einzige Bild im Übrigen, das ihm geblieben war, den Il Biondo, habe ich seinem Wunsch folgend an seinen Sohn Charles geschickt.

Charles O'Sullivan, inzwischen fast vierzig Jahre alt, ist mit einer Deutschen verheiratet und lebt in Hannover, das zum Herzogtum Braunschweig und Lüneburg zählt. Die Gattin von Herzog Ernst August, Sophie von der Pfalz, Enkelin von König James I., ist eine große Gartenfreundin. Diese Leidenschaft verdankt sie ihrer Jugend im niederländischen Exil, wo sie mit ihren Eltern lebte. Charles, schon seit seiner Kindheit ein Liebhaber der Botanik, fand in Hannover Lohn und Brot als wohlbestallter Gärtner.

Möget Ihr aber dennoch fürderhin an dem Uccello, selbst wenn es nicht das Original ist, Eure Freude haben.

Ich verbleibe hochachtungsvoll und mit Gottes Segen

Euer (unlesbare Unterschrift)

Auf der Fährte des Drachen

Es war kühl im Lesesaal der British Library, in dem ich an einem kleinen Tisch saß. Seit gestern war ich in London und wohnte in einem verhältnismäßig preiswerten Hotel in der Nähe der zweitgrößten Bibliothek der Welt. Knapp zwanzig Minuten entfernt lag das British Museum, das ich auf jeden Fall besuchen wollte, und mit dem Taxi brauchte ich eine knappe Viertelstunde zu meinem Lieblingsmuseum, der National Gallery, wo Uccellos »Heiliger Georg« hing.

Am Tag nach den Ereignissen am Tankumsee hatte ich Bredehoff angerufen und ihm mitgeteilt, dass ich wegen eines kleinen Unfalls leider nicht nach Wien kommen könne. Er klang reserviert, als er mir antwortete: »Zu dumm. Ich hätte sehr gerne deine Expertise gehabt. Ich schicke dir ein Foto des Bildes, von dem ich dir erzählt habe. Vielleicht änderst du deine Meinung doch noch.«

Das Foto, das wenige Minuten später auf meinem Handy landete, zeigte eine typische toskanische Landschaft. Dieser mir unbekannte Maler wusste durchaus mit Farben umzugehen. Als ich das Bild vergrößerte, kam seine Signatur in der rechten unteren Ecke zum Vorschein: »Arc. Fior.« Das stand wohl für Arcangelo Fiorentino. Die Landschaft erinnerte mich stark an den Biondo. Das Bild hätte von ihm stammen können. Und genau das sagte ich Bredehoff am Handy kurze Zeit später.

»Bist du sicher, dass es diesen Fiorentino wirklich gegeben hat?«, fragte ich halb scherzhaft.

Er stutzte. »Wie kommst du auf diese Idee? Wieso nicht?«

»Nun, dieses Bild ähnelt dem Biondo aus Strates Sammlung sehr. Es könnte eine Kopie aus jener Zeit sein, oder Il Biondo hat unter mehreren Namen gearbeitet. Was weißt du von diesem Fiorentino?«

Bredehoff schwieg einige Sekunden. »Nicht viel. Warum aber sollte Il Biondo unter verschiedenen Namen gewirkt haben?«

»Warum nicht? Das tun Maler und Schriftsteller seit Jahrhunderten. Vielleicht hat also auch Il Biondo unter zwei Namen gearbeitet, und Arcangelo ist ein Pseudonym.« Eigentlich wollte ich Bredehoff mit dieser Bemerkung provozieren, denn ich selbst fand diese Idee sehr weit hergeholt. Aber seine Reaktion überraschte mich dann doch.

Er zog die Luft tief ein und ließ sie mit einem Prusten wieder heraus. Mein Ohr dröhnte. »Mensch«, sagte er, »das wäre eine Sensation! Wenn sich hinter diesem mysteriösen Giovanni dell'Ombra tatsächlich jemand mit zwei oder sogar mehr Identitäten verbirgt, womöglich einer der ganz großen Meister. Er soll zwar im 15. Jahrhundert tatsächlich gelebt haben, aber Biografien lassen sich leicht erfinden, zumal wenn, wie in jener Epoche, genaue Aufzeichnungen oft fehlen und nur vage Angaben zu Geburten existieren. Bei Giorgio Vasari, der im 16. Jahrhundert erste Lebensbilder berühmter Renaissancemaler veröffentlicht hat, tauchen weder Il Biondo noch Arcangelo Fiorentino auf. Das muss zwar nichts heißen, könnte aber darauf hinweisen, dass Vasari Bescheid wusste und beide Künstler in Wahrheit nur erfunden waren.« Ich wollte zwar anmerken, dass der große Vasari darauf sicherlich hingewiesen hätte, doch ich schwieg, um Bredehoffs Glücksrausch nicht zu zerstören.

Er schien ganz aus dem Häuschen zu sein. Und plötzlich steckte mich seine Begeisterung an. Wenn diese gewagte These stimmte – wer verbarg sich hinter diesen Künstlernamen? Das war ein echter Kunstkrimi!

Fast hätte ich mich doch zur Wienreise entschlossen, doch dann nahm mir Bredehoff die Entscheidung ab. »Schon verrückt, die Vorstellung, dass sich ein womöglich bedeutender Künstler jener Zeit hinter Pseudonymen versteckt, um neben seinem Hauptwerk andere Stilrichtungen auszuprobieren. Gut, Anna, ich gehe diesen Fragen jetzt erst mal selbst nach. Erhol dich. Unser Thema kann warten.«

Wir verabredeten uns für ein späteres Treffen oder eventuell für FaceTime zum weiteren Austausch von Informationen. Ich sagte ihm, dass ich vorhätte, sobald es mir wieder besser ginge, nach London zu reisen, auch um Freeling zu interviewen.

Bredehoff antwortete: »Grüß ihn von mir. Kauziger Typ, aber genial!« Wir verabschiedeten uns, und Bredehoff wirkte weitaus weniger distanziert als zu Beginn unseres Gespräches.

Einerseits war ich traurig, dass ich nicht nach Wien fuhr, andererseits brannte mir das Schicksal der Warchesters auf den Nägeln. Ich nährte eine vage Hoffnung, die fehlenden Dokumente in Londons größtem Archiv aufzutreiben. Kingsley hatte sich nicht eingehender zu seiner Entdeckung geäußert. »Alles Weitere, wenn du da bist«, lautete seine lapidare Auskunft auf meine drängenden Fragen. Typisch für diesen Mann. Nur keine Spoiler!

Von Schumann verabschiedete ich mich kurz und teilte ihm mit, dass ich nach England reiste. Er wünschte mir viel Glück, schien aber mit seinen Gedanken woanders zu sein. Als ich mein Handy gerade weglegte, erklang der Celloton. Auf dem Display erschien erneut eine mir unbekannte Nummer mit englischer Vorwahl. Zu meiner Überraschung meldete sich die sonore, etwas spröde Stimme von Alexander Freeling. Er war kein Freund langer Vorreden, sondern kam gleich zur Sache.

»Ich habe von unscrem wohl gemeinsamen Bekannten Harold Kingsley, mit dem ich häufiger in der Library einen Kaffee trinke, von Ihren Reiseplänen erfahren. Das freut mich sehr, weil ich mich schon länger bei Ihnen melden wollte. Sie sind Fachfrau für die Italiener und haben Strate gekannt. Ich weiß, dass sein Biondo verschwunden ist. Es würde mich sehr freuen, wenn wir uns möglichst bald in London treffen könnten.«

Wir verabredeten uns für den kommenden Dienstag zum Tee in seiner Wohnung in Chelsea, in der er seit vierzig Jahren lebte. Auch während seiner Jahre als Dozent in Oxford und später in Cambridge hatte er diese Wohnung behalten, die in einer ruhigen Seitenstraße unweit der King's Road lag. Ich freute mich auf das Wiedersehen mit diesem knorrigen, klugen Mann, den Strate immer als leuchtendes Beispiel für Fachwissen gepaart mit Eloquenz gelobt hatte. Vielleicht würde ich ihn nun besser kennenlernen, zumal ich jetzt auch seine »andere Seite« kannte, seine beiden historischen Kunstkrimis.

Meine Wunde am Hinterkopf war ziemlich rasch verheilt. Mein Schädel brummte auch nicht mehr. Ich hatte natürlich keinen Arzt aufgesucht, die Schramme auf der Stirn versteckte ich unter meinen Haaren. Ich fühlte mich fit genug, um nach London zu reisen.

Mein Flug ging am Sonntag von Hannover nach Heathrow. Seit dem Brexit war ich nicht mehr mit dem Zug von Köln über Brüssel nach St. Pancras International gefahren. Ich war ohnehin in letzter Zeit weniger gereist, weil ich genug mit meinen Aufträgen und dem Erbe meiner Patentante zu tun hatte. Im nächsten Frühling plante ich meine irische Freundin Deirdre zu besuchen, die im Winter ihr zweites Kind erwartete. Sie hatte die Biografie über ihren Vorfahren Reginald Fitzgibbon, den Kartografen aus dem 18. Jahrhundert, der im Brester Moor dem Moormann begegnet war, beendet. Zur Buchpremiere im kommenden April hatte sie mich schon eingeladen. Das Buch sollte »A Moorman's Tale« heißen. Mir gefiel der Titel.

Vor meiner Abreise rief ich Wedel an. Er hatte von meinem Erlebnis am Tankumsee erfahren. Mehr aber, als ihm mein Wohlergehen am Herzen lag, grämte er sich offensichtlich über das erneute Verschwinden des Bildes. Ich spürte während unserer Unterhaltung, dass er sauer auf mich war. Ich hatte eigenmächtig gehandelt und damit den Biondo verspielt. Immerhin heiterte ihn meine Geschichte über Bredehoffs unbekannten Maler Fiorentino ein wenig auf.

»Diesen Arcangelo kenne ich auch nicht. Wenn sich da wirklich ein berühmter Künstler unter mehreren Namen verewigt hätte, wäre das echt eine Sensation.«

Richard traf ich am Tag vor meiner Abreise zum Tee in der Holländischen Kakao-Stube in der Ständehausstraße. Er zeigte sich wenig begeistert, als ich ihm von meinem »Ausflug« nach London erzählte. »Schon wieder diese Alleingänge!«, beschwerte er sich.

Ich erwiderte heftig: »Nix Alleingänge. Ich treffe Kingsley und Alexander Freeling. Ich werde nach Dokumenten über das Schicksal der Warchesters fahnden und mich mit Freeling über Kunst unterhalten. Am Freitag bin ich zurück.« Ich verriet ihm nicht, dass ich nach Ivory Hall am Loch Leven fahren wollte. Ich plante, Harold Kingsley zu überreden, mich zu begleiten. Immerhin hatte einmal ein Ehepaar Kingsley im 19. Jahrhundert Ivory Hall für kurze Zeit besessen. Es könnte ja sein, dass dies entfernte Verwandte von ihm gewesen waren.

Richard knurrte unwillig: »Wenn du bis Freitagabend nicht wieder hier bist oder ich dich nicht erreiche, dann komme ich dir hinterher. Dein Freund Kingsley wird ja wohl wissen, wo du dich herumtreibst. Und ich habe seit unserem ersten gemeinsamen Abenteuer im Brester Moor seine Nummer.«

»Bist du jetzt mein Bodyguard, oder was?« Seine Reaktion überraschte mich.

Richard errötete, was nur selten vorkam. »Ich habe gemerkt, dass du mir immer noch viel bedeutest, Anna. Und es scheint ja keinen anderen Mann in deinem Leben zu geben. Der gute Schumann kommt nicht zu Potte bei dir, und Frostauer ist für dich sicher kein Ritter in glänzender Rüstung.« Er grinste.

»Träum weiter«, sagte ich etwas pampig, insgeheim aber spürte ich ein Glücksgefühl, wie ich es lange nicht mehr erlebt hatte.

Richards Abschiedskuss war ziemlich ausdauernd, und ich riss mich endlich los. »Ach übrigens, mein alter Freund Kingsley hat eine neue Handynummer«, verriet ich ihm dann doch noch und steckte sie ihm zu. Man kann ja nie wissen, sagte schon Kurt Schwitters.

Man soll nicht verreisen, wenn man sich nicht auf Zuhause freut, hat ein kluger deutscher Schriftsteller einmal gesagt. Und ich freute mich plötzlich darauf, wieder nach Hause zu kommen – aber nur mit neuen Erkenntnissen, schwor ich mir.

Und nun saß ich endlich in der British Library mit dem Brief dieses unbekannten Schreibers aus dem Jahre 1690. Der Brief war wohl nie abgeschickt worden und deshalb im Nachlass von O'Sullivan bei den Dokumenten der Warchesters gelandet.

Harold Kingsley hatte mich in der Halle der Library beglückt über unser Wiedersehen begrüßt. Er war dank meiner Mails über die Ereignisse der vergangenen Wochen und meine Arbeit am Katalog bestens informiert. Er hatte Christine zwar nicht persönlich gekannt, drückte mir aber sein Beileid aus. Nächste Woche sollte endlich ihre Beerdigung stattfinden. Wie Schumann erfahren hatte, wollte sie laut einer notariell hinterlegten Anweisung eine Feuerbestattung ohne jegliche Feier. Verwandte hatte sie keine mehr. Ich würde sie aber zu dieser letzten Station in einem Hildesheimer Krematorium begleiten und Alma Raventlow informieren.

Kingsley wusste auch von den Dokumenten, die ich bei Strate und später auf den USB-Sticks gefunden hatte. Das war einer der Gründe, weshalb er selbst vor einigen Tagen begonnen hatte, im Archiv nach interessanten Unterlagen zu forschen. Dabei war er, wie er mir gleich nach der Begrüßung sagte, »auf einen Brief gestoßen, der mit dem Drachenbild von Uccello zu tun hat«. Ich erkannte sofort, dass es der Brief sein musste, den auch Gregson gefunden hatte.

Auf meine Reise hatte ich die beiden Romane von Freeling mitgenommen, die ich von ihm signieren lassen wollte. »Die Geheimnisse der Medici« hatte ich noch einmal gründlicher gelesen und mich über die Verflechtungen von Aberglauben und Kunstverstand amüsiert. Interessant fand ich, dass das mit einem Fluch belegte Bild mit der Jagdszene eindeutig Uccellos »Jagd bei Nacht« nachempfunden war, demselben Bild, das Strate gerahmt auf seinem Schreibtisch stehen hatte. Den zweiten Roman wollte ich während meiner Zugreise nach Norden lesen.

In der British Library war es sehr ruhig. Ich las den Brief des Unbekannten noch einmal durch, kopierte ihn und beschloss, mich am nächsten Morgen sofort nach Öffnung der Lesesäle um die weiteren Warchester-Papiere zu kümmern in der Hoffnung, noch ein Teilstück des O'Sullivan-Puzzles zu finden. Ich fühlte mich, als stünde ich zu nahe vor einem Gemälde und könnte deshalb nicht das gesamte Bild erkennen. Hier ein Farbklecks, dort ein Stück Landschaft, hier ein Gesicht, dort ein Stückchen Himmel. Es passte noch nicht zusammen.

Harold Kingsley kam kurz zu mir und lud mich zum Abendessen in seine Wohnung in Notting Hill ein. Darauf hatte ich gehofft. »Morgen mache ich mich an die Warchester-Papiere«, kündete ich ihm an.

Er nickte freundlich. »Sehr gut. Ich suche dir einiges heraus. Sehr viel ist es nicht. Ich habe sie vor einigen Wochen schon einmal gesichtet, als jemand nach ihnen gefragt hat. Der Mann schien ziemlich enttäuscht davon zu sein. Interessiert hat ihn dann nur dieser Brief, den du jetzt auch kopiert hast.«

Ich ahnte, dass dieser Jemand Robin Gregson gewesen war. Welche Ernüchterung musste der Inhalt des Schreibens für seine Auftraggeber bedeutet haben! Aus einem wertvollen Original war praktisch über Nacht eine gute Fälschung geworden. Kingsley bemerkte meine Reaktion, eine leichte Mischung aus Ärger wegen Gregsons Dreistigkeit und leichter Schadenfreude, wobei ich durchaus Empathie für seinen Auftraggeber empfand. Mein Freund grinste verschwörerisch. »Seltsamerweise habe ich ihm nicht wirklich getraut. Deshalb habe ich etwas in der Hinterhand behalten. Ich zeige es dir morgen.«

Das war eine schöne Aussicht! Zufrieden räkelte ich mich in meinem Stuhl und erntete dafür den pikierten Blick einer älteren Dame am Nachbartisch. Offenbar hielt sie mein Benehmen in einer so ehrwürdigen Bibliothek für unwürdig. Ich würde nun in mein kleines Hotel gehen, einen Tee trinken und mich endlich mit der Legende des grünen Drachen befassen. Jetzt war ich zu müde, um in diesem schattigen Saal weiter in alten Papieren zu stöbern, und auch zu müde, um noch einen Ausflug zur National Gallery zu unternehmen, wo ich mir Uccellos »Heiligen Georg« in Ruhe ansehen wollte. Ich hatte das Bild zwar vor Augen und ein Foto in meinem Handyarchiv, aber das genügte mir nicht. Irgendetwas spukte in meinem Hinterkopf herum, was mit dem Gemälde zu tun hatte. Ich kam nicht darauf. Deshalb musste ich mir den Uccello so schnell wie möglich noch einmal genauer ansehen.

Als ich meine Unterlagen in der verbeulten Ledertasche verstaut hatte, in der ich auch meinen inzwischen recht betagten Laptop mit mir herumschleppte, glaubte ich, einen Blick zu spüren. Außer mir saßen nur noch wenige Leser im Saal. Ich sah mich um, und da stand er am Ausgang des Lesesaales. Er war groß, trug einen Burberry und eine englische Tweedkappe. Das wäre nicht weiter auffällig gewesen. Ich erhaschte einen kurzen Blick auf sein weitgehend durch die Kappe verborgenes Gesicht und sah nur einen dunklen Schnurrbart. Bärte waren zwar wieder »in«, aber dieser hier erinnerte mich an Inge Borchers' Beschreibung des unbekannten Fremden am Tankumsee.

Langsam stand ich auf und fixierte den Mann. Doch kaum hatte ich die ersten Schritte getan, drehte er sich ruckartig um und verließ den Saal. Für einen Augenblick hoffte ich, es sei eine Halluzination gewesen, meiner Phantasie entsprungen, die sich allmählich zu einem Verfolgungswahn entwickelte. Dass dem beileibe nicht so war, erkannte ich, als ich die Eingangshalle mit schnellen Schritten durchquerte und aus dem Gebäude trat. Der Mann hastete gerade über den Vorplatz, wandte sich kurz um und sah zu mir hinüber. Dann tauchte er im Menschengewühl auf der Straße unter.

Hinter den Kulissen

Während ich in London meiner Wege ging, hatte Schumann seine eigenen Sorgen. Als ich in mein Hotel kam, fand ich eine längere Mail von ihm vor. Ich kam nicht mehr dazu, in Freelings Roman zu stöbern, ehe ich mich für das Abendessen bei den Kingsleys frisch machen musste. Zunächst entschuldigte sich Schumann, dass er so kurz angebunden gewesen sei, und teilte mir mit, dass er neue Erkenntnisse zu den Fällen habe. Er könne aber nur ein paar Andeutungen machen:

Gerne hätte ich Dich hier, liebe Anna, um mit Dir einige Fakten zu diskutieren. Die Nachbarin von Strate, Clementine Kern-meier, die Ernestine Wiegand blutend auf dem Wohnzimmer-boden gefunden hatte, hat sich bei ihrer ersten Vernehmung nur an ein startendes Auto erinnert und gesagt, sie habe nichts weiter bemerkt. Doch bei der zweiten Vernehmung, die ich selbst durchführte, war ihr noch etwas eingefallen: »Ich habe einen Audi in der Straße gesehen, der ziemlich rasch davon-fuhr. Ich meine, er war dunkelgrau und ziemlich verdreckt. Und denselben Wagen habe ich an dem Morgen vom 22. April schon mal in unserer Straße bemerkt. Das war der Morgen, an dem der Professor ermordet wurde. Ich habe mich an diesem Morgen gefragt, was jemand so früh in unserer Straße sucht. Da ist meistens um diese Uhrzeit nichts los. Und aus dem Augen-winkel habe ich jemanden aussteigen gesehen. Ich weiß aber nicht mehr, ob Mann oder Frau. Die Konturen waren irgendwie verschwommen. Die Person trug einen Regenmantel oder so was in der Art. Es tut mir leid, dass mir das erst jetzt wieder einfällt.«
Da Du Rainer Herfurth gefunden hast, verrate ich Dir, dass die Tatwaffe wohl ein silberner Kerzenleuchter war, den der Mörder aus einer Truhe entwendet hat. Zumindest fehlt dort ein barocker Leuchter. Aber die Waffe ist nicht auffindbar. Ich fürchte, dass der Täter sie mitgenommen und auch im Fall

von Ernestine Wiegand eingesetzt hat. Sauerwein hat winzige Metallspuren in Herfurths Wunde entdeckt, und die gleichen Spuren fand er auch in Ernestines Kopfwunde. Noch eine Info für Dich: Ich befasse mich gerade näher mit dem Thema Kunstfälschungen und Schwarzmarkt. Das sind erstaunliche Gangstermethoden, die da zutage treten. Mehr darüber demnächst. Ich wünsche Dir alles Gute in London, bleib gesund.

Ich war gerührt. Dieser manchmal so griesgrämige Kommissar ließ mich hinter die Kulissen blicken. Es wäre verständlich gewesen, wenn er mich nicht so ausführlich informiert hätte. Aber leider war ich ja durch die Entdeckung von zwei Leichen in diesen Fall tiefer involviert, als mir recht war, und das ließ sich nicht ignorieren.

Ich hoffte, dass Richard ihm bei seinen Untersuchungen in der Kunstszene helfen könnte. Immerhin hatte er im Gegensatz zu Schumann gute Beziehungen in der Szene. Kurz bevor ich nach London abgeflogen war, hatte mir Brink in Schumanns Auftrag zu verstehen gegeben, dass die Kameraaufzeichnungen vom Hotelparkplatz doch mehr erbracht hätten als zunächst angenommen. In der Nähe meines Autos sei eine verschwommene Gestalt zu erkennen, die an beiden Autotüren herumgewerkelt habe. Das Gesicht lag im Schatten einer Kapuze oder Kopfbedeckung. Es war auch nicht zu erwarten gewesen, dass darauf jemand deutlich identifizierbar wäre. Doch hatte ich mit meinem Verdacht richtiggelegen, dass jemand versucht hatte, mein Auto aufzubrechen.

Ich beschloss, vor meinem Besuch bei Harold Richard zu kontaktieren. Ich wusste, dass er heute ein Gespräch mit seinem »Club« gehabt hatte. Er nahm das Gespräch nach dreimaligem Klingeln an und wirkte sehr entspannt.

»Was gibt es Neues?«, fiel ich mit der Tür ins Haus.

Richard erwiderte: »Allmählich tut sich tatsächlich was, und ich werde selbstverständlich noch heute Schumann informieren, der aber gerade unterwegs ist. Wir haben einen Informanten, der uns einiges geliefert hat, übrigens auch Material zu Christines eigenmächtigem Handeln. Manfred Eggert war lange Jahre als Experte tätig, hat sich aber vor einigen Jahren aus der Szene verabschiedet. Wir kennen uns seit sehr vielen Jahren. Er vertraut mir und möchte nicht, dass das, was ich dir jetzt unter dem Siegel der Verschwiegenheit erzähle, auf ihn zurückfällt.«

Richard klang ein wenig selbstzufrieden, fuhr dann aber in normalerem Tonfall fort: »Eggert hat hie und da mal ein Auge zugedrückt, wenn es um die Einschätzung des Wertes von Bildern ging. Im Falle eines Münchner Museums hat er eine Fälschung gegen besseres Wissen als echt eingestuft, das aber später zurückgenommen und seinen Fehler eingestanden. Es ist nicht zu einem Prozess gekommen. Er kennt einige der Mitglieder dieser Schwarzmarktorganisation, den Boss allerdings nicht. Er hat mir drei Namen genannt; eher kleine Lichter, wie er meinte, doch über sie könnte man an die Organisation herankommen. Zwei Männer und eine Frau, die sich ein ehrbares Image geben und durchaus sachkundig auf ihrem Gebiet sind. Doch seit einigen Jahren bereichern sie sich durch das Erstellen falscher Gutachten und durch betrügerische Deals.«

Mein Laptop zeigte eine neue Meldung an. Sie kam aus Hannover. Noch mal Schumann. Aber erst wollte ich weiterhören, was Richard mir zu sagen hatte.

»Einige Zeit hat ein sehr erfolgreicher Fälscher mitgemacht, Mauritz Lorenz, der in Hannover eine Restaurationswerkstatt besitzt und an sich hervorragende Arbeit leistet. Er wurde vor zwei Jahren verhaftet, konnte der Polizei aber seinen Auftraggeber nicht namentlich nennen. Auch die Mittelsmänner waren nie direkt an ihn herangetreten, sondern immer anonym, wie er jedenfalls behauptet. Seine Spezialität waren Bilder im Stil des 16., 17. und 18. Jahrhunderts, Flamen, Niederländer und Italiener. Täuschend echt. Er hat sogar einen Maler frei erfunden, Giorgio Pastarella, der angeblich 1580 in Venedig geboren und 1650 in Verona gestorben ist. Tolle Bilder, die zum Teil in einigen großen Museen hingen. Auf die Schliche ist ihm Alexander Freeling gekommen, den du ja auch kennst. Lorenz ist ein Genie, sitzt aber jetzt noch drei weitere Jahre ein. Sein englisches Pendant war Michael Shane, der vor Kurzem auf tragische Weise ums Leben gekommen ist. Man sagt, dass sein Autounfall in Wahrheit ein Anschlag war, weil er aussteigen und ein neues Leben beginnen wollte.«

Von Shane hatte mir Gregson schon erzählt. Aber offenbar gab es eine Querverbindung zwischen Lorenz und Shane. Freeling konnte mir vielleicht mehr zu Shane sagen. Dass er mitgewirkt hatte, Lorenz zu enttarnen, war mir neu. Der Fall war damals in den Medien ausführlich behandelt worden, aber Freelings Namen hatte ich in den Berichten nicht entdeckt.

»Und wer sind nun diese drei Leute, die Eggert genannt hat?« Ich hörte Richard leise lachen. »Stell dir vor, dazu gehört Friedl Neurath. Der hat bei ›Gutes für Geld‹ gearbeitet und mir viel Ärger bereitet, ein dummdreister Typ mit wenig Moralgefühl. Das habe ich dir aber schon erzählt. Und dann noch Arnim Vogt, den ich nicht kenne. Laut Eggert war er früher Redakteur bei einem Kunstmagazin, wurde entlassen und arbeitet jetzt als freier Journalist und schreibt kleine Werbetexte für Ausstellungen. Nicht sehr erfolgreich. Aber er scheint gelegentlich falsche Gutachten auszustellen, meist für Galerien bei Kunstmessen. Ein eher kleines Licht. Die Dritte ist Beatrix Kastell, die mal mit Neurath zusammen war. Heute arbeitet sie für die Galerie Rieper. Ihr konnte bisher noch nie auch nur ansatzweise etwas nachgewiesen werden. Doch Eggert ist überzeugt, dass sie hinter den Kulissen ihre Spielchen treibt. Aber das ist nur die Spitze des Eisbergs. Deshalb sollte man auch noch nicht zuschlagen. Es gibt noch mindestens drei weitere Drahtzieher im engeren Kreis, und einer davon könnte der Mörder sein. Cornelius Meyer-Herrmann wäre ein weiterer Name, der mir persönlich einfällt. Der Mann galt mal als großer Experte, hat aber immer Geldsorgen, weil er spielsüchtig ist. Er hat ein paar krumme Dinger gedreht, gilt aber inzwischen als ehrliche Haut. Deshalb war Eggert sich nicht sicher, hält es aber für möglich.« Richard schwieg eine Sekunde. Dann sagte er: »Schumann weiht mich zwar nicht in die Mordermittlungen ein, aber er hat angedeutet, dass Strate und Christine nicht im Affekt getötet worden sind. Er schätzt mich wohl inzwischen ein wenig mehr, da ich ihm bei diesen Verstrickungen von Kunst und illegalem Handel nützlich bin.«

»Den Namen Meyer-Herrmann kenne ich auch«, erwiderte ich. »Seine Visitenkarte lag bei Strate herum.« Ich sah auf die Uhr. Die Zeit drängte, und ich wollte die Kingsleys nicht warten lassen. »Und Eggert hat keine Ahnung, wer der Kopf dieser Organisation ist?«, hakte ich nach.

Richard räusperte sich. »Nein, das weiß er leider nicht, und er konnte mir auch keine Tipps geben. Diese Gruppe agiert in ganz Deutschland und hat Kontakte nach Tschechien, Italien, Österreich und in weitere Länder. Aber interessant, dass Strate offenbar Meyer-Herrmann begegnet ist. Mal sehen, ob sich daraus mehr ergibt.«

Als ich mich von Richard verabschiedete, sagte er: »Übrigens glaube ich, dass Robin Gregson in England Verbindungen zu den illegalen Auftraggebern von Michael Shane hat. Schumann hat das von Griffins erfahren. Scotland Yard hat ein Auge auf Gregson.«

Das überraschte mich nicht. Gregson hatte mir gegenüber ja zugegeben, dass er Shane gut kannte. Doch Gregson schien wie vom Erdboden verschluckt. Richard beendete unser Gespräch mit einem liebevollen »Pass auf dich auf, Anna!«.

Ich hatte keine Zeit mehr, Schumanns neuere Mail aufzurufen. Schnell umziehen und los.

Als ich meinen Mantel anzog, piepste mein Handy. Eine SMS von Schumann. Auch in London konnte ich ihm nicht entkommen, wie es schien. Die Nachricht bestand nur aus einem Satz: »Ernestine Wiegand ist aus dem Koma geholt worden!«

Ivory Hall

Der Zug von London Euston nach Edinburgh fuhr durch grüne Landschaften. Aber ich war zu müde, um hinauszuschauen, und auch zu erschöpft, um endlich Freelings Drachenlegende zu lesen. Irgendwie kam ich nicht zu Potte mit diesem Buch.

Hinter mir lagen zwei ziemlich aufregende Tage. Das Abendessen bei Harold und seiner liebenswürdigen Frau war harmonisch und entspannt verlaufen. Ich hatte Harold gefragt, ob er etwas über die Kingsleys wisse, die einst Ivory Hall besessen hatten. Das seien seine Urgroßtante Emily und sein Urgroßonkel Albert gewesen, antwortete Harold. Aber sie hätten den Besitz vor langer Zeit veräußert. »Sie haben Ivory Hall damals aus sentimentalen Gründen gekauft, weil Urgroßtante Emily entfernt mit den McLeachs verwandt war, denen Ivory Hall ursprünglich gehört hat. Aber sie scheinen wohl sehr bald die Lust verloren zu haben, dort zu leben. Unrentabel und irgendwie unheimlich. Riesige Keller unter dem Haus, zum Teil zugemauert und sogar verschüttet. Man hätte sehr viel Geld hineinstecken müssen, um das Haus wieder in altem Glanz zu präsentieren. Albert Kingsley war zwar wohlhabend, aber er wollte nicht allzu viel in das Gemäuer investieren«, berichtete Harold.

Danach habe Ivory Hall wechselnde Eigentümer gehabt. Sogar der Ort Kincaid hatte Interesse angemeldet, dort ein Golfhotel aufzuziehen, den Plan aber wieder verworfen. »Zu teuer.« Vor wenigen Monaten sei das Anwesen nun aber verkauft worden, das längere Zeit vom National Trust of Scotland verwaltet worden war. Wer sich diesen Klotz ans Bein gebunden habe, sei nicht bekannt, und so lief das Haus nur unter »Trustees«. Es wurde gemunkelt, der neue Besitzer plane, daraus ein Landhotel mit speziellem Flair zu machen. In der Umgebung spottete man, Ivory Hall eigne sich eher als Drehort für Geistergeschichten. »So wie diese alte Villa in Hitchcocks ›Psycho‹«, sagte Harold. »Aber das sind nur Gerüchte. Wahrscheinlich wird der neue Eigentümer es bald auch wieder abstoßen. Irgendwann übernimmt es endgültig der National Trust of Scotland, und gemeinsam mit Loch Leven Castle ist es dann ein attraktives Touristenziel, sagenumwoben und voller Gruselgeschichten. Das kleine Kincaid wird davon profitieren.«

Leider hatte Harold keine Zeit, mich zu begleiten, obwohl es ihn auch gereizt hätte, einen Blick auf das alte Gemäuer zu werfen, das für kurze Zeit einmal seinen fernen Verwandten gehört hatte.

»Was suchst du eigentlich da?«, hatte er gefragt. »Hoffst du, dort irgendetwas zu entdecken, was dir bei deiner Recherche der realen Hintergründe für die Schilderungen dieses Stuart O'Sullivan weiterhilft?«

Einen konkreten Grund vermochte ich ihm nicht zu nennen, ich war schlicht neugierig. Als ich ihm das gestand, fügte Harold scherzhaft hinzu: »Falls du in den Keller vordringst, dann kannst du ja mal schauen, ob dort tatsächlich noch einige Bilder aus der Sammlung Warchester hinter den Wänden verborgen sind.«

Am nächsten Morgen rief er mich an und sagte mir, dass er die versprochenen Unterlagen leider erst am späten Nachmittag heraussuchen könne. Er würde sie mir aber scannen und mailen. Ich saß an dem Tag nur zwei Stunden im Lesesaal der British Library und studierte noch mal die auf meinen Laptop kopierten Berichte O'Sullivans und den Brief des unbekannten Absenders. Gregson hatte mir ja erzählt, dass sein Auftraggeber einen Schock erlitten hätte, als er ihm von diesem Brief berichtet hatte. Wenn ich Gregson trauen könnte, wäre es reizvoll, gemeinsam zu versuchen, das Rätsel um den Uccello zu lösen. Wir verfolgten im Grunde das gleiche Ziel. Am Mittag wählte ich die Nummer, die er mir in Hannover gegeben hatte. Weshalb wunderte es mich nicht, dass sie »nicht vergeben« war?

Vor meiner Verabredung mit Freeling wollte ich noch einen weiteren Besuch absolvieren, und der führte mich in die National Gallery am Trafalgar Square. Wie schon viele Male zuvor stand ich gebannt vor dem Uccello-Gemälde mit der Darstellung des heiligen Georg. Paolo di Dono, genannt Uccello, der Vogel, wegen seiner zahlreichen Tierdarstellungen, hatte das Bild um 1470 geschaffen. Im Gegensatz zu dem Pariser auf Holz gemalten Bild im Musée Jacquemart-André war dies ein Ölgemälde auf Leinwand. Ein mächtiger grüner Drache mit gespreizten Flügeln und gewaltigen Hinterläufen, ein ziemliches Monster, das der tapfere Georg mit seinem Speer attackiert. Die holde, ätherisch wirkende Prinzessin steht fast unbeteiligt dabei. Drei Krallen besaß dieser Drache an seinen Pranken. Freelings Drache auf dem Cover seines Romans »Die Legende vom grünen Drachen« hatte nur jeweils zwei Krallen. Ein kleiner, aber feiner Unterschied.

Ich verließ die National Gallery in gehobener Stimmung. Als ich auf den Trafalgar Square trat, auf dem es von Menschen wimmelte, spürte ich plötzlich wieder dieses mir vertraute Prickeln im Nacken. Ich sah mich um, aber kein Mensch schien mich zu beachten oder gar zu beobachten. Dennoch lief ich zielstrebig zu einem der schwarzen Taxen und gab etwas atemlos Freelings Adresse an. Als das Taxi den Platz umrundete, blickte ich kurz aus dem Fenster. Für den Bruchteil einer Sekunde glaubte ich eine bekannte Gestalt zu sehen, die aber sofort mit der Menge verschmolz. Tweedkappe und Burberry. Wie ich mir einredete, in London keine Seltenheit.

Die nächsten Minuten verdrängte ich meine Ängste und genoss die Tour durch Londons Straßen. In dem kleinen Vorgarten in der Seitenstraße in Chelsea, in der Freeling lebte, blühten die ersten Rosen.

Freeling begrüßte mich sehr herzlich, führte mich in sein Wohnzimmer und bot mir einen mit geblümtem Chintz bezogenen Sessel an. In dem Raum reihte sich ein Bücherregal an das nächste, an den Wänden hingen einige Stiche von London und eine italienische Landschaft aus dem 17. Jahrhundert. »Unbekannter Künstler«, bemerkte Freeling. »Aber das Bild gefällt mir. Ich habe es an der Portobello Road gefunden, lange, ehe die Touristen dort einfielen.«

Man sah Freeling sein Alter nicht an. Er war groß und

schlank mit eisblauen Augen, einer weißen Mähne und einem fein geschnittenen Gesicht mit einer leicht gebogenen Nase. Das Tweedjackett und die senfgelben Cordhosen passten zu diesem Image des jung gebliebenen »Alten«. Er bewegte sich mit erstaunlicher Leichtigkeit, und als er meinen überraschten Blick sah, lächelte er: »Zwei künstliche Hüften, aber das liegt schon Jahre zurück. Ich spiele wieder Tennis, gehe jeden zweiten Tag schwimmen und im Hyde Park spazieren.«

Freeling lebte allein, so wie Strate. Dessen Tod, sagte er, habe ihn tief erschüttert. »Ich habe ihn noch vor zwei Monaten besucht, und wir sprachen über den Biondo, den er in Braunschweig ausstellen wollte. Ich finde das Bild interessant, weil es ursprünglich ziemlich sicher den Warchesters gehört hat. Ich habe dazu Recherchen angestellt, aber nicht viel gefunden, außer dass es wohl im 16. Jahrhundert von Florenz nach England gelangte.«

Was Freeling mir dann erzählte, wusste ich schon aus eigener Anschauung, doch seine Beobachtungen zu Strates Sammlung und zu den Fragen ihrer Provenienz ergänzten meine Informationen.

Als ich die dritte Tasse seines köstlichen Tees trank, fragte ich ihn, ob er je etwas von den Aufzeichnungen eines Stuart O'Sullivan gehört habe.

Ein Funkeln trat in seine Augen, als er antwortete: »Oh ja. Aber leider sind diese Dokumente in all den Unruhen des 17. Jahrhunderts verloren gegangen. Sie wären hochinteressant, da sie beispielhaft ein ziemlich genaues Bild der Geschichte großer Sammlungen in England zu Zeiten der Stuarts geben. König Charles I. war ja selbst ein großer Liebhaber von Kunst. Seine riesige Sammlung wurde dann unter Cromwell verkauft, glücklicherweise nicht zerstört. Sein Sohn konnte nach 1660 einen Teil der väterlichen Sammlung zurückkaufen. Erfreulicherweise habe ich in einer alten Chronik über die Geschichte derjenigen Royalisten, die bei Preston ihr Leben ließen, einige Hinweise auf die Warchester und ihre Sammlung gefunden. Dort werden auch die Aufzeichnungen von Stuart O'Sullivan erwähnt, einem sehr loyalen Gefolgsmann der Warchesters. Er war offiziell beauftragt, eine Chronik der laufenden Ereignisse der Familie zu verfassen. O'Sullivan hat wohl unter anderem über den Uccello und über den Biondo geschrieben, der schließlich auf allerlei sonderbaren Wegen in Strates Besitz gelangt ist. Der Uccello der Warchesters ist schon lange verschollen, ebenso wie nun leider auch Strates Biondo ›Morgen am Fluss‹.« Er sah mich betrübt an.

Ich hatte den Titel des Bildes noch nie gehört. »Morgen am Fluss« hieß der Biondo also, sehr passend. Was mich zurückhielt, Freeling zu erzählen, dass ich im Besitz der Kopie zumindest eines Teils der O'Sullivan-Aufzeichnungen war, wusste ich selbst nicht. Ich fragte mich, ob er bei seinen Recherchen vielleicht auch auf den Brief in der British Library über den gefälschten Uccello gestoßen war. Ich hätte ihn gerne gefragt, hielt mich aber zurück. Obwohl das ein Thema für Freeling war, der sich als Kenner der Renaissancemalerei sicher für den Verbleib des Originals interessierte. Doch dies anzusprechen erschien mir allzu delikat.

»Was ist so interessant an diesem Biondo?«, wagte ich endlich zur Sache zu kommen. »Es ist zwar ein schönes, aber nicht gerade außergewöhnliches Bild. Können Sie sich erklären, weshalb ausgerechnet dieses Bild gestohlen wurde? Im Flur des Strate-Hauses standen drei wunderschöne Flamen, darunter ein Bild, das Pieter Brueghel dem Jüngeren zugeschrieben wird.«

Freeling nahm einen Keks aus einer kleinen Silberschale und biss vorsichtig ein Stückchen davon ab. Dann sagte er: »Ich hatte bei meinem letzten Besuch bei Strate den Eindruck, dass ihm klar geworden war, dass dieser Biondo interessanter war, als er bisher angenommen hatte. Wörtlich sagte er: ›Dieses Bild war immer eine Selbstverständlichkeit für mich, weil es schon im Wohnzimmer hing, als ich noch klein war. Aber manchmal sollte man genauer hinschauen.‹ Mehr habe ich nicht von ihm erfahren. Ich fürchte aber, dass er mit jemandem anderen über seine Vermutungen gesprochen hat. Und dass dies bei den falschen Personen Begehrlichkeiten weckte. Und ich hege den

Verdacht«, hier seufzte Freeling tief, »dass Strates einstige Lieblingsstudentin Christine Windstetten nicht ganz unschuldig ist. Ich kannte Christine recht gut, sie hat Seminare von mir besucht und mich mehrmals interviewt. Eine kluge und attraktive Frau, deren Geschick mir sehr leidtut. Vielleicht birgt dieser Biondo tatsächlich den Schlüssel zu einem Geheimnis, was sicherlich ein Anreiz für manche Menschen wäre, das Bild zu stehlen. Ich kann nur hoffen, dass es doch noch auftaucht.«

Damit war für Freeling das Thema offensichtlich abgehakt. Wir unterhielten uns über seine beiden Romane, die ich mitgebracht hatte und die er gerührt lächelnd mit seinem Namen und dem Datum für mich signierte. Seine Recherchen für die beiden Romane, erzählte er, seien denkbar einfach gewesen.

»Giorgio Vasari als wichtigste Quelle, natürlich die Inspiration der Bilder aus der Renaissance, die zum Teil haarsträubenden Geschichten über die Medici und ihre Machtkämpfe, aber vor allem meine Liebe zu Uccello, dessen berühmte Darstellungen des Drachenritters Vorbilder für die fiktiven Gemälde meines frei erfundenen Malers sind. Boccaccio war auch ein Pate, denn dessen Geschichten des Decamerone über Florenz im 14. Jahrhundert sind anregend und höchst modern. Und ich lese selbst gerne Kriminalromane. Allerdings erhebe ich keinen Anspruch darauf, dass meine historischen Krimis sich mit einem Eco oder einer Hilary Mantel messen können.«

Ich hatte den Unterschied zwischen dem Gemälde in der National Gallery und dem auf seinem Buchcover eigentlich gar nicht ansprechen wollen. Doch da er selbst Uccello im Zusammenhang mit seinem Roman erwähnte, fragte ich: »Das Coverbild für die Legende vom Drachen ähnelt sehr dem Uccello in London. Aber mir ist aufgefallen, dass Ihr Drache nur jeweils zwei Krallen an seinen Pranken trägt. Hat das etwas zu bedeuten?«

Mir schien, als ob Freeling plötzlich fast abweisend und irritiert wirkte. Nach einer Sekunde aber lächelte er und sagte: »Sie sind eine gute Beobachterin. Doch dazu hätten Sie den Schöpfer dieses Buchumschlags befragen müssen. Er durfte frei schalten und walten, und ich habe den Einbandentwurf erst kurz vor Erscheinen des Buches gesehen.« Er schwieg eine weitere Sekunde und fügte leise hinzu: »Leider aber können Sie nicht mehr mit ihm sprechen. Michael Shane ist vor einigen Monaten gestorben. Er war ein großer Künstler.«

Ich erstarrte. Michael Shane hatte diese Umschlagbilder entworfen? Welch eine seltsame Koinzidenz! Doch ich vermied jeden Kommentar.

Freeling ging nicht weiter auf das Thema ein, sondern wollte von mir einiges wissen: wie weit die Vorbereitungen zu der Braunschweiger Ausstellung gediehen seien, was man zu tun gedenke, falls der Biondo nicht mehr gefunden würde, und ob es irgendwelche konkreten Spuren hinsichtlich des Mörders von Strate und Christine gebe. Er war erstaunlich gut informiert. Meine letzte Frage an den Experten für Renaissancemalerei betraf die These, dass vielleicht einige Künstler Pseudonyme benutzt haben könnten, um mit schnell produzierter »Alltagsware fürs Volk« eine finanzielle Basis für ihre bedeutenderen Werke zu schaffen.

Freeling sah mich lange schweigend an. Dann sagte er: »Ich halte das durchaus für möglich. Seltsam, Anna, dass Sie davon sprechen. Das Thema meiner nächsten Arbeit, die vielleicht meine letzte sein wird, handelt genau davon. Im Mittelpunkt stehen drei Namen, die ich auf diese Frage hin untersuche. Der eine ist übrigens Il Biondo. Man weiß sehr wenig über ihn, und Christian Bredehoff, den Sie ja auch kennen, hat mir Fotos eines Gemäldes von einem gewissen Arcangelo Fiorentino geschickt, das meines Erachtens von Il Biondo stammen könnte. Vielleicht ist Il Biondo auch Arcangelo Fiorentino. Viele Künstler, nicht nur während der Renaissance, schufen ihre Werke unter anderen Namen. Antonio Correggio heißt zum Beispiel eigentlich Antonio Allegri und Caravaggio Michelangelo Merisi. Aber ob ein Künstler jener Epoche sozusagen neben seinem Namen noch ein Pseudonym benutzte, ist bisher völlig ungeklärt.«

Der Nachmittag neigte sich dem Abend zu, es dämmerte, und Freeling knipste mehrere Lampen an. Der unbekannte Italiener an der Wand hinter dem Sofa gewann durch das Licht an Tiefe und farblicher Intensivität. Ich spürte, dass Freeling mein Besuch allmählich ermüdete. Deshalb sagte ich, dass es Zeit für mich sei, in mein Hotel zurückzukehren, da ich am nächsten Tag nach Schottland reisen wolle, um mir Ivory Hall anzusehen. Freeling reagierte verhalten. »Was wollen Sie da finden? Die Warchesters leben seit 1660 nicht mehr dort. Was aus ihrer Sammlung wurde, ist unklar. Aber wer weiß, vielleicht findet man noch einige Bilder versteckt in den uralten Kellern. Sie können ja mal nachschauen!« Er lachte. Wenige Minuten später verließ ich sein gastliches Haus und trat auf die stille, dunkle Straße. Gedämpft hörte ich den Verkehr von der King's Road.

Spätabends rief mich Harald Frostauer an. Ich hatte ihm geschrieben, ich sei für einige Tage in London, könne aber Gregson leider nicht erreichen. Er druckste ein wenig herum, ehe er sagte: »Dass du Gregson nicht an die Strippe bekommst, wundert mich nicht. Ich habe auch vergeblich versucht, ihn zu sprechen. Aber was ich dir eigentlich sagen wollte: Ich bin auf etwas gestoßen, was ich dir gerne zeigen will. Vielleicht hat es mit dem Fall zu tun, vielleicht ist es aber auch nur kunstgeschichtlich interessant. Mir ließ unser Erlebnis im Museum keine Ruhe, deshalb habe ich in der Leibniz-Bibliothek recherchiert und bin fündig geworden.« Er lachte selbstgefällig. »Das Ergebnis schicke ich dir.«

Da ich Frostauer nicht ganz ernst nahm, machte ich mir am nächsten Morgen vor meiner Abreise nach Edinburgh nicht die Mühe, seine Mail zu öffnen. Seine ungeheuer wichtigen Entdeckungen waren oft alter Tobak. Vielmehr wartete ich auf Harold Kingsleys Nachricht, die aber bis zum frühen Vormittag noch nicht eingetroffen war.

Also brach ich nach Norden auf. Die Bahnfahrt dauerte etwas mehr als fünf Stunden. Ich schlief in Edinburgh in einem gemütlichen Hotel, das mir Harold Kingsley empfohlen hatte, und brach am Morgen sehr früh mit einem Bus von Edinburgh nach Kinross auf. Von dort aus nahm ich mir ein Taxi nach

Kincaid. Ich fuhr äußerst ungern auf der linken Straßenseite, vor allem auf diesen unübersichtlichen Landstraßen mit ihren hohen Hecken auf beiden Seiten. Und das Taxi von Kinross nach Kincaid kostete nicht allzu viel. Dort nahm ich mir ein Zimmer im »The Golden Rose«, das laut der Plakette neben der Eingangstür schon 1610 erbaut worden war, damals als Pub mit wenigen Kammern für durchreisende Gäste, heute ein Hotel mit zehn sauberen, geräumigen Gästezimmern; urgemütlich mit seinen schweren Balken und einer Wirtsstube, in der es nach Holz, Asche und Braten roch und an deren Wänden Hellebarden und Degen hingen.

Ich verbrachte eine ruhige Nacht; nur einmal wachte ich auf, als eine Eule in der Nähe rief und eine zweite ihr antwortete. In dem alten Haus knackten die Balken, und irgendjemand lief nach Mitternacht durch den Flur.

Nach einem üppigen Frühstück ging ich die kurze Strecke zu dem ehemaligen Besitz der Warchesters zu Fuß. Ein Schild wies mir den Weg. Der Spaziergang von etwa zwanzig Minuten führte vorbei an verwilderten Büschen und dichten Dornenhecken. Die grauen Steinquader der mächtigen Halbruine von Ivory Hall ragten zum blassblauen Himmel auf, über den winzige Wolken segelten. Der Mittelturm, dicht mit Efeu bewachsen, schien kaum zerstört. Die Seitenflügel des Gebäudes und die beiden schmaleren Ecktürme dagegen wiesen starke Spuren von Verwitterung und beginnendem Verfall auf. In der Ferne hörte ich die Wellen des Loch Leven gegen das Ufer schlagen. Auf meinem Weg von Kincaid hierher hatte ich die Ruinen von Loch Leven Castle gesehen, in dem einst Maria Stuart gefangen gehalten wurde.

Aber auch Ivory Hall musste einmal sehr imposant gewirkt haben. Ich blickte zu dem Turm auf und hatte Alexander Freelings letzte Worte bei seiner Verabschiedung im Ohr: »Wer die Sammlung der Warchesters heute besäße, wäre ein glücklicher Mensch. Herrliche Bilder, darunter solche von Meistern wie Giotto, Crivelli, van Dyck und Caravaggio.«

Auf meiner Reise nach Edinburgh hatte ich endlich den zweiten Roman fertig gelesen. Mir war aufgefallen, dass irgendjemand im hinteren Teil des Buches auf den Rand einiger Seiten mit Bleistift auf Deutsch Anmerkungen gekritzelt hatte, so wie man das gerne in Schulbüchern macht. Strate oder Christine? Ich wollte mir diese Notizen später in meinem Hotelzimmer noch einmal genauer anschauen. Meinen Laptop hatte ich in den Hoteltresor gelegt. Ich war in der Hinsicht ein gebranntes Kind, da ich vor einigen Jahren in Dublin Opfer eines Diebstahls geworden war. Mein Handy trug ich aber bei mir. Ideal für Fotos und zur Not auch als Taschenlampe nützlich.

Als ich in Ivory Hall angekommen war, verharrte ich ein paar Minuten andächtig vor dem alten Gebäude. Seltsamerweise war die Eingangstür, geschmückt mit einem kupfernen Türklopfer in Gestalt eines Drachenkopfes, nicht verschlossen. Sie stand einen Spaltbreit offen. Im Hotel hatte ich gefragt, ob es in dem Haus derzeit schon Umbauten und Sanierungsarbeiten gebe, aber die Hotelbesitzerin hatte dies verneint.

Offensichtlich fürchtete der neue Eigentümer keinen Vandalismus. Und in der Tat schien sich niemand für das alte Haus zu interessieren. In meinem Hotel übernachteten außer mir nur wenige Touristen, zwei Holländer, eine Spanierin, ein schlaksiger Engländer, der die Spanierin beim Frühstück angebaggert hatte, und ein Däne. Diese Gäste pilgerten sicherlich zum einstigen Gefängnis der berühmten schottischen Königin Maria Stuart im Loch Leven und nicht nach Ivory Hall.

Ich nahm meinen Mut zusammen und drückte gegen das robuste Holz. Leise knarrend wie in einem Horrorfilm öffnete sich die Tür ein weiteres Stückchen. Ich spähte in die Dunkelheit, bis sich meine Augen an die Schatten gewöhnt hatten. Dann schob ich die Tür ganz auf. Das hereinfallende Tageslicht erhellte nur den vorderen Teil des großen Raumes, an dessen hinterem Ende ich den Umriss einer breiten Treppe zu erkennen glaubte. Dies war die Eingangshalle, in der Steven Clarke vor gut dreihundertsiebzig Jahren Lady Annabell getötet und den Uccello geraubt hatte. Mich überlief eine Gänsehaut.

Vorsichtig betrat ich den Saal. Von dem steinernen Boden

stiegen Staubwölkchen auf, meine Schritte hallten hohl von den Wänden wider. Glücklicherweise hatte ich zusätzlich eine Taschenlampe eingesteckt, die ich anschaltete, als ich tiefer in das Gebäude vordrang. Die dicken Mauern schluckten alle Geräusche von draußen. Kein Vogelzwitschern war mehr zu hören, kein Motorenlärm von der Straße, die etwa hundert Meter vom Haus entfernt nach Kincaid und zum See führte. Tiefes, allumfassendes Schweigen umhüllte dieses alte Gebäude. Ich fröstelte und zog meine Jacke enger um meine Schultern.

Am liebsten wäre ich umgekehrt. Doch meine verdammte Neugierde trieb mich voran. Ich war einen weiten Weg bis hierher gekommen und wollte nicht wieder abfahren, ohne mehr von Ivory Hall gesehen zu haben. Und so wanderte ich weiter durch die weitläufige, kalte Halle und stand plötzlich vor der nächsten offenen Tür. Ihr Holz wirkte brüchig und das Schloss verrostet. Dahinter führte eine Treppe in die Tiefe. Ich leuchtete hinein. Das war also der Zugang zum berühmten Keller, in dem laut der Legende immer noch ein Teil der Warchester-Sammlung versteckt sein sollte. Ein schönes Märchen, denn in den dreihundertsiebzig Jahren seit dem Tod von Lady Annabell hätte es genügend Gelegenheiten gegeben, in dem Gewölbe verborgene Schätze zu entdecken.

Ich tastete mich vorsichtig die Stufen hinunter. Dabei strich ich mit der Hand über die kahlen grauen Steinwände, die sich feuchtkalt anfühlten. Die Stufen der Kellertreppe waren erstaunlich breit. Nach dreißig Stufen gelangte ich unten an. Der Geruch erinnerte mich an meine Abenteuer in den Höhlen des Ith: Moder und Verwesung, wahrscheinlich von toten Ratten.

Viel gab es nicht zu sehen. Ein Raum reihte sich an den nächsten. An einigen Wänden waren Steine herausgebrochen worden, gähnende Lücken taten sich auf. Vielleicht hatte da jemand nach den verlorenen Bildern gesucht, was meine Phantasie erneut beflügelte. Mit Hilfe meiner Taschenlampe strahlte ich die Wände an und ging immer weiter. Schließlich erreichte ich eine dicke Eisentür, an der ein Hängeschloss befestigt war. Ich zog daran. Es löste sich und polterte auf den Boden. Die Tür ließ sich mit wenig Anstrengung öffnen. Sie knarrte nicht einmal. Da spätestens hätten meine Alarmglocken klingeln sollen. Aber mein sonst recht ausgeprägter sechster Sinn versagte. Der Strahl meiner Taschenlampe ließ mich einen eher kleinen Raum erkennen. Am anderen Ende häuften sich Steine und versperrten den Weg.

Ich drehte mich um und wollte so rasch wie möglich zurück ans Tageslicht. Da ertönte ein dumpfes Dröhnen, und vor meinen entsetzten Augen schlug die schwere Eisentür zu. Alles Rütteln half nichts. Ich saß in der Falle.

Mein lauter Hilferuf brach sich an den robusten Steinmauern, und ich sank auf den Boden, überrollt von einer Woge aus Panik und aus Ärger über meine Naivität. Ich hatte mich nicht einmal während meines Fußmarschs umgesehen, ob mir jemand folgte. Und ich war frischfröhlich in dieses Haus marschiert, jeglichen Gedanken an mögliche Gefahren ignorierend. Wer aber könnte mich eingesperrt haben? War mir wirklich jemand gefolgt? Von allein konnte diese schwere Eisentür nicht zugefallen sein. Und wie aus heiterem Himmel tauchte das Bild des sehr blonden Dänen aus dem Hotel vor meinem inneren Auge auf. Ich hatte ihm keine große Beachtung geschenkt, da er intensiv einen Roman von Jussi Adler-Olsen zu lesen schien. Aber sein Anblick hatte in mir eine flüchtige Assoziation geweckt. Er trug einen blonden Schnurrbart, der wie die Wikingervariante von Tom Sellecks Magnum-Schnauzbart wirkte, und einen ebenso blonden Haarschopf, der an einen britischen Premierminister erinnerte. An einem Kleiderständer in seiner Nähe hingen ein Burberry und eine Tweedkappe. In diesem Moment war ich mir sicher, dass Ivory Hall der letzte Ort in meinem Leben sein würde.

Restauration

Edinburgh, im Juni 1660

»Er ist etwas größer als die mittlere Statur
eines Engländers ... Sein Gesicht ist eher
ernst als streng, was sich sehr abmildert,
wenn er spricht; seine Hautfarbe ist etwas dunkel,
aber wird sehr aufgehellt durch seine Augen,
die schnell und leuchtend sind.«

Mit diesen Worten beschreibt ein Chronist Charles II., der am 29. Mai dieses Jahres, an seinem dreißigsten Geburtstag, zum König gekrönt wurde. Die Ära Cromwells, der 1658 starb und dem für kurze Zeit sein unfähiger Sohn Richard folgte, ist vorüber. Eine neue, bessere Zeit bricht an. Unter der Regierung des jungen Königs werden, so hoffen wir alle, die Künste wieder erblühen und vor allem das Theater zum alten Glanz zurückkehren. Ich sitze in meiner Schreibstube in Edinburgh und blicke hinaus auf die Gassen, in denen das Leben pulsiert. Meine Kinder Agnes, inzwischen elf Jahre alt, und Charles, acht Jahre, spielen vor dem Haus mit den Nachbarskindern. Meine getreue Haushilfe Angela, die jetzt schon seit bald sieben Jahren meine Kinder und mich betreut, werkelt in der Küche.

Alles könnte so schön sein. An der Wand hängt der Biondo, der mich an gute und an schlechte Zeiten erinnert. Viel haben wir durchgemacht, und lange Zeit litten wir unter dem Tod von Lady Annabell. Meine Besuche in Ivory Hall wurden rarer, denn die McLeachs erwiesen sich als freundliche Pflegeeltern der fünf Kinder, und meine Dienste wurden kaum mehr gebraucht. Einmal im Monat ritt ich nur noch zu dem Anwesen und freute mich, dass die Mädchen durch Anregung der jungen Mistress McLeach nicht nur Weben, Sticken und Blumenstecken lernten, sondern auch Lesen und Schreiben. Die jüngere der beiden, Mar-

gret, entwickelt ein großes Talent für die Dichtkunst und verfasst hübsche Sonette. Die Jungen lernen unter Anleitung ihres Onkels alles Nötige, um später im wahrsten Sinne des Wortes ihren Mann stehen zu können. Der zweitälteste Sohn, James, zeigt großes Interesse für theologische Fragen und erklärte mir eines Tages, er wolle Priester werden. »Katholischer Priester«, sagte er mit fester Stimme. »Ich lerne Griechisch und Latein bei Father Matthew, der im Verborgenen noch der alten Kirche angehört.«

Ich schrieb weiter an meiner Chronik und ging oft in die Kellerräume von Ivory Hall, da seit der Gefahr von Überfällen durch räuberische Mosstroopers eine stattliche Anzahl der Bilder in den unteren Geschossen verwahrt blieb. Immer wieder stand ich kurz davor, das Schreiben, das ich in einem Kästchen in meinem Domizil in Edinburgh verwahrte, dem ältesten Sohn zu übergeben. Das Geheimnis des Uccello lastete auf meinem Gewissen. Doch noch schwieg ich und behielt den Brief bei mir.

An jenem grauen Januartag vor sieben Jahren hatte ich Steven Clarke nur flüchtig erblickt. Bridget zitterte am ganzen Leib, als sie mir von ihrer Begegnung mit dem Schurken berichtete. Er habe ihr zugeflüstert, dass ich bei seinem nächsten Besuch »das Bild herausrücken« solle. Was er mit dieser Bemerkung meinte, verstand ich nicht. Denn bisher hatte er sich nicht für den Biondo interessiert. Oder ahnte er, dass ich den echten Uccello verborgen hatte, und seine Drohung bezog sich darauf? Was immer ihn dazu trieb, uns zu drohen und »das Bild« zu fordern, musste in seinen Rachegefühlen und in seiner Habgier verankert sein. Auch der Biondo besaß einen gewissen Wert, den selbst ein so dumpfer Mensch wie Clarke erkannt hatte. Aber seine genauen Motive bleiben mir rätselhaft. Vielleicht begehrte er den Biondo auch, weil ich dieses Gemälde wertschätzte. Und gegen mich hegte er einen völlig irrationalen Groll. Diese Unberechenbarkeit machte ihn so gefährlich.

Am Tag nachdem Steven Clarke Bridget bedroht hatte, suchte ich meinen alten Freund Ettore Marviglia auf. Er war ein großartiger Restaurator und Kopist, der aus reinem Vergnügen und ohne an seinen eigenen Vorteil zu denken, die Werke älterer Meister »nachmalte«. Ich bat ihn, eine Kopie des Biondo anzufertigen. Wenige Tage später überbrachte er mir das Bild, eine perfekte Kopie vom »Morgen am Fluss«. Falls Clarke wieder in Edinburgh auftauchen und nach dem Bild fragen sollte, würde ich ihm dieses überlassen. Gutgläubig, wie ich war, meinte ich, ihn damit endgültig aus meinem Leben verbannen zu können.

Aber was nützen die besten Pläne, wenn das Schicksal etwas anderes bestimmt? Im Mai des Jahres 1653 zerbrach mein Leben in Stücke. Ich weilte einige Tage in Ivory Hall, um nach den Geschwistern Warchester zu schauen und meiner Chronik ein letztes Kapitel hinzuzufügen. Bridget blieb mit den Kindern in der Stadt. Sie erwartete unser drittes gemeinsames Kind im November und fühlte sich nicht recht wohl. Ich versprach ihr, so rasch wie möglich heimzukommen. Nach drei Tagen in Ivory Hall beendete ich meine Aufzeichnungen mit einer Beschreibung der sieben Bilder, die Marviglia noch restaurieren sollte, darunter ein Masaccio und ein Rubens. Sie sollten bis Ende des Jahres zurück nach Ivory Hall. Ich ahnte, dass Marviglia mindestens eines davon für sich kopieren würde, wahrscheinlich eine Madonna von Paolo Veronese, als »Fingerübung«, wie er es nannte. Solange er mir das Original wieder übergab und nicht mit der Kopie zu tauschen versuchte, war mir das gleich. Er hatte ganz am Anfang unserer Bekanntschaft versucht, das Original eines Rubens zu behalten. Ein eher plumper Versuch, ich war ihm rasch auf die Schliche gekommen, und seither stand er in meiner Schuld.

Als ich nach Edinburgh heimkehrte und mich unserem Haus näherte, wunderte ich mich über die Menschenansammlung. Ich stieg vom Pferd, und sofort stürzte eine unserer Nachbarinnen auf mich zu. Ihre Augen waren gerötet, ihr Gesicht schmerzverzerrt. »Oh, Master O'Sullivan«, rief sie mit schriller Stimme, »gut, dass Ihr endlich da seid. Eure Frau ...« Mehr hörte ich nicht. Schon sprang ich die Stufen zu unserer Wohnung hinauf, getrieben von einer dunklen Ahnung, die meinen Herzschlag beschleunigte. Ich stieß die Tür zu unserer Wohnung auf. In der Wohnstube hockte Angela mit unseren Kindern. Sie blickte mich mit einem so kummervollen Ausdruck an, dass es mir schier den Atem verschlug. Wortlos stürmte ich in unsere Schlafkammer. Auf unserem Bett lag Bridget, totenbleich, daneben kniete unser alter Medicus, Master Samuel White. Er wandte sich mir zu und sagte mit tränenerstickter Stimme: »Ich habe alles mir Mögliche getan. Doch sie hat zu viel Blut verloren. Das Kind wäre ein Knabe gewesen.«

Mir wurde schwarz vor Augen. Als ich wieder zu mir kam, hielt mir Medicus White ein Riechfläschchen unter die Nase und half mir auf die Beine. Beim Sturz hatte ich mir den Kopf angeschlagen. Doch dieser Schmerz war erträglich.

»Was ist geschehen?«, flüsterte ich. Ich konnte es nicht fassen, dass meine geliebte Frau und das Kind tot sein sollten. Der Medicus führte mich aus der Kammer in die Wohnstube zu einem Stuhl. Meine Beine wollten mir nicht gehorchen, sodass ich fürchtete, gleich wieder zu stürzen. Angela holte mir einen Becher mit Wasser. Der Medicus hielt ihn an meinen Mund. Meine Hände zitterten so stark, dass ich den Becher nicht zu halten vermochte.

»Angela hat mich geholt. Sie hat alles gesehen«, sagte er. »Als ich eintraf, konnte ich nicht mehr viel für Bridget tun.«

Angela sagte mit bebender Stimme: »Als Bridget heute Morgen zum Markt aufbrach, sprach ein Mann sie vor dem Haus an. Ich stand am Fenster, um die frische Morgenluft zu genießen. Da sah ich, wie er sich ihr näherte. Er packte sie grob am Arm und zog sie in einen Torbogen. Ich lief die Treppe hinunter, um ihr zur Seite zu stehen. Da aber hatte er sie schon in einem Würgegriff und rief mir zu: ›Ich habe Stuart gewarnt. Ich will das Bild. Holt es mir, und ich lasse die Frau gehen!‹ Ich wusste nicht, um welches Bild es sich handelte. Ich antwortete: ›Stuart ist nicht hier. Ich weiß nichts! Lasst sie los!‹ Da sich die ersten Neugierigen näherten, zückte der Mann ein Messer, hielt es Bridget an die Kehle und schrie: ›Wer mir zu nahe kommt, ist schuld am Tod dieser Frau.‹ Zu mir gewandt rief er: ›Sag Stuart, dass *ich nicht ruhen werde, bis ich es habe!‹ Damit stieß er Bridget von sich, die zu Boden stürzte und dabei unglücklich auf einen Stein fiel. Er flüchtete in die engen Gassen. Niemand wagte es, ihm zu folgen. Mit Hilfe der Nachbarn trugen wir Bridget in die Schlafkammer. Sie blutete heftig.« Angela wischte sich die Tränen aus den Augen. »Als Medicus White eintraf, war Bridget noch immer ohne Bewusstsein. Das Kind war nicht mehr zu retten, aber er hoffte, sie am Leben zu erhalten. Doch kurz bevor du heimkehrtest, Stuart, tat sie ihren letzten Atemzug.«*

Mein Erzfeind Steven Clarke hatte mir Bridget genommen, und mein Hass auf dieses Monster zerriss mich fast. Wenn ich meine Kinder nicht um mich gehabt hätte, ich wäre wie ein Berserker losgestürmt, um Clarke aufzuspüren und zu vernichten. Seine wilde Gier, erst den Uccello und nun auch den Biondo zu besitzen, hatte ihn zu dieser Gräueltat getrieben. Ahnte er das Geheimnis des Biondo?

Als ich einige Wochen nach Bridgets Beerdigung wieder unter die Menschen trat, besuchte ich Ettore Marviglia, den ich seit mehreren Monaten nicht mehr gesehen hatte. Mir fiel als Erstes auf, dass er einige Narben im Gesicht trug und an seiner rechten Hand zwei Finger seltsam verbogen aussahen. Als ich ihn darauf ansprach, brach er zusammen und gestand mir, dass ihn vor geraumer Zeit ein Mann in seinem Atelier überfallen und so lange gefoltert habe, bis er unser intimstes Geheimnis preisgab. »Ich bin nicht stark«, schluchzte Ettore. »Schmerzen halte ich nicht aus, und er hat mir zwei Finger gebrochen. Ich bin ein Feigling, aber ich habe versucht, ihn aufzuhalten.«

Marviglia schämte sich, doch was nutzte es? Dann aber sagte er: »Mein Glück im Unglück ist, dass er mir die Finger der rechten Hand gebrochen hat. Doch ich vermag mit der linken Hand besser zu arbeiten als mit der rechten.« Da hätte ich ihn fast niedergeschlagen. Was für eine gedankenlose, gefühllose Bemerkung war dies angesichts seines Verrats, der indirekt zum Tod meiner geliebten Frau geführt hatte, und meines tiefen Kummers?

Mühsam unterdrückte ich meinen Zorn und fragte ihn stattdessen, weshalb er mich nicht sofort nach diesem Erlebnis auf-

gesuch habe. Er schwieg. Endlich aber sagte er: »Er hat mir gedroht, mich zu vernichten, wenn ich Euch etwas verrate.« Als er meinen verächtlichen Blick bemerkte, fügte er rasch hinzu: »Zudem seid Ihr am nächsten Tag nach Ivory Hall aufgebrochen, und ich konnte Euch nicht mehr warnen.« Grußlos ging ich davon. Unser Band war zerschnitten. Von jenem Tag an zog sich Marviglia immer mehr zurück und übernahm nur noch selten Aufträge. Seine eigenen Bilder prägte eine undurchdringliche Düsternis. Ich aber hielt mich fern von ihm, und nachdem er die letzten restaurierten Bilder aus Ivory Hall abgeliefert hatte, mied ich jeden Kontakt mit ihm.

Der Schmerz über Bridgets Tod ist nach sieben Jahren noch immer nicht gemildert. Auch der Tod unseres ungeborenen Sohnes, den wir auf den Namen Eamon getauft hätten, lastet noch immer auf meinem Gemüt. Ich schrieb Sir Sinclair Drews und berichtete ihm von Bridgets Ermordung. Ich nannte aber nicht Steven Clarkes wahren Beweggrund, sondern gab Rache als Motiv an. Ende August des darauffolgenden Jahres, als durch Cromwells Vorstoß in der Karibik ein langjähriger Krieg mit den Spaniern ausbrach, erreichte mich ein Brief von Sir Sinclair Drews:

Werter Master O'Sullivan!
Ihr müsst nicht länger um das Leben der Euren bangen noch selbst nach Rache dürsten. Steven Clarke wurde vor drei Wochen bei einem Überfall in der Gegend um Glasgow gestellt und unserer Gerichtsbarkeit übergeben. In seinem Domizil bei Cumbernauld, das er mit einer Dame von zweifelhaftem Ruf namens Laura O'Shannon teilte, fand man den von ihm entwendeten Uccello. Er wurde mir ausgehändigt und hängt nun wieder in unserer Halle, sehr zur Freude meiner Gattin. Ihr werdet mir nachsehen, dass ich das Bild erst einmal in meiner Obhut behalte. Sollten die Zeiten sich ändern, können wir verhandeln, ob wir das Bildnis wieder an die Familie des verstorbenen Earls zurückgeben. Ich erachte das Bild als eine Art Kriegsbeute, selbst wenn Clarke es auf unrechtem Weg an sich

gerissen hat. Aber wir sollten es zunächst dabei belassen. Bei uns in Lion's Gate ist es gut aufgehoben und wird sorgsam behütet.

Clarke aber ist vor zwei Tagen seinem himmlischen Richter zugeführt worden. Seine letzten Worte galten Euch. Er sagte, ehe man ihm den Strick umlegte, dass ein Fluch auf diesem Bild laste, und wörtlich: »Sagt Stuart O'Sullivan, der Tod seiner Frau tut mir leid. Aber wenn er nicht endlich die Wahrheit offenbart, wird das Morden wegen des Meisters nicht enden.« Vielleicht versteht Ihr den Sinn seiner letzten Worte.

Mögen Euch noch viele gute Jahre beschieden sein und der Kummer um den Verlust Eurer geliebten Frau verblassen.

Sinclair Drews

Ich verstand sehr wohl die Bedeutung von Clarkes Worten. Doch scheint mir die Zeit noch nicht reif, das Geheimnis zu lüften. Mein einstiger Freund Marviglia ist im vergangenen Jahr an Typhus gestorben. Sein Atelier wurde geschlossen, seine Bilder erwarb ein reicher Kaufmann aus Edinburgh. Mit Marviglia liegt nun der einzige Mensch in seinem Grab, der um mein Geheimnis wusste.

Ich kümmere mich um die Bestände privater Archive und Bibliotheken, werde auch von Sammlern immer wieder gebeten, meine Meinung beim Erwerb von Kunstwerken zu äußern, und führe ein abgeschiedenes, friedliches Leben. Selten nur noch bin ich in Ivory Hall. Die jungen Warchesters leben nicht mehr dort, die McLeach werden wohl auch nicht mehr lange dort verweilen. Meine zwei Kinder sind mir wichtiger als aller persönlicher Ehrgeiz. Angela steht unermüdlich an meiner Seite. Ich habe daran gedacht, sie zur Frau zu nehmen. Doch die Wunde, die Bridgets Tod geschlagen hat, ist zu tief. Wann ich das Geheimnis um die beiden Bilder, deretwegen inzwischen so viel Schlimmes geschehen ist, lüften werde, weiß ich noch nicht. Clarke mag zwar recht haben mit seinen letzten Worten, aber wer weiß, ob mit der Offenlegung des Geheimnisses tatsächlich das Morden endet und nicht neue dunkle Taten heraufbeschworen werden.

In tiefster Seele schmerzt es mich auch, dass ich mein Vorhaben nie mehr verwirklichen konnte, das Eishaus von Warchester Castle aufzusuchen, um nach den dort versteckten Bildern zu schauen. Aber wie ich unlängst hörte, hat ein früherer Diener der Warchesters das Geheimnis dieses Ortes vor Kurzem einem der benachbarten Landedelleute und Gefolgsmänner des neuen Königs entdeckt. Die Bilder, die an diesem Ort den Sturm der Zeiten überdauert haben, wurden nach London verbracht und sind nun Teil der königlichen Sammlungen. Ein wahrhaft würdiges Schicksal!

Im Kerker

Um mich war Finsternis. Nach sechs Stunden in diesem muffigen Dunkel gaben die Akkus meines Handys und meiner Taschenlampe fast gleichzeitig ihren Geist auf. Da meine alte Armbanduhr kein erleuchtetes Zifferblatt hatte, konnte ich die Uhrzeit nicht mehr feststellen. Schreckliche Erinnerungen stiegen in mir hoch. Es war ja nicht das erste Mal in meinem Leben, dass ich mich in einer schier ausweglosen Situation befand, doch diesmal schwand meine Hoffnung mit jeder Minute in dieser undurchdringlichen Dunkelheit. Die Feuchtigkeit des Kellerraums kroch in meine Knochen, meine Glieder fühlten sich an wie Blei. Ich dachte an den Morgen zurück. Und wieder tauchte dieser seltsame blonde Däne in meinen Gedanken auf. Er schien mich keines Blickes zu würdigen und hielt sich den Roman von Jussi Adler-Olsen wie einen Schutzschild vors Gesicht.

Wenn es tatsächlich derselbe Mann war, den ich in der British Library und in der Nähe des Trafalgar Square zu sehen glaubte, dann hatte er sich mit dem blonden Bart und den hellen Haaren gut getarnt und war deshalb auf den ersten Blick nicht zu erkennen gewesen. Während ich meinen Morgenkaffee geschlürft hatte, sprach er kurz in sein Handy und wandte sich dann wieder seiner Lektüre zu. Damit hatte ich ihn unter einigen Stichworten abgehakt: Däne, Tourist, allein. Schnauzbart buschig, Haare sehr blond. Nicht mein Typ. Die beiden Holländer, ein lang aufgeschossener Mann mit dünnem Kinnbart und eine Frau mit roten Wangen, der magere Engländer, der mit starkem Cockney-Akzent auf die aparte Spanierin einredete – das waren die Bilder, die durch meinen Kopf schossen, während ich am Boden in dem Kellerraum kauerte.

Jetzt fiel mir ein, dass der Mann den Frühstücksraum kurz nach mir verlassen hatte. Er ging die Treppe hinauf, während ich mich zu Fuß auf den Weg nach Ivory Hall machte und nicht mehr an ihn dachte.

Im Geiste vernahm ich Schumanns verärgerte und Richards vorwurfsvolle Stimme. »Die Frau lernt auch nie etwas dazu!«, hörte ich den Kommissar sagen, und Richard ergänzte das mit einem traurigen: »Schade, es hätte wieder etwas mit uns werden können!« Ich zuckte zusammen. Mir schien es, als ob ich ihre Stimmen wirklich vernommen hätte. Wurde ich allmählich verrückt?

Am Anfang meines Kerkeraufenthaltes hatte ich noch die Hoffnung gehegt, mit dem Handy an die Außenwelt zu dringen. Vergeblich. Die Mauern des alten Gebäudes waren zu dick, die Kellerräume lagen zu tief. Noch fünfzig Prozent Akku hatte mein Handy angezeigt. Immerhin würde das für einige Stunden ausreichen. Doch was nützte mir das? Wenn niemand mich suchte – und wer sollte das? –, dann saß ich hier unten fest, bis die Renovierungsarbeiten an dem Haus begannen, und das konnte in einem Monat oder noch später sein. Ich kicherte. Mein Skelett würde den Bauarbeitern einen ganz schönen Schrecken einjagen und den Gerüchten frische Nahrung geben, dass es in Ivory Hall spukte.

Aber erst einmal würden die Schlagzeilen in der lokalen Zeitung eher lauten: »Deutsche Touristin am Loch Leven verschwunden. Unfall oder Verbrechen? Bisher keine Leiche aufgetaucht.« Und Schumann und Richard würden diese grässliche Nachricht erst Tage später erfahren. Es tröstete mich wenig, dass ihre Trauer um mich ziemlich heftig sein würde. Vielleicht brach Richard zu einer Suchaktion auf und durchkämmte die gesamte Region um den See. Man würde auch im See nach meiner Leiche tauchen. In einem Anflug von Masochismus malte ich mir Richards Verzweiflung aus. Spät, zu spät würde er erkennen, dass ich seine wahre Liebe gewesen war. Bei dem Gedanken musste ich lächeln. Für einen Augenblick vergaß ich, dass inzwischen mein Rücken und mein Nacken schmerzten. Meine Stimmung schwankte zwischen Verzweiflung und Trotz.

Eine Welle des Selbstmitleids überflutete mich, und einige Tränen tropften meine Wangen herab. Was hätte ich doch noch alles Schönes in diesem viel zu kurzen Leben machen können?

Doch dann hatte ich mich zusammengerissen. Von Haus aus Optimistin setzte ich meine Hoffnung auf Rosie McGowan. Der Hotelwirtin würde allerdings frühestens am Abend auffallen, dass die Deutsche nicht zum Essen erschienen war. Sie könnte dann die Polizei alarmieren, die einen Suchtrupp ausschicken würde. Doch wann jemand auf die Idee käme, mich in den Kellergewölben von Ivory Hall zu suchen, stand in den Sternen. Loch Leven wäre das erste Ziel für eine Suchaktion.

Irgendwann hatte ich mich aufgerappelt und mich dicht an der Wand entlanggetastet. Das dürftige Licht meiner Taschenlampe malte dunkle Striche an die Wände und half mir nicht sonderlich, mich zu orientieren. Aber weder entdeckte ich lose Steine, hinter denen sich Schätze versteckten, noch mysteriöse Inschriften oder Hinweise auf die Vergangenheit. Ein ziemlich zweckloses Unterfangen, denn hätte es hier etwas zu entdecken gegeben, wäre das längst geschehen. Dieser Raum wirkte allerdings so, als sei ewig niemand hier gewesen. Überall Staub und Rattendreck. Ekelhaft. Mir wurde leicht übel. Im hinteren Teil dieser dumpfen Kammer befand sich ein Geröllhaufen. Was sich dahinter verbarg, konnte ich nicht ausmachen. Kein Durchkommen. Die Anhäufung heruntergestürzter Steinbrocken und hölzerner Bruchstücke war ein größeres Hindernis als der legendäre Berg aus Brei, der das Schlaraffenland vor Fremden schützte.

Apropos Brei. In mir nagte ein stetig wachsender Hunger und, noch schlimmer, brennender Durst. Und da übermannte mich die Verzweiflung. Kindheitsszenen, Bilder meiner Familie, verdrängte Gefühle, meine Ehe, meine Beziehung zu Richard, meine Freundschaft zu Schumann, selbst mein ambivalentes Verhältnis zu Menschen wie Harald Frostauer und viele bunt gemischte Erinnerungen durchzogen mein Gemüt. Fast schmerzlich drang die Erkenntnis in mein Bewusstsein, dass ich eigentlich ein sehr schönes Leben gehabt hatte. Ich hätte das mehr schätzen sollen. Alles wirbelte durcheinander: die vielen Reisen, die Freunde, meine glückliche Kindheit, die abwechslungsreiche Studienzeit, die Beschäftigung mit schönen Dingen, meine dramatischen Abenteuer mit Moormännern, Höhlen und irischen Druiden. Ich hatte mich dabei aber immer geschützt gefühlt in der Gewissheit, nicht allein zu sein. Jetzt war ich völlig allein, gefangen in einem Raum mit schwindendem Licht und schaler Luft, einem Kellerloch in einem uralten Gebäude, in das mich kein anderer Grund als meine unbezwingbare Neugierde geführt hatte.

Ein winziger Trost in dieser aussichtslosen Situation war, so lächerlich das auch klingen mochte, dass ich noch einmal mein Lieblingsbild gesehen hatte, den »Heiligen Georg« von Uccello. Aber was nützte mir das jetzt? Ich hoffte nur, dass Schumann den Mörder bald fassen würde und sich bei der Lösung am Ende meiner erinnerte, seiner lästigen Miss Marple. Gemeinsam mit Richard und dessen »Club« konnte er den Schwarzmarkt-ring sicherlich auffliegen lassen, der »echte« Uccello würde wie Phönix aus der Asche auftauchen, das Rätsel um den Biondo gelöst werden – und ich wäre mausetot und noch nicht ein-mal anständig begraben, sondern in Ivory Hall verdurstet. Ein Haufen Knochen in einem Kellergewölbe.

Bald wäre ich ein Geist mehr, der durch diese Hallen spukte. Anna Bentorp, das Gespenst von Ivory Hall. Diese Vorstellung entlockte mir ein hysterisches Lachen, das von den Wänden widerhallte, und in dieser Sekunde flackerte das Licht meines Handys ein letztes Mal. Danach nur noch Schwärze ohne jeden Grauton. Mein Lachen verebbte. Ich hockte neben der Eisentür und schluchzte. Hungrig, durstig und fröstelnd. Im Film wäre jetzt die Tür aufgesprungen, und eine rettende Stimme hätte meinen Namen gerufen.

Aber tatsächlich. Oder bildete ich mir das in meiner Ver-zweiflung ein? Da rief doch jemand »Anna!«. Hatte ich schon die Grenze zum Wahnsinn überschritten? Dennoch nahm ich meine ganze Energie zusammen und brüllte: »Hallo! Hier bin ich! Ist da jemand?«

Keine Antwort. Also doch nur eine Halluzination. Ich sank zusammen und kuschelte mich, so gut es ging, in meine Jacke. Doch da war es wieder. Deutlich vernahm ich meinen Namen.

Was soll's, dachte ich. Einmal mehr rufen kann nichts schaden.

Und so schrie ich, bis meine Stimme kippte: »Hier bin ich! Hilfe!«

Was dann geschah, würde sich für immer in meinen Verstand einbrennen. Die rostige Eisentür begann sich laut schnarrend zu öffnen, in dem wachsenden Spalt erschien eine Gestalt, bei der mich Engelsflügel nicht überrascht hätten. Und eine männliche Stimme ertönte, die trotz ihres starken Cockney-Akzents wie Balsam in meinen Ohren klang: »Ist alles okay? Sind Sie verletzt?«

Die engelsgleiche Gestalt entpuppte sich als der junge Engländer aus dem Hotel. Er zog mich auf die Füße, stützte mich beim Hinaufsteigen aus dem Keller, führte mich behutsam durch die große Halle von Ivory Hall hinaus ins warme Licht des späten Nachmittags und setzte mich auf eine eiserne Bank in der Nähe der Eingangstür. Er reichte mir eine Wasserflasche und wischte mir mit einem nach Rasierwasser duftenden Taschentuch den Staub von den Wangen.

Dann sagte er: »Ich bin sehr froh, dass ich Sie rechtzeitig gefunden habe.« Er lächelte breit: »Ich heiße Bradley Harris. Sie haben mich heute Morgen im Hotel beim Frühstück gesehen.«

Ich nickte. Meine Kehle war trotz des Wassers zu ausgetrocknet, um zu antworten. Nach ein paar Minuten half er mir auf die Beine, und langsam gingen wir zum Hotel zurück, wobei mir der Weg endlos vorkam. Immer wieder knickten meine Beine weg, doch Bradley hielt mich fest.

Im »The Golden Rose« übernahm Rosie die Regie, die uns mit vor Aufregung hochroten Wangen entgegenlief. Sie umarmte mich und murmelte: »Mein Gott, Mädchen, was für ein Schock! Wie gut, dass mir zur Teezeit aufgefallen ist, dass Sie nicht da sind. Sie hatten mir doch gesagt, dass Sie sich auf meine Scones freuen!«

Als Erstes servierte sie mir das Allheilmittel der Schotten, einen Whisky, und danach das englische Wundermittel gegen jedes Übel, einen starken Tee. Das Feuer im Kamin brannte lichterloh, und obwohl es draußen nicht kalt war, genoss ich die Wärme. Ich zitterte noch immer, und selbst der heiße Tee und der Whisky kamen gegen mein Frösteln nicht an. Rosie McGowan blickte mich besorgt an und fragte: »Sollten wir nicht doch lieber einen Arzt holen? Dr. Meddows ist sehr gut.« Ich schüttelte den Kopf. Bloß keinen Arzt! Ich kippte den zweiten Whisky wie eine Medizin hinunter und sagte mühsam: »Es geht schon wieder. Alles gut.« Was gelogen war. Mir ging es gar nicht gut. Mehr als sieben Stunden hatte ich in dem finsteren Keller ausgeharrt, die letzte Stunde in völliger Dunkelheit.

Als das Zittern endlich verebbte, fragte ich Bradley, wie er auf die Idee gekommen war, in Ivory Hall nach mir zu suchen. Er wirkte ein wenig verlegen.

»Wenn ich gedacht hätte, dass Sie eine Touristin sind, wäre ich nie nach Ivory Hall gegangen, sondern hätte am Loch Leven nach Ihnen gesucht. Rosie hat mich aufgescheucht. Sie war beunruhigt, weil Sie ja zum Tee zurück sein wollten. Und dabei sollte ich eigentlich ein Auge auf Sie haben. Ben Griffins, Chief Inspector bei Scotland Yard, hat mich gebeten, Sie möglichst unauffällig zu observieren. Seit Kinross bin ich Ihnen auf den Fersen. Ich übernehme manchmal Aufträge für ihn hier oben in der Gegend von Edinburgh. Ich war früher beim MI5, habe mich aber nach einer persönlichen Krise aus dem Dienst verabschiedet und bin von London nach Kinross gezogen. Meine Mutter stammt aus dieser Gegend.« Er lächelte. »Ich selbst bin, wie Sie unschwer hören können, in Nord-London aufgewachsen.«

»Wieso wollte Griffins denn, dass Sie auf mich aufpassen?«, fragte ich verwundert.

Bradley grinste. »Offenbar hat er einen Hinweis bekommen, dass Sie in Gefahr sein könnten. Er hat ein paar Informanten, und irgendjemand hat da wohl was spitzbekommen. Und er hatte recht. Jemand hat die Eisentür hinter Ihnen verriegelt. Sie hätten sie nie und nimmer von innen öffnen können. Das Vorhängeschloss daran sah frisch geölt aus. Ich schicke es wegen möglicher DNA-Spuren nach London.«

Ich dankte Bradley herzlich und sagte: »Sie haben mir wahrscheinlich das Leben gerettet. Ich glaube nicht, dass demnächst Suchtrupps nach mir Ausschau gehalten hätten.«

Rosie widersprach energisch: »Wenn Sie bis heute Abend nicht zurückgekommen wären, hätte ich die Polizei in Kinross alarmiert. Und die hätten auch in Ivory Hall nach Ihnen gesucht. Vor zwei Jahren ist dort eine Touristin verschwunden. Ihre Leiche fand man in dem alten Haus. Sie war in den ersten Stock hinaufgestiegen und die Treppe hinuntergestürzt.« Rosie bemerkte, wie ich erblasste, und schlug sich die Hand vor den Mund. »Sorry, manchmal bin ich ein Plappermaul!«

Eine schwere Welle der Erschöpfung rollte über mich hinweg. Aber ehe ich in mein Zimmer ging, um mich zu duschen und umzuziehen, wandte ich mich an die freundliche Rosie. »Ist dieser Däne noch hier?«

Rosie verneinte. »Er ist gegen Mittag abgereist, die beiden Holländer sind noch da, aber die Spanierin, Carmen Lopez, ist auch weg.« Dabei spähte sie zu Bradley hinüber, der betont unbeteiligt dreinblickte, aber leicht errötete.

»Wie heißt denn der Däne?«, fragte ich.

»Oje, irgend so ein typischer Name.« Rosie schaute in ihrem Gästebuch nach. »Jens Christensen steht hier, aus Aarhus. Beruf Fotograf.«

Absolut nichtssagend, aber ich war mir inzwischen sicher, dass sich hinter dem blonden Dänen der Mann versteckte, den Inge Borchers als Selleck-Imitator beschrieben und den ich in der British Library selbst gesehen hatte. Ich überlegte mir, was an ihm außer seinem lächerlichen Schnauzbart in Blond oder Dunkel vielleicht unverwechselbar sein könnte. Inge Borchers hatte irgendetwas von einer auffälligen Narbe erzählt. Aber so etwas kann man sich leicht ins Gesicht schminken. Leider hatte ich ihn nie richtig studieren können, immer nur einen flüchtigen Blick auf ihn gehabt. Aber da fiel mir etwas ein. Die Finger seiner linken Hand, in der er heute Morgen das Handy gehalten hatte, schienen nach innen gekrümmt und erinnerten an eine Kralle. Würde das für eine Identifizierung reichen? Wohl kaum. Aber ich könnte ihn daran wiedererkennen – mit oder ohne Schnauzbart.

Ich bedankte mich noch einmal bei Bradley, der mich zum Abendessen einlud, was ich offenließ, und bei Rosie, die mich in mein Zimmer brachte. Es sah auf den ersten Blick unberührt aus, aber ich merkte sofort, dass jemand in meinem Schrank, im Koffer und in der Kommode nach etwas gesucht hatte. »Die Legende vom grünen Drachen« lag auf dem Fußboden, und im Bad war meine Zahnbürste ins Waschbecken gefallen. Erleichtert stellte ich fest, dass nichts fehlte. Ich sagte Rosie nichts von meiner Beobachtung, um nicht für noch mehr Aufregung zu sorgen, und bat sie, mir meinen Laptop aus dem Hoteltresor zu bringen.

Eigentlich wollte ich mir diese Bleistiftnotizen in dem Roman anschauen, aber meine Augen brannten vom langen Starren in die Dunkelheit. Während ich mein Handy ans Aufladekabel steckte, öffnete ich meinen Computer. Harald Frostauers Mail schob ich vor mir her. Was mir dieser Wichtigtuer mitteilen wollte, interessierte mich nicht besonders. Das würde ich später lesen. Zwei weitere Mails waren eingegangen. Eine längere von Harold Kingsley mit dem Betreff »Stuart O'Sullivans Erinnerungen« und eine kurze von Hans Schumann: »Liebe Anna, kann Dich auf dem Handy nicht erreichen. Wichtig: Ernestine hat versucht, uns einen Hinweis auf die Identität des Mörders zu liefern. Aber sie war zu schwach. Sie liegt wieder im Koma. Pass auf Dich auf.«

Mich durchlief ein Schauer. Arme Ernestine. Und armer Schumann. Jetzt tappte er weiter im Dunkeln. Zitternd verkroch ich mich unter meiner Bettdecke und versuchte die Welt auszuschalten und meine wachsende Angst, dass der Mörder mich verfolgte und das Erlebnis in Ivory Hall nicht das Ende seiner Bemühungen bedeutete.

Das Geheimnis der Bilder

Edinburgh, im Herbst 1689

Vor wenigen Wochen bin ich vierundachtzig Jahre alt gewor-
den. So alt fast wie der biblische Methusalem und Zeuge bei-
nahe eines ganzen Jahrhunderts voller Kriege, Umbrüche, reli-
giöser Fehden, kultureller Neuerungen und wissenschaftlicher
Aufbrüche. Lange Zeit habe ich nicht mehr aufgeschrieben,
was in meinem Leben und im Leben mir vertrauter Menschen
geschehen ist. Meine Kinder sind längst herangewachsen. Ag-
nes ist mit Angus Bradshaw verheiratet, einem Schaffarmer
aus der Gegend um Glasgow, und hat drei Kinder. Charles
hat kurz in den Kolonien gelebt und ist mit einer Deutschen
verheiratet, die er in Edinburgh kennenlernte. Er lebt jetzt in
einer kleinen Stadt namens Hannover und arbeitet als Gärtner
in den wunderbaren Gartenanlagen von Herrenhausen. Die
Frau des dortigen Fürsten ist eine Stuart-Verwandte. Wer weiß,
ob nicht sogar einmal ein deutschstämmiger König über uns
herrscht! Unsere Königin Mary hat bisher jedenfalls keinen
Thronfolger geboren.
   Noch immer lebe ich in meiner gewohnten Umgebung in
Edinburgh. Ivory Hall ist inzwischen nicht mehr im Besitz der
Warchesters und der McLeachs. Seit einigen Jahren wird das
Haus nur noch im Sommer von einer Familie bewohnt, die in
Edinburgh ein großes Stadthaus besitzt. Die Kinder des Earls
und von Lady Annabell sind in alle Welt verstreut. Ich habe
sie lange nicht mehr gesehen, ihr ältester Sohn ist vor nunmehr
sieben Jahren gestorben.
   Unser verehrter König Charles verstarb tief betrauert vor
fünf Jahren. Ihm verdanken wir eine neue Blüte in Wissen-
schaft und Kultur, darunter auch die Royal Society, der Charles
1662 die Gunst einer eigenen Satzung gewährte. Leider hin-
terließ er zwar etliche außerehelich geborene Kinder, doch

keinen legitimen Nachfolger. Deshalb folgte ihm sein jüngerer Bruder James auf den Thron. Die Folgen sind bekannt. Durch seine Konversion zum Katholizismus noch zu Lebzeiten seines älteren Bruders und durch seine zweite Ehe mit einer katholischen Italienerin entflammte der alte Religionsstreit erneut. Zwar hatte auch Charles auf dem Sterbebett sich zum Katholizismus bekannt, aber alles getan, um zu verhindern, dass sein privater Entschluss das Land spalten könnte. Anders sein jüngerer Bruder. James wollte den Katholizismus wieder zur Staatsreligion machen. Das führte zum Umsturz, und James musste das Land verlassen. Und so regiert seine Tochter Mary zusammen mit ihrem niederländischen Gatten William unser Land, strenge Protestanten. Die katholischen Stuarts leben im Exil. Ich fürchte, dass Unheil droht, da sie gewiss danach trachten, ihren Thron zurückzuerobern. Schon braut sich in Schottland eine dunkle Wolke zusammen, und auch in Irland gärt es.

Meinen Sohn Liam habe ich seit seiner frühen Kindheit nicht mehr gesehen und kenne weder seine Töchter noch seine Enkel. Nur selten kamen Briefe von ihm an mich, und der letzte liegt fast fünf Jahre zurück. Ich denke oft an ihn, und der Kummer droht mich manches Mal zu übermannen.

Mir bleibt nicht mehr lange, deshalb schere ich mich nicht um all diese politischen Verwicklungen. Ich lebe inzwischen allein. Betreut werde ich von meinem guten Geist, dem Neffen meiner getreuen Angela, die nun auch schon seit fast zehn Jahren auf dem Greyfriars Friedhof begraben liegt. Ihr Neffe Finlay hatte ihr schon manches Mal bei Besorgungen geholfen, ich lehrte ihn dafür Lesen und Schreiben. Er ist jetzt Mitte zwanzig, ein aufgeweckter junger Mann, dem ich vertraue.

Doch obgleich ich beabsichtige, ihm häufiger Briefe zu diktieren, da die Kraft meiner Augen nachlässt, werde ich dieses letzte Kapitel meiner vor so vielen Jahren begonnenen Chronik selbst niederschreiben. Was aus meinen Aufzeichnungen wird, vermag ich nicht zu bestimmen. Wer soll sie erben, wer sie aufbewahren? Sie gehören eigentlich den Warchesters. Da

Charles keine Kinder hatte und seine Brüder ebenso wenig, gibt es keine männlichen Erben in direkter Linie mehr. So überlasse ich diese Aufzeichnungen Margret, dem jüngsten Kind des Earls. Sie ist mit einem Schotten namens Alexander McAngus verheiratet, einem anständigen Mann. Ihr Sohn James scheint meiner Enkelin Charlotte, der Tochter von Agnes, den Hof zu machen. Wie wunderbar wäre es, wenn aus diesen beiden ein Paar würde. Charlotte soll den Biondo erben, der seit so vielen Jahren in meiner Wohnung hängt. Der Rauch des Holzfeuers hat die Leinwand verdunkelt. Aber noch erkennt man diesen »Morgen am Fluss« in der Toskana.

Ich muss nun, ehe mir der Tod die Feder aus der Hand nimmt, meine Geschichte zu Ende erzählen, das Geheimnis der Bilder lüften. Dieses Bild, das mich schon so viele Jahre erfreut, ist in Wahrheit nicht das echte Gemälde, das vor mehr als zweihundert Jahren in Florenz geschaffen wurde und sich später im Besitz der Warchesters befand. Nein, dieses Bild an meiner Wand ist jenes, welches mein Freund Ettore Marviglia auf mein Bitten hin vor siebenunddreißig Jahren schuf. Es ist eine vollkommene Kopie.

Ich fürchtete damals, dass Steven Clarke das Bild, das ich so viele Jahre gehütet hatte, auf verbrecherischem Wege in seine Gewalt bringen könnte. Das Original liegt wohlverwahrt im Keller meines Hauses in Edinburgh. Warum ich den echten Biondo nicht an die Nachfahren des Earls zurückgebe, sondern nur die treffliche Kopie? Der Grund ist, dass ich noch immer fürchte, dass in diesem von politischen Streitigkeiten zerrissenen Land das Bild verloren und damit sein verborgener Schatz für immer untergehen könnte.

Der echte Biondo, den Finlay nach meinem Tod meinem Sohn in Hannover senden soll, hütet mein Geheimnis. In dem Bild selbst verbirgt sich die Wahrheit. Meine Hoffnung war immer, dass ich dieses Geheimnis in Friedenszeiten selbst enthüllen könnte. Aber die Welt ist noch immer aus den Fugen. Vor vielen Jahren schrieb ich einen Brief, in dem ich alles offenlegte. Doch ich habe ihn nie abgeschickt, sondern in einem Kästchen

verwahrt. Dieses Dokument verschwand eines Tages. Ich weiß
bis heute nicht, wer es an sich genommen hat.

Nun muss die Lüge ein Ende haben. Ich erkläre meinem
Sohn Charles in meinem dem Bild beigefügten Brief alles und
überlasse ihm, das Richtige zu tun …

Der dritte Drache

Wieder saß ich im Zug, diesmal von Edinburgh nach London. Mein Nacken schmerzte noch immer, mein Kopf fühlte sich leer an. Ich sah müde aus dem Fenster und dann wieder auf meinen Laptop. Enttäuscht starrte ich auf Harold Kingsleys Mail. Er hatte mir O'Sullivans letzte Aufzeichnung geschickt, die er im Archiv der Warchesters entdeckt hatte. Doch ehe Stuart O'Sullivan das Rätsel um die beiden Bilder endgültig auflösen konnte, riss sein Text jäh ab, der letzte Teil des Dokuments fehlte. Was er seinem Sohn Charles offenbarte, blieb damit gleichfalls ungeklärt. »Tut mir leid«, lautete Kingsleys knapper Kommentar, »ich hatte mir auch mehr erhofft.«

Ich vermutete, dass Finlay, Angelas Neffe und O'Sullivans letzter Gehilfe, den Brief an die Drews verfasst hatte. Zusammen mit O'Sullivans letztem Schreiben hätte man der Lösung einen entscheidenden Schritt näher kommen können. Wobei ich den unbekannten Brief an Charles O'Sullivan als entscheidenden Teil dieses vertrackten Puzzles erachtete. Das aber brachte mich jetzt nicht weiter. Ich schluckte die herbe Enttäuschung über O'Sullivans unvollständige Beichte wie einen klebrigen Kloß hinunter. Was sollte ich auch anderes tun?

Seufzend klickte ich auf Frostauers Mail. Auf der langen Zugfahrt blieb mir viel Zeit, mich auch endlich mit seiner Nachricht zu befassen. Doch schon nach den ersten gestelzten Sätzen brach ich ab. Lieber die Augen schließen und nachdenken und die Ereignisse der letzten Tage Revue passieren lassen.

Mein Abschied von Rosie und Bradley war sehr herzlich ausgefallen. Bradley bedauerte, dass ich am Abend zuvor seine Einladung zum Essen nicht angenommen hatte, verstand aber meine Beweggründe. Er brachte mich gegen Mittag zum Zug in Edinburgh. Ich war erleichtert, dass ich nicht im Bus die Strecke von Kinross nach Edinburgh fahren musste. Mir ging es noch immer nicht gut, und ich spürte die ersten Anzeichen einer Erkältung, die ich sofort mit heißer Zitrone und Aspirin bekämpfte. Bradley nahm mir das Versprechen ab, »bei Gelegenheit« doch noch mit ihm zu essen. »Vielleicht sogar in London«, sagte er augenzwinkernd. Er drückte mir einen herzhaften Kuss auf die Wange und reichte mir eine Packung Papiertaschentücher und eine Tüte mit sauren Drops. »Gut gegen Schnupfen«, meinte er. Ich mochte den Burschen.

Mein Telefonat mit Schumann war knapp ausgefallen. Er bat mich, schnell zurückzukommen. »Wir hoffen, dass Ernestine bald wieder aufwacht und wir dann weiterkommen.« Ich antwortete auf seine Frage, ob es mir gut ginge, mit einer Lüge: »Ja, alles okay.« Offenbar stand er unter Druck, denn er fragte nicht nach. Ich musste mit meinen furchtbaren Erinnerungen an die Stunden im Keller von Ivory Hall erst einmal selbst fertigwerden. Darüber am Telefon zu sprechen schaffte ich nicht. Ich kämpfte mit meinen Ängsten und der Ungewissheit, ob tatsächlich der »Däne« der Täter gewesen sein könnte. Bradleys Versuche, mich zu beruhigen, prallten an mir ab. Seine Meinung, dass der Verdächtige längst nicht mehr in meiner Nähe sei, half noch weniger.

Ich hatte mir in London wieder ein kleines Zimmer in dem Hotel in der Nähe des British Museum gemietet und verbrachte die ersten Stunden nach meiner Ankunft mit Recherche im Internet. Mein Flug nach Hannover sollte erst am nächsten Tag gehen. Also hatte ich Zeit. Das Hotel schien mir auch ein guter Zufluchtsort zu sein. Unauffällig in einer Seitenstraße vom Russell Square gelegen.

Der Fall gestaltete sich immer verwirrender. O'Sullivans letzte Worte brachten kaum Licht in die Angelegenheit. Doch während ich darüber nachdachte, wer der Adressat des Briefes von Finlay gewesen sein könnte, fiel es mir wie Schuppen von den Augen. Wie konnte ich nur so schwer von Begriff sein? Der Mann, der damals den Uccello einkassiert hatte, war Sinclair Drews, der Brief war natürlich an seinen Sohn gerichtet gewesen.

Sinclair Drews war, wie ich dem Internet entnehmen konnte,

1685 hoch geehrt im Alter von fast siebzig Jahren gestorben. Von seinen acht Kindern lebten damals noch vier, seine Frau starb 1655 bei der Geburt ihres neunten Kindes am Kindbettfieber, zusammen mit ihrem neugeborenen Sohn. Zuletzt wurde Sir Sinclair ein treuer Gefolgsmann von Charles II., der keines seiner Güter enteignen ließ. Sein Erbe trat sein zweitältester Sohn Thomas an, nachdem William, der ältere Bruder, sich in dem extrem kalten Winter 1683/84 eine tödliche Lungenentzündung zugezogen hatte. Thomas Drews war also damals der Besitzer des gefälschten Uccello, den Drews, nicht ahnend, dass dieses Bild nicht das Original war, Steven Clarke abgenommen und behalten hatte. »Kriegsbeute«, wie sein Vater Sinclair das genannt hatte. Ich nannte es Diebstahl. An ihn hatte Finlay den Brief geschrieben. Mit dieser bitteren Enthüllung, dass dieses wertvolle Gemälde in Wahrheit eine geniale Kopie oder, unfreundlich ausgedrückt, eine Fälschung war, musste der letzte direkte Nachfahre der Drews erst einmal fertigwerden. Dank des Internets gelang es mir, herauszufinden, wer dieser Nachfahre war. Er hieß Simon und war Ende vierzig. Simon Drews arbeitete in einer Kanzlei mit Spezialgebiet Steuerrecht. Gregson hatte seinen Auftraggeber nie genannt. Doch es musste Simon Drews sein.

Die Tatsachen lagen klar auf der Hand. Drews besaß die Fälschung, engagierte Gregson, um nach dem Original zu suchen, was alles völlig legal war. Wem das Original allerdings im Endeffekt gehörte, sollte es je wiederauftauchen, musste dann ein Gericht klären.

Während ich grübelte, fiel mir wieder Michael Shanes Covermotiv zu Freelings Roman ein. Zwei Klauen statt drei an jeder Pranke. Finlay hatte in seinem Brief vermerkt, dass es einen kleinen Unterschied zwischen dem Original und der Fälschung gebe. Wenn genau dies der Unterschied wäre? Hatte Shane Drews gekannt und den gefälschten Uccello als Vorbild genommen?

Gregson wusste dazu gewiss mehr. Shane hatte zu seinem Kreis gehört, Drews war sein Auftraggeber. Doch wo steckte der Bursche? Ob Ben Griffins mir helfen könnte? Sowieso wollte ich ihm noch danken, dass er Bradley als meinen Bodyguard engagiert hatte.

Tatsächlich gelang es mir nach einigem Hin und Her und mehrfachem Weiterverbinden innerhalb von New Scotland Yard, Schumanns britischen Kollegen an die Strippe zu bekommen. Griffins hatte eine tiefe, sehr angenehme Stimme. Meinen Dank nahm er mit einem freundlichen »That's okay« entgegen, auf meine Frage, weshalb er Bradley als meinen Leibwächter engagiert hatte, antwortete er eher zurückhaltend.

»Wir hatten einen Tipp bekommen, dass Sie in Gefahr sein könnten.«

Mehr sagte er trotz meines Drängens nicht. Also kam ich zur Sache. »Wo könnte ich Gregson erreichen? Haben Sie irgendeine Verbindung zu ihm?«

Seine Antwort überraschte mich. »Wir dürfen seine Nummer nicht weitergeben. Er befindet sich derzeit außerhalb von England.«

Ich hatte in meinem Leben genügend Krimis gelesen und gesehen, um mir sofort die Frage zu stellen, ob wir Gregson falsch eingeschätzt hatten und er sich vielleicht in einem Zeugenschutzprogramm befand. Aber wahrscheinlich war er einfach nur abgetaucht und hatte sich laut der Informationen von New Scotland Yard ins Ausland abgesetzt. Aber ehe ich Griffins weiter bedrängen konnte, verabschiedete er sich höflich und beendete das Gespräch mit einem »All the best and keep safe«.

Es war inzwischen späterer Nachmittag. Am Abend wollte ich Harold Kingsley treffen. Noch aus dem Zug hatte ich Freeling angerufen und ihn gefragt, ob er etwas Zeit für mich erübrigen könne. Zu meiner Freude sagte er zu, und so saß ich wenig später wieder bei ihm in seinem Wohnzimmer. Dieses Mal merkte ich ihm sein Alter an. Sein Gesicht war grau, seine Augen wirkten müde. Deshalb kam ich schnell zur Sache.

»Mit viel Vergnügen habe ich ›Die Legende des grünen Drachen‹ gelesen«, sagte ich. »Wir haben ja schon über Michael

Shanes Entwurf für das Cover gesprochen. Meiner Meinung nach hat Shane sich sein eigenes Vorbild gesucht und gefunden.«

Freelings Haltung straffte sich. »Und wo soll das gewesen sein?«

»Nun, es scheint, dass es eine Fälschung aus dem 17. Jahrhundert gibt, die sich offenbar bei einer Familie befindet, die dieses Gemälde vor dreihundertsiebzig Jahren auf nicht ganz einwandfreie Weise in Besitz genommen hat.« Dank der Dokumente von O'Sullivan wusste ich um die näheren Umstände, und dank Gregsons weinseliger Anmerkungen an dem Abend bei mir zu Hause konnte ich mir zusammenreimen, wie das gefälschte Gemälde erneut, eigentlich bereits zum dritten Mal, in den Besitz der Drews gelangt war.

Freeling lauschte aufmerksam meinen Erklärungen. Ich erwähnte, dass Strate zumindest Teile von O'Sullivans Chronik als Kopie besessen, sie jedoch seltsamerweise nie weiter beachtet hatte. Bei unserem ersten Treffen vor zwei Tagen hatte ich Freeling darüber nichts gesagt, doch ich hoffte nun, dass er dank seiner eigenen Recherchen einige ergänzende Informationen für mich haben könnte. Ich schloss meinen Bericht mit dem Hinweis, dass ein Nachfahre von Sinclair Drews wohl die Fälschung noch immer in seinem Besitz habe, aber auch er auf der Suche nach dem möglichen Original sei. »Michael Shane hat sich offenbar diesen Drachen im Besitz von Simon Drews als Vorbild für seinen Umschlagentwurf genommen«, schloss ich meine Erzählung. Dass es auch vom Biondo eine Kopie gab, verschwieg ich. Ich wollte nicht alle meine Informationen aus der Hand geben.

Freeling saß wieder zusammengesunken in seinem Sessel. Er schwieg eine Weile und sagte dann: »Mehr als mein halbes Leben suche ich nach diesem einen Bild von Uccello, dem Vorläufer der beiden berühmten anderen Gemälde. Mein Roman sollte ursprünglich ›Der dritte Drache‹ heißen und eine fiktive Geschichte über einen dritten ›Heiligen Georg‹ in der Tradition der beiden Bilder in Paris und London erzählen. Diese Idee habe ich dann verworfen. Ich wusste aber dank intensiver Recherchen in Florenz vor fast vierzig Jahren, dass es dieses Bild wirklich gibt. Die Medici hatten es in Auftrag gegeben. Es wurde aus ihrem Palast gestohlen, wobei laut einer sehr dramatischen Schilderung der Palastwärter zu Tode kam. Wie genau dieses Bild in den Besitz einer anderen Florentiner Familie, der Buarotti, gelangt ist, weiß ich nicht. Dieselbe Chronik vermerkt, dass ein späterer Buarotti es einem englischen Gast schenkte, der sein Schwiegersohn wurde. So kam das Bild zu den Warchesters. So viel habe ich selbst recherchieren können. Ich sagte ja schon, dass ich nur dank einer Abhandlung über englische Familien aus dem 17. Jahrhundert von O'Sullivans Aufzeichnungen erfahren habe, die als verschollen galten. Doch offenbar sind Teile davon erhalten geblieben. Hätte ich geahnt, dass mein alter Freund und Kollege diese Notizen besitzt, hätte er mir bei meinen eigenen Forschungen helfen können.«

Er wirkte plötzlich bedrückt. »Ich habe weder Mittel noch Wege gescheut, dieses Bild zu finden. Michael Shane war ein enger Freund von mir, dem ich damals den Auftrag gab, für meine Romane die Umschläge zu entwerfen. Für den ersten Roman nahm er frühe Stadtansichten von Florenz als Vorbilder. Dass er bei dem Drachen eigene Wege beschritten hat, ist verständlich. Aber ich habe nicht geahnt, wodurch er damals inspiriert wurde. Leider hat der gute Michael sein Genie in falsche Dienste gestellt. Er wollte immer nur malen und hat sich von den falschen Menschen ausnutzen lassen. Es ging ihm weniger um Geld als um die Freude an der Kunst. Ich habe um seine Nebentätigkeiten gewusst, ihn aber nicht verraten.«

Freelings Handy klingelte. Er warf einen Blick auf das Display. Ein merkwürdiger Ausdruck lag in seinen Augen, als er das Gespräch wegdrückte. Dann wandte er sich wieder an mich.

»Nun«, fuhr er fort, »es scheint, dass Shane aussteigen wollte. Er rief mich kurz vor seinem Tod an und bat mich um Unterstützung bei einer schweren Entscheidung. Die Zeit sei gekommen, so wörtlich, ›den dunklen Seiten des Kunstmarktes den Kampf anzusagen‹. Wir verabredeten uns für den darauffolgenden Sonntag. Am Freitagabend verunglückte er tödlich. Ich halte diesen Unfall nicht für selbst verschuldet.« Mit dieser Ansicht war Freeling nicht allein.

»Hat keiner diesen Verdacht laut geäußert?«, fragte ich.

Freeling schüttelte den Kopf. »Nein, wir waren wohl alle zu träge oder zu feige. Vielleicht könnte die Polizei den Fall noch mal als Cold Case aufrollen. Aber ich glaube nicht, dass das noch viel bringen wird.« Er schwieg.

Ich sah auf meine Uhr. Zeit aufzubrechen. Freeling schien mich gar nicht mehr wahrzunehmen und mit seinen Gedanken ganz woanders zu sein.

Und da platzte es aus mir heraus. Dabei hatte ich mir geschworen, es für mich zu behalten. »Marviglia, ein Michael Shane seiner Zeit, hat noch eine weitere Kopie für O'Sullivan geschaffen. Den Biondo«, sagte ich. »Auch hier stellt sich die Frage nach dem Original. Und ich frage mich: Hat Strate das Original oder die Kopie besessen?«

Freeling erblasste. »Sie wollen sagen, dass der bei Strate gestohlene Biondo eine Fälschung sein könnte?«

»Ich weiß es nicht. Eines der beiden Bilder ist an Stuart O'Sullivans Sohn Charles gegangen, das andere angeblich an die Erben der Warchesters, also an die Nachfahren von James McAngus und seiner Frau Charlotte, der Enkelin von Stuart.«

Freeling stand wortlos auf und holte ein dickes Buch mit dem Titel »Scottish and British Family Trees« aus einem Bücherregal. Er blätterte darin und sah mich schließlich triumphierend an. »Hier steht konkret, dass es keine direkten Nachfahren der männlichen Linie der Warchesters mehr gibt. Aber diesen Aufzeichnungen ist zu entnehmen, dass Malcolm Everett, ein ehemals recht prominenter Strafverteidiger, mit den Warchesters verwandt ist. Seine Mutter war eine McAngus, die in direkter Linie von James McAngus, dem Enkel von Henry Warchester, dem fünften Earl von Warchester, abstammte. Damit ist Everett der letzte Nachfahre der Warchesters, selbst aber auch kinderlos.«

»Vielleicht hat Malcolm Everett als Nachfahre von Margret den einen der beiden Biondo in seinem Besitz. Und ahnt gar nicht, was für eine dramatische Geschichte damit zusammenhängt. Kann man nicht irgendwie feststellen, ob er den Biondo besitzt?«

Freeling wirkte ein wenig verunsichert: »Wir können Everett nicht einfach anrufen und danach fragen.«

»Doch«, erwiderte ich. »Ich werde ihn anrufen und ihm von der geplanten Ausstellung in Braunschweig berichten. Das könnte ihn aus der Reserve locken.«

Freeling lächelte skeptisch. »Viel Glück! Ich bin gespannt, ob Sie etwas erreichen. Bitte sagen Sie mir, was dabei herausgekommen ist. Sie wissen, dass mich das brennend interessiert, auch im Zusammenhang mit Strates gestohlenem Bild.«

Als sich Freelings Haustür wenig später hinter mir schloss, klingelte sein Handy. Ich hörte ihn durch die fast geschlossene Haustür mit recht harscher Stimme fragen: »Was hast du dir dabei gedacht?«

Ich erzählte Harold Kingsley von meinem Gespräch mit Freeling und meiner Idee, Malcolm Everett nach dem Biondo zu fragen.

Kingsley reagierte wenig begeistert. »Er ist ein recht bekannter Mann, so etwas wie ein Promi. Inzwischen geht er auf die siebzig zu, war einmal ein sehr erfolgreicher Strafverteidiger und ziemlich gut betucht. Mittlerweile ist er zweimal geschieden. Seine beiden Scheidungen waren wohl recht kostspielig, zumal er vier Kinder aus diesen beiden Ehen hat. Die Medien haben das reichlich ausgeschlachtet, vor allem da seine zweite Frau an die Öffentlichkeit ging und ihn als liebloses Monster darstellte. Das war ein gefundenes Fressen für die Boulevardpresse. Ich kenne ihn nicht selbst, aber ein Bekannter von mir ist im selben Club wie er. Über ihn könnte ich versuchen, an ihn heranzukommen.«

Diesmal aßen wir nicht bei den Kingsleys zu Hause, da Harolds Frau zu einem Elternabend musste. Stattdessen saß ich mit Harold in einem neu eröffneten Bistro in Notting Hill, meinem Lieblingsstadtteil. Ich erzählte ihm ausführlich von meinen Erlebnissen in Ivory Hall und von Bradley Harris.

»Und du meinst, der Übeltäter könnte derselbe Mann mit dem Schnauzbart sein, den du angeblich schon in der Library gesehen hast? Und der dich schon vorher am Tankumsee überfallen hat? Und dann taucht derselbe Typ in Kincaid als blonder Däne auf? Klingt alles sehr phantastisch«, sagte Harold, ein eher nüchterner Mann, der weder an Zufälle, Geister noch Träume glaubte. Er lachte. »Dieser Auftritt mit Schnurrbart und Narbe erinnert mich doch sehr an Karneval.« Seine Frau stammte aus Köln, und Harold hatte schon manches Früh Kölsch am Dom getrunken und mehrmals selbst Karneval gefeiert.

Fast beleidigt stocherte ich in der Salatbeilage meiner Dover Sole. »Na ja, es scheint zu passen. Und wer sollte mich denn sonst in dem Keller eingesperrt haben? Doch sicher weder die Spanierin noch diese Holländer oder gar Bradley Harris, der mich befreit hat.«

»Uralter Trick von Tätern«, kommentierte Harold. »Erst selbst zuschlagen, dann durch eine solche Aktion sich über jeden Verdacht stellen.« Krimis las er gerne, mein liebenswerter englischer Freund, der einst über Jonathan Swifts »Ein bescheidener Vorschlag im Sinne von Nationalökonomen, wie Kinder armer Leute zum Wohle des Staates am besten benutzt werden können« promoviert hatte, eine bitterböse Satire über die sozialen Zustände in Irland um 1700. Seine private Leidenschaft für »Das Böse ist immer und überall« verband uns intensiver als unsere wissenschaftlichen Interessen und Forschungen.

Aber ich hielt Bradley nicht für den Schuldigen und sagte nur: »Was sollte er denn für ein Motiv haben? Harold, du vergaloppierst dich wieder mal!«

»Wahrscheinlich hast du recht. Und tatsächlich hat Bradley als dein selbstloser Schutzengel fungiert, zumal Griffins das ja bestätigt hat. Dann hattest du also deinen persönlichen 007 an deiner Seite.« Er lachte schallend.

Ich ging nicht weiter auf seine Bemerkungen ein und berichtete ihm stattdessen von Michael Shanes Umschlagentwurf für Freelings Roman »Die Legende vom grünen Drachen«.

Harold sah nachdenklich aus, als er erwiderte: »Das ist interessant. Vor allem die Vermutung, dass Shane für einen Schwarzmarktring gearbeitet hat und aussteigen wollte. Shanes Unfall ging damals durch die Presse. Ich habe den Fall auch verfolgt. Obwohl die Polizei seinen Tod als Unfall abgetan hat, hält sich das Gerücht von ›foul play‹. Denn obgleich er als guter Autofahrer galt, ist er von der Straße abgekommen, der Wagen ist in einen flachen Graben gestürzt und in Flammen aufgegangen. Keine scharfe Kurve, keine Bäume, nur eine niedrige Hecke am Straßenrand. Wenn es stimmt, was Freeling sagt, dann hat man Shane beseitigt. Wahrscheinlich seine Bremsen manipuliert.« Er leerte nachdenklich sein Rotweinglas und sagte leise: »Eigentlich müsste der Fall noch mal aufgegriffen werden. Das wäre der Stoff für einen klassischen Krimi.«

Bevor wir uns trennten, versprach er mir, sich zu melden, sobald er etwas über Everett erfahren habe.

»Zur Lösung des Rätsels fehlt eigentlich nur noch der Brief von O'Sullivan an seinen Sohn«, sagte ich beim Abschied. »Darin wollte er dieses Lügengestrüpp ja endgültig entwirren. Doch wo mag dieser Brief gelandet sein? Ich hege kaum die Hoffnung, dass er die Jahrhunderte überdauert hat.«

Im Hotel fand ich eine Nachricht von Richard auf meinem Laptop und eine des unermüdlichen Harald Frostauer. Diesmal las ich sie gleich. »Du hast mir nicht geantwortet«, begann diese Mail vorwurfsvoll. »Es ist aber wichtig. Ich war in der Leibniz-Bibliothek und habe ein bisschen in eigener Sache recherchiert. Lies bitte meine Mail, die ich Dir schon vor einigen Tagen geschickt habe. Bei meinen allerersten Recherchen zu einem übernächsten Buch, diesmal über englische ›Gastarbeiter‹ im Kurfürstentum Hannover ab 1700, bin ich auf eine Sensation gestoßen. Wenn Du wieder zurück bist, müssen wir darüber reden!«

Ich gähnte. Ja, ja, ich würde Haralds »Sensation« noch lesen, ehe ich ihm in Hannover wieder begegnete und er mich nach meiner Meinung zu seiner Entdeckung aushorchte. Nur jetzt nicht.

Richards Mail war noch kürzer: »Wir stehen vor dem Durchbruch. Eines der Mitglieder dieser nicht ehrenwerten Gesellschaft hat aufgrund der Morde kalte Füße bekommen und will auspacken. Verhör morgen Vormittag, danach Treffen mit Schumann, Wedel und den Braunschweiger Dick und Doof alias Wegener und Rietmüller im Museum. Silvester wird auch da sein. Bitte komme auch. P.S. Freue mich auf Dich.«

Ich saß im Queen-Elizabeth-Terminal in Heathrow und wartete auf meinen verspäteten Abflug, als mich Kingsley anrief. »Everett hat tatsächlich mit meinem Bekannten geredet. Er besaß diesen Biondo, ein altes Erbstück, das er aber nie so sehr mochte. Er wusste übrigens von dem Uccello in Familienbesitz. Das ist Teil der Familiengeschichte. Aber mehr konnte oder wollte er dazu nicht sagen.«

»Und wo ist der Biondo hingekommen?«, fragte ich.

Kingsley seufzte. »Leider hat Everett das Bild vor zehn Jahren an eine Londoner Galerie verkauft. Das Bild ging dann an einen russischen Oligarchen, dessen Name anonym ist. Sein Mittelsmann war wohl ein Anwalt. Den Preis allerdings konnte mir Everett erstaunlicherweise nennen, wobei er verschwiegen hat, was er für das Bild kassierte. Dieser Unbekannte hat wohl eine halbe Million Pfund bezahlt.«

Das war ein astronomischer Preis für einen wenig bekannten italienischen Künstler. Jetzt blieb nur noch zu klären, ob Strate wirklich das Original des Bildes besessen hatte.

Ich fühlte mich plötzlich völlig ausgelaugt und hörte kaum hin, als Kingsley hinzufügte: »Falls es dich interessiert, Freeling war dir gegenüber nicht ganz ehrlich. Robin Gregson hat auch für ihn gearbeitet. Das habe ich durch Zufall erfahren. Ben Griffins ist heute Morgen zu uns in die Library gekommen, hat mir ein Foto von Gregson gezeigt und erzählt, dass der Bursche wohl mehrere Auftraggeber hatte. Darunter Drews und Freeling. Die Polizei sucht ihn. Ich wusste doch gleich, dass mit dem Kerl etwas nicht stimmt.«

Das waren verwirrende Neuigkeiten. Umso rätselhafter erschien mir in der Rückschau Griffins' Aussage, dass Gregson England verlassen habe und nicht erreichbar sei. Irgendwie passten diese Puzzleteile nicht zusammen.

Als ich versuchte, Schumann anzurufen, sprang die Mailbox an. Ich kündigte meine voraussichtliche Ankunftszeit in Hannover an, in der Hoffnung, dass er die Nachricht rechtzeitig hörte. Auch Richard antwortete nicht. Enttäuscht setzte ich mich ins Flugzeug. Eben wollte ich mein Handy auf Flugmodus stellen, da blinkte eine SMS auf. Eine nicht registrierte Nummer. »Muss Dich bald treffen. Es gibt tolle Neuigkeiten. Christian xx.« Der Flug nach Hannover schien mir endlos.

Der doppelte Biondo

Was im hannoverschen Polizeipräsidium geschah, während ich von Heathrow nach Hannover flog und schon wenige Minuten nach dem Start in Tiefschlaf fiel, erfuhr ich später von Schumann und Richard, die mit dramatischen Details nicht sparten.

Der Kommissar war an diesem Morgen denkbar schlecht gelaunt gewesen und saß wie auf Kohlen. Er hielt deshalb mit seiner Ungeduld nicht hinterm Berg.

»Noch einmal von vorne«, schnauzte er sein Gegenüber an. »Los geht's.«

Hinter der Scheibe standen neben Hartmut Brink Richard und Hermann Silvester, der aus Braunschweig angereist war. Cornelius Meyer-Herrmann, der Schumann gegenübersaß, zupfte an seinen Hemdsärmeln. Der Schweiß auf seiner Stirn zeugte von seiner Nervosität. Er trank das Glas Wasser, das vor ihm stand, in einem einzigen Zug aus und begann dann:

»Ich gehöre diesem Schwarzmarktring seit vier Jahren an. Er entstand, als ein Galerist für einen Sammler ein bestimmtes Bild beschaffen sollte, das sich als Fälschung herausstellte. Aber der Sammler war so auf diesen Goya erpicht, dass ihm der Galerist die Wahrheit verschwieg. Und von da an kam es häufiger zu solchen Betrügereien. Daraus entwickelte sich ein florierendes Geschäft, an dem der Galerist, vier weitere Kunstexperten, ich und zwei anonyme Mitglieder mitwirken, die das eigentliche Sagen haben. Es gibt allerdings noch ein, zwei Leute, die uns zuarbeiten und nicht direkt involviert sind. Nach einem dummen Zwischenfall hatte ich mich von allen diesen betrügerischen Machenschaften losgesagt, aber ich brauchte viel Geld, hatte Spielschulden. Und da bin ich wieder abgerutscht, konnte aber den Schein des ehrbaren Gutachters wahren. Es ging neben Fälschungen um Absprachen zwischen Bietern und Käufern und um illegale Verkäufe. Sie kennen bereits die Namen der anderen, wobei ich weder dem Boss noch seinem Vertreter je persönlich begegnet bin. Ich weiß ihre richtigen Namen nicht, weil wir uns immer mit wechselnden Handynummern und immer neuen Mailadressen verständigt haben.«

»Und weshalb wollen Sie das jetzt alles auffliegen lassen?«, fragte Schumann. Meyer-Herrmann war am gestrigen Tag zu ihm ins Präsidium gekommen und hatte um Zeugenschutz gebeten. Er wolle eine »sachdienliche« Aussage machen.

»Diese Morde haben mich zutiefst verstört. So etwas war nie vorgesehen. Ich habe gehört, dass Michael Shane, der einige Zeit für unsere Organisation in England gearbeitet hat, auspacken wollte. Wenig später starb er bei einem angeblichen Autounfall. Das hat mir damals schon zu denken gegeben, aber ich konnte nicht glauben, dass jemand aus unseren Kreisen so weit gehen würde. Mord ist doch noch etwas ganz anderes als Kunstfälschung. Der Tod von Klas Strate und das gleichzeitige Verschwinden des Gemäldes von Giovanni dell'Ombra, dann die Ermordung von Christine Windstetten und schließlich Herfurths Schicksal haben mich erschüttert. Ich ahnte, dass diese Tode mit unseren Aktivitäten zu tun hatten. Christine hätte uns auffliegen lassen können, Herfurth hatte wohl auch Verdacht gegen einen unserer Leute geschöpft. Das Motiv für Strates Tod entzieht sich mir. Und ehrlich gesagt habe ich auch Angst. Dieser Mörder schreckt vor nichts zurück.« Meyer-Herrmann holte tief Luft. Er fuhr sich mit einem Taschentuch über die Stirn und fügte hinzu: »Ich werde gerne als Zeuge aussagen und hoffe auf Strafmilderung.«

Schumann sah ihn skeptisch an. »Sie sind beileibe kein Unschuldslamm, aber wenn Sie mit uns zusammenarbeiten, schauen wir mal, was wir für Sie tun können.«

Meyer-Herrmann hörte in der nächsten Stunde nicht mehr auf zu reden. Was er zu Protokoll gab, erfreute vor allem Richard, der sich am Ziel seiner Anstrengungen sah. Meyer-Herrmann versuchte zwar mehrmals, seine Position in der Organisation kleinzureden, doch er gehörte zweifelsohne zu den Top-Leuten.

Vor wenigen Tagen hatte Richard eine Nachricht von ihm

erhalten mit der Bitte, eine Verbindung zu Schumann herzu-
stellen. »Ich will aussteigen«, lautete der knappe Text. Und nun
hatten sie die Namen der Mitglieder, die Richard schon lange
verdächtigte, denen er aber bisher nichts hatte nachweisen
können. Dabei kam heraus, dass Christine bei der Planung
des Diebstahls von Strates Biondo geholfen hatte, wohl mit
der Absicht, Vertrauen zu gewinnen und den Kreis zu infil-
trieren, ein erfolgloser Alleingang mit schrecklichen Folgen.
Die Frage aber, weshalb ausgerechnet dieses Bild gestohlen
worden war und ob es dafür einen Interessenten gab, konnte
Meyer-Herrmann nicht beantworten. Er wisse nur, dass »jemand« dieses Bild »bestellt« habe, aber wer das sei, könne er
nicht sagen.

Nachdem sich Meyer-Herrmann alles von der Seele geredet
hatte, wurden die Durchsuchungsbeschlüsse ausgestellt, der
Staatsanwalt würde mit den Haftbefehlen nicht mehr lange
warten. Meyer-Herrmann erzählte viel, aber auf Schumanns
mehrfache Frage, weshalb Strate hatte sterben müssen, gab er
nur ausweichende Antworten.

Schumann reichte es schließlich, und Cornelius Meyer-Herrmann wurde abgeführt. Als Mörder oder als den »Boss« verdächtigte ihn der Kommissar nicht. »Der Mann ist viel zu labil,
um eines von beidem zu sein«, meinte er.

Schumann sah auf seine Liste. Interessant war vor allen Dingen einer der Namen darauf, ein Mann, den Meyer-Herrmann
eher beiläufig erwähnt hatte. Dieser Mann arbeitete der Organisation seit Jahren zu. So geschickt, dass ihn nur ein einziger
Mensch verdächtigt hatte. Doch diesen Mann würden sie in
wenigen Stunden verhaften.

Die Landung verlief glücklicherweise ohne Turbulenzen, und
da ich nur Handgepäck dabeihatte, ging ich geradewegs zum
Ausgang. In der Sekunde, als ich mein Handy wieder anschalten
wollte, hörte ich meinen Namen.

»Anna, so eine Überraschung! Du hier?«

Vor mir stand Christian Bredehoff, schick wie immer. Er trug eine größere Reisetasche bei sich und sagte, ehe ich ihn danach fragen konnte: »Ich bin auch gerade erst gelandet. Ich komme aus Wien und muss später noch weiter nach Braunschweig zu Rüdiger Wegener. Anschließend fahre ich nach Berlin, um einen Sammler zu beraten. Einen Russen, der zurzeit vor allem ältere Bilder erwerben möchte und etliche Millionen dafür ausgeben kann. Ein großer Deal!« Er grinste. »Hast du meine SMS bekommen? Ich würde dir gerne etwas erzählen.«

Eigentlich hatte ich keine Lust, mich jetzt länger mit ihm zu beschäftigen. Es drängte mich, Schumann in Braunschweig zu treffen. »Ich muss mich sputen. Lieber später«, erklärte ich.

Christian lächelte freundlich und sagte: »Ich nehme dich mit in die Stadt. Ich habe einen Mietwagen. Die Zeit für einen Kaffee im Hotel wirst du doch haben. Dann kann ich alles in Ruhe erzählen. Meine Verabredung in Braunschweig ist erst am späteren Nachmittag, und ich übernachte im Luisenhof in Hannover. Da treffe ich noch einen alten Freund.« Fast entschuldigend fügte er hinzu: »Ich selbst würde in einem bescheideneren Haus absteigen, aber dieser Freund liebt den Luxus.«

Ich dachte kurz nach. Von Hannover aus wäre ich rasch in Braunschweig. Der Luisenhof lag in der Nähe des Bahnhofs. Christians Verabredung war wesentlich später als mein Treffen im Museum. Das passte. »Danke, für einen schnellen Kaffee wird es gerade reichen. Von deinem Hotel aus komme ich dann leicht weiter.« Ich hatte nicht vor, ihm von meiner Verabredung im Braunschweiger Museum zu berichten.

Christians Mietwagen entpuppte sich als ein sehr geräumiger Mercedes. Eine leichte Müdigkeit überkam mich, doch Christian hielt mich wach. Er fragte nach meinen Erlebnissen in England. Von meinem Abenteuer in Schottland erzählte ich nichts, auch Freeling erwähnte ich nicht. Dafür berichtete ich ihm von einigen belanglosen Begebenheiten wie von meinen beiden Essen mit Harold Kingsley. Er hörte aufmerksam zu. Plötzlich musste ich furchtbar niesen. Christian reichte mir freundlich ein Taschentuch und sagte: »Salute!«

Ich schnäuzte mich ausgiebig. Und auf einmal brach meine

abgrundtiefe Erschöpfung durch. Das leise Brummen des Motors verstärkte sie noch, und ich schlief ein.

Als ich aufwachte, wusste ich zunächst nicht, wo ich mich befand. Auf jeden Fall nicht mehr im Auto. Also, dachte ich, hat mich Christian irgendwie ins Hotel befördert. Peinlich, dass ich so weggedriftet war! Doch dann dämmerte mir, dass ich nicht im luxuriösen Luisenhof in Hannover sein konnte. Ich lag auf einer Art Sonnenliege, umgeben von grauen Wänden. Schon wieder in einem Keller?

Mein Gehirn brauchte eine Zeit, um zu registrieren, dass ich mich tatsächlich in einem muffigen Kellerraum befand. Ich rappelte mich auf. Und sah die beiden Männer, die vor mir saßen. Christian Bredehoff mit angespanntem Gesicht und daneben ein Mann, den ich nie erwartet hätte: Alexander Freeling. Er sah mich mit einer solchen Kälte an, dass mich eine Gänsehaut überlief. Ich erkannte ihn kaum wieder. Das sollte derselbe Mann sein, mit dem ich zweimal in London gemütlich Tee getrunken hatte? Dieser vollkommene Gentleman? Jetzt wirkte er wie ein böser Zauberer aus »Herr der Ringe«. Mir fiel der elegante Gehstock mit dem silbernen Löwenkopf in seiner rechten Hand auf, mit dem er sich abstützte. In seiner Wohnung war er ohne Stock gelaufen und hatte mir von Tennisspielen und langen Spaziergängen erzählt. Auch das nur eine, wenn auch überflüssige Lüge?

Christian sprach zuerst. »Liebe Anna, da hast du dich ja mal wieder in eine tolle Sache hineinmanövriert. Deine verdammte Neugierde hätte uns fast alles verdorben, vor allem deine Besuche bei Alexander. Du hast übrigens sogar sein neues Anwesen beehrt. Er hat nämlich Ivory Hall vor einigen Monaten erstanden!«

Ich fiel aus allen Wolken und starrte Freeling völlig perplex an. Er musterte mich mit einem kühlen Lächeln und amüsierte sich sichtlich über meine Reaktion.

»Ja, Anna«, sagte er dann. »Ich hätte Sie gerne zu einem Tee in meinem neuen Haus empfangen. Sie haben aber selbst gesehen, dass es noch ein wenig baufällig wirkt.«

Christian grinste. »Aber eigentlich waren deine Gespräche mit Alexander auch recht nützlich. Du weißt mehr über die beiden Bilder von Uccello und Biondo, als unser gemeinsamer Freund Gregson herausgefunden hat.«

Hatte mich Kingsley doch richtig informiert. Gregson diente mehreren Herren, was mich aber wenig überraschte.

»Was soll das, Christian? Was wollt ihr von mir?« Meine Zunge stolperte über diese wenigen Worte. Ich klang wie betrunken.

Christian kicherte. »Du hast gar nicht mitbekommen, dass das Taschentuch, das ich dir gegeben habe, eine narkotisierende Substanz enthielt.«

Mein dummes Niesen und sein griffbereites Taschentuch! Er hätte sicher auch ohne mein Niesen eine Gelegenheit gefunden, es mir auf die Nase zu drücken, dieser schlangenzüngige Mistkerl.

Alexander Freeling ergriff das Wort. »Es ist eigentlich ganz einfach, Anna. Ich habe Ihnen von meiner Begeisterung für den Uccello erzählt. Nun, es geht mir seit Jahren vor allem um das Bild des heiligen Georg und des Drachen, das Uccello um 1450 gemalt hat. Meine leitende Funktion bei dieser, nun wollen wir mal sagen, nicht ganz legalen Organisation, die mit Kunst handelt, bringt mir zwar gutes Geld, dient mir aber hauptsächlich als Türöffner, um nach diesem Werk zu suchen. Ich habe sogar Ivory Hall gekauft, weil dort angeblich noch versteckte Hinweise auf die Sammlung der Warchesters zu finden sind. Leider nur ein Gerücht. Aber Sie haben wohl auch an dieses Gerücht geglaubt, und es hat Sie fast das Leben gekostet. In den Kellerräumen ist nichts mehr zu finden außer Geröll und toten Ratten.« Er lächelte kalt. »Sie sehen, ich habe nichts unversucht gelassen, um das Bild in meine Hände zu bekommen. Aber Ivory Hall ist nur erfüllt mit Geistern der Vergangenheit.«

Er wurde ernst. »Steven Clarkes Lebensgefährtin Laura O'Shannon hat nach seiner Hinrichtung ihren gemeinsamen Sohn Christopher zur Welt gebracht. Steven Clarke war mein Vorfahre. Christopher trat nicht in die Fußstapfen seines Vaters, sondern wurde ein braver Barbier. Aber das habe ich erst viel später erfahren, als ich mich in Oxford im Rahmen einer Arbeit über Schottland in der Zeit nach den englischen Bürgerkriegen mit dem Thema Mosstroopers befasste. Steven Clarke war ein recht prominenter Räuber. Es steht einiges über seine Vita in diesen alten Chroniken. Welch seltsamer Zufall, dass ausgerechnet Steven Clarke mein Ahnherr ist, der Mann, der für den Uccello mordete.«

Ich rang nach Luft. Steven Clarke war Alexander Freelings Vorfahre? Falls das stimmte, dann fiel in diesem Fall der Apfel wirklich nicht weit vom Stamm. Und die Gier nach dem Uccello hatte sich über viele Generationen vererbt. Ob diese Geschichte der Wahrheit entsprach oder Freelings krankem Geist entsprang? Ich würde es nicht mehr erfahren.

Sein erneutes Lächeln wirkte dämonisch. Wie hatte ich diesen Mann je liebenswert finden können? Offenbar war er ein guter Schauspieler, der sich gekonnt hinter der Maske des charmanten älteren Professors versteckte. Und wer würde schon auf die Idee kommen, dass ein renommierter Kunstexperte seines Alters und Ranges der Kopf einer Schwarzmarktorganisation sein könnte?

Freeling redete weiter. Er schien selbst von seiner Geschichte fasziniert zu sein. »Clarke war lange Zeit der Anführer einer gefürchteten Bande. Es gibt sogar einige schriftliche Zeugnisse, in denen er von seiner Leidenschaft für ein Bild mit dem heiligen Georg und dem Drachen spricht. Dass der Schöpfer dieses Werkes Paolo Uccello war, wusste er nicht. Das spielte für ihn keine Rolle. Als man ihm das Bild bei seiner Verhaftung abnahm, soll er Stuart O'Sullivan verflucht haben, und als er zum Galgen geführt wurde, waren seine letzten Worte kein Gebet oder gar Reue. Neben einer erneuten Hasserklärung gegen O'Sullivan gestand er, dass er seit seiner ersten Begegnung mit dem Bild in Warchester Castle davon besessen gewesen sei. Zunächst wollte er es zerstören, doch dann ergriff es wie ein Dämon Besitz von ihm. So wie bei mir.«

»Aber … ich habe das Bild nicht«, stammelte ich. »Deshalb weiß ich nicht, was ihr von mir wollt.«

Freeling wandte sich an Christian Bredehoff. »Sie scheint wirklich nicht zu ahnen, was das Geheimnis des Biondo ist.« Er drehte sich wieder zu mir. »Sie haben doch mein Buch gelesen, über dessen Cover Sie sogar mit mir geredet haben. Sind Ihnen nicht die im hinteren Teil auf die Seitenränder gekritzelten Bemerkungen aufgefallen? Zum Beispiel eine, die ›Bild im Bild?‹ lautet?«

Ich nickte beklommen. Weit war ich mit meinen Versuchen nicht gekommen, diese Notizen zu entziffern. Und hatte sie auch leider nicht für wichtig gehalten.

Freeling sah mich fast freundlich an. Seine Stimme klang allerdings schroff, als er sagte: »Das sind Strates Anmerkungen, der das Buch gründlich gelesen hat. Er war davon überzeugt, dass ich mehr über den Biondo und den Uccello wusste, als ich ihm gegenüber zugegeben hatte. Er hat seine Überlegungen direkt während der Lektüre ins Buch geschrieben. Als ich ihn besuchte, konfrontierte er mich damit und zeigte mir diese Notizen. Und da gestand ich ihm, dass ich schon lange den Verdacht hegte, in dem Biondo könne der Schlüssel zu dem verschollenen Uccello-Original verborgen liegen. Strate war sehr aufgeregt und sagte mir, er werde dem Geheimnis selbst auf die Spur kommen, da er noch Dokumente zu dem Bild besitze. Diese habe sein Vater 1930 sozusagen als Zubrot zum Biondo erhalten. Er würde sie nun angesichts meines Geständnisses aufmerksam lesen. Wir trennten uns als Gegner, denn er war nicht bereit, mir einen Einblick in diese Dokumente zu gewähren.«

Freelings Miene wirkte jäh bekümmert. »Ich habe Strate immer geschätzt. Aber diese Sturheit war sein Untergang. Christian, der ein Jahr lang mein Student in Oxford war, hat versucht, ihn zu überreden, mit ihm zusammen das Rätsel des Biondo zu lösen. Aber Strate hat ihn abgewimmelt und ihm gesagt, wenn er überhaupt Hilfe bräuchte, würde er Sie, Anna, darum bitten. Dann hat mich ausgerechnet Robin Gregson, der auch für Simon Drews arbeitete, auf die richtige Spur gebracht. Er erzählte mir, dass er vor einiger Zeit einen gefälschten Renoir aufgespürt habe, dessen obere Schicht einen originalen Monet verdeckte.«

Ich starrte Freeling an. Ein Doppelbild! Unter Biondos »Morgen am Fluss« verbarg sich ein zweites Gemälde. Strate hatte das Rätsel zwar nicht mehr gelöst, doch ihm waren die Farbveränderungen an den Rändern des Biondo aufgefallen. Und die hatten ihn stutzig gemacht. Ich hatte seinen Beobachtungen nicht allzu viel Bedeutung beigemessen, da ich dachte, sie wären dem Alter des Bildes geschuldet. Strate war aber durch Freelings Äußerungen aufmerksam geworden und wollte mich mit ins Boot holen, um mit ihm gemeinsam das Geheimnis des Biondo zu enträtseln. Welche Ehre, nur leider zu spät für uns beide.

Christian bemerkte meine Unruhe und lachte. »Strate besaß das Original aus dem einstigen Besitz von Charles O'Sullivan. Everett als Nachfahre von Margret McAngus, geborene Warchester, hatte die Kopie. Alexander hat längst gewusst, dass Everett ein Nachfahre der Warchesters ist. Er hat dir so einiges vorgespielt, auch dieses fast schon melodramatische Nachschlagen in dem Stammbaum-Buch, von dem er mir noch am selben Abend erzählt hat. Nicht umsonst war er als Student in Oxford Mitglied der Theatertruppe.« Christian amüsierte sich offenbar köstlich. »Der gute alte O'Sullivan hat die Fakten endlich in seinem letzten Brief an seinen Sohn aufgedeckt. Und der Brief befindet sich in der Leibniz-Bibliothek in Hannover. Dein Verehrer, Anna, dieser eitle Schlaumeier Harald Frostauer, hat mir das in seinem Übereifer erzählt. Er wollte eigentlich dich damit überraschen, aber als ich ihn gestern traf, platzte er damit heraus. Übrigens bin ich schon seit gestern Nachmittag wieder hier nach meinem kleinen Ausflug ins Vereinigte Königreich. Ich habe mir diesen Brief in der Bibliothek angesehen und ganz legal kopiert.« Hätte ich doch Frostauers erste und »dringende« Mail gelesen! Das hatte ich nun von meinem Hochmut!

Christian zog ein Blatt aus seiner Tasche. Dabei fielen mir die gekrümmten Finger an seiner linken Hand auf. Ich hatte sie nie zuvor bemerkt, wahrscheinlich weil er dieses kleine Handicap stets gut zu verbergen wusste. Selbst bei unserem gemeinsamen Mittagessen am Maschsee hatte er es gut kaschiert. Auch Frau Borchers war es bei dem Mann mit dem albernen Schnauzbart nicht aufgefallen. Der Schnurrbart war falsch, seine Hand aber ein bleibendes Merkmal. Er sah meinen überraschten Blick, wirkte einen Augenblick verlegen, steckte die Hand dann in die Hosentasche und las laut vor. Sein Englisch hatte einen so schaurigen deutschen Akzent, dass Freeling gequält dreinblickte:

»Mein lieber Sohn Charles,
ich vertraue Dir ein besonderes Bild an, das ich all die Jahre sorgsam vor der Welt geschützt habe. Eigentlich sollte es Deine Nichte bekommen, die Margret Warchesters Enkel heiraten wird. Damit wäre der Kreis geschlossen. Doch – Gott verzeih mir diese Sünde – ich konnte es nicht über mich bringen, dieses Bild den Nachfahren der Warchesters zu überlassen. Sie erhalten eine vollkommene Kopie des Il Biondo, die mein verstorbener Freund Ettore Marviglia geschaffen hat, und Du erbst das Original. Hüte es wohl, denn es bewahrt ein Geheimnis. Und eines Tages sollst Du es lüften. Du magst selbst entscheiden, wann die Zeit dafür gekommen ist. Unter der Oberfläche verbirgt sich der wahre Meister. Diese Maskerade habe ich vor langer Zeit zusammen mit Marviglia geplant. Ich wollte das eine Bild, das um vieles kostbarer ist als der Biondo, durch das andere schützen. Wobei ich glaube, dass der große Meister Paolo di Dono alias Uccello einige Bilder unter dem Namen Giovanni dell'Ombra, genannt Il Biondo, gemalt hat, um sich mit diesen Fingerübungen die finanzielle Freiheit für die Erschaffung seiner großen Meisterwerke zu sichern. Doch ich kann es nicht beweisen, und vielleicht wird das eines der großen Rätsel der Kunstgeschichte bleiben.
Was Du von mir bekommst, ist eines der schönsten Werke des 15. Jahrhunderts.
Möge es noch vielen Generationen zur Freude dienen. Ich bin schon früh seiner Magie verfallen, selbst wenn der Weg dieses Werkes nicht frei ist von Blut und Tränen.

Sei umarmt von Deinem Vater, der Dir alles Glück auf Erden wünscht.«

Christians Stimme zitterte. Sogar dieser Psychopath schien von der Enthüllung berührt zu sein. Ich war überwältigt. Das also war das Geheimnis des Biondo, das dreihundertsiebzig Jahre lang gehütet worden war. Unter der lieblichen Landschaft lauerte der grüne Drache.

»Wo ist dieses Bild?«, fragte ich mit versagender Stimme.

Christian lachte und deutete auf seine Reisetasche. »Du bist mit ihm zusammen vom Flughafen hierher…gefahren. Ich habe es dem guten Strate weggenommen, dann hat es Christine in die Hände bekommen, in ihr Wochenendhaus gebracht, und leider musste ich es dir auch wieder abnehmen, nachdem du am Tankumsee das Versteck gefunden hattest. Du hast mich übrigens ganz wunderbar dorthin geführt. Wir hatten keine Ahnung, wo Christine es versteckt hielt. Ein paar Tage hat das Bild danach in einem Schließfach am hannoverschen Bahnhof gelagert, bis wir es endlich unserem Restaurator Gerd Kaiser übergeben konnten. Und der hat die Bilder dann säuberlich getrennt. Voilà, und nun haben wir endlich das Original.«

Entsetzt starrte ich Christian an. »Aber weshalb hast du Strate ermordet?«

»Diese Chance konnte ich mir nicht nehmen lassen. Er hat mich jahrelang wie einen Dummkopf behandelt, wie einen Lakaien. Geschwärmt hat er immer nur von Christine und dir. Meine Doktorarbeit hat er schlecht benotet und mir geraten, Verkäufer in einem Trödelladen zu werden. Ich habe ihn gehasst. Als ich ihn in Hannover einige Male besuchte, glaubte er törichterweise, ich verehrte ihn. Welche Selbstüberschätzung! Nein, ich wollte bei meinen Besuchen bei diesem selbstgefälligen alten Trottel nur auskundschaften, wie ich an das Bild herankomme, das mein wahrer Mentor Freeling als ungehobenen Schatz bezeichnet hat.«

Christian verlor sich in seinen Erinnerungen an jenen 22. April. »Der alte Narr war sehr überrascht, als ich plötzlich in seinem Arbeitszimmer stand. Als er realisierte, dass das kein Höflichkeitsbesuch war, wollte er sogar noch die 112 wählen. Aber da hatte ich ihn schon erwischt. Wozu Schals doch nützlich sein können! Endlich Rache für all die Demütigungen. Das Bild stand abholbereit im Flur. Alles lief wie am Schnürchen. Aber als ich das Haus verließ, sah ich in der Ferne seine Haushälterin die Straße herunterkommen.«

Er kicherte. »Ich hoffte, dass sie mich mit dem Schnurrbart, den ich eher als Jux denn als ernsthafte Tarnung eingesteckt hatte, und mit der Kappe ins Gesicht gezogen nicht erkennen würde. Ich merkte, dass das gar keine so schlechte Verkleidung war. Bei der Alten am Tankumsee hat sie gewirkt, und in London hast du mich ja auch nicht erkannt. In Kincaid das ganze Schmierentheater dann in Blond. Es ist schon erstaunlich, dass Menschen einfach nicht richtig hinschauen. Ich habe mich köstlich amüsiert, wie du auf meinen Dänen hereingefallen bist. Ich spreche kein Wort Dänisch. Mein Gemurmel am Handy war Kauderwelsch, und den Roman von Adler-Olsen hatte ich als Camouflage dabei.«

Freeling wurde ungeduldig. »Wir sind nicht zum Spaß hier, Christian«, sagte er. »Wir müssen noch etwas mit Wegener erledigen, und dann verschwinden wir.«

»Wo war das Bild denn all die Jahre, ehe Strates Vater es in Berlin gekauft hat?« Obwohl ich vor Angst schlotterte, brach meine Neugierde durch.

»Ob Charles O'Sullivan den Brief seines Vaters je richtig gelesen und verstanden hat, können wir heute nicht mehr feststellen«, antwortete Christian, nun wieder ernster. »Er hat den Biondo noch zu Lebzeiten verkauft. Alle seine Unterlagen, wozu auch der Brief seines Vaters gehört, kamen in ein privates Archiv in Herrenhausen, später in die Leibniz-Bibliothek. Das Bild wechselte mehrmals den Besitzer, was wir aber nicht mehr nachvollziehen können, bis es über viele Umwege bei der Galerie Rieper landete.« Er lachte. »Wenn jemand geahnt hätte, dass sich unter der oberen Leinwand ein Meisterwerk der Renaissance verbirgt! Heinrich Strate hat einen Bruchteil des wahren Wertes bezahlt.«

Trotz meiner Todesangst hätte ich das Bild gerne gesehen, sozusagen als meine Henkersmahlzeit. Als ich Bredehoff darum bat, schüttelte er den Kopf. »Nein, das Vergnügen können wir dir nicht bereiten. Das Bild ist gut verpackt, und so soll es auch bleiben. Es muss ja noch nach London reisen.« Er wandte sich an Freeling. »Was machen wir mit ihr?«

In Freelings kalte Augen trat ein Ausdruck des Bedauerns. »Du weißt, ich mag keine Toten. Das habe ich nach Herfurths Tod klar zum Ausdruck gebracht. Mir hat es auch nicht gefallen, dass du Christine beseitigt hast. Auch wenn sie es zu weit getrieben hat und –«

Christian unterbrach ihn. »Sie hat mir das Bild gestohlen unter dem Vorwand, es für mich zu verstecken, und ist danach abgetaucht. Sie hat geglaubt, dass sie mich reinlegen und mit Gregson zusammen ihr eigenes Ding drehen könnte. Als ich sie im Hotel Mercedes traf, hat sie mir sogar gedroht, mich auffliegen zu lassen und als Strates Mörder zu enttarnen. Sie wollte zu Kommissar Schumann gehen und ihm alles erzählen. Ohnehin hatte ich schon länger das Gefühl, dass sie unzuverlässig ist. Was hätte ich machen sollen? Mir blieb keine Zeit. Über kurz oder lang hätten wir sie sowieso beseitigen müssen.« Er grinste. »Ehrlich gesagt wollte ich von ihr erfahren, wo sie den Biondo versteckt hat, und sie danach erledigen. Sie war eine gefährliche Mitwisserin. Leider musste dann alles schnell gehen, und sie hat mir das Versteck nicht mehr verraten können.«

Mir lief ein eisiger Schauer über den Rücken. Dieser Mann war ein Psychopath der schlimmsten Sorte.

Freeling winkte unwirsch ab. »Du hast ziemlich viel riskiert. Gregson war schon auf dem Weg ins Hotel und Anna auch. Du wärst um Haaresbreite erwischt worden.« Er sah mich an. In seinen Augen lag, wie ich glaubte, ein Hauch von Empathie. Doch dieser Funken erlosch sofort wieder. Stattdessen sagte er: »Und Herfurths Tod war mehr als überflüssig, er –«

Christian unterbrach ihn erneut: »Nein, es gab keine Alternative. Herfurth war clever. Er hat durch den Fälscher Mauritz Lorenz, den er im Gefängnis besucht hat, einen Tipp bekommen und erfahren, dass Wegener für uns arbeitet. Er war mit Wegener an dem Tag im Museum verabredet und hatte ihm schon angedeutet, dass er von Wegeners Aktivitäten wisse. Wegener ist in Panik geraten und hat mich um Hilfe gebeten. Ich habe Herfurth im Magazin aufgelauert, wohin Wegener ihn unter dem Vorwand geschickt hatte, er könne sich dort in Ruhe die Bilder ansehen. Ihn zu erschlagen war nicht gerade die feine Art, das gebe ich zu. Aber es ging schnell.«

Christian schien mit sich zufrieden zu sein. Was für ein Ekel, und ich hatte ihn sogar gemocht, ihn zwar für eitel, aber anständig gehalten. Meine Menschenkenntnis ließ zu wünschen übrig.

Er redete weiter: »Und diese Alte hat sich an mich erinnert, Strates Haushälterin. Als sie mich anrief und bat, in Strates Haus zu kommen, war ich mir nicht sicher, ob sie mich erpressen oder missionarisch auffordern wollte, mich zu stellen. Ich hatte noch die Tatwaffe im Fall Herfurth dabei, einen ähnlich schönen barocken Silberleuchter aus den Museumsbeständen wie die beiden Leuchter aus Strates Haus. Die stehen übrigens in meiner Wiener Wohnung als hübsches Andenken an Strate.« Er grinste. »Sie hätte mal lieber ihren Mund halten sollen. Dummes altes Weib.«

Arme Ernestine Wiegand. Mir traten Tränen in die Augen.

Christians Laune stieg zusehends. »Na ja, was in Ivory Hall nicht geklappt hat, mache ich jetzt besser. Es war ein Kinderspiel, dich in dem Keller einzusperren, Anna. Du bist aber auch wirklich naiv in diese simple Falle getappt. Neugier ist der Katze Tod, wie es so trefflich heißt. Was für ein Pech, dass dieser dürre Engländer dich gerettet hat. Alles wäre sauber über die Bühne gegangen«, plapperte er völlig emotionslos weiter.

Freeling fuhr dazwischen. »Das war völlig hirnrissig, Christian, Anna in meinem Haus einzusperren mit der Absicht, sie dort sterben zu lassen! Dumm und unnötig grausam!«

Christian hörte gar nicht hin, sondern sagte mit einem liebenswürdigen Lächeln: »Schade, liebe Anna, eigentlich mochte ich dich ganz gerne. Und es hat mir Spaß gemacht, dir was vorzuspielen bei unserem netten Essen am Maschsee. Das angebliche Bild in Wien, das ich dir als Foto geschickt habe, stammt übrigens von Gerd Kaiser, dem Partner von Mauritz Lorenz in Hannover. Es gibt diesen Arcangelo Fiorentino gar nicht. Damit wollte ich dich nach Wien locken, und wer weiß, was da passiert wäre! Vor allem hatte ich gehofft, du würdest mir ein paar wichtige Informationen anvertrauen, so ganz gemütlich in einem Wiener Lokal. Tja, hat nicht sollen sein.«

Er zog sehr gemächlich einen grauen Schal aus seiner Reisetasche und wandte sich an Freeling: »Du gehst jetzt lieber. Wegener wartet im Magazin auf uns. Ich komme gleich nach, muss aber nach unserer Verabredung schnell verschwinden. Du kannst in Ruhe nach London zurückreisen. Es gibt in England noch viel zu tun.«

»Damit höre ich auf«, sagte Freeling. »Ich habe den Uccello. Mein Ziel ist erreicht. Mein Nachfolger wird Gregson.« Er beugte sich zu mir. »Sorry, aber dieses Bild ist schon immer ein magisches Objekt der Begierde für mich gewesen. Ich möchte mich in meinen letzten Jahren daran erfreuen. Mein Vorfahre soll nicht umsonst gestorben sein.« Damit ging er zur Tür und ließ mich mit Christian in dem Kellerraum allein.

»Du stirbst wenigstens in einem Museum«, sagte Christian seelenruhig. »Wir sind hier unter dem Magazin des Herzog Anton Ulrich-Museums direkt neben dem Heizungskeller. Es kann schon ein bisschen dauern, bis man deine Leiche findet. Eine ähnlich lange Zeit, wie ich sie für Ivory Hall kalkuliert hatte.« Er lächelte höhnisch.

Es hatte keinen Sinn, ihn um Mitleid zu bitten. Seiner Logik folgend musste er mich töten. Er hatte sicherlich recht mit seiner Vermutung, dass man meine Leiche erst in ein paar Tagen entdecken würde. Wer kam schon in diesen abgelegenen Raum, zumal ab Mai bestimmt die Heizung abgestellt war. Allerdings musste er mich schon in mehrere Decken einwickeln, da Leichen bekanntlich nicht sehr gut riechen. Dass mir im Angesicht meines Todes ein so idiotischer Gedanke durch den Kopf schoss, zeigte mir, dass ich mich in einem seltsam entrückten Zustand befand.

Mehr Zeit zum Nachdenken blieb mir nicht. Mit einem Schwung legte Christian den rauen Schal um meinen Hals. Das war wohl das Ende meines Weges. Ganz kampflos wollte ich aber nicht aufgeben. Ich begann mich heftig zu wehren. Doch Christian war viel zu stark für mich. All mein Zappeln und Strampeln half nichts. Der Schal um meinen Hals nahm mir die Luft. Ich schnaufte und keuchte. So mussten sich Strate und Christine gefühlt haben, war mein letzter Gedanke.

In dem Augenblick, als mich die Finsternis verschluckte, hörte ich ein donnerndes Krachen, einen dumpfen Schlag und einen wilden Fluch. Jemand zerrte an dem Schal und riss ihn weg. Ich schnappte nach Luft. Mich überkam ein surreales Gefühl. Meine Lungen füllten sich, und für einen Moment glaubte ich zu schweben. Mit Mühe öffnete ich die Augen. Über mir sah ich Richards Gesicht, daneben stand Schumann, und am Boden lag Christian, dem Hartmut Brink Handschellen anlegte.

»Wie ... habt ihr mich gefunden?«, stammelte ich heiser, nachdem mir Richard eine Flasche Wasser in die Hand gedrückt hatte. Vorsichtig setzte er mich auf und hielt mich fest. Vor lauter Glück, dass ich noch lebte, rannen mir Tränen übers Gesicht. Richard wischte sie sanft mit dem Zeigefinger weg.

Schumann sagte nur: »Später! Wir müssen uns beeilen.«

Als wir den Keller verließen, legte Richard seinen Arm um mich. Nach ein paar Schritten spürte ich, wie die Kraft in meine Glieder zurückkehrte. Da vernahmen wir plötzlich einen furchtbaren Krach aus dem Magazin im Stock über uns. Richard ließ mich los, und die Männer spurteten hinauf, ich humpelte hinterher. Schumann und Richard hatten das Magazin erreicht, als ich Freeling brüllen hörte: »Wenn ich das Bild nicht besitzen kann, dann soll es niemand haben!«

Eine Rauchwolke quoll aus der hinteren Ecke des Raums, wo Rüdiger Wegener auf dem Boden lag, eine blutende Wunde am Hinterkopf. Freeling stand mit verzerrtem Gesicht und erhobenem Gehstock über ihm und starrte wie von Sinnen auf die lichterloh brennende Reisetasche.

Schumann packte Freelings Arm und zerrte ihn fort. Richard hatte einen Feuerlöscher von der Wand gerissen und sprühte den

Schaum auf die brennende Tasche. Doch vergebens. Sie zerfiel in schmutzige Asche und verkohlte Stoffreste. Kleine Leinwandstücke tanzten in der Luft. Der Uccello, dieses magische Bild, das so viele Menschen verzückt und so viele Opfer gefordert hatte, verglühte vor unseren Augen auf dem steinernen Boden des Magazins.

Mein Herz tat mir weh. Welch ein Verlust für die Kunstwelt. Und für die Menschheit!

Freeling war nicht ansprechbar, als man ihn fortführte. Er stammelte wirres Zeug und wirkte um Jahre gealtert. Ferdinand Wedel stand bleich an der Tür, Rüdiger Wegener war bei Bewusstsein, auch wenn seine Wunde am Hinterkopf heftig blutete. Er hatte nach Aussage von Meyer-Herrmann seit mehreren Jahren gelegentlich Aufträge für Freelings Organisation übernommen – Fälschungen für echt erklärt, zwei Bilder aus dem Magazin verschwinden lassen und sie Meyer-Herrmann übergeben. Als das Fehlen der beiden Gemälde auffiel, deklarierte Wegener es als Diebstahl. Die Versicherung zahlte, niemand hegte Verdacht. Wegener galt als seriös und integer. Schumann war nach der Vernehmung von Meyer-Herrmann auf dem Weg gewesen, Wegener zu verhaften.

Der herbeigeeilte Notarzt verfügte Wegeners Transport ins Klinikum Braunschweig. Auf der Trage liegend berichtete er Schumann, was geschehen war.

Als Freeling mit der Reisetasche aufgetaucht war, hätten ihn plötzlich Gewissensbisse überkommen. Da er ohnehin vorgehabt hätte, auch auszusteigen, forderte er Freeling auf, ihm zu verraten, wo sich der Biondo befand. Darauf habe Freeling ihn mit seinem Gehstock niedergeschlagen und zu flüchten versucht. Doch er erkannte, dass er in der Falle saß, das Spiel aus war. Voller Wut und Verzweiflung setzte er die Reisetasche mit einem Feuerzeug in Brand. Weshalb Freeling und Bredehoff ihn treffen wollten, verriet Wegener nicht. Er schwieg beharrlich, und Freeling verstummte vollends. Es war, als sei seine Seele ausgelöscht worden.

Den Verlust des Uccello überwand Freeling nicht. Wie ich später erfuhr, kam er in eine psychiatrische Anstalt in Yorkshire. Immer noch gnädiger als Christian Bredehoffs Schicksal, dem lebenslang drohte.

Schumann konnte nicht mehr mit Ernestine Wiegand sprechen. Er reimte sich zusammen, dass die wenigen geflüsterten Silben, die er bei seinem Besuch am Krankenbett zu hören geglaubt hatte, »Christian Bredehoff« bedeuten sollten. Wahrscheinlich hatte sie Bredehoff an dem Morgen des 22. April aus dem Haus kommen und in ein Auto steigen gesehen, ohne ihn wirklich erkannt zu haben. Die Erinnerung daran war wohl erst später wieder klarer geworden. Was sie an jenem Abend, als sie ihn in Strates Haus gerufen hatte, von Bredehoff gewollt hatte, sollten wir nicht mehr erfahren. Sie starb am nächsten Tag an den Komplikationen ihrer schweren Schädelverletzung, Bredehoffs viertes Opfer. Ich wäre sein fünftes gewesen.

Meine Rettung verdankte ich einer Reihe von Zufällen, von denen einer war, dass Schumann vorgehabt hatte, gemeinsam mit Silvester Wegener zu verhaften, und deshalb so schnell wie möglich nach Braunschweig gefahren war. Schumann und Richard hatten mich gemeinsam am Flughafen abholen wollen. Als sie mich dort nicht entdeckten, waren sie zwar überrascht, aber nicht wirklich beunruhigt und nahmen sich vor, später zu meiner Wohnung zu fahren. Sie befanden sich schon auf der Autobahn nach Braunschweig, als sich Silvester bei Schumann meldete. Ein Museumswärter habe ihm mitgeteilt, dass drei Männer unbefugt in den Keller des Museums eingedrungen seien. Die Alarmanlage funktionierte wegen einer technischen Störung nicht, und er traue sich nicht allein ins Untergeschoss. Schumann und Richard brachen auf der Autobahn nach Braunschweig sämtliche Geschwindigkeitsrekorde und kamen genau in dem Moment an, als Silvester und seine Leute die Tür zum Keller aufbrachen und hineinstürmten. Eine Minute später wäre es für mich zu spät gewesen.

Schumann ließ den Restaurator Gerd Kaiser verhaften. Kaiser gestand, seit geraumer Zeit für Bredehoff zu arbeiten. Er habe nicht geahnt, dass Freeling der »Kopf« und Bredehoff dessen Vertreter und ein Mörder gewesen sei. Er war entsetzt darüber. »Mit Mord habe ich nichts zu tun. Herfurth war ein Freund«, betonte er. In einer Ecke seiner Werkstatt stand der Biondo, den er sorgfältig vom Uccello getrennt und neu gerahmt hatte. Er hätte vorgehabt, das Bild noch gründlich zu restaurieren und dann der Polizei zu übergeben. Ich glaubte ihm sogar.

Als Wedel hörte, dass der Biondo wiederaufgetaucht war, geriet er in einen Freudentaumel. Wir bereiteten eine Presseerklärung vor, in der wir diese frohe Botschaft verkündeten. Das Bild würde wie geplant im kommenden Jahr im Herzog Anton Ulrich-Museum ausgestellt werden. Über den Uccello schwiegen wir. Falls jemand nach dem Brand im Magazin fragen sollte, würde Wedel erklären, das sei die Kopie eines weniger bedeutenden Werkes aus den Magazinbeständen gewesen. Ein Akt von Vandalismus, begangen von einem Wirrkopf.

Als ich mich halbwegs von all den Schrecken dieses Tages erholt hatte, besuchte mich Schumann zu Hause. Er zeigte sich freundschaftlich besorgt. Ich erzählte ihm von Freelings Bemerkung, Gregson werde seine Nachfolge antreten.

Schumann lächelte. »Da irrt unser verehrter Professor. Gregson war, wie mir Griffins erzählt hat, die ganze Zeit undercover eingesetzt, hat für Freeling und Drews gearbeitet und gleichzeitig eine Menge Beweise und Fakten gegen den Schwarzmarktring zusammengetragen. Drews hat übrigens keinen Dreck am Stecken. Er wird wohl seinen gefälschten Uccello behalten können. Sein Vater hat ihn legal erworben, und was vor dreihundertsiebzig Jahren war, interessiert niemanden mehr. Gregson aber hegte gegen Freeling schon länger den Verdacht, dass dieser in irgendwelche unlauteren Geschäfte verwickelt sei. Shane hatte ihm gegenüber wohl einige Andeutungen gemacht. Ihm war zwar nicht ganz klar, dass Christine auch undercover arbeitete, aber durch seinen Austausch mit ihr erhoffte er sich Informationen über die deutschen Mitglieder dieses internationalen Schwarzmarktrings. Deshalb stand er mit ihr in ständigem Kontakt. Griffins hat mir das gesteckt, nachdem Gregson verschwunden war. Ich durfte dir nichts sagen. Er war knapp davor, Freeling zu enttarnen, musste dann aber untertauchen, weil Freeling Verdacht geschöpft hatte. Er hält Freeling auch für den Auftraggeber des Anschlags auf Michael Shane, der ihm auf die Schliche gekommen war. Das Gespräch, das du am Maschsee beobachtet hast, war übrigens harmlos. Gregson erzählte Bredehoff, den er schon länger kannte, dass er den Artikel über Il Biondo erst einmal ad acta gelegt hätte. Das hat er jedenfalls Griffins erklärt. Ich mag Gregson zwar nicht, aber wenigstens steht er auf der richtigen Seite. Er wird jetzt wieder als Kunstdetektiv arbeiten. Die Agentur ›Art Hunters‹ hat ihn wieder eingestellt.«

Schumanns Umarmung war diesmal sehr lange und sehr herzlich. »Erhol dich«, sagte er. »Und am Sonntag lade ich dich ans Steinhuder Meer ein. Ein Tag am Wasser und gutes Essen. Dann lernst du endlich meinen vierbeinigen Freund Gringo kennen. Und«, er zwinkerte, »ich verspreche dir: kein Besuch im Kloster Warnstedt.«

Richard löste Schumann ab. Der eine ging, der andere kam. Lange Zeit saß er bei mir auf dem Sofa, und wir redeten.

»Das war es für mich. Falls wieder irgendwelche Fälle von Verbrechen im Zusammenhang mit Kunst aufgeklärt werden sollen, dann bitte ohne mich«, sagte er irgendwann. »Ich werde mein Beratungsangebot für Fragen zur Provenienz und Echtheit von Bildern ausweiten und fände es schön, wenn du mir dabei hilfst.« Ich nickte erfreut.

»Und«, fuhr er fort, »um dich über deinen Kummer hinweg-zutrösten, nie diesen einen Uccello gesehen zu haben, lade ich dich nach Paris ein, um dich im Musée Jacquemart-André mit dem Anblick des anderen Bildes vom Drachenritter zu trösten.«

Sein Lächeln machte mir bewusst, wie sehr ich ihn vermisst hatte. »Ja«, antwortete ich. »Lass es uns noch einmal mitein-ander versuchen.« Hans Schumann musste wohl für immer der »gute Freund« bleiben. Ich hatte aber das Gefühl, dass ihn das nicht sehr bekümmern würde. Eigener Hund und Nachbarin mit Pudel – keine schlechte Perspektive!

Als Richard gegen elf Uhr abends ging, entdeckte ich eine SMS auf meinem Handy, die ich in all der Aufregung übersehen hatte. Sie stammte von Harald Frostauer. Ihn hatte ich total vergessen. Aber den Brief von Stuart O'Sullivan, den er in der Leibniz-Bibliothek gefunden hatte, kannte ich ja dank Christian Bredehoff schon. Ich hätte wirklich früher auf seine Mail reagieren sollen. Das war dumm und nicht nett von mir gewesen. Das würde ich ihm demnächst sagen. Seine neue Nachricht klang seltsam:

»Liebe Anna, ich habe eine Wahnsinnsüberraschung für Dich. Du kannst jederzeit zu mir kommen. Ich verspreche Dir eine Sensation. Herzlich, Harald«.

Ich war viel zu erschöpft, um zu antworten, und verzog mich in mein Bett, voller Vorfreude auf meine Reise nach Paris und den Besuch bei Uccello als Trost für den Verlust des »dritten Drachen« und als Neubeginn meiner Beziehung zu Richard.

Epilog

Harald Frostauer blickte wie in Trance auf das Bild, das er in seinem Souterrain-Zimmer an die Wand gestellt hatte. Was für ein Meisterwerk. Er verstand, weshalb Menschen dafür mordeten. Geradezu magisch, dieser grüne Drache mit den glühenden Augen und dieser kraftvolle Schimmel mit der fast zierlichen Gestalt des in eine silberne Rüstung gekleideten heiligen Georg.

Er erinnerte sich an sein erstes Gespräch mit Robin Gregson über dieses Bild aus dem einstigen Besitz der Familie Warchester. Er war neugierig geworden und hatte darüber zu recherchieren versucht, aber das Gemälde schien seit Ende des 17. Jahrhunderts verschollen zu sein. Gregson allerdings hatte ihm verraten, dass die Familie eines Auftraggebers von ihm im Besitz einer Kopie des Bildes sei.

Frostauer war auf ziemlich verschlungenen Pfaden an diesen wahren Schatz geraten. Mit Mauritz Lorenz verband ihn eine gemeinsame Schulzeit. Den weiteren Werdegang seines alten Klassenkameraden hatte er aus der Distanz verfolgt, bekam aber mit, dass der hochbegabte Lorenz nicht nur Bilder restaurierte, sondern als erfolgreicher Kopist, dann wohl leider auch als Fälscher, gutes Geld verdiente. Als er ins Gefängnis musste, vertraute er sein Atelier seinem Freund und Kollegen Gerd Kaiser an. Frostauer kannte auch Kaiser recht gut und besuchte ihn manchmal in seinem schönen Atelier in der Altstadt. Er hatte zwar durchaus den Verdacht, dass Kaiser in die Fußstapfen seines Freundes Mauritz trat, aber das interessierte ihn nicht.

Als er Kaiser vor zwei Tagen besucht hatte, um ihn nach seiner Meinung zur These eines »doppelten Biondo« zu befragen, befand sich Kaiser in einem Zustand höchster Aufregung. Er huschte nervös durch sein Atelier und erzählte Frostauer schließlich, er stehe vor einer heiklen Aufgabe. Zwei übereinanderliegende und miteinander verbundene Leinwände mussten voneinander getrennt werden. Es gehe dabei um ein unter der oberen Leinwand verborgenes Bild. Er habe nicht viel Zeit für dieses diffizile Unterfangen.

Frostauer merkte, dass Kaiser ihn am liebsten sofort wieder aus seiner Werkstatt hinausbefördern wollte. Es gelang ihm, einen kurzen Blick auf das Gemälde zu werfen, das in einer Ecke des Raums stand. Kein Zweifel, das war der Biondo. Er wusste durch den Brief O'Sullivans, den er bei seinen Recherchen in der Leibniz-Bibliothek durch Zufall entdeckt hatte, von der Existenz dieses im Biondo verborgenen Bildes. Aber anstatt zur Polizei zu gehen, überkam ihn das erste Mal in seinem Leben ein Gefühl von Gier, gepaart mit Abenteuerlust und Neugierde. Er spürte einen bisher nie empfundenen Drang. Er musste das Bild besitzen, und wenn es nur für wenige Stunden wäre.

Er verabschiedete sich von Kaiser, der ihm erklärte, dass er nur bis zum nächsten Morgen Zeit hätte. Er sollte das Bild in Packpapier eingeschlagen bis zum späteren Vormittag auf seinen Arbeitstisch im Atelier legen und dann für eine Stunde verschwinden. »Die wollen keinen Zeugen«, sagte er. Wer »die« waren, verriet ihm Kaiser nicht. Doch er hegte einen Verdacht.

Frostauer begann zu planen. Er fühlte sich dabei beschwingt, nervös, glücklich und wie ein Abenteurer. Ein herrliches Gefühl!

Er kam am nächsten Tag wieder. Kaiser war nicht zu sehen, aber im Nebenraum am Telefon zu hören. Frostauer sah das in Packpapier gewickelte Bild bereit für den Abtransport auf dem Tisch liegen. Vorsichtig löste er ein Stückchen des Papiers und sah einen Zipfel des Gemäldes. Das genügte ihm. Er nahm das Bild vom Tisch, steckte es in die mitgebrachte Reisetasche und legte stattdessen ein gleich großes, ebenfalls verpacktes Bild auf den Tisch. Einen Schinken, den er vor einigen Jahren bei Richard gekauft hatte. »Abendstimmung am Meer« von einem unbekannten Maler des ausgehenden 19. Jahrhunderts.

Er eilte mit seiner Beute nach Hause und befand sich seitdem in einem Trancezustand. Was es für Kaiser an Konsequenzen haben mochte, wenn seine Auftraggeber den Betrug bemerkten, war Frostauer egal. Sein Gewissen quälte ihn nicht und auch nicht das Bewusstsein, dass er sofort zur Polizei hätte gehen müssen. Er wollte einmal in seinem bisher eher langweiligen Leben das erhebende Gefühl spüren, etwas Außergewöhnliches getan und alle anderen damit übertrumpft zu haben. Einschließlich Hans Schumann und Co. Er hatte nicht vor, dieses Bild für immer zu behalten. Kommt Zeit, kommt Rat. Jetzt wollte er nur eins: die wenigen Stunden mit dem Werk des großen Meisters aus der fernen Vergangenheit auskosten.

Inzwischen war es später Abend. Die nächtlichen Schatten verschluckten Stück für Stück den Drachen und seinen tapferen Bezwinger. Nur die Augen des Monsters schienen in der Dunkelheit zu glühen. Frostauer traute sich nicht, Lampen anzuschalten. Lieber starrte er im Dunkeln auf das Bild. Plötzlich überkam es ihn siedend heiß. Er hatte im Überschwang der Gefühle Anna zu sich eingeladen. Er ahnte, wie sie beim Anblick des Uccello reagieren würde. Natürlich wäre sie begeistert, würde ihn aber dazu drängen, das Bild sofort abzuliefern.

Nach einigem Grübeln hatte er sich eine Erklärung zurechtgelegt. Er würde behaupten, er habe das Bild zufällig bei Kaiser entdeckt, sofort erkannt, um was es sich dabei handelte, da er ja O'Sullivans Brief gelesen hatte, es kurz entschlossen an sich genommen, weil er Kaiser nicht traute, und somit gerettet. Am nächsten Tag werde er das Bild der Polizei übergeben. Ob ihm irgendjemand diese fadenscheinige Erklärung abnehmen würde, hinterfragte er nicht. Dass er Anna in sein Geheimnis einbezog und ihr vertraute, würde sie sicher endlich von seiner tiefen Verehrung für sie überzeugen. Zugegeben, bisher hatte er es nicht sehr geschickt angestellt, ihr Herz zu erobern. Nun aber würde sich alles zum Guten wenden.

Er goss sich ein Glas Wein ein und blickte verträumt auf das Bild. Irgendwann am späteren Abend zeigte sein Handy eine Nachricht von Richard an. Sie zog ihm den Boden unter den Füßen weg: »Lieber Harald, heute dramatisches Ereignis im Braunschweiger Museum. Ein lange verschollener Uccello, der seit dem 17. Jahrhundert unter der Leinwand des Bildes von Il Biondo aus Strates Sammlung verborgen war, ist verbrannt. Sehr traurig! Mehr dazu demnächst.«

Frostauer erstarrte. Das von ihm vertauschte Bild mit der eher kitschigen »Abendstimmung am Meer« war an Stelle des Meisters in Flammen aufgegangen. Offiziell gab es den Uccello nicht mehr. Welche Ironie des Schicksals. Jahrhundertelang verschollen, dann wiederentdeckt und nun offiziell zerstört. Er konnte das Bild also unbeschadet behalten, weil niemand es vermisste, sondern höchstens betrauerte. Ihn überkam eine Welle des Glücks, gepaart mit Furcht. Kein Mensch durfte davon wissen. Als Erstes musste er Anna abwimmeln. Obwohl es mehr als fraglich war, dass sie so spät abends seiner Einladung überhaupt noch folgte, schickte er ihr eine weitere SMS: »Bin jetzt zu müde. Gehe schlafen. Melde mich morgen!«

Doch offenbar hatte er die Nachricht zu spät geschickt, denn nur wenige Minuten später klingelte es an seiner Haustür. Vor der Tür stand aber nicht Anna, sondern ein ihm völlig fremder Mann mit blondem Schnauzbart und Tweedkappe. Ehe er etwas sagen konnte, spürte Frostauer einen Stich im linken Arm und fiel zu Boden.

Bradley Harris verließ das Haus wenig später mit einer großen Reisetasche. Dem bewusstlosen Frostauer auf dem Flurboden warf er nur einen kurzen Blick zu. Er würde bald wieder zu sich kommen. Doch bis dahin war das Bild vom »Heiligen Georg und dem Drachen« schon auf dem Weg nach England.

Bradley grinste. Es war ein leichter Auftrag gewesen, den Malcolm Everett ihm erteilt hatte. Er arbeitete schon lange für Everett. Was der gute Inspektor Griffins allerdings nicht ahnte. Griffins hatte ihm sogar noch in die Hände gespielt mit seinem Auftrag, Anna zu beschützen. Er war nach seinem Abschied von ihr in Edinburgh auf ihrer Fährte geblieben, weil er ahnte, dass sie ihn zu dem Werk führen würde, nach dem Malcolm Everett schon so lange suchte, dem Original von Paolo Uccellos »St. Georg und der Drache«. Das Bild, das einst in Warchester

Castle und später in Ivory Hall die Krönung der Sammlung des alten Earls gewesen war.

Dank der Recherchen von ihm und Gregson, der ebenfalls eine Zeit lang für Everett gearbeitet hatte, wusste Malcolm Everett, dass der Uccello im Besitz von Simon Drews jene Fälschung war, für die einst Steven Clarke gemordet hatte. Das echte Bild musste noch irgendwo existieren.

Bradley hatte von Gregson einiges über Gerd Kaisers kleine Nebengeschäfte gehört. Und er lag richtig mit seiner Vermutung, dass Kaiser seine Finger im Spiel hatte. Ehe er aber selbst das Bild stehlen konnte, das Kaiser so mühsam von der darüberliegenden Leinwand gelöst hatte, war Frostauer aufgetaucht. Doch ihm zu folgen und ihn zu überwältigen glich geradezu einem Kinderspiel. Alles war nach Plan gelaufen. Bald würde dieses Meisterwerk wieder dort sein, wo es hingehörte: im Besitz von Malcolm Everett, dem legitimen Nachfahren der Warchesters, deren Wahlspruch einst lautete: »Für mein Land, meinen König und den heiligen Georg«.

Nachwort

Der Reiter zügelte sein Pferd, als er das Mädchen am Felsen erblickte, und fragte: »Wer seid Ihr? Und weshalb hat man Euch an diesen Felsen gebunden?«

»Ich bin Margarete, die Tochter des Königs von Beirut«, *erwiderte das Mädchen.* »Ein furchtbarer Drache bedroht seit vielen Wochen unsere Stadt. Jeden Mittag wird ihm ein Menschenopfer gebracht. Das Los entscheidet, wer sterben muss. Und heute fiel es auf mich.« *Der junge Reiter sprang vom Pferd, löste die Fesseln des Mädchens und sprach:* »So hat Gott Euch einen Retter geschickt. Mein Name ist Georg. Ich bin ein Streiter Gottes, des Allmächtigen, und mit seiner Hilfe werde ich den Drachen bezwingen.«

In diesem Augenblick tauchte der Drache am Eingang zur Felsenschlucht auf. Schauerliches Zischen erfüllte die Luft, und ein widerlicher Geruch ließ den Ritter und das Mädchen erschauern.

Georg stieg in den Sattel, ergriff seine Lanze und legte auf den Drachen an, der für einen Moment verharrte, dann aber mit umso gewaltigeren Schritten auf den Reiter losstürmte. Aus seinem Maul tropfte Schwefel, aus seinen Augen stoben Funken und aus seinen Nüstern übel riechende Dämpfe. Georg gab seinem Pferd die Sporen und stürmte auf das Untier ein. »Mit Gott!«, *rief er. Er zielte mit der Lanze auf die breite Brust des Drachen, und ehe dieser mit seinen grässlichen gelben Zähnen nach Georg schnappen konnte, durchbohrte die Speerspitze seinen Körper. Der Drache stieß einen markerschütternden gellenden Schrei aus und sank Georg zu Füßen.*

Georg ritt zu dem Mädchen zurück und sprach zu ihr: »Nimm deinen Gürtel und schlinge ihn dem Drachen um den Hals. Er kann dir kein Leid mehr tun, denn Gott selbst hat ihn bezwungen.«

Die Legende vom heiligen Georg, eine der ältesten Mythen der Christenheit im Orient und Okzident, hat mich schon in meiner Kindheit tief beeindruckt. Ein Drachenritter, der, anders als der Siegfried in der germanischen Sage, das Ungeheuer nicht tötet, sondern bezwingt. Der Drache wird zum Symbol des bezwungenen Bösen, und dieser Sieg überzeugt die Bewohner der Stadt, sich dem mächtigen Gott zuzuwenden, dem Georg dient.

Dieser Heilige ist der Schutzpatron vieler Länder und Regionen. Er ist seit 1222 der Nationalheilige Englands und Schutzpatron Griechenlands, Äthiopiens und Bulgariens, dazu Namensgeber von Georgien. An seinem Gedenktag, dem 23. April, begehen die Katalanen ein großes Fest, der Ausgangspunkt für den Welttag des Buches. Georg gilt als Helfer bei zahlreichen Krankheiten, darunter die Pest und Hautkrankheiten. Es wundert nicht, dass der Heilige immer wieder Künstler inspiriert hat. Allein in den äthiopischen Kirchen findet man auf Ikonen und Fresken unzählige Darstellungen des als Märtyrer gestorbenen römischen Offiziers. Die orthodoxe Kirche verewigt ihn auf Ikonen, die Maler der katholischen Kirche auf vielen Gemälden.

Auch Paolo di Dono, geboren um 1396, gestorben 1475, der als Paolo Uccello in die Kunstgeschichte einging, porträtiert den Drachenbezwinger mehrmals. Über diesen Maler schrieb Giorgio Vasari, Architekt, Hofmaler der Medici und Biograf, Mitte des 16. Jahrhunderts: »Zu erwähnen ist, dass er sich in seinem Haus stets mit Bildern von Vögeln, Katzen, Hunden und seltsamen Tieren aller Art umgab, von denen er Zeichnungen bekommen konnte, da seine Armut es ihm nicht erlaubte, lebendige Tiere zu halten. Und weil er Vögel mehr als alles andere mochte, bekam er den Beinamen Paolo Uccello (Vogel).«

69 Gemälde hat Uccello hinterlassen, darunter mehrere große Schlachtenbilder, und drei Mal hat er den heiligen Georg porträtiert. In Melbourne, Paris und London sind diese Bilder zu bewundern. Ich habe das Londoner Bild, das nur 56,5 Zentimeter mal 74,3 Zentimeter misst, zum ersten Mal 1970 bei meinem ersten Besuch in London gesehen. Und seitdem gehört

diesem Gemälde meine große Liebe. Logisch kann ich diese Faszination nicht erklären. Es ist rein emotional. Da ich sehr oft in London war, habe ich diesem Gemälde zahlreiche Besuche abgestattet. Als ich dann zwei Jahre nicht nach London reiste, war ich geschockt, als ich bei einem erneuten Besuch das Bild nicht an der gewohnten Stelle fand. Als ich mich danach umsah, tippte mir ein alter Museumswärter auf die Schulter und sagte lächelnd: »Der Uccello hängt seit einiger Zeit zwei Säle weiter.« Verwundert fragte ich den alten Herrn, wieso er denn wisse, welches Bild ich suche. Er antwortete: »Ich arbeite seit fünfzig Jahren in dieser Abteilung und habe Sie viele Male dabei beobachtet, wie Sie verzückt vor dem Gemälde standen. Sie sind mir aufgefallen, und ich habe Sie mir gemerkt. Dann waren Sie wohl längere Zeit nicht hier, denn das Bild ist inzwischen einige Räume weitergewandert.« Dieser wunderbare Museumswärter wurde, wie ich erfuhr, im Jahr darauf pensioniert. Jedes Mal wenn ich nun in der National Gallery vor dem Uccello stehe, denke ich an ihn.

Einen Maler namens Giovanni dell'Ombra, genannt Il Biondo, hat es dagegen nie gegeben. Aber für mich war der Gedanke reizvoll, dass Uccello, der nie über finanzielle Mittel verfügte, unter einem, zugegeben etwas albernen, Pseudonym schlichtere Bilder hätte malen können, um ans schnelle Geld zu kommen. Dann hätte er in der Tat mehr Muße für seine großen Werke gehabt, zu deren schönsten sicherlich »Die Jagd bei Nacht« im Oxforder Ashmolean Museum zählt. Allerdings belasse ich es bei der Frage, die völlig hypothetisch ist und wahrscheinlich pure Fiktion.

Wie schon in den drei Vorgängerromanen greife ich auch in meinem vierten Abenteuer von Anna Bentorp auf bestimmte Epochen in der englischen Geschichte zurück. War es bisher das 18. Jahrhundert mit seinen Königen aus dem Haus Hannover, bin ich nun ein Jahrhundert zurückgegangen, ins 17. Jahrhundert. Für England war dies eine recht dramatische Zeit. Nach Elizabeth I., die ohne Thronerben starb, wurde James, der Sohn von Maria Stuart, 1603 zum König von England gekrönt. Sein Nachfolger als König von Schottland, England und Irland war sein Sohn Charles, verheiratet mit der Tochter des französischen Königs Henri IV. Er bestieg 1625 den Thron. Seine Regierungszeit, die 1649 mit seiner Enthauptung endete, war durch politische Unruhen gekennzeichnet. Als Sieger aus den Bürgerkriegen zwischen 1644 bis 1649 ging der Puritaner Oliver Cromwell hervor. Er schaffte die Monarchie ab und herrschte ab 1657 als Lord Protector über das Commonwealth. Berühmt wurde er unter anderem durch seine schlagkräftige Armee der »Roundheads«, so benannt nach ihren kurz geschorenen Haaren, was diese Soldaten von den »Chevaliers« des Königs unterschied. Diese trugen lange Locken. Noch heute ist Oliver Cromwell in Irland unbeliebt, da seine Truppen Tod und Verwüstung brachten.

Mit der Rückkehr des jungen Königs Charles II. im Jahre 1660 und der als »Restoration« bezeichneten Epoche begann eine neue Ära. 1647 hatte Cromwell das Weihnachtsfest verbieten lassen. Charles führte es wieder ein und öffnete auch die Theater wieder. Die Kultur erblühte, es durfte gefeiert und getanzt werden. In seine Regierungszeit fallen allerdings auch so tragische Ereignisse wie die Pest von 1665/66, der allein in London siebzigtausend Menschen zum Opfer fielen, und 1666 der Große Brand von London, der hunderttausend Menschen ihrer Unterkunft beraubte.

Charles erfreute sich großer Beliebtheit. Sir Samuel Tuke, ein Chronist jener Zeit, erklärt dies so: »Die Anmut seiner Haltung und seines Benehmens geht zusammen mit seiner Zugänglichkeit, seiner geduldigen Aufmerksamkeit und der Liebenswürdigkeit in der Melodie und dem Stil seiner Rede (Sprache) ...«

Leider konnte sein jüngerer Bruder James II., der Charles 1685 nachfolgte, mit diesem Erfolg nicht gleichziehen. Charles hinterließ keine legitimen Thronerben, sodass James die Nachfolge antrat. Er konvertierte 1669 zum Katholizismus, was aber erst 1673 kurz vor seiner Eheschließung mit einer italienischen Prinzessin offenkundig wurde. Sein Bruder Charles dagegen bekannte sich erst auf dem Sterbelager zur römisch-katholischen

Kirche, die seit der Ablösung Heinrichs VIII. von Rom im Jahre 1534 nicht mehr als Staatskirche fungierte. 1688 kam es zur Glorious Revolution, die zum Sturz des Königs führte. James ging ins Exil, seine streng protestantische Tochter Mary regierte gemeinsam mit William of Orange, Statthalter der Niederlande. Die Anhänger der Stuarts aber gaben nicht auf. Bis 1746 kam es regelmäßig zu Unruhen in Schottland. Erst nach der Schlacht von Culloden verebbten die Bemühungen der Jakobiten, wieder einen katholischen König aus dem Hause Stuart zu installieren. Inzwischen hatte Georg von Hannover, dessen Mutter eine Enkelin von James I. war, 1714 den Thron bestiegen. Weder Mary noch ihre Schwester Anne, die von 1702 bis 1714 regierte, hatten Thronerben hinterlassen.

Dieses 17. Jahrhundert ist auch deshalb bemerkenswert, da an diesem Vorabend der Aufklärung viele neue Strömungen in Wissenschaft, Kunst und Literatur ihren Anfang nahmen. 1660 wurde die Royal Society gegründet, die der junge König Charles unterstützte; Literaten wie John Dryden, John Bunyan und William Congreve waren erfolgreiche Chronisten ihrer Epoche, zu den bekanntesten englischen Komponisten zählt William Byrd. Zu Beginn dieses Jahrhunderts entstanden bedeutende Kunstsammlungen. Auch Charles I. war ein großer Liebhaber von Kunst. Er besaß etwa 350 Gemälde, darunter Werke von Rubens, van Dyck, Tizian, Raffael und vielen mehr. Die Puritaner allerdings konnten sich mit diesen Werken nicht anfreunden und verkauften beachtliche Teile der königlichen Sammlungen. Cromwell dachte dabei sehr rational: Er benötigte Geld, und diese Bilder zu verkaufen erschien ihm sinnvoller, als sie zu zerstören. So hängen denn Werke aus dieser Sammlung heute noch im Prado und im Louvre. Charles II. gelang es immerhin, etliche Gemälde wiederzuerwerben, darunter 28 Werke der italienischen Renaissance und berühmte Gemälde aus den Niederlanden. Im Jahre 2018 zeigte die Royal Academy unter dem Titel »Charles I. – King and Collector« eine Ausstellung mit vielen Werken aus der einst blühenden Sammlung des 1649 hingerichteten Königs. Wenn also mein fiktiver Chronist Stuart

O'Sullivan um die Sammlung seines Herrn, des Earl of War-chester, fürchtet, entspricht das durchaus der Realität. Denn Cromwell und seine Puritaner hatten wenig Sinn für Kunst und Kultur.

Doch »Der Meister und der Mörder« ist ein Roman und erlaubt sich deshalb all die Freiheiten dieser Literaturgattung. Die meisten Figuren sind fiktiv, wobei Thomas Fairfax, 3. Lord Fairfax of Cameron, tatsächlich gelebt hat. Er war einer der wenigen Gefolgsleute Cromwells, die dem besiegten König noch Respekt zollten und Charles II. 1660 aus dessen holländischem Exil zurück nach England holten. Sir Sinclair Drews dagegen ist frei erfunden, und Warchester Castle und Ivory Hall sind ebenfalls meiner Phantasie entsprungen. Nicht so die Burgruine am Loch Leven, in der Maria Stuart als Gefangene mehrere Jahre zubrachte. Noch heute ein faszinierender Ort, dessen melancholischer Atmosphäre man sich kaum zu entziehen vermag.

Literatur ist meist eine Mischung aus Realität und Erfundenem, aus Traum und Wirklichkeit. Und Schauplätze, fiktiv oder real, spielen dabei eine wichtige Rolle als Quelle der Inspiration. Phyllis Dorothy James, die große englische Kriminalschriftstellerin, die am 3. August 2020 ihren 100. Geburtstag gefeiert hätte, sagte einmal:

»Gib mir einen Schauplatz, und ich gebe dir eine Geschichte.«

Und auch historische Ereignisse gelten für mich als Orte, an denen Geschichten geboren werden, frei nach dem Motto:

»Es hätte so sein können.«

Dank

Jedes Buch ist eine »unendliche Geschichte«, um den Titel des Romans von Michael Ende etwas verkürzt zu zitieren. Immer wieder kann man es umschreiben, ergänzen, straffen und korrigieren. Und oft sieht man vor lauter Wald die Bäume nicht mehr. Aber irgendwann muss man es loslassen und in die Welt hinausschicken. Wie gut, dass es Lektoren gibt, die helfen, einen Pfad durch dieses Dickicht zu schlagen und dabei ein paar Bäume zu fällen. Deshalb geht mein erster Dank an meine Lektorin Stefanie Rahnfeld, die nun schon zum vierten Mal Anna Bentorp und ihre Freunde betreut hat. Dass auch dem Emons Verlag erneut mein Dank gebührt, ist selbstverständlich. Die Ermutigung, noch einen weiteren Krimi zu schreiben, stammt aus den Verlagsreihen und auch von Besuchern meiner Lesungen, denen ich hiermit ebenfalls danken möchte.

Dieser Roman ist zum großen Teil in denkbar schrecklichen Zeiten entstanden: während der ersten bitteren Wochen der Corona-Krise im Frühling 2020. Insbesondere allen, die mit jeglicher Form von Kunst und Kultur zu tun haben, wird dieses Jahr 2020 als »annus horribilis« im Gedächtnis bleiben. Keine Festivals, keine Veranstaltungen, keine Begegnungen mit Publikum. Für viele eine existenzielle Katastrophe, für viele vor allem aber der Verlust von Kommunikation, die ein wichtiges Element von Kultur bedeutet. Nach den ersten surreal anmutenden Wochen mit Hamsterkäufen von Toilettenpapier und anderen Auswüchsen einer pandemischen Panik war es jedoch auch eine Zeit der Chancen. Eine Zeit, um nachzudenken, eine Zeit zu schreiben, eine Zeit zu hoffen. Eine Zeit der Besinnung. Ich möchte allen danken, die in diesen Monaten dafür gesorgt haben, dass die Welt nicht ganz aus den Fugen geraten ist, all den Verkäuferinnen und Verkäufern, den Busfahrern und Postboten, Helfern aller Art und all denen, die Menschen durch diese schweren Momente hindurchgeleitet haben, insbesondere jene, die in Kliniken und Arztpraxen bereitstanden, um Leben zu retten. Aber auch Dank allen Kunstschaffenden, die Zeichen gesetzt und für sich und andere ums Überleben gekämpft haben.

Und natürlich danke ich meiner Familie, die die Grundlage für alles ist, was ich bin, denke und tue. Dieser Begriff Familie umfasst meinen Mann, meine Kinder, meine Enkel, meine Schwester, aber auch alle, die im weitesten Sinn dazugehören, und auch diejenigen, die nicht mehr bei uns sind, aber immer noch präsent, wie meine Eltern und meine älteste Schwester. Dank auch den Freunden, die in diesem Frühling zwar physisch fern, aber gedanklich nahe waren. Und ein Dank an Künstler wie Paolo Uccello, dem ich erstmals vor fünfzig Jahren in der Londoner National Gallery begegnet bin und dessen Bilder und vor allem dessen Drache mich seither faszinieren. Perfektion und Perspektive waren seine künstlerischen Leitmotive, die bis heute Gültigkeit besitzen.

Ein spezieller Dank geht an jene Institutionen, die in diesem Buch erwähnt werden, eine davon sogar als Schauplatz eines Mordes. Aber das Braunschweiger Herzog Anton Ulrich-Museum ist ein wunderbarer Ort, der natürlich vieles bietet, außer Leichen im Magazin. Ich kann jedem nur empfehlen, dieses Museum zu besuchen und davor oder danach durch Braunschweig zu spazieren, eine geschichtsträchtige Stadt voller sehenswerter Orte.

Zu guter Letzt möchte ich noch auf zwei in diesem Frühjahr zur selben Zeit publizierte Bücher zum Thema »Kunst und Verbrechen« hinweisen. Ihre durch gründliche Recherche belegten Fakten überflügeln meine Fiktion bei Weitem und beweisen einmal mehr, dass die Phantasie eines Autors mit der Realität kaum Schritt zu halten vermag:

Stefan Koldehoff, Tobias Timm, Kunst und Verbrechen. Galiani, Berlin 2020

Hubertus Butin, Kunstfälschung. Das betrügliche Objekt der Begierde. Suhrkamp, Berlin 2020

Margarete von Schwarzkopf
DER MOORMANN
Broschur, 368 Seiten
ISBN 978-3-7408-0215-8

»Ein atmosphärisch dichter Krimi in historisch stimmigem Setting von unserer hochgeschätzten Krimi-Expertin!« BÜCHER MAGAZIN

»Eine düstere, süffig erzählte Story. Sie erzählt ihre Story unprätentiös, mit Lust am Fabulieren und unterhaltsam.«
Hannoversche Allgemeine Zeitung

www.emons-verlag.de

Margarete von Schwarzkopf
SCHATTENHÖHLE
Broschur, 368 Seiten
ISBN 978-3-7408-0440-4

Kunsthistorikerin Anna Bentorp stößt in einem Schloss im Ith auf ein ebenso kostbares wie mysteriöses Bild, das einen Hinweis auf einen verschollenen Schatz gibt. Dessen Schicksal ist eng verflochten mit einer sagenumwobenen Höhle – und mit dem Tod mehrerer Menschen. Anna taucht tief in eine verstörende Vergangenheit ein, doch sie kann nicht verhindern, dass es weitere Tote gibt …

www.emons-verlag.de

Margarete von Schwarzkopf
DER FLUCH DER KELTEN
Broschur, 320 Seiten
ISBN 978-3-7408-0688-0

Kunsthistorikerin Anna Bentorp wird in einer mysteriösen Angelegenheit um Hilfe gebeten: Aus einem alten Kloster am Steinhuder
Meer ist ein Buch verschwunden, in dem von keltischen Masken
von unschätzbarem Wert die Rede ist. Als dann auch noch ein Toter
auf dem Klostergelände gefunden wird, ist Anna alarmiert. Steht
der Mord mit den kostbaren Kultobjekten in Verbindung? Sie geht
dem Rätsel der Masken auf den Grund, das sie bis nach Irland und
tief in die Geschichte ihrer Heimatregion führt.

www.emons-verlag.de